# 愛の陰影

ジョージェット・ヘイヤー
後藤美香　訳

JN283306

MIRA®

# These Old Shades

by Georgette Heyer



Published by Harlequin K.K., Tokyo, 2009

# まえがき

『愛の陰影』は、わたしにとって、唯一無二の本です。わたしがはじめて読んだヘイヤーであるばかりか、はじめて読んだロマンスでもあります。十三歳のとき、職場の友人の好意によってヘイヤーに目覚めた母が、この本をわたしに回してくれたのです。『愛の陰影』とヘイヤーのほかのすべてのロマンスは、ロマンス小説の入門書としては最良のものです。後年、ヘイヤーの作品が再発行され、わたしはそのすべてを蒐集《しゅうしゅう》しました。

ヘイヤーは摂政時代を舞台にしたロマンスの作家として広く知られ、一九四〇年から一九七二年に出版された二十四のロマンスは確かに摂政時代を舞台にしていますが、初期の作品は、一九三五年の『Regency Buck』を除いて、もっと前の時代を舞台にしています。それらの舞台は、一〇六六年（『The Conqueror』）に始まって、中世（『Simon the Coldheart』）、エリザベス女王時代（『Beauvallet』）、そして一七五〇年から摂政時代初めまでのジョージ王朝時代にいたるまで、広範にわたります。少なくとも六作品がこのジョージ王朝時代に属し、『愛の陰影』と続編の『Devil's Cub』も含まれます。

わたしが読んだすべてのヘイヤーの著作のなかで、『愛の陰影』はお気に入りであり続けています。十三歳という遠い昔から読んできた何千もの作家、何千もの本のなかで、この本は、わたしが今日書く作品に、いえ、それだけでなく、わたしがものを書くという行為自体にまで、最も強い影響を与えてきました。

それはなぜか？　なぜ、この本がわたしの記憶のなかでこれほど際立っているのでしょう？　なぜこれほど影響力があったのでしょう？　わたしの考えでは、『愛の陰影』には、ロマンス作家たちが自分たちの作品を創出するのに使う最も力強い物語の要素の多くが含まれているからです。多くの点で、この本は原型的作品なのです。

まず、一七六〇年ごろという時代設定が、壮麗な様式の冒険ロマンス小説に適しています。ヴェルサイユのきらびやかな宮廷、パリの貴族的な邸宅やサロン、イギリス貴族の閑静だが裕福さでは負けない田舎屋敷……。紳士たちは剣を身につけていて、その使いかたを知っており、馬車はすばらしい馬たちに引かれて田舎を駆け、有力者たちはいまでは想像できないような賭金《かけきん》で陰謀のゲームを行っていました。華やかな外見の向こうに、つねに危険が潜んでいました。

それに加えて、この本のほとんどで、勇気のある無垢《むく》なヒロインは危険にさらされています。一ページ目から大団円まで、さまざまな原因から、肉体的、社会的、情緒的脅威が与えられ、たとえ悪漢が負けて、社会的、肉体的脅威が取り払われても、ヒロインは情緒的危険にさらされ続けます。イギリス人のヘイヤーは、表面には決して現れない、記述された行動や言葉の直下で揺らめく情緒の動きを描く達人です。『愛の陰影』は、つねに正体を隠し、暗示はされてもあからさまには説明されず、それゆえにいっそう力強さを増した情熱に満ちています。

この本における数々の原型的要素の多くを説明して、読者のみなさまがそれに出会ったときの喜びを削《そ》ぐつもりはありませんが、ひとつだけ、無視できない要素があります。『愛の陰影』で、ヘイヤーは究極の年配のヒーローを創《つく》り出しました。無垢なヒロインは、不気味で影響力のある人物の手のなかに落ちてしまう。非情で老練な放蕩《ほうとう》者のその貴族は、一見、石のような冷たい心の持ち主。彼は、じつに知性的で、辛口のユーモア感覚を持ち、くせが強く、その気になれば魅力的になれ、それ以外のときは辛辣《しんらつ》で、ハンサムで、傲慢《ごうまん》で、皮肉っぽく、醒《さ》めていて、怪しげな評判を得ていて、優雅さに包まれている。個人的にも社会的にも大きな力を持っていて、裕福で、育ちがよく、つま先まで快楽主義者で、どんな女性の愛も届かない男だと思われているし、実際にそうである。エイヴォン公ジャスティン・アラステアは、このタイプのヒーローのまさに典型で、すべてのロマンスのなかで、彼に匹敵するヒーローはほかにいないと思います。

この本には、冒頭から最後のページまで、謎《なぞ》、危険、大冒険、ぞっとするような策略が満ちあふれています。それに加えて、本書は、心のまわりにできた頑丈な石の壁をゆるやかに破壊する物語であり、ついには失われた魂を救済する物語です。これはロマンスの王道を行く物語で、そこでは、愛は最も力のある者たちにも打ち勝って彼らをひざまずかせるし、救済の望みがないと考えられている者も救います。本書は、たんなる年配の放蕩者をではなく、究極の放蕩者を改心させる物語です。

ヘイヤーは一九二一年から一九七四年まで、絶えることなくロマンスを出版しました。五十三年間、執筆活動を続けた経歴は、それ自体がものすごいことです。彼女の影響はすでに計り知れないものになっています。彼女の作品が、世界じゅうの読者たちに読まれ、この分野の何百もの作家たちを触発したからです。ヘイヤーの影響力はいまも続いていますし、これからもずっと続くでしょう。

そして、ええ、認めます。この文を書くにあたり、『愛の陰影』を再読する必要はありませんでした。この本はわたしの心に住み着いているからです。しかし、出版の日付を確認するため、本棚から引っ張り出したあと、再読せずにもどすことは不可能でした。〝エイヴォン公、魂を買う〟という章で始まる本は、いつでもわたしを夢中にさせるのです。だからあなたも、リラックスして、GHの世界にのみこまれてください。楽しんで！

ステファニー・ローレンス

# 愛の陰影

■主要登場人物

レオニー・ド・ボナール……………………使用人。別名レオン・ボナール。

ジャンとシャーロット・ボナール……………レオニーの兄夫妻。宿屋経営。

アンリ・サンヴィール…………………………レオニーの実父。伯爵。

マリー・ド・レスピナス………………………レオニーの実母。伯爵夫人。

アルマン・ド・サンヴィール…………………レオニーの叔父。

ド・ボープレ神父………………………………バサンクールの主任司祭。

ジャスティン・アラステア……………………エイヴォン公爵。

ヒュー・ダヴェナント…………………………ジャスティンの友人。

ルパート・アラステア…………………………ジャスティンの弟。

ファニー（ファン）・マーリング……………ジャスティンの妹。

エドワード・マーリング………………………ファニーの夫。

ハリエット・フィールド………………………ジャスティンの従姉。レオニーの付き添い婦人。

ウォーカー………………………………………ジャスティンの執事。

ガストン…………………………………………ジャスティンの従者。

ジョンソン………………………………………エイヴォン公爵邸の執事。

ジェニファー（ジェニー）・メリヴェール…ジャスティンの知人。

アントニー（トニー）・メリヴェール………ジェニファーの夫。男爵。

# 1

## エイヴォン公、魂を買う

　ひとりの紳士がパリの裏町を歩いていた。アンリエット・ド・ヴェルシュルーなる人物の家からの帰り道だった。靴のヒールがとても高いため、気取った歩きかただ。派手な裏地のついた長いマントが肩から後ろに無造作に垂れ、サテンの上着をあらわにしている。上着の裾《すそ》は長く、金のモールで仰々しく飾られていた。小物類にも隙《すき》はない。首巻《クラバット》と胸には宝石が贅沢《ぜいたく》にちりばめられている。流行の帽子をかぶり、手にはリボンで飾られた長い杖《つえ》を持っている。その杖は追いはぎから身を守るには心もとなく、腰には礼装用佩刀《はかせ》をつけているものの柄がマントの下に隠れ、すぐには抜けそうにない。こんな遅い時刻にこんな人けのない通りで、供もつけず、これみよがしに宝石を見せつけて歩くのは愚の骨頂だが、紳士はおのれの無謀さに気づいていないようだ。左右に目をやらず、けだるげに歩くようすは、どう見ても危険が身に迫る可能性を気にしていない。

　しかし、この裕福そうな紳士が杖をくるくる回しながら道を歩いていると、右側の暗い路地から砲丸のごとく何者かが体当たりしてきた。その人影が驚いたような叫びをあげて優雅なマントを引っつかみ、体勢をもどそうとする。

エイヴォン公爵ジャスティン・アラステアは向きを変えると、襲撃者の手首をつかみ、気取った外見とは裏腹の容赦ない力で下方へ引いた。襲撃者が苦痛の悲鳴をあげ、震えながら膝をつく。

「ムッシュー！　ああ、放して！　わざとじゃ――気づかなかったんです――ああ、ムッシュー、放してください！」

エイヴォン公は少し横に移動して前かがみになり、そばの街灯に照らされた、苦痛にゆがんだ青白い顔を見た。菫《すみれ》色の目が大きく開かれ、奥底に恐怖を宿して彼を見つめていた。

「確かに、この種のお遊びには少し幼すぎるかな？」エイヴォン公は物憂げな声で言った。「それとも、私の不意を襲おうと考えたのか？」

少年の顔が赤くなり、目が怒りで黒みを帯びた。

「泥棒をするつもりなんてありません！　ほんとうです。ほんとうにそうじゃないんです！　ぼ――ぼくは逃げてたんです。ああ、ムッシュー、放してください！」

「すぐに放してやるが、何から逃げていたのか聞かせてもらえるか？　べつの被害者からか？」

「違う！　ああ、お願いだから放して！　あ――あなたにはわからない！　きっともう追いかけ始めてる！　ああ、お願いです、後生だから！」

エイヴォン公の、重たげな瞼《まぶた》の下の、興味をそそられた目は少年の顔から決して動かなかった。その目が唐突に大きく開き、熱を帯びた。

「それで、だれに追いかけられているんだ？」

「ぼ――ぼくの兄です。ああ、どうか――」

路地を曲がって、男が全速力で駆けてきた。エイヴォン公を見ると、彼は急に止まった。少年は身を震わせ、エイヴォン公の腕にしがみついている。

「ああ！」現れたばかりの男が叫んだ。「旦那《だんな》、もし、このがきが盗みを働こうとしたんなら、こらしめてやります！　この悪がきめ！　恩知らず！　きっと後悔するからな！　旦那、まことにすみませんでした！　こいつは俺《おれ》の弟なんです。仕事を怠けるんでたいてたら、するりと逃げ出しやがって――」

エイヴォン公は香水のついたハンカチを取り出し、小鼻に近づけた。

「これ以上近づくな」エイヴォン公は高慢に言った。「確かに、体罰は若い者のためになる」

少年は身を縮め、さらにエイヴォン公にすがりついた。逃げようとはせず、手をびくびくさせている。エイヴォン公の奇妙な視線がふたたび少年にざっと向けられ、ぼさぼさの短い、カールした赤毛のところで一瞬止まった。

「言ったように、体罰は若い者のためになる。弟だと言ったな？」今度は視線を、浅黒い、粗野な顔つきの若者に向ける。

「そうでさあ、俺の弟です。両親が死んでから面倒を見てやってるのに、恩知らずなやつで。こいつは災いなんですよ、災い！」

エイヴォン公はじっと考えているようだった。

「弟は何歳だ？」

「十九歳でさあ」

エイヴォン公は少年をしげしげと見た。

「十九。それにしては、少し小さくないか？」

「そんな、旦那。た……たとえそうだとしても、俺のせいじゃない。お、俺はちゃんと食わせてた。頼むから、こいつが何を言おうと、かまわないでください。こいつは腹黒くて、ずるくて、正真正銘の災いなんだ！」

「私がおまえの災いを取り除いてやろう」エイヴォン公は穏やかに言った。

男が理解できずに、エイヴォン公をじっと見る。

「旦那……？」

「彼を買うことはできるんだろ？」

冷たい手がエイヴォン公の手を見つけ、ぎゅっと握った。

「買う？　旦那は――」

「この子を買って、私の小姓にしようと思う。いくらだ？　一ルイドール？　それとも、災いに値打ちはないのかな？　興味深い問題だな」

男の目が突然、ずる賢そうにきらめいた。

「こいつはいい子なんですよ、旦那。仕事ができる。ほんとに、俺にとってはものすごい値打ちがあるんだ。それに、俺はこいつを大事に思ってるんでさあ。俺は――」

「おまえの災いに一ギニー払おう」

「ああ、でも、旦那！　こいつにはもっと値打ちがある！　もっと、ずっと値打ちが！」

「なら、手もとに置いておけ」エイヴォン公はそう言って、歩き出した。

少年がエイヴォン公に駆け寄り、腕にしがみつく。

「旦那さま、連れてって！　ああ、どうかぼくを連れてって！　あなたのために一生懸命働きます！　誓います！　ああ、お願いだから、連れてって！」

エイヴォン公は立ち止まった。

「私は愚かなのか？」英語でそう言うと、首巻からダイヤモンドのピンを抜いて持ち上げ、街灯の明かりにきらめかせた。「さて、どうだ？　これで足りるか？」

男は自分の目が信じられないという表情で宝石を見た。目をこすり、さらに近寄って見つめる。

「これで、おまえの弟を買う。身も心もだ。いいか？」

「それをくれ！」男は小声で言うと、手を伸ばした。「弟は旦那のものです」

エイヴォン公はピンを男に放《ほう》った。

「近づくなと言ったはずだ。おまえは私の鼻に不快感を与える。小僧、ついてこい」エイヴォン公は歩き始めた。少年が、礼儀をわきまえた距離を置いて、後ろからついていく。

ふたりはやがてサントノレ通りに、エイヴォン公の屋敷に着いた。エイヴォン公は、新しい所有物がついてきているかどうか確かめるために後ろを見ることなく門を抜け、庭を通って、飾り鋲《びょう》の打たれた大きなドアへ向かった。従僕たちが主人に気づいてお辞儀をし、後ろから来るみすぼらしい身なりの少年に驚きの目を向ける。

エイヴォン公はマントを脱ぎ捨て、従僕のひとりに帽子を渡した。

「ミスター・ダヴェナントは？」

「書斎です、旦那さま」

エイヴォン公はゆったりとホールを横切り、書斎のドアへ向かった。ドアは開いていて、エイヴォン公はなかへ入ると、少年に入ってくるようにうなずいた。

ヒュー・ダヴェナントは暖炉のそばに座り、詩集を読んでいた。家の主人が入ってくると顔を上げ、微笑《ほほえ》んだ。

「やあ、ジャスティン」そう言ってから、ドアのそばで縮こまっている少年に気づいた。「おや、何を連れてきたんだ？」

「質問するのは当然だろうな」エイヴォン公は言った。暖炉まで歩き、優雅な靴を履いた足の片方を炎へ伸ばす。「ほんの気まぐれだ。あの汚くて、腹を空《す》かせた小僧は私のものだ」英語で話していたが、少年が会話を理解したのは明らかだった。顔を赤らめ、巻き毛の頭を垂れたからだ。

「きみのもの？」ダヴェナントがエイヴォン公から少年に視線を移す。「どういう意味だ、アラステア？　つまり……まさか……きみの息子か？」

「いや、違う！」エイヴォン公はおかしそうに微笑んだ。「今回は違うよ、ヒュー。あの子鼠《こねずみ》はダイヤモンドひとつで手に入れた」

「だが――だが、いったいなぜ？」

「わからない」エイヴォン公は穏やかに言った。「ここへ来い、子鼠」

少年はこわごわエイヴォン公に近づいた。エイヴォン公が少年の顔を明かりのほうに向ける。

「じつにかわいい顔をしている」エイヴォン公は言った。「この子を小姓にするつもりだ。小姓を持つのは、なかなか愉快だな」

ダヴェナントが立ち上がり、少年の手を取った。

「いつか説明してもらうよ」ダヴェナントが言う。「さしあたり、この子に食べさせてやったらどうだ？」

「きみはつねに有能だな」エイヴォン公はため息をついた。テーブルのほうを向くと、冷めた夕食が待ち受けていた。「すばらしい。私が客を連れてくると、まるで予想していたようだ。食べていいぞ、子鼠」

少年が恥ずかしそうにエイヴォン公を見る。

「どうぞ、旦那さま。ぼくは待てます。あ――あなたの夕食を食べるわけにはいきません。待つほうがいいです――もし、よろしければ」

「よろしくない。さあ、食べるんだ」エイヴォン公はそう言うと、腰を下ろし、片眼鏡をくるくる回した。少年はちょっとためらってからテーブルへ行き、ヒューが鶏肉《とりにく》の脚を切り分けるのを待った。ヒューは少年に必要なものを与えると、暖炉へもどった。

「きみはどうかしてしまったのか、ジャスティン？」うっすらと微笑みながら尋ねる。

「そうではないと思う」

「なら、どうしてこんなことを？　こともあろうに、あんな子どもに何を求めている？」

「おもしろいだろうと思ったんだ。きみはきっと知っているだろうが、私は倦怠《けんたい》感に苦しんでいるからね。ルイーズにはうんざりさせられる。これは」白い手を腹ぺこの少年のほうに振る。「天から送られた気晴らしだ」

ダヴェナントは顔をしかめた。

「確かに、あの子を引き取るつもりはないんだな？」

「向こうが……その、私を選んだんだ」

「あの子を養子にするつもりなのか？」ヒューが疑《うたぐ》り深く質問を重ねる。

エイヴォン公の眉が小ばかにするように上がった。

「おいおい！　貧民街の子どもを？　あれは私の小姓になるんだ」

「それできみはどんな得をする？」

エイヴォン公は微笑み、少年をちらりと見た。

「さあね」穏やかに言う。

「何か特別な理由があるのか？」

「賢いきみが言うように、何か特別な理由はある」

ダヴェナントは肩をすくめ、その話題を打ち切った。テーブルの少年を見る。少年はちょうど食事を終え、エイヴォン公のそばへ行った。

「すみません、旦那さま。食べ終わりました」

エイヴォン公は片眼鏡を上げた。

「そうか」

少年が突然ひざまずき、ダヴェナントが驚いたことに、エイヴォン公の手にキスをした。

「はい、旦那さま。ありがとうございました」

エイヴォン公は手を引っこめたが、少年は膝をついたまま、慎《つつ》ましい視線を整った顔に向けていた。エイヴォン公は嗅《か》ぎ煙草《たばこ》をひとつまみ吸った。

「感謝すべき男は向こうに座っているぞ」手を振って、ダヴェナントのほうを示す。「おまえに食事をさせることなど、私は思いつかなかっただろうからな」

「ぼ――ぼくは、ジャンから救ってくれたことを感謝してるんです、旦那さま」少年が言った。

「おまえにはもっとひどい運命が待ち受けているのに」エイヴォン公はあざわらうように

言った。「おまえは私のものになったんだ――身も心も」

「はい。それで旦那さまがよければ」少年がつぶやき、長いまつげの下から賞賛の視線を素早くエイヴォン公に送る。

薄い唇が少しゆがんだ。

「そういう将来がほんとうにいいのか?」

「はい。ぼくは、あなたに仕えたいです」

「とはいえ、私をよく知らないではないか」かすかに含み笑いをしながら、エイヴォン公は言った。「私は冷酷できびしい主人だよな、ヒュー?」

「きみはこんな子どもの面倒を見るべき男じゃない」ヒューが静かに言った。

「確かに、そのとおりだ。この子をきみにやろうか?」

震える手がエイヴォン公の袖《そで》に触れた。

「お願いですから……」

エイヴォン公は友人を見た。

「やめておこう、ヒュー。あまりにも愉快だし、それに……斬新《ざんしん》だからな。うぶな子どもの目に、りっぱな聖人として映るのは。この小僧が楽しませてくれるかぎりは、手もとに置いておくことにしよう。名はなんだ、小さいの?」

「レオンです」

「なんと愉快なほど短いんだ!」エイヴォン公の快い声の下には、つねにかすかな皮肉が流れていた。「レオン。それ以上でも、それ以下でもない。問題は――ヒューはもちろん答えを用意しているだろうが――次にレオンをどうすべきかだ」

「ベッドに寝かせる」ダヴェナントが答える。

「当然、風呂もか？」

「ぜひとも」

「ああ、そうだな！」エイヴォン公はため息をつき、わきにある呼び鈴を鳴らした。

呼び出しに応《こた》えて従僕がやってきて、深くお辞儀をした。

「なんのご用でしょう？」

「ウォーカーを呼べ」エイヴォン公は言った。

従僕が下がり、間もなく身だしなみのよい男が入ってきた。白髪で、堅苦しい感じだ。

「ウォーカー！　用事がある。そうだ、ウォーカー、この子が目に入るか？」

ウォーカーはひざまずいている少年をちらりと見た。

「はい、御前さま」

「ほう。すばらしい」エイヴォン公はつぶやいた。「この子の名は、レオンだ。覚えておくように」

「かしこまりました」

「彼にはいくつか必要なものがあるが、まずは風呂だ」

「はい、御前さま」

「次に、ベッド」

「はい、御前さま」

「三つ目は、寝巻き」

「はい、御前さま」

「最後の四つ目は、服をひとそろい。黒だ」

「黒ですね、御前さま」

「地味で、陰気な黒だ。私の小姓としてふさわしいものを用意するんだ。おまえはきっと有能なことを証明してくれるだろう。子どもを連れていけ。そして風呂と、ベッドと、寝巻きを教えてやれ。そうしたら、ひとりにしてやれ」

「かしこまりました、御前さま」

「レオン、立て。ごりっぱなウォーカーとともに行け。またあした、だ」

レオンが立ち上がり、お辞儀をした。

「はい、ムッシュー。ありがとうございました」

「頼むから、二度と私に感謝するな」エイヴォン公はあくびをした。「疲れてしまう」出ていくレオンを見送ってから、視線をダヴェナントのほうに向けた。

ダヴェナントが見つめてくる。

「これはどういうことだ、アラステア？」

エイヴォン公は脚を組み、片方の足をぶらぶらさせた。

「さあね」楽しげに答える。「きみはわかっていると思っていたよ。なにしろ、いつだってきみはすべてを知り尽くしているからな」

「きみが何か計画していることはわかっている」ヒューははっきりと言った。「そう確信できるぐらい長く、きみを知っているんでね。あの子をどうしたいんだ？」

「きみはときどき、どうしようもなくしつこいな」エイヴォン公は不満を言った。「道徳的に厳格になると、そうなる。頼むから説教はやめてくれ」

「きみにあれこれ言うつもりはないよ。あの子を小姓にはできないと言いたいだけだ」

「なんとまあ！」エイヴォン公はそう言って、物思わしげに火を見つめた。

「まず、あの子は育ちがいい。話しかたや優美な手と顔から、そうわかる。それから――あの子は純真さを目に輝かせている」

「なんと嘆かわしい！」

「あの純真さが、きみのせいで彼から失われたら、じつに嘆かわしいだろうよ」ヒューの穏やかな声に、かすかに険しさが混じっている。

「いつでも情け深いんだな」エイヴォン公はつぶやいた。

「あの子に情けをかけたいのなら――」

「親愛なるヒューよ！　きみは私を知っていると言ったはずだが？」

それを聞いて、ダヴェナントは微笑んだ。

「なあ、ジャスティン。ぼくへの好意として、レオンをぼくによこして、小姓はほかで見つけないか？」

「きみをがっかりさせるのは、いつでも胸が痛むんだ、ヒュー。私はすべての可能な機会において、きみの予想に従って行動したいと思っている。だからレオンは手もとに置くよ。純真な人間が地味な黒をまとって、邪悪な人間の後ろを歩く――きみに言われる前に言っておこう」

「なぜあの子が欲しいんだ？　それぐらい教えてくれないか？」

「赤毛だから」エイヴォン公は静かに言った。「赤褐色の髪は、ずっと……私の心を支配している情熱のひとつなんだ」はしばみ色の目が一瞬きらめき、すぐに閉じられた。「きみもきっと同意してくれるはずだ」

ダヴェナントが立ち上がり、テーブルへ歩いた。赤ワインを注《つ》ぎ、しばらく無言で飲む。

「今夜はどこにいたんだ？」ようやく尋ねた。

「覚えていない。最初は、ド・トゥロンのところへ行ったんだと思う。そう、思い出した。勝ったんだ。奇妙なことに」

「なぜ奇妙なんだ？」ヒューが尋ねる。

エイヴォン公は嗅ぎ煙草の粉を袖から払った。

「なぜなら、遠くない昔――そう、アラステアの高貴な一族が没落しかけていると世間に知れ渡っていたとき――そうだ、いまの……レディー・メリヴェールとの結婚を考えるほど血迷っていたときでさえ、私は負けることしかできなかったからだ」

「ぼくはきみがひと晩で何千も獲得するのを見たことがあるけどな、ジャスティン」

「そして次の日には失うんだ。そのあと、覚えているか？　私はきみといっしょに逃げた――どこへ行ったんだったかな？　ローマ！　もちろんそうだ！」

「覚えているよ」

薄い唇がうっすらと笑う。

「そう、私は……拒絶され、悲嘆に暮れた求婚者だった。脳みそを吹っ飛ばすのが適切だったのだろう。だが、もうドラマチックなことをする年齢ではなかった。かわりに、やがてウィーンへ流れていった。そして勝ったんだ。悪徳の報酬だよ、ヒュー」

ダヴェナントがグラスを傾け、色の濃いワインの上で蝋燭《ろうそく》の明かりが揺れるのを眺めた。

「聞いた話では」おもむろに言う。「きみが大金を勝ち取った男――若い男だったな、ジャスティン――」

「非の打ちどころがない人格の持ち主だった」

「そう。その若者は……聞いたところでは、脳みそを吹っ飛ばしたとか」

「きみは間違った情報を聞いたな。彼は決闘で撃たれたんだ。徳の報酬だ。教訓はじゅうぶんに与えられたと思うが」

「そしてきみはひと財産持って、パリへ来た」

「かなりの財産だったよ。私はこの家を買った」

「そのとおり。思うのだが、きみの魂はその事実とどうやって折り合いをつけているんだ?」

「私に魂はないよ、ヒュー。きみは知っていると思っていた」

「ジェニファー・ビーチャムがアントニー・メリヴェールと結婚したとき、きみは魂に近い何かを持っていた」

「そうだったか?」エイヴォン公はおもしろそうにダヴェナントを見つめた。

ダヴェナントが見返す。

「それに、いま、ジェニファー・ビーチャムはきみにとってなんなんだ?」

エイヴォン公はきれいな白い手を上げた。

「ジェニファー・メリヴェールだ、ヒュー。彼女は失敗の記憶であり、ひと続きの狂気の記憶だよ」

「だが、きみはその後変わった」

エイヴォン公は立ち上がった。冷笑が浮かんでいる。

「さっき言っただろう? 私はきみの予想に従って行動するよう努力していると。三年前――もっと言えば、妹のファニーからジェニファーが結婚したと聞いたとき――きみはいつものごとく、わかりやすく言ってくれた。彼女は私の求婚を受け入れなかったが、私という人物を作り上げたと。それだけだ《ヴォアラ・トゥー》」

「いや」ダヴェナントが考え深げにエイヴォン公を見る。「ぼくは間違っていた、しかし――」

「親愛なるヒューよ！　頼むから、きみに対する信頼を台なしにしないでくれ！」

「ぼくは間違っていた、しかし大きな間違いではない。こう言うべきだったんだ。ジェニファーは、べつの女性がきみを作り上げる道を用意したのだと」

エイヴォン公は目を閉じた。

「きみがむずかしい話をすると、私はきみをえり抜きの友人の部類に入れた日を悔やむんだ」

「きみには友人がたくさんいるんじゃないか？」ダヴェナントが顔を赤くして言う。

「もちろん」エイヴォン公はドアへと歩いた。「金のあるところには、友人《バルフエトマン》もいる」

ダヴェナントがグラスを置いた。「それは侮辱のつもりか？」穏やかにきく。

エイヴォン公はドアノブに手をかけたまま立ち止まった。

「奇妙だが、そうではない。だが、ぜひとも決闘を申しこんでくれ」

ダヴェナントが突然笑い出した。「さっさと寝ろ、ジャスティン！　きみは手に負えない！」

「よく私にそう言っているではないか。おやすみ」エイヴォン公は部屋を出たが、ドアを閉じる前にあることを思いつき、笑みを浮かべて振り返った。「ところで《ア・プロポ》、ヒュー、私は魂を持っているよ。それは風呂を終え、いまは寝ている」

「おお、神よ！」ダヴェナントが重々しく言った。

## 2

### サンヴィール伯爵を紹介する

翌日の昼過ぎ、エイヴォン公は小姓を呼びにやった。レオンがすぐにやってきて、ひざまずき、エイヴォン公の手にキスをした。ウォーカーは主人の命令にしっかり従い、前夜のみすぼらしくて汚い少年は申し分なくこざっぱりした少年になっていた。

エイヴォン公はさっと少年を見た。

「よし。立っていいぞ、レオン。おまえにいくつか質問がある。正直に答えるように。わかったか？」

レオンは両手を後ろにやった。

「はい、閣下」

「まずは、どうやって私の国の言葉を身につけたのか話しなさい」

レオンがびっくりしてエイヴォン公を見る。

「閣下？」

「無邪気なふりをするんじゃない。私は愚か者は嫌いだ」

「はい、閣下。ただ、あなたがご存じであることに驚いたんです。宿屋ですよ」

「私は自分が鈍いとは思わないが、話が見えないな」エイヴォン公は冷たく言った。

「すみません、閣下。ジャンが宿屋をやっていて、イングランドの旅行者がよく来るんです。もちろん……りっぱな英語じゃないですけれど」

「なるほど。では、おまえの生い立ちを話しなさい。まずは名前から」

「レオン・ボナールです、閣下。母さんはママ《メール》・ボナールで、父さんは――」

「パパ《ペール》・ボナールだろう。想像がつくよ。おまえはどこで生まれ、おまえのりっぱな両親はいつ死んだ？」

「ぼくは……どこで生まれたのか知らないんです、閣下。アンジューではないと思います」

「それはじつに興味深い」エイヴォン公は言った。「頼むから、生まれなかった場所を羅列するのはやめろ」

レオンは顔を赤くした。

「閣下はわかっていらっしゃいません。両親は、ぼくが赤ん坊のとき、アンジューに住むようになりました。バサンクールに農場を持っていたんです。ソーミュール《オブレ・ド・ソーミュール》の近くの。そして――そして、ぼくたちは両親が死ぬまでそこに住んでいました」

「ふたりは同時に死んだのか？」

レオンの小さく、まっすぐな鼻に当惑のしわが寄った。

「閣下――」

「同じときにか?」

「ペストでした」レオンが説明する。「ぼくは主任司祭さまのところへやられました。そのときぼくは十二歳で、ジャンは二十歳でした」

「なぜおまえはジャンとそんなに年が離れているのだ?」エイヴォン公は尋ね、目を大きく見開いた。レオンがその目をじっと見られるように。

いたずらっぽい笑い声を漏らし、レオンは鋭い視線を返した。

「閣下、両親は死んでいますから、尋ねることができません」

「友よ」エイヴォン公は優しい口調で言った。「私が生意気な小姓に何をするか知っているか?」

レオンが不安そうに首を横に振る。

「鞭《むち》打ちの罰を受けさせる。注意するよう、おまえに忠告しておこう」

「ごめんなさい、閣下。な、生意気なことを言うつもりはなかったんです」悔いたようすでレオンが言う。「母さんは女の子を産んだんですが、死にました。それから――それから、ぼくが生まれたんです」

「ありがとう。紳士のようなしゃべりかたはどこで学んだんだ?」

「主任司祭さまです、閣下。読み書きと、ラテン語を少し、それに……ほかにも、いろいろ教えてくださいました」

　エイヴォン公は眉を上げた。

「そして、おまえの父親は農夫だったのか？　なぜおまえはそんな広範な教育を受けたのだね？」

「わかりません、閣下。ぼくは末っ子で、かわいがられたんです。母さんはぼくを農場で働かせようとしませんでした。だからジャンはぼくを憎んでいるんだと思います」

「かもしれないな。手を見せてくれ」

　レオンがほっそりとした手を差し出す。エイヴォン公はその手を取り、片眼鏡でじっくりと見た。小さく、繊細な手で、先細りの指が酷使されてざらついていた。

「なるほど」エイヴォン公は言った。「ずいぶんかわいい手だな」

　レオンが愛嬌《あいきよう》のある笑みを見せる。「それを言うなら、閣下《カンタ・サ》はとてもきれいな手をしておられると思います」

　エイヴォン公の唇がひくひく動いた。「おまえには参るな。おまえの話では、両親は死んだ。それからどうなった？」

「ああ、それからジャンが農場を売ってしまったんです！　自分はもっと大きなことに向いていると言って。でも、どうなんだか」レオンが頭を一方にかしげ、それについて考える。抑えきれないえくぼが現れ、すぐに消えた。まじめくさっていると同時に少しいらだたしそうな顔で主人を見る。

「ジャンの能力に関する話はやめておこう」エイヴォン公は穏やかに言った。「おまえの話を続けなさい」

「はい、閣下。ジャンは農場を売り、ぼくを主任司祭さまから取り上げました」レオンの顔が曇る。「主任司祭さまは、ぼくを手もとに置きたかったんですが、ジャンがそれを許さなかった。ジャンはぼくが役に立つと考えたんです。だから当然、主任司祭さまは何もできなかった。ジャンはぼくをパリに連れてきました。そのときなんです、ジャンがぼくを……」レオンは躊躇《ちゅうちょ》した。

「続けろ！」エイヴォン公は鋭く言った。「そのとき、彼がおまえを……？」

「自分のために働かせたんです」レオンがぎこちなく言う。探るような目で見られて、視線を落とした。

「いいだろう《エ・ビュイ》」エイヴォン公は、やがて言った。「その件については、そこまでにしておこう。それから？」

「それからジャンはサーントマリー通りの宿屋を買って、そして——そしてしばらくして、シャルロットと出会い、それから……結婚したんです。そのあとは悪くなる一方でした。シャルロットがぼくを嫌ったからです」青い目がきらりと光った。「一度、彼女を殺そうとしました」レオンは率直に言った。「大きな肉切り包丁で」

「彼女が嫌うのは、わからないでもない」エイヴォン公は冷淡に言った。

「え……ええ」レオンがあいまいに応じる。「ぼくはまだ十五歳でした。毎日、食べるものが何もなかったことを覚えていますーーたたかれてばかりなんです。そして……それで全部です、閣下。あなたが来て、ぼくを連れ去ってくれるまで」

エイヴォン公は鵞《が》ペンを取り上げ、指のあいだに通した。

「なぜそのシャルロットを肉切り包丁で殺そうとしたのか、きいてもいいか？」

レオンが顔を赤らめ、背けた。

「それには……それには、理由があったんです、閣下」

「そうだろうな」

「彼女は……とても意地悪で残酷で、それから――それから、ぼくを怒らせました。それで全部です」

「私は残酷だし意地悪だが、私を殺そうとするのは勧めないな。それに、私の使用人たちもだ。私は、おまえの髪の色が意味するものを知っている」

黒みを帯びた長いまつげがふたたび上がり、えくぼが現れた。

「悪魔の怒り《コレール・ド・ディヤブル》」レオンが言った。

「そのとおり。それを私に見せないほうがいいぞ」

「はい、閣下。ぼくは大好きな人を殺そうとはしません」

エイヴォン公の唇が冷笑気味にゆがんだ。

「安心したよ。さて、いいか？　おまえは今後、私の小姓になる。服と食事を与えられ、暮らしに不自由はしない。だが、その代償に、私に服従することになる。わかったか？」

「もちろんです、閣下」

「使用人にとって私の言葉は法律だと、おまえは学ぶだろう。そしてこれは最初の命令だ。だれかに、おまえがだれでどこから来たのか尋ねられたら、自分はエイヴォン公の小姓だとだけ答えろ。私が思い出していいと言うまで、過去は忘れるんだ。いいな?」

「はい、閣下」

「それから、私に従うのと同じように、ウォーカーに従え」

その言葉に、引き締まった顎が少し傾いた。レオンが好奇の目でエイヴォン公を見る。

「そうしない場合」低い声がさらに低くなった。「おまえは私も罰を与える方法を知っていることに気づくだろう」

「そうしろとのことなら、ぼくはウォーカーに従います」レオンが重々しく言う。「そうします、ご、御前、さ、さま!」

エイヴォン公はレオンをじろりと見た。

「もちろん、そうしてくれるだろう。それから、私は閣下と呼ばれるほうが好きだ」

青い目がいたずらっぽくきらめいた。

「ウォーカーが、あなたに話しかけるときは、ご、御前、あー、もう! 全然言えないや!」

一瞬、エイヴォン公は小姓をじろりと見た。その目のきらめきはすぐに消えた。レオンがまじめな顔で視線を返す。

「よく気をつけるように」エイヴォン公は警告した。

「はい、閣下」レオンがおとなしく言う。

「もう行っていい。今夜は私と出かけるぞ」エイヴォン公は鵞ペンをインク壺《つぼ》に浸し、書き物を始めた。

「どこへでしょうか？」小姓は興味津々で尋ねた。

「おまえの知ったことか。私は退出を命じたんだ。下がれ」

「はい、閣下。すみませんでした！」レオンは部屋を出て、ドアをそっと閉めた。廊下に出ると、階段をゆっくり下りてくるダヴェナントと出会った。ダヴェナントがにっこり笑う。

「はて、レオン？　けさはずっとどこにいたんだ？」

「新しい服を合わせていたんです、ムッシュー。ぼく、すてきに見えるでしょう？」

「とてもすてきだ。どこへ行くんだね？」

「わからないんです。もしかして、閣下のためにできることが何かありませんか？」

「彼がなんの命令も出さないのなら、何もない。おまえは字を読めるか？」

「もちろん！　教えてもらいました。ああ、忘れていた！」

「ほう？」ダヴェナントは愉快に思った。「ついてこい。おまえのために本を見つけてやろう」

二十分後、ダヴェナントが書斎に入っていくと、エイヴォン公はレオンが退出したときと同じように、まだ書き物をしていた。

「ジャスティン、レオンはだれで、なんなんだ？　あの子は魅力的な子だ。絶対に農民じゃない！」

「あれはじつに生意気な子どもだ」エイヴォン公はうっすらと笑みを浮かべた。「私を笑った小姓は、はじめてだよ」

「きみを笑った？　それはずいぶんと有益な経験をしたな、アラステア。あの子は何歳だ？」

「十九歳だと信じる根拠がある」エイヴォン公は穏やかに言った。

「十九！　いや、あり得ないよ！　まだ赤ん坊だぞ！」

「そうでもない。今夜、いっしょにヴァソーのところに行くか？」

「そうだな。失っていい金はないが、かまうものか」

「きみは遊ばなくていい」エイヴォン公は言った。

「賭博《とばく》場で遊ばなくてどうする？」

「人と話をするんだ。私がヴァソーへ行くのは、パリを見るためだ」エイヴォン公は書き物にもどり、ダヴェナントは部屋を出た。

　夕食後、少ししてから、ふたりの男はヴァソーへ向かうことになった。レオンがいっしょに来ると気づいて、ダヴェナントは顔をしかめ、エイヴォン公をわきへ連れていった。

「ジャスティン、こんな気取った行動はやめるんだ！　ヴァソーのところで小姓は必要ない。それに、あそこは子どもの行く場所じゃない！」

「親愛なるヒュー、私の好きなようにさせてくれ」エイヴォン公は愛想よく言った。「小姓は私といっしょに行く。これも気まぐれだよ」

「だが、なぜ？　あの子はベッドにいるべきだ！」

エイヴォン公は嗅《か》ぎ煙草《たばこ》の粉を外套《がいとう》から払った。

「きみに思い出させなくてはならないな、ヒュー。あの小姓は私のものなんだ」

ダヴェナントが唇を固く結び、ドアの外へ出た。エイヴォン公は平然とあとから出た。

ヴァソーは、まだ夜も早いのに、混《こ》み合っていた。ふたりの男は玄関ホールで外套を従僕に預け、レオンを後ろに従えてホールを歩き、二階の賭博室に通じる広い階段へ向かった。

レオンは興味深そうに青い目を大きく開いて、エイヴォン公のすぐ後ろを歩いていた。彼に注意を向けた者が何人かいて、その多くが好奇の視線を彼からエイヴォン公へと移した。そのような視線に出会うとレオンはぽっと顔を赤らめたが、エイヴォン公は自分が引き起こしている驚きにまったく気づいていないようだ。

「アラステアは今度はなんの病気だ？」階段の隅で、勲爵士のダンヴォーがいっしょにいたド・サルミなる人物に尋ねた。

「知るもんか」ド・サルミが優雅に肩をすくめる。「あいつはいつでも普通じゃない。こんばんは、アラステア」

エイヴォン公は彼に会釈した。

「会えてうれしいよ、ド・サルミ。あとでピケットをひと勝負、どうだ？」

ド・サルミがお辞儀をする。

「喜んで」ド・サルミは通り過ぎるエイヴォン公を見送ってから、また肩をすくめた。「あの男はフランス王みたいに振る舞ってる。あの奇妙な目、どうも好かないな。やあ、ダヴェナント！」

ダヴェナントは愛想よく微笑《ほほえ》んだ。

「いたのか。ずいぶん混んでいるな」

「パリじゅうが集まってるよ」シュヴァリエが同意する。「アラステアはどうして小姓を連れてるんだ？」

「さあ。ジャスティンは話し好きじゃないからな。デストゥールヴィルがもどってきたようだな」

「ああ、昨夜《ゆうべ》な。きみもあのスキャンダルを聞いただろう？」

「いや、いや、シュヴァリエ、ぼくは決してスキャンダルに耳を貸さない」ダヴェナントは笑い声をあげ、階段を上っていった。

「悩むなあ《ジュ・ム・ドマンド》」片眼鏡を通してダヴェナントを見守りながら、シュヴァリエが言った。「なんで善人のダヴェナントが悪人のアラステアと友だちなんだ？」

二階のサロンは目がくらむほど明るく、陽気で脈絡のない会話で騒々しかった。すでにゲームをしている者もいれば、カウンターのそばに集まり、ワインを飲んでいる者もいた。ダヴェナントが見ていると、エイヴォン公はより小さなサロンに通じる折り戸の向こうへ行った。小姓は少し距離を置いて、控えめに後ろに立っている。

近くで小さな驚きの声があがり、ダヴェナントは顔の向きを変えた。長身の、やや無頓《むとん》着《じゃく》な服装をした男が隣に立ち、部屋の向こうのレオンを見ていた。男は顔をしかめ、重たげな口をぴったりと閉じている。髪粉のかかった髪は赤く輝き、弓形の眉は黒くて、とても太い。

「サンヴィール」ダヴェナントは男にお辞儀をした。「アラステアの小姓に驚いているのか？　酔狂だろう？」

「ごきげんよう、ダヴェナント。酔狂、そうだな。あの子はだれだ？」

「さあ。アラステアがきのう見つけた。レオンという名だ。奥方は元気だろうね？」

「ああ、ありがとう。アラステアが見つけたと言ったね？　どういう意味だ？」

「当人がこっちへ来る」ダヴェナントは答えた。「自分できいたほうがいい」

エイヴォン公は絹の裾《すそ》をはためかせながらやってきて、サンヴィール伯爵に向かって低く頭を下げた。

「これはこれは！」はしばみ色の目にあざけりが浮かんでいる。「親愛なる伯爵殿！」

サンヴィール伯爵がぶっきらぼうにお辞儀を返す。

「公爵殿！」

エイヴォン公は宝石のちりばめられた嗅ぎ煙草入れを取り出した。サンヴィール伯爵も長身だったが、このきわめて背が高く高慢な物腰の男の隣では、どうしても小さく見える。

「ひとついかがかな、伯爵殿？　いらない？」エイヴォン公は白い手を振って袖《そで》のひだ飾りを払い、嗅ぎ煙草をひとつまみ、優雅に取った。薄い唇は笑みを形作っていたが、愛想のよい笑みではなかった。

「サンヴィールはきみの小姓に見とれていたんだよ、ジャスティン」ダヴェナントが言った。「かなり注目しているようだ」

「確かに」エイヴォン公が尊大に指を鳴らすと、レオンが近づいてきた。「その辺にはなかなかいない子だ。どうかじっくり見てくれ」

「あなたの小姓に興味はない、ムッシュー」サンヴィール伯爵がつっけんどんに言い、向きを変えた。

「後ろにいろ」冷たい命令が発せられ、レオンがただちに後ずさった。「なんとごりっぱな伯爵だ！　彼を慰めてやれ、ヒュー」エイヴォン公はふたたび歩き出し、しばらくするとカード・テーブルに座って、ランスクネーをやっていた。

ダヴェナントもすぐにべつのテーブルに呼ばれ、サンヴィール伯爵をパートナーにして、フエローをすることになった。きざな紳士が向かい側に座り、カードを配り始めた。

「なあ、きみの友人《モン・シエール》はじつにおもしろいな。なぜ小姓を？」紳士がエイヴォン公のテーブルのほうを見る。

ダヴェナントは自分のカードを集めた。

「どうしてぼくにわかる、ラヴエール？　もちろん、理由があってのことだろう。それから――すまないが――ぼくはその話題にはうんざりなんだ」

「彼が……あまりにも人目を惹《ひ》くものだから」ラヴエールが弁解する。「あの小姓が。赤毛だが、なんという輝き！　そして青い、青い目。それとも瑠璃《るり》色か？　小さな卵形の顔に、貴族的な鼻！　ジャスティンはすばらしいよ。そう思わないか、アンリ？」

「ああ、まったくだ」サンヴィール伯爵が応じた。「彼は役者になるべきだった。言わせてもらうと、公爵と彼の小姓の話はじゅうぶんだ。きみの番だよ、マルシェラン」

エイヴォン公のテーブルでは、博打《ばくち》打ちのひとりがあくびをし、椅子を後ろに下げた。

「大変申し訳《ミル・パルドン》ないが、喉が渇いた。飲み物を探してくる」

ゲームが終わらざるを得ない状況になり、エイヴォン公はさい筒《ダイス・ボックス》をいじくった。それから顔を上げ、シャトーモルネに手を振って、椅子から立たないよう合図した。

「私の小姓にワインを持ってこさせよう、ルイ。これは見られるためだけにいるのではない。レオン！」

レオンがエイヴォン公の椅子の後ろから出てきた。いままで、熱心にゲームを見物していたのだ。

「閣下？」

「カナリーとバーガンディーをすぐに取ってくるんだ」

レオンが離れ、カウンターに向かってテーブルのあいだを慎重に進んだ。ほどなくトレイを持ってもどり、片膝をついて、それをエイヴォン公に差し出す。エイヴォン公は無言でコルナル・シャトーモルネが座る場所を指し示し、レオンは自分の失敗に顔を赤らめながら彼のところへ行って、ふたたびトレイを差し出した。そしてふたつの飲み物を出し終えると、自分の主人に問うような目を向けた。

「ミスター・ダヴェナントのところへ行って、用事がないか尋ねるんだ」エイヴォン公は物憂げに言った。「私とさいころをやらないか、コルナル？」

「ああ、いいよ」コルナルがポケットからさい筒を取り出す。「二ポニーか？　きみが投げるかい？」

エイヴォン公はいいかげんにさいころを投げ、顔の向きを変えてレオンを見た。小姓はダヴェナントの肘のところに到着し、ダヴェナントが顔を上げた。

「やあ、レオン？　なんだ？」

「閣下から、ご用がないかきくようにと言われました」

サンヴィール伯爵がレオンをさっと見た。椅子にもたれ、片手を軽く握ってテーブルの上に置いている。

「ありがとう。でも、ないよ」ダヴェナントは答えた。「ただ……サンヴィール、いっしょに飲むかい？　それから、みなさんは？」

「ありがとう、ダヴェナント」サンヴィール伯爵が言った。「きみは喉が渇いていないか、ラヴエール？」

「いまは大丈夫だ。ああ、だが、みんなが飲むなら、ぼくもいただくよ」

「レオン、バーガンディーを持ってきてくれないか？」

「はい、ムッシュー」レオンはお辞儀をした。彼は楽しみ始めていた。うれしそうにまわりを見ながら、ふたたびテーブルから離れていく。もどってくると、先ほどエイヴォン公のテーブルで得た教訓を生かし、銀のトレイをまずサンヴィール伯爵に差し出した。

　伯爵は椅子に座ったまま向きを変え、デカンターを取り上げると、ゆっくりとグラスを満たし、ダヴェナントに渡した。そしてまた、べつのグラスに注《つ》ぐ。そのあいだ、視線はレオンの顔に向けたままだった。じっと見られていることに気づいて、レオンは顔を上げ、サンヴィール伯爵と視線をまともに合わせた。伯爵はデカンターを上げていたが、長いこと注がずにいた。

「おまえ、名前はなんという？」

「レオンです」

　サンヴィール伯爵は微笑んだ。

「それだけか？」

　巻き毛の頭が揺れる。

「それ以上は知りません《ジュ・ヌ・セ・プリュ・リヤン》、ムッシュー」

「そんなに無知なのか？」サンヴィール伯爵は作業を再開した。最後のグラスを取ると、ふたたび口を開いた。「おまえは公爵殿のところに来たばかりだな?」

「そうです、ムッシュー。ムッシューのおっしゃるとおりです」レオンは立ち上がり、ダヴェナントのほうを見た。「ほかにご用は?」

「これだけだ、レオン。ありがとう」

「では、彼の使い道を見つけたのだな、ヒュー? 彼を連れてきて、私は賢かっただろう? ごきげんよう、ラヴエール」

柔らかな声を耳にして、サンヴィール伯爵はびっくりして手を揺らし、グラスから液体が少しこぼれた。エイヴォン公が彼の横に立ち、片眼鏡を上げていた。

「小姓の鑑《かがみ》だよ」ラヴエールが微笑む。「きょうの運はどうだね、ジャスティン?」

「退屈だ」エイヴォン公はため息をついた。「この一週間、負けることができない。ヒューの夢見るような表情からすると、彼はべつのようだな」ダヴェナントの椅子の後ろへ行き、彼の肩に手を置いた。「親愛なるヒュー、私の運を分けてやろう」

「きみはこれまで、そんなことをしたことがないだろうに」ダヴェナントは言い返した。空のグラスを下ろす。「もうひと勝負、どうだ?」

「もちろん」サンヴィール伯爵がうなずいた。「きみと私は嘆かわしい状況だからな、ダヴェナント」

「そしてすぐに、もっと嘆かわしい状況になる」ダヴェナントはカードを切りながら言った。「覚えていてくれ、ラヴエール。ぼくは今後はきみとだけ組む」カードを配りながら、エイヴォン公にそっと英語で言う。「その子を階下へやるんだ、アラステア。もう必要ないだろう」

「仰せのとおりに」エイヴォン公は応じた。「彼の仕事は終わったからな。レオン、玄関ホールで私を待っていろ」それから手を伸ばし、ダヴェナントのカードをつまみ上げる。

「おや、まあ！」カードをもどし、しばらくのあいだ無言でゲームを見守った。

　そのゲームが終わるころ、ラヴエールがエイヴォン公に話しかけた。

「きみの弟はどこにいるんだ、アラステア？　あのすばらしい若者は。あいつは、ほんとうにいかれたやつだよ！」

「情けないほど、そのとおりだ。ルパートは、たぶん、イングランドの債務者拘留所でみじめな暮らしをしているか、あわれな義兄の恵みを受けて暮らしているだろう」

「それはレディー・ファニーの夫のことだな？　エドワード・マーリング、そうだろう《ネスパ》？　きみには弟ひとりと妹ひとりがいるだけなのか？」

「じゅうぶんすぎるほどだ」エイヴォン公は言った。

　ラヴエールが笑い声をあげる。

「まったく、きみの家族はおもしろいよ！　きみたちのあいだには、愛情がまったく存在しないのか？」

「ほとんどない」

「それでいながら、きみはふたりを養ったと聞いたぞ」

「その件に関しては記憶がない」エイヴォン公が言う。

「レディー・ファニーはきみをとても好いている」

「ああ、ときどきはそのようだ」エイヴォン公は穏やかに同意した。

「ああ、レディー・ファニー！」

ラヴエールが自分の指先にキスをした。

「気づいてくれ！　彼女がどれほどすばらしい《ラヴィサーント》かを！」

「ヒューが勝ったことにも気づくことだな」エイヴォン公が物憂げに言った。「おめでとう、ダヴェナント」体の位置を少し変え、サンヴィール伯爵と向き合う。「マダムは、きみの魅力的な奥方はお元気かな、伯爵？」

「元気だ。ありがとう」

「それから子爵は？　きみのほれぼれするようなご子息は？」

「同様だ」

「今夜、ここには来ていないようだな」エイヴォン公は片眼鏡を上げ、部屋をざっと見た。「残念だ。きみはご子息にこのような娯楽は早すぎると考えているようだね。たしか、まだ十九歳だったかな？」

サンヴィール伯爵がカードの表を下にしてテーブルに置き、エイヴォン公のハンサムで謎《なぞ》めいた顔を憤慨して見つめた。

「私の息子にずいぶんと興味があるようだな、公爵殿！」

はしばみ色の目が大きく開き、それからまた細くなる。

「興味を持たずにいられましょうか?」エイヴォン公は丁寧に尋ねた。

サンヴィール伯爵はふたたびカードを手に取った。

「息子はヴェルサイユだ。母親といっしょだ」伯爵がぶっきらぼうに言う。「私の番だな、ラヴエール?」

# 3

## 返していない借りの話

ダヴェナントがサントノレ通りの屋敷にもどると、レオンはすでにベッドに入っていたが、エイヴォン公はまだ帰っていなかった。最新の愛人のところに寄っているのだろうと推測して、ダヴェナントは書斎へ行って待つことにした。やがてエイヴォン公が部屋にぶらぶらと入ってきて、ワインを注《つ》ぐと、火のそばへ来た。

「とても有益な夜だった。親愛なる友人サンヴィールは、私が早々に去ってしまった悲しみから立ち直っただろうね？」

「たぶんね」ダヴェナントは微笑《ほほえ》んだ。椅子のクッションに頭をもたせかけ、当惑気味の表情でエイヴォン公を見る。「どうしてきみたちはあんなに憎み合っているんだ、ジャスティン？」

まっすぐな眉が上がった。

「憎む？　私が？　おいおい、ヒュー！」

「よかろう。なら、こう言うよ。なぜサンヴィールはきみを憎んでいるんだ？」

「とても古い話なんだ。ほとんど忘れられた話だ。伯爵と私のあいだの……いわゆる衝突は、私がきみと友誼《ゆうぎ》を結ぶというありがたい出来事の前に起こったんだ」

「じゃあ、衝突があったんだな？　きっと、きみが不愉快な振る舞いをしたんだろう？」

「きみのすばらしいところは、愛想よく、率直な物言いができる点だ」エイヴォン公が言う。「だが、この件では、私は不愉快な振る舞いをしなかった。驚きだろう？」

「何があったんだ？」

「大したことではない」

「女だな、もちろん？」

「まったくそのとおり。ほかならぬ、いまのベルクール公爵夫人だ」

「ベルクール公爵夫人？」ダヴェナントは驚いて上体をまっすぐに立てた。「サンヴィールの妹。あの赤毛の意地悪女か？」

「そう、あの赤毛の意地悪女だ。記憶では、私は彼女を崇拝していた。彼女の意地の悪さをな。二十年前のことだ。それは愛らしい女性だったよ」

「二十年前！　そんな昔！　ジャスティン、まさか彼女に――」

「私は彼女との結婚を望んだ」エイヴォン公が悲しげに言った。「若気の至りだ。彼女に求婚する許しを彼女の父親からもらおうとした」間を置き、火をじっと見つめる。「私は二十歳そこそこだった。私の父親と彼女の父親は親友とは言えなかった。これも女が原因だ。それに、私はと言うと、そんなに若かったのに、ちょっとしたごたごたに巻きこまれていた」エイヴォン公の肩が揺れる。「いつもそうなんだ――うちの家族はね。老伯爵は娘に求婚する許可を私にくれなかった。いや、駆け落ちはしなかった。そのかわりに、サンヴィールからの訪問を受けた。彼は当時、ヴァルメ子爵だった。その訪問はほとんど屈辱的と言えた」

「きみにとって？」

エイヴォン公が頬をゆるめる。

「私にとって。アンリ殿は大きくて重い鞭《むち》を持って、私の住まいにやってきた。いや、鞭で打たれはしなかったよ。話を続けると、アンリはご立腹だった。私たちのあいだには、何かがあった。たぶん女だろうが、忘れた。彼は、それはそれはご立腹だった。その事実には慰められるな。私は、サンヴィールという最も厳格な一家の娘に、大胆にも好色の目を向けたのだからな。きみはあそこの厳格さに注目したことがあるか？　サンヴィールの情事が内密に行われるという事実から、それがわかる。私の情事は、きみも知ってのとおり、きわめてあけすけだ。違いがわかったか？　結構《ボン》！」エイヴォン公は椅子の肘に腰かけ、脚を組んでいた。ワイングラスの細い脚をつまんで、回し始める。「あの男が使った言葉を教えてやろう――私は振る舞いがみだらで、道徳心が完全に欠如していて、評判は汚れ、心は堕落し、そして……あとは忘れたよ。それによって、私の完全に高潔な結婚の申しこみは侮辱となった。それだけではない。ごりっぱなアンリ殿はついには長々と演説を始めた。私は自分の厚かましさにより、彼によって鞭で打たれなければならないと。私が！　エイヴォン公アラステアが！」

「だが、ジャスティン、彼は頭がいかれていたに違いないよ！」

「そのとおり。あの男はいかれていた。あの赤毛の連中ときたら！　そして、私たちのあいだには、確かに何かがあった。いつかはわからないが、間違いなく、私は彼に不愉快な振る舞いをしていた。演説のあと、きみの想像どおり、短い口論があった。そして私の長い演説が始まるのに、それほど時間はかからなかった。手短に言えば、私は彼の鞭でその顔に傷口を開けるという喜びを手に入れた。そして彼が剣を抜いた」

　エイヴォン公が片手を伸ばすと、サテンの上着の袖《そで》の下で筋肉が波打った。

「私は若かったが、それでも決闘のこつをいささか知っていた。あまりにも見事に刺したので、あの男を私の馬車に乗せて、私の従僕が家へ送ってやらねばならなかった。彼がいなくなると、私は思いにふけった。ほら、私は、あの……赤毛の意地悪女にぞっこんだった、あるいはそう想像していたから。ごりっぱなアンリの話では、彼の妹は私の求愛で侮辱されたと感じていたという。もしかすると彼女は私の求愛を気軽なお遊びの誘いだと受け取ったのかもしれないと思った。そこで私の意図を知ってもらおうと、サンヴィール邸を訪ねた。応対に出たのは、彼女の父親ではなく、ごりっぱなアンリで、ソファーにもたれていた。彼の友人も何人かいた。よく覚えてはいない。彼らの、そして従僕たちの前で、あの男は自分が親代わりの立場にあると言い、妹は求婚を受けないと告げた。それればかりか、私が彼女に近づいて声をかけたりしたら、彼女の目の前で、使用人に私を鞭で打たせるつもりだと言った」

「なんてことだ！」ダヴェナントが大声をあげる。

「私もそう思ったよ。私は引き下がった。しかたないだろう？　あの男に触れるわけにはいかなかった。すでに半殺しの目にあわせていたからな。次に私が公の場に顔を出したとき、サンヴィール邸を訪れた件がパリじゅうでうわさになっていると知った。しばらくフランスを去らざるを得なかったよ。ありがたいことに、べつのうわさが持ち上がったため、パリがふたたび私を迎えてくれた。古い古い話だよ、ヒュー。だが、私は忘れていない」

「彼のほうは？」

「向こうも忘れていない。あのとき彼は半分いかれていたが、正気にもどっても謝ろうとはしなかった。いまではわれわれは遠い知り合いのように振る舞う。しかし彼は、私がまだ待っていると知っている」

「待っているって……？」

エイヴォン公はテーブルへ歩き、グラスを置いた。

「借りを完全に返す機会を」静かに言う。

「復讐《ふくしゅう》？」ダヴェナントが身を乗り出した。「きみは通俗劇は嫌いだと思っていたよ」

「そのとおり。だが、私には正義に対する真の熱意がある」

「きみはその復讐の思いを、二十年間、育《はぐく》んでいるのか？」

「親愛なるヒューよ、復讐を渇望する気持ちが二十年間、私の感情を支配していたと考えているなら、その幻想は正させてくれ」

「まだ冷めていない？」ダヴェナントが無視して尋ねる。

「非常に冷めているが、それでも危険だ」

「そして、これまでのあいだ、一度も機会がなかった？」

「私は完全な復讐を望んでいるのだよ」エイヴォン公は弁解した。

「そしていま、きみは成功に近づいているというのか――二十年前よりも？」

　エイヴォン公は声を出さずに笑い、体を揺らした。

「そのうちわかるだろう。安心しろ。それがついに来たときには――こうだ！」エイヴォン公は嗅《か》ぎ煙草《たばこ》入れに置いた手を非常にゆっくりと握りしめ、やがて手を開いたとき、薄い金の箱はつぶれていた。

「おい、ジャスティン、きみは自分がどれほど悪質になれるか、わかっているか？」

「もちろんだ。みんなが私をこう呼んでいないか――サタンと？」

「サンヴィールがきみの手に落ちないよう願っているよ。このことをサンヴィールの弟は知っているのか？」

「アルマンか？　きみと、私と、サンヴィール以外、だれも知らない。アルマンはもちろん薄々気づいているだろうが」

「なのに、きみと彼は友人同士なのか！」

「ああ、ごりっぱなアンリに対するアルマンの憎しみは、私のよりずっと激しいんだ」

ダヴェナントは思わずにっこりした。

「じゃあ、ふたりで競争か？」

「全然。アルマンの憎しみは陰気な憎悪だと言っておくべきだったな。私と違い、彼は憎むことで満足している」

「彼は、サンヴィールの地位を得るためなら魂を売ると思うよ」

エイヴォン公は穏やかに言った。「サンヴィールのほうも、その地位をアルマンから守るためなら魂を売るだろう」

「ああ、それは知られている。彼が結婚したのもそのためだと、よくうわさされていた」

「そうだな」エイヴォン公は何かの考えが心中に浮かんだかのように、喉の奥で笑った。

「そして」ダヴェナントが続ける。「アルマンの希望は、夫人がサンヴィールに息子を与えたときについえたんだ」

「そのとおり」

# 4

## エイヴォン公、さらに小姓について知る

レオンにとって、新しい刺激に満ちた毎日が、矢のように過ぎていった。生まれてこのかた、いま目にするような光景は見たことがなかった。彼は前方に広がる新しい人生に目がくらんでいた。粗末で汚い宿屋の生活から、突然、豪華な状況に移された。見たことのない食べ物が与えられ、きれいな服を着せられ、パリの上流社会のまっただなかに置かれた。絹やダイヤモンドやまぶしい明かりや畏敬《いけい》の念をいだかせる人物たちによって、人生が構成されているように突然思えてきた。指を指輪だらけにし、いわく言いがたい香水のにおいのする金襴《きんらん》を身にまとった婦人たちが、ときおり立ち止まって彼に微笑《ほほえ》みかけた。髪粉をかけた鬘《かつら》と高いヒールの靴というでたちの高貴な紳士たちが、通り過ぎるとき、くるりと振り向き、思わず指さした。王族でさえ、ときどき彼に話しかけた。

パリの社交界は、しだいにレオンの存在に慣れてきたが、レオンが新しい自分に慣れたのは、そのずっとあとだった。しばらくすると、エイヴォン公の後ろからやってくるレオ

ンを、人々は凝視しなくなった。しかし、レオンが見るものすべてに感嘆の目を向けるのをやめたのは、それからずいぶんあとだった。

エイヴォン公の雇人たちが驚いたことには、レオンはそれでもエイヴォン公をあがめ続けた。何があっても彼のエイヴォン公に対する見かたは揺るがず、従僕のだれかが地下室でエイヴォン公の悪口をぶちまけようものなら、レオンはすぐに猛烈に腹を立てた。従者のガストンは、レオンの熱狂的なエイヴォン公支持をひどい間違いだと感じていた。エイヴォン公を擁護する者はどうかしていると考えており、小姓に対して一度ならず、自尊心のある奉公人はエイヴォン公を忌み嫌うべきだと教え諭した。

「おまえ《モン・ベティ》」従者が断固として言う。「ばかげてるぞ。とんでもないと言ってもいい。ありとあらゆるしきたりに反してる。あの公爵は、人間じゃない。彼をサタンと呼ぶ者もいるし、くそっ、それには理由があるんだ！」

「ぼくはサタンを見たことがない」レオンがとても大きな椅子から答えた。脚を体の下に折りこむようにして座っている。「でも、閣下がサタンのようだとは思わないよ。でも、もし公爵が悪魔に似ているのなら、ぼくが悪魔を大好きなのも無理もないな。兄貴が、ぼくは悪魔の子だって言っているもの」

「なんてこと！」メイド長の太ったデュボワ夫人が体を震わせた。

「まったく、こいつは悪魔と同じく気が荒い！」下男のグレゴリが喉の奥で笑った。

「だが、聞け！」ガストンは譲らない。「公爵は無情だ。俺《おれ》がいちばんよく知ってる。いいか、もし公爵が激怒しなければ、何も問題はない。公爵が俺の頭に鏡を投げたって、俺は何も言わない。紳士、貴族ってのはそんなものだ。だが、公爵ときたら！　あの男は穏やかに話す――それは穏やかに！　そして目はほとんど閉じているが、その声は……ああ、身震いがする！」従者はほんとうに身震いしたが、励ましのささやきを聞いて、ふたたび話を始めた。「おい、坊主《ペティ》！　公爵に話しかけられたとき、子どもに話しかけるようだったか？　犬に話しかけるようだろ！　あんな男を賞賛するなんてばかだよ。信じられん！」

「ぼくは閣下の犬だ。あの人はぼくに親切だし、ぼくはあの人が大好きだ」レオンは断固として言った。

「親切とな！　マダム、聞いたかい？」ガストンがメイド長に言う。

メイド長はため息をつき、手を組み合わせた。「この子はまだ若いから」

「いいか、ひとつ教えてやろう！」ガストンが叫ぶように言った。「その公爵が、三年前に何をしたと思う？　この屋敷が見えるだろう？　すばらしい屋敷で、とても豪華だ。だが三年前、公爵は貧乏だったんだ。借金やら、抵当やらがあった。俺は公爵に仕えて六年になるから、うそを言ってないとわかるだろう。ああ、俺たちは同じように暮らしてたよ、もちろん《ビヤン・シュール》。アラステア家はいつもそうだ。俺たちはいつものように豪勢にやっていたが、裏から見れば借金しかなかった。俺は知ってる。それから俺たちはウィーンへ行った。相変わらず、公爵は大金を賭《か》けて遊んでた。それが一族のやりかたなんだよ。最初は負けてた。公爵は気にしてなかったようだ。なにしろ、ずっと笑みを浮かべてたからな。それも、公爵のやりかたなんだ。やがて、ひとりの高貴な若者が現れた。金をたくさん持っていて、ずいぶんと楽しそうだった。若者が公爵とゲームをする。若者は負けた。彼はもっと高い賭金《かけきん》を提案する。公爵は同意した。当然だろ？　若者はまた負けた。何度も負け、ついには――ふっ！　終わりだ！　大金の持ち主が交替した。若者は破滅した――完全に《アブソリュマン》！　公爵は立ち去った。あいつは笑ってたよ――ああ、あの笑みときたら！　しばらくして、若者は拳銃《けんじゅう》で決闘をし、その拳銃は大きく的をはずした。なぜなら、破滅した若者は死を選んだからだ。そして公爵は……」ガストンが両手を振る。「あの男はパリへ来て、その若い貴族の金でこの屋敷を買ったんだ」

「ああ！」メイド長がため息をつき、首を横に振った。

レオンは顎を少し上に向けた。

「大したことじゃないよ。閣下はいつだって公正に勝負をする。その若者はばかだったんだ。それだけ《ヴォアラ・トゥー》！」

「おいおい《モン・デュ》、おまえは行いのよしあしを言ってるのか？　なら、教えてやる。公爵が言い寄った女たちのことを、おまえが知ったらどう思うことか！　おまえが――」

「ムッシュー！」デュボワ夫人が抗議の手を上げた。「わたしの前で、その話を？」

「すみません。いや、何も言いませんよ。なんにも！」

「一部の男はそんなものだと思うよ」レオンはまじめくさって言った。「ぼくはいろんな例を見てきた」

「なんてまあ《フイ・ドンク》！」メイド長が叫び声をあげた。「まだ子どもなのに！」

レオンは話に割りこまれたことを無視して、妙に世慣れた顔でガストンを見た。

「そしてそれを見たとき、いつも女のほうが悪いと思った」

「なんてこと！」メイド長が驚きの声をあげる。「あんた、子どものくせに、何を知っているの？」

レオンは片方の肩をすくめ、読書を再開した。「たぶん、なんにも」

ガストンは顔をしかめ、言い合いを続けようとしたが、先にグレゴリが口を開いた。

「おい、レオン。今夜、公爵に付き添って出かけるのか？」

「ぼくはいつだって閣下といっしょに行く」

「かわいそうな子！」デュボワ夫人が大きくため息をつく。「よくないことなのに」

「なぜよくないの？　ぼくは行くのが好きなんだ」

「そうでしょうね。でも、子どもをヴァソーやトルキリエのところへ連れていくなんて」

レオンの目がいたずらっ子のように輝いた。

「きのうの晩は閣下とメゾン・シュルヴァルへ行ったよ」澄まし顔で言う。

「なんですって？」デュボワ夫人が椅子の背に体を押しつけた。「度を超しているわ！」

「行ったことがあるの、マダム？」

「わたしが？　あらまあ《ノム・ド・デュ》。わたしがそんなところへ行くと思う？」

「いいえ、マダム。あそこは高貴な人の行くところだから」

デュボワ夫人が鼻を鳴らした。「それに、街をうろつくきれいな尻軽女たちの行くところよ！」

レオンは首をかしげた。「ぼくは、あの人たちをきれいだとは思わなかった。化粧が濃くて、品がなくて、声が大きくて、ありふれた小細工をする。でも、それほど見たわけじゃないんだ」

「レオン、教えてくれよ。メゾン・シュルヴァルはどんなところだった？」ガストンが好奇心を隠しきれず質問した。

「ああ、大きなホテルで、そこいらじゅうが金色と汚い白で、息がつまるようなにおいがしていたよ。ワインがたくさんあって、酔っぱらいもいた。ほかの、閣下みたいな人たちは、ただ退屈していた。女たちは……ああ、あいつらはどうってことなかったよ！」

ガストンはかなり失望した。もっとレオンに質問しようと口を開いたが、デュボワ夫人ににらまれたので、また口を閉じた。遠くで呼び鈴の音がし、それを聞いて、レオンは本を閉じ、脚を伸ばし、期待に満ちた顔で待った。数分後、下男が彼を呼びに来た。小姓はうれしげに立ち上がり、ひびの入った鏡がかかっているところへ行った。銅《あかがね》色のカールを撫《な》でつけるのを見て、デュボワ夫人が寛大に微笑む。

「まあまあ《ヴワヨン》、女の子みたいにうぬぼれ屋だこと」

レオンは顔を赤らめ、鏡から離れた。

「汚い格好で閣下のところへ行ったらおかしいでしょう。閣下はお出かけだと思うんだ。ぼくの帽子はどこ？　ガストン、ぼくの帽子の上に座っているよ！」従者から帽子を引ったくると、急いで引っ張って形を直し、下男のあとから部屋を出た。

エイヴォン公はホールにいて、ヒュー・ダヴェナントと話をしていた。柔らかな手袋の飾りふさを持ってくるくる回し、帽子をわきに抱えている。レオンは片膝をついた。鋭い目が興味なさそうにレオンに向けられる。

「閣下、ご用でしょうか？」

「用？　ああ、そうだった。出かけるところだ。いっしょに来るか、ヒュー？」

「どこへ？」ダヴェナントが尋ねた。暖炉に向かって体をかがめ、手を温めている。

「ラ・フールヌワーズへ行ったら楽しめるんじゃないかと思ったんだが」

ダヴェナントがいやそうに顔をしかめた。

「ぼくは舞台に出ている女優は好きだが、それ以外ではごめんだ。ラ・フールヌワーズは華やかすぎる」

「まあね。おまえも来ていいぞ、レオン。私の手袋を持て」エイヴォン公は小姓に手袋を投げ、続いて帽子も渡した。

その晩のマルゲリ女伯爵の舞踏会では、レオンは主人をホールで待つことになった。到着する客たちを観察しようと、人目につかない隅に椅子を見つけた。エイヴォン公は例によってできるかぎり遅く到着したので、あとから来る客を見られる可能性は低かった。レオンは大きなポケットから本を取り出し、読み始めた。

しばらくのあいだは、階段の手すりにもたれた従僕たちのとりとめのない会話が聞こえるだけだった。やがて突然、彼らが無駄話をやめ、注意をほかに向けた。ひとりがドアを開け、べつのひとりが遅く来た客から帽子と外套《がいとう》を受け取ろうと待ち構える。

レオンが本から目を上げたちょうどそのとき、サンヴィール伯爵が入ってきた。レオンは街の名士たちについてくわしくなっていたけれど、そうでなくても、サンヴィール伯爵に気づかないのはむずかしかった。服装に関してあらゆる面でやかましい今日、伯爵は着るものに無頓着《むとんじゃく》で、少し乱れたところもあることで目立っていた。伯爵は背が高く、手足が柔軟で、顔の肉づきがよく、くちばしのような鼻をしている。口は不機嫌なカーブを描き、黒い瞳に残忍さが隠れている。いつものように、かなり白髪が交じったごわごわの髪は髪粉がふじゅうぶんで、そこここで赤毛がきらめいている。たくさんの宝石は適当に選んだものらしく、上着との色の調和はまったく考えられていない。

付き添う従僕に長い外套を渡したため、伯爵の上着があらわになっていた。紫のベルベットがレオンの品定めする目に映った。サーモン・ピンクのベストには、金糸銀糸の刺繍《ししゅう》が施されている。半ズボンは紫で、白い長靴下が膝の上でだらりと丸くなり、赤いヒールの靴には宝石が飾られた大きな留め金がついている。伯爵はひだ飾りを振り出して、片手を持ち上げ、垂れた首巻《クラバット》を直した。そうしながらもまわりに素早い視線を投げ、小姓を見つけた。顔がしかめられ、分厚い口が少し突き出る。伯爵は喉もとのレースをいらだたしげにひねって、階段へゆっくりと歩いていった。手すりに手をかけたところで足を止め、少し振り返って頭をぐいと動かし、レオンに話がある意思を示した。

レオンはすぐに立ち上がり、伯爵に近づいた。

「ご用でしょうか?」

サンヴィール伯爵がじっと小姓を見る。しばらくのあいだ、無言だった。

「おまえの主人は来ているのか?」ようやく伯爵が言った。あまりにもへたな質問は、レオンを呼びつける口実であったことを示しているようだ。

「はい、旦那《だんな》さま」

伯爵は磨かれた床を足で軽くたたきながら、なおもためらっていた。

「おまえはどこへでも公爵といっしょに行くようだな」

「閣下が望むときは、そうです」

「おまえ、どこから来たんだ?」レオンの当惑した顔を見て伯爵は質問を変え、荒々しく尋ねた。「どこで生まれた?」

レオンは長いまつげを伏せた。

「田舎です」

伯爵の太い眉が寄った。

「どこの田舎だ?」

「知りません」

「妙に無知なんだな」サンヴィール伯爵が皮肉る。

「はい、旦那さま」レオンは目を上げ、顎を引き締めた。「旦那さまがどうしてこんなにぼくに興味を持たれるのか、わかりません」

「生意気なやつめ。私は農民の子に興味などない」伯爵は階段を上り、舞踏室へ向かった。

ドアのところに集まった人々のなかに、エイヴォン公がいた。青の色合いで服装をまとめ、胸に星を飾っていた。輝くダイヤモンドがちりばめられた星だ。サンヴィール伯爵は一瞬躊躇《ちゆうちよ》してから、そのまっすぐな肩をたたいた。

「すまないが、ムッシュー……」

エイヴォン公はだれに声をかけられたのか確認しようと、眉を上げて振り返った。視線がサンヴィール伯爵をとらえると、傲慢《ごうまん》な表情が消え、笑顔になった。仰々しくお辞儀をして、内心の愚弄《ぐろう》を包み隠す。

「これは、伯爵！　きみに会える至福を今夜は味わえないんじゃないかと不安になっていたところだ。元気なようだね？」

「ああ、ありがとう」サンヴィール伯爵は通り過ぎようとしたが、エイヴォン公がふたたび行く手をさえぎった。

「不思議なことに、伯爵、フロリモンと私はちょうどきみのことを話していたんだ――どちらかと言えば、きみの弟のことを。親愛なるアルマンはどこにいるのかな？」

「弟は、ヴェルサイユに参内している」

「ほう？　ヴェルサイユに家族が集合しているのか」エイヴォン公は笑みを浮かべた。「きみの魅力的なご子息である子爵は、宮廷生活がお気に召したのかな？」

エイヴォン公のわきにいた男がその発言に小さく笑い、サンヴィール伯爵に話しかけた。

「子爵はなかなかの変わり者だな、アンリ」

「ああ、あの子はまだ若い」サンヴィール伯爵が答える。「じゅうぶん宮廷を気に入っているよ」

フロリモン・ド・シャントレーユが楽しそうに忍び笑いをする。

「彼は気ふさぎとため息でぼくをずいぶん楽しませてくれたぞ！　一度、こう言っていた。いちばん好きなのは田舎で、サンヴィールで農場を経営する夢があると」

伯爵の顔に陰がよぎる。

「子どもの気まぐれだよ。サンヴィールにいるときは、パリに恋い焦がれている。失礼するよ……マルゲリ女伯爵に顔を見せてくる」そう言いながら伯爵はエイヴォン公のわきを通り抜け、女主人のほうへ向かった。

「われらが友は、いつも愉快なほど無愛想だな」エイヴォン公は言った。「まるで何かを堪え忍んでいるかのようだ」

「感情の起伏が激しいんだ」シャントレーユが答えた。「愛想のいいときもあるが、あまり好かれん。だが、アルマンはべつだ。あの陽気さときたら！　あのふたりのあいだに憎しみがあるのを知っているか？」その話をしたくて、意味ありげに声を低くする。

「親愛なる伯爵は、われわれがそう思うよう腐心している」エイヴォン公は言った。「尊敬する友よ！」ふんだんに髪粉を振り、化粧を施した人物に向けて、物憂げに手を振った。「きみがマドモワゼル・ソヌブリュンヌといるところを私は見たよな？　私には、ああいうのを好むのはむずかしい」

　化粧をした紳士が立ち止まり、にたにた笑った。

「いや、公爵、彼女は最新の流行だよ。人は彼女をあがめる。そうする必要があるんだ」

エイヴォン公は彼女をもっと観察できるよう、片眼鏡を上げた。

「ふーむ。では、パリには美女が不足しているのだな？」

「きみは彼女をあがめないのか？　あれは、堂々たる美というものだよ」しばらく踊る人たちをだまって眺め、それからふたたびエイヴォン公のほうを向く。「ところで《ア・プロポ》、公爵、きみがずいぶんと人目を惹《ひ》く小姓を手に入れたというのはほんとうかい？　ぼくは二週間、パリを離れていたんだが、赤毛の少年がきみの行くところ、どこでもついてくると最近聞いてね」

「ほんとうもほんとうだ」エイヴォン公は答えた。「世の中は熱くなるのも冷めるのも速くて、すでに関心は失われたと思っていたが？」

「いやいや。サンヴィールが話してくれたんだ。その少年には何か謎《なぞ》があるんだろ？　名もない小姓か！」

　エイヴォン公ははめていた指輪を回し、うっすらと笑みを浮かべた。

「謎などないと、きみがサンヴィールに話していいぞ。小姓にはすてきな名前がある」

「ぼくが彼に話す?」シャントレーユはとまどった顔をした。「だが、どうして?　たんなる無駄話をしていただけだぞ」

「そうだろう」得体の知れない笑みが広がった。「彼にまたきかれたら、話してもいいと言うべきだった」

「もちろんだ。ただ、たぶん、そんな機会は――ああ、ダヴェナントだ!　失礼、公爵!」シャントレーユはダヴェナントと話をするため、ちょこちょこと歩き去った。

エイヴォン公は香水をつけたハンカチであくびを噛《か》み殺した。そしてのんびりとした足取りでカード・ルームに向かい、そこに一時間ほど留《とど》まった。それから家の女主人を見つけ、柔らかな声でお愛想を言って立ち去った。

レオンは階下でうとうとしていたが、エイヴォン公の足音がすると目を開け、さっと立ち上がった。エイヴォン公が外套を着るのを手伝い、帽子と手袋を渡し、それから椅子駕《か》籠《ご》を呼ぶかどうか尋ねた。しかしエイヴォン公は歩くほうを選び、そのうえ小姓に隣を歩くよう命じた。ふたりは通りをゆっくり歩き、角を曲がったところで、エイヴォン公が口を開いた。

「小僧、今夜、サンヴィール伯爵に質問されたとき、なんと答えた?」

レオンは驚いて軽く跳び上がり、驚嘆を隠すことなく主人を見上げた。

「どうして知っているんです、閣下?　閣下を見ませんでした」

「そうだろう。私の質問には、用意ができたら、答えてもらえるのだろうな」

「すみません、閣下！　伯爵さまはぼくがどこで生まれたのか、おききになりました。どうして知りたがるのか、ぼくにはわからなかった」

「そう彼に言ったのだな？」

「はい、閣下」レオンはうなずいた。目を輝かせて顔を上げる。「その質問にちょっと失礼に応じても、閣下は怒らないと思ったんですが？」曲線を描いたエイヴォン公の唇を見て、エイヴォン公を微笑ませたのだと気づき、誇らしさに顔をほてらせた。

「そつがないな」エイヴォン公は言った。「それから、なんと言った？」

「わかりませんと言いました、閣下。ほんとうのことです」

「いい返事だな」

「はい」小姓が同意する。「ぼくはうそは嫌いです」

「そうなのか？」

「はい、閣下。もちろん、ときにはうそが必要ですけど、ぼくは嫌いです。一度か二度、真実を話すのが怖くて、ジャンにうそをつきましたが、それは意気地なしですよね？　敵にうそをつくのはそんなに悪いと思わないけど、友人とか愛する人には、うそはついてはいけない。そういうのは、悪いうそでしょう？」

「私は人を愛した覚えがないから、その質問に答えるにはふさわしくないのだ、小僧」

レオンが深刻そうにエイヴォン公を見る。

「ひとりも？　ぼくは、そんなによく愛するわけじゃないけれど、愛するときは永遠に愛します。母さんを愛したし、主任司祭さまを愛したし……あなたを愛しています、閣下」

「なんだと？」エイヴォン公は少し驚かされた。

「ぼくは――ぼくは、ただ、あなたを愛していると言ったんです、閣下」

「聞き間違えたのかと思ったよ。もちろんそれはうれしいが、あまり賢い選択とは思えないな。連中がおまえを改心させてくれるだろう。地下室の使用人たちが」

大きな目がぎらついた。「それはありません！」

エイヴォン公は片眼鏡を持ち上げた。

「そうか？　おまえはそんなに手ごわいのか？」

「ぼくは癇癪《かんしゃく》持ちなんです、閣下」

「そしてそれを私を守るために使うのか。これはおもしろい。おまえは、たとえば従者に噛みつくのか？」

レオンが軽蔑《けいべつ》をこめて、鼻をふんと鳴らす。

「ああ、あいつはただのばかです、閣下」

「嘆かわしいほどのばかだ。よくそう言ってやるのだが」

ふたりはエイヴォン公の屋敷まで来た。ホールで、エイヴォン公は少しためらった。レオンが彼の前で期待するように立っている。

「ワインを書斎に持ってきなさい」エイヴォン公はそう言うと、部屋に入った。

レオンが重い銀のトレイを持って現れたとき、エイヴォン公は暖炉のそばに座り、炉辺に足を置いていた。小姓がバーガンディーをグラスに注《つ》ぐのを、伏せた瞼《まぶた》の下から見守る。レオンがグラスを運んできた。

「ありがとう」いつにない礼儀正しさにレオンが驚いているのを見て、エイヴォンは口もとをほころばせた。「私が礼儀も知らない男だと想像していただろう？　座っていいぞ。私の足もとに」

レオンがすぐに敷物の上に座って脚を組み、かなり当惑しながらも明らかに喜んでエイヴォン公を見上げた。

エイヴォン公は小姓に目を向けたままワインを口に含み、それからそばの小さなテーブルにグラスを置いた。

「私を少し意外に思っているな？　私を楽しませることをしろ」

レオンが考えこんでエイヴォン公を見る。

「何をいたしましょう、閣下？」

「話をしろ」エイヴォン公は言った。「人生に対するおまえの若々しい考えかたがいちばん楽しい。続けてくれ」

レオンが突然笑った。

「何を話していいかわかりません、ムッシュー！　ぼくにはおもしろい話なんかありません。デュボワ夫人はぼくに話をさせるけど、ウォーカーは……ああ、ウォーカーは退屈できびしいんだ！」

「だれだ、その……デュボワ夫人というのは？」

レオンが目をまん丸くする。

「ここのメイド長じゃないですか、閣下！」

「そうなのか？　私は見たことがない。彼女はいい聞き手なのか？」

「閣下？」

「いや、いい。アンジューでのおまえの生活を話せ」

レオンはもっと座り心地がいいように体を動かし、そばにあるエイヴォン公の椅子の肘掛けがもたれるのに魅力的だったため、不作法だと気づかずに、そこにもたれた。

「アンジューは……それは遠いところなんです」レオンがため息をつく。「ぼくたちは小さな家に住んでいて、馬や牛や豚がいました――ああ、いろんな動物がいたんです！　父さんは、ぼくが牛や豚に触ろうとしないのをいやがりました。でも、あれは汚いもの。母さんは、ぼくは農場で働くべきじゃないって言いましたが、ぼくに鶏の世話をさせました。それはべつにどうとも思わなかったですけど。斑《ふ》入りの雌鶏《めんどり》が一羽いて、ぼくのものでした。ジャンがぼくをいじめようと、それを盗んだっけ。そして、主任司祭さまがいた。ぼくたちの農場から少し離れた、教会の隣の小さな家に住んでおられました。司祭さまは、それはそれはいい人で、優しかった。ぼくが勉強をちゃんとすると、お菓子をくださりました。それに、ときどき話をしてくれました。妖精《ようせい》や騎士のすてきな話なんです。ぼくはほんの子どもだったけれど、いまでも覚えています。父さんは、司祭が妖精みたいな存在しないものの話をするべきじゃないと言った。ぼくは父さんがあまり好きじゃありませんでした。ちょっとジャンに似ていて……。それからペストが流行《はや》って、みんな死にました。ぼくは主任司祭さまのところへ行って、それから……。でも、閣下は全部知ってらっしゃいます」

「なら、パリの生活を話せ」エイヴォン公は言った。

レオンは椅子の肘掛けに頭をあずけ、夢見るように暖炉の火を見つめた。エイヴォン公のそばの蝋燭《ろうそく》の灯が銅色のカールの上で揺らめき、まるでそれが生きていて、金色に燃えているように見せている。そしてレオンが話をする。最初はたどたどしく、あさましい話の部分では、恥ずかしそうにためらいながら。感情が変化するたびに彼の声は上下し、ついにはだれに話しているのか忘れたかのごとく、語りに没頭した。エイヴォン公は無言で耳を傾け、少年の風変わりな人生観にときどき微笑したが、だいたいは無表情で、狭めた鋭い目でレオンの顔をじっと見ていた。パリでの苦難や忍耐は、ジャンとその妻によるけちな横暴や残酷さについての不平やあからさまな言及よりも、口にされなかった話によって、より明らかにされた。とりとめのない話がついに終わったとき、レオンがかすかに体を動かし、おずおずと小さな手を上げてエイヴォン公の袖《そで》に触れた。

「そして閣下が現れ、ぼくをここに連れてきて、何もかも与えてくれたんです。ぼくは決してそれを忘れません」

「おまえは最悪の私をまだ見ていないのだよ」エイヴォン公は言った。「私は実際にはおまえが思っているような英雄ではない。おまえの兄からおまえを買ったのは、おまえを奴隷の身分から救ってやりたいと思ったからではない。おまえに使い道があったからだ。結局使い道がないとなったら、私はおまえをお払い箱にするだろう」

「閣下に追い払われたら、ぼくは川に飛びこんで死にます」レオンが熱をこめて言う。

「閣下がぼくに飽きたら、ぼくは厨房《ちゅうぼう》で働きます。絶対にあなたのもとを離れません」

「いや、おまえに飽きたら、私はムッシュー・ダヴェナントにおまえをやるつもりだ」エイヴォン公は喉の奥で笑った。「おもしろいことになるだろう――なんと！　うわさをすれば……」

ダヴェナントはだまってやってきたが、入り口でいったん立ち止まり、暖炉の前のふたりをじっと見た。

「なかなか胸を打たれる図だろう、ヒュー？　《新たな役割を得たサタン》だ」エイヴォン公は何げなくレオンの頭を指でたたいた。「おやすみ、おちびさん」

レオンがすぐに立ち上がり、エイヴォン公の手にうやうやしくキスをした。ダヴェナントに軽くうなずいて部屋を出る。

ドアが閉まるのを待って、ダヴェナントはむずかしい顔で暖炉に近づいた。「いつこのばかげた行為をやめるつもりだ？」

エイヴォン公は頭を後方にかしげて、ダヴェナントの怒りのまなざしに楽しそうな冷笑を返した。

「何を悩んでいるんだ、ヒュー？」

「きみの足もとにあの子がいるのを見ると……むかむかする！」

「ああ、どうりで不安そうな顔をしていると思ったよ」

「吐き気がするよ！　あの子がきみをあがめているのは！　あの子の賞賛が、きみの心を苦しめるよう願っている。きみが自分は尊敬に値しないと気づいてくれれば、あの子の行為も無駄にはならないからな」

「残念ながら、そんなことにはならない。親愛なるヒュー、教えてほしいのだが、なぜそんなに興味を持つんだ――あの小姓に？」

「彼の若さと純真さにぼくは同情するんだ」

「興味深いことに、あれはきみが思っているような純真な子では決してない」

ダヴェナントはいらだたしげに向きを変えた。ドアへ歩いていったが、開ける前にエイヴォン公がふたたび口を開いた。

「ところで、わが友、あすはいっしょに出かけられない」

ダヴェナントが振り向いた。「ほう？　どこへ行くんだ？」

「ヴェルサイユだ。またルイ国王に敬意を表してくる頃合《ころあ》いだと思ってね。きみにいっしょに来てくれと言っても無駄だろうし」

「そのとおり。ぼくはヴェルサイユが好きじゃないからな。レオンはいっしょに行くのか？」

「それは考えていなかった。いいかもな。きみが彼をルルドーヌのところへ連れていきたいのなら話はべつだが」

ダヴェナントは無言で部屋を出た。

# 5

## エイヴォン公、ヴェルサイユを訪れる

四頭の灰色の馬が引くエイヴォン公の四輪馬車が、翌日の午後六時少し前に屋敷の玄関先に停《と》められた。馬たちがはみを噛《か》み、美しい頭をいらだたしげに振り上げ、丸石敷きの前庭に、足を踏みならす音が響く。黒と金のお仕着せを着た騎乗御者たちが、馬たちの前に立っていた。なぜならエイヴォン公の馬は御しやすさを基準に選ばれていないからだ。

ホールでは、レオンが興奮に顔を輝かせて主人を待っていた。その日早くにエイヴォン公の出した命令により、小姓の服は喉と手首に本物のレースがついた黒いベルベットだ。自分の帽子を腕に抱え、もう一方の手で主人のリボンで飾られた杖《つえ》を持っている。

エイヴォン公がゆっくり階段を下りてきて、レオンは驚嘆の息をのんだ。エイヴォン公はつねにすばらしかったが、今夜の彼はそれ以上だった。上着は金糸織りで、ガーター勲章の青いリボンがかけられ、三つの勲章が蠟燭《ろうそく》の明かりにきらめいていた。ダイヤモンドが首巻《クラバット》のレースの上に収まり、髪粉をかけた髪を後ろで結ぶリボンの上でもきらめいて

いる。踵《かかと》と留め金に宝石がちりばめられた靴を履き、一方の膝の下にガーターがあった。金の裏地のついた黒く長い外套《がいとう》を腕にかけていたエイヴォン公は、いまそれをレオンに渡した。手には嗅《か》ぎ煙草《たばこ》入れと香水をつけたハンカチ。無言で小姓をざっと眺め、やがて顔をしかめて従者のほうを向いた。

「なあガストン、おまえなら私がだれかからもらった、サファイアがちりばめられた金のチェーンを覚えているだろう？　それから、円形のサファイアの留め金を」

「は、はい、閣下」

「持ってこい」

ガストンが急いで去り、命ぜられた装飾品を持ってすぐにもどってきた。エイヴォン公は重いサファイアのチェーンをレオンの頭からかけた。チェーンは小姓の胸のあたりに落ち着き、それ自体の光で輝いたが、少年の目ほど明るくもなければ、澄んでもいなかった。

「閣下！」レオンが驚きの声をあげた。手を持ち上げて、高価なチェーンに触れる。

「おまえの帽子をよこせ。留め金を、ガストン」小姓の帽子の、上向きになったつばに、エイヴォン公はダイヤモンドとサファイアでできた円形の留め金を慎重に留めた。それをレオンに渡し、後ろに下がって出来ばえを観察する。「おお、なぜこれまでサファイアを思いつかなかったんだろう？　ドアだ、小僧」

主人の予想外の行動にまだぼうっとしたまま、レオンは急いでドアを開けに行った。エイヴォン公が外に出て、待ち受けていた馬車に乗る。レオンは、自分が御者席に乗るべきか主人といっしょになかへ入るべきか迷って、問うようにエイヴォン公を見た。

「ああ、いっしょに乗れ」エイヴォン公が無言の質問に答える。「馬を出すように言え」

レオンは命令を伝え、エイヴォン公の馬たちの性質をよく知っていたので、慌てて馬車に飛び乗った。騎乗御者が素早く馬に乗り、いらだった馬たちがたちまち前に飛び出す。

馬車は向きを変え、錬鉄製の門へ向かった。外に出ると、できるかぎりのスピードで狭い通りを走った。しかし、まさにその狭さと、丸石の滑りやすさと、多くのカーブと曲がり角のせいで、必然的に進みは遅くなり、馬たちのスピードと力強さが発揮されたのは、ヴェルサイユに通じる街道へ出てからだった。馬車はすさまじい速度でなめらかに進み、道のでこぼこがひどいところでは少し揺れたが、スプリングがよく利いた馬車だったため、乗客たちが急激な揺れや不快さを感じることはなかった。

しばらくしてから、レオンがエイヴォン公にチェーンのお礼をどう言うべきか思いついた。エイヴォン公と同じ席の端に座って、光沢のある石を畏敬《いけい》の念をこめていじり、チェーンがどのように見えるのか確かめようと、目を狭めて胸もとを見下ろす。やがて深呼吸して主人のほうに視線を向けた。エイヴォン公はベルベットのクッションにもたれ、飛び去る景色をぼんやりと眺めていた。

「閣下、これは……高価すぎます。ぼくが身につけるには」レオンが小さな声で言う。

「そうか」エイヴォン公はおもしろそうに微笑《ほほえ》んで、小姓を見た。

「ぼ、ぼくは、身につけないほうがいいです。もし……もしなくしたら、どうします?」

「その場合はべつのを買ってやらねばなるまい。なくしたければ、なくしていい。おまえのだから」

「ぼくの？」レオンは指をねじった。「ぼくのですって？　あり得ません！　ぼ、ぼくは何もしていない――こんな贈り物をもらうようなことはしていません」

「私が賃金を払っていないと、おまえは思わなかったのか？　聖書のどこかに――どこかは知らないが――働く者がその報酬を得るのは当然だと書いてある。私はそのチェーンをおまえに与えることにした。報酬として」

　それを聞いて、レオンは帽子を脱ぎ、頭からチェーンをはずして、投げるようにエイヴォン公に返した。顔は真っ青で、目は怒りに燃えている。

「ぼくは報酬は欲しくない！　あなたのために死ぬほど働くつもりですが、報酬だなんて……お断りします！　千回でもお断りします。あなたはぼくを怒らせた」

「そのようだな」エイヴォン公はつぶやいた。チェーンを手に取り、いじり始める。「おまえは喜ぶと思っていた」

　レオンは手で目をこすった。声を少し震わせて答える。

「どうしてそんなことを思ったんです？　ぼくは……報酬を欲しいとは一度も思わなかった。ぼくがあなたに仕えているのは愛から、それに――それに感謝からなのに、あなたはぼくにチェーンを渡した！　まるで――まるで、報酬がないと、ぼくがちゃんと働かないと思っているみたいじゃないですか」

「そう思っていたら、おまえにやったりしなかっただろう」エイヴォン公はあくびをした。「おまえが興味を持つかもしれないから言っておくと、私は小姓にこんなふうに話をされることに慣れていない」

「す、すみません、閣下」レオンが小さな声で言う。唇を噛んで、顔を背けた。

エイヴォン公はしばらく無言でレオンを見ていたが、絶望感と傷つけられた威厳が入り交じった小姓のようすに、小さく笑い声を漏らし、明るい色の巻き毛のひと束を引っ張った。

「私が謝ることを期待しているのか、小僧？」

レオンは頭をぐいと動かしてエイヴォン公の手を払い、窓の外を見つめていた。

「おまえはずいぶん高慢だな」エイヴォン公の優しい声に含まれたあざけるような調子に、レオンの頬がぱっと赤くなった。

「ぼく……閣下は……親切じゃない！」

「いま気づいたのか？　だが、おまえに報いて、なぜ不親切呼ばわりされるのかわからない」

「閣下は理解していないんだ！」レオンがきつい口調で言う。

「おまえが侮辱されたと思っていることは理解しているよ。これほどおもしろいことはない」

鼻をすするかすかな音――すすり泣きでもあった――が、エイヴォン公への返事だった。

ふたたびエイヴォン公は笑い声をあげ、今回はレオンの肩に手を置いた。強い力でレオンはひざまずかせられ、目を伏せたまま、その場に留《とど》まった。頭からチェーンがかけられる。

「私のレオン、おまえがこれを身につけるのは、それが私の喜びだからだ」

「はい、閣下」レオンが堅苦しく答えた。

エイヴォン公は小姓の先の尖《とが》った顎をつかみ、上を向かせた。

「私はどうしておまえに耐えているのだろうな？　チェーンは贈り物だ。これで満足か？」

レオンは素早く顎を下げ、エイヴォン公の手首にキスをした。

「はい、閣下。ありがとうございます。ほんとうにすみませんでした」

「なら、座席に座っていい」

レオンが帽子を取り上げ、震え気味の笑い声をあげて、広い座席の、エイヴォン公の横に腰を下ろした。

「ぼく、ひどい癇癪《かんしゃく》持ちなんだと思います」レオンが無邪気に言う。「主任司祭さまは、それでよくぼくに罪の償いをさせました。癇癪はたちの悪い罪だと言っていた。そのことについて話を聞かされたものです——しょっちゅう！」

「司祭の説教はあまりためにならなかったようだな」エイヴォン公が皮肉っぽく言った。

「はい、閣下。だって、むずかしいんだもの。ぼくの癇癪は、ぼくがどうかするには素早すぎるんです。すぐにかっとなって、ぼくには止められない。でも、たいていはあとで悔いるんです。今晩、ぼくは国王に会うんですか？」

「たぶん。おまえは私のそばを離れない。それから、じろじろ見るんじゃないぞ」

「はい、閣下。見ないようにします。でも、それもむずかしいことなんです」レオンは秘密を打ち明けるような顔でエイヴォン公を見たが、彼は明らかに眠っていた。そこでレオンは馬車の隅で丸くなり、無言で道中を楽しむ準備をした。ときどき、馬車はほかの馬車を追い越した。どれもヴェルサイユへ向かう馬車だったが、こちらが追い越されたことは一度もなかった。

　黒と金に塗られた馬車はほとんど停車せずに進み、やがてヴェルサイユに近づいた。速度をゆるめて門を入ると、レオンは身を乗り出して、薄暗がりを興味津々で見た。灯火の下を通ったとき以外、ろくに見えるものはなく、馬車は王の中庭《クール・ロワイヤル》に入った。レオンはあちこちに目を凝らした。三方に建物がある中庭は炎のように明るかった。入り口まで馬車が列を作り、そこで停まって乗客を降ろすと、次の馬車に場所を明け渡すために移動していた。

　ついにレオンの乗った馬車が入り口に到着すると、エイヴォン公が目を開いた。彼は外に目を向け、明るい中庭を見て、あくびをした。

「降りねばならないようだな」エイヴォン公はそう言って、下男が踏み段を下ろすのを待った。最初にレオンが降り、エイヴォン公に手を貸そうと向きを変える。彼はゆっくりと降り、一瞬立ち止まって、順番待ちの馬車を眺めると、レオンを後ろに従えて、宮殿の従僕たちの前を悠然と歩いた。レオンはまだ外套と杖を持っていた。待ち構える従僕にその両方を渡すよう、エイヴォン公はレオンにうなずいて合図し、それからいくつかの控えの間を抜けて、大理石の中庭へ向かった。中庭は人でいっぱいだった。友人たちに挨拶《あいさつ》するエイヴォン公をレオンは精いっぱい追った。まわりを眺める機会はたくさんあったが、中庭の規模と壮麗さに目がくらんだ。果てしない時間が経《た》ってから、気がつくと、もはや彼とエイヴォン公は中庭にはいず、ゆっくりだが確実に左側へ向かっていた。いま彼らは、金で厚く覆われた巨大な階段の前に立っていた。階段を上ったところでは、人々の流れができていた。エイヴォン公がずいぶん化粧の濃いレディーに出会って、腕を差し出した。ふたりは幅の広い階段を上り、階上のホールを歩いて、さまざまな部屋を横切り、ついに古い円窓《ウイユ・ド・ボー》のところに来た。エイヴォン公の上着の、鯨の骨の入った裾《すそ》をつかみたい衝動を抑えながら、レオンはできるだけエイヴォン公から離れないように歩いた。エイヴォン公がある部屋に足を踏み入れる。その部屋と比べれば、いままで通ってきたほかの部屋は無価値と言えた。だれかが階下で、接見は鏡の回廊《ガルリ・デ・グラス》で行われると言っていたのを思い出し、レオンはここがそうなのだと気づいた。きらめくシャンデリアには無数の蝋燭《ろうそく》が灯《とも》され、シルクをまとった何千もの紳士淑女がひしめき、レオンの目には、広い回廊は実際の倍の広さに見える。やがて、一方の側面全体が巨大な鏡で覆われていることに気づいた。向かいには、それと同数の窓がある。レオンはその数を数えようとしたが、すぐにあきらめた。人々の集団によって、しばしば視界がさえぎられたからだ。部屋は息苦しかったけれど寒く、二枚の巨大なオービュソン織り絨毯《じゅうたん》で覆われていた。この大勢の人のわりには椅子が少なすぎる、とレオンは胸の内で言った。エイヴォン公はふたたび左右の人々に会釈し、ときどき立ち止まって友人とひと言ふた言、言葉を交わしたが、つねに回廊の端へ向かっていた。暖炉に近づくにつれ、人の数が少なくなり、レオンは前方にいるその人の肩より多くの部分を見ることができた。その恰幅《かっぷく》のいい男はゆったりした宮廷服に身を包み、勲章をたくさんつけ、暖炉のそばの金の椅子に座っていた。たくさんの紳士がそのまわりに立ち、金髪の女性が彼の隣の椅子に座っている。男の鬘《かつら》は巻き毛がとても大きく、異様と言っていいぐらいだ。金のレース飾りのついたピンクのサテンを着ていて、宝石をつけ、化粧は厚い。赤らんだ顔に黒のつけぼくろをつけ、ダイヤモンドの柄の剣をわきに差していた。

エイヴォン公がレオンに言葉をかけるために振り向き、小姓の顔に浮かんだ驚きの表情に、うっすらと微笑んだ。

「王を見たな。では、向こうで待っていろ」斜間《はすま》のほうを手で示されて、レオンは来た道をもどり始めた。

エイヴォン公はルイ十五世と隣の青白い王妃に敬意を捧《ささ》げ、その場に数分留まって王太子と話をしてから、王に近侍するアルマン・ド・サンヴィールのところへ悠然と近づいた。アルマンが手と手をぎゅっと握りしめ、歓迎の意を示す。

「なんと、きみ《モン・デュ》に会えるとはうれしいな、ジャスティン！　きみがパリにいることとさえ知らなかったよ。いつもどってきたんだ、わが友《モン・シエール》？」

「二カ月近く前だ。まったく、ここは疲れるな。もう喉が渇いたよ。だが、バーガンディーを手に入れるのは不可能だろう？」

アルマンの目が共感してきらめいた。

「戦争の間《サル・ド・ゲール》だ！」アルマンがささやく。「いっしょに行こう。いや、待ってくれ。ポンパドール夫人がこちらを見た。ああ、微笑んでおられるぞ！　ついているな、ジャスティン」

「私ならそういう表現は使わないが」エイヴォン公はそう言ったものの、王の愛人のところへ行き、非常に低く頭を垂れて彼女の手にキスをした。そのままその場に留まり、スタンヴィル侯爵がやってきて彼女の注意を惹《ひ》くと、巧みに戦争の間へ逃れた。部屋でアルマンを見つけた。ほかのひとりかふたりといっしょで、軽いフランス・ワインと砂糖菓子を口にしていた。

だれかがエイヴォン公にバーガンディーの入ったグラスを渡し、従僕が菓子の皿を差し出したが、エイヴォン公は手を振って菓子を断った。

「ありがたい休憩時間かな？」エイヴォン公は言った。「きみの健康に《ア・タ・サンテ》、ジョワンリセ！やあ、トゥールヴィル。ちょっと話があるんだ、アルマン」サンヴィール伯爵を引っ張って、長椅子のところへ行く。ふたりは腰を下ろし、しばらくのあいだ、パリや宮廷生活や近侍の苦労について話をした。エイヴォン公はアルマンのかなりおもしろい話がいったん途切れたところで話題を替えた。

「きみの義理の姉上に挨拶をしなくてはな。今晩、ここにいるのだろう?」

アルマンの愛想のいい丸顔がとたんに暗い、苦虫を噛みつぶしたような顔になった。

「ああ、いる。王妃の後ろの、人目につかない隅に座っていた。ジャスティン、ああいう傾向がいいとなると、きみの好みは悪くなったな」アルマンが軽蔑《けいべつ》するように鼻を鳴らす。

「まったく! アンリがどうして彼女を選んだのか、理解できないよ」

「あのごりっぱなアンリに判断力があるとは思えないね」エイヴォン公は答えた。「彼はここではなく、なぜパリにいるんだ?」

「パリにいるのか? シャンパーニュにいたのに。ここでちょっとした不興を買ってね」アルマンがにやりと笑う。「あの気性だからな。アンリはマダムとあの田舎くさい息子をここに残した」

エイヴォン公は片眼鏡を持ち上げた。「田舎くさい?」

「なんだ、じゃあ、あいつに会ったことがないのか? 農民の心を持った、田舎のがきだよ、ジャスティン。それが将来のサンヴィール伯爵とは! まったく《モン・デュ》、マリーには悪い血が流れているに違いない。ぼくの美しい甥《おい》がうちの家系から田舎くささを得たわけがない。まあ、マリーが本物の貴族の出だと思ったことはないがね」

エイヴォン公は視線を下ろし、ワインを見た。

「ぜひとも小アンリを見なくてはな」エイヴォン公は言った。「父親にも母親にも似ていないという話だが」

「少しもね。髪は黒いし、鼻の形は悪いし、手はがっしりしている。アンリに罰が当たったんだよ。めそめそしていて、ため息ばかりで、魅力のまったくない、美しさに劣る女と結婚したと思ったら、やがてもうけたのが……あれだ！」

「きみは甥が好きではないようだな」エイヴォン公はつぶやいた。

「ああ、そうとも。ジャスティン、まぎれもないサンヴィールの人間だというなら、ぼくも我慢できる。だが、あんな――あんなまぬけの田舎者とは！」アルマンが小さなテーブルに力をこめてグラスを置いたので、もろいグラスが危うく割れそうになった。「きみはぼくがくどくど不満を漏らしていると言うかもしれないが、忘れられないんだよ。ぼくを困らせるために、アンリはあのマリー・ド・レスピナスと結婚し、彼女は不毛の三年ののちに、アンリに息子を与えた。最初は死産で、それからぼくが自分の地位が確実になったと思い始めたときに、男の子を産んで、われわれを驚かせたんだ。そんな目にあうなんて、ぼくは何か神を怒らせることでもしたのか？」

「彼女は男の子を産んで、きみを驚かせた。たしか、シャンパーニュで生まれたんだったな？」

「ああ、サンヴィールでな。いまいましい。ぼくは三カ月後、彼がパリに連れてこられたときに、あのがきと対面した。あのときは、吐きそうになったよ」

「ぜひとも彼を見なくてはな」エイヴォン公はくり返した。「何歳なんだ？」

「知らないし、どうでもいいが、十九歳だよ」アルマンがきつい声で言う。エイヴォン公が立ち上がるのを見て、思わず微笑んだ。「がみがみ言ってもしかたないよな、えっ？　ぼくのいまいましい生活のせいなんだよ、ジャスティン。この宮殿を訪問するきみには、ここはなんの問題もない場所だ。すてきですばらしいところだと思うだろうが、近侍にあてがわれる部屋を見たことがないからだよ。風通しの悪い穴蔵だぞ、ジャスティン。うそじゃない！　さて、回廊にもどろう」

ふたりは部屋を出て、回廊に入ったところで一瞬、立ち止まった。

「ほら、あそこに彼女がいる」アルマンが言った。「ジュリー・ド・コルナールといっしょだ。なぜ、彼女に会いたい？」

エイヴォン公は微笑み、にこやかに説明した。

「いいか、きみ《モン・シエール》。親愛なるアンリに、彼の魅力的な奥方と楽しいひとときを過ごしたと言えれば、それはそれは満足できるからな」

アルマンがにやりと笑った。「ああ、それがきみの望みか！　きみは親愛なるアンリが大好きなんだろう？」

「もちろんだ」エイヴォン公は頬をゆるめた。アルマンが人々のあいだに消えるのを待ってから、命令どおりまだ斜間に立っているレオンを手招きする。おしゃべりに興じる婦人たちのあいだをすり抜けて小姓がやってきて、エイヴォン公のあとについて回廊を歩き、サンヴィール伯爵夫人が座る長椅子へ行った。

エイヴォン公は夫人の前で仰々しく片膝をついた。

「親愛なる伯爵夫人！」夫人の薄い手を指の先でつかみ、唇でさっと触れた。「このような喜びを得られるとは、予想しておりませんでした」

夫人は頭を下げたが、目の隅でレオンを見ていた。マドモワゼル・コルナールが移動したので、エイヴォン公はそこに座った。レオンはエイヴォン公の後ろに立った。

「うそではありませんよ、伯爵夫人」エイヴォン公は言葉を継いだ。「パリであなたにお目にかかれず、悲しく思っていました。すてきなご子息は、お元気ですか？」

夫人は神経質に返事をし、スカートを整えるふりをして座る位置を変え、エイヴォン公とほとんど向き合って、彼の背後の小姓が見えるようにした。目がそわそわと少年の顔まで上がり、一瞬、大きく開いてから、下に落ちた。エイヴォン公にじっと見られているのに気づき、顔を真っ赤にし、かすかに震える手で扇子を広げる。

「む……息子ですか？　ああ、アンリは元気にやっていますよ。ありがとう。ほら、あそこに、マドモワゼル・ラシェールといっしょにいます」

夫人が扇子で示した方向をエイヴォン公は見た。背が低く、やや太った若者が、流行の最先端の服に身を包み、無言で座っていた。隣には、あくびを噛み殺すのに苦労している陽気な娘がいた。ヴァルメ子爵はとても色黒で、退屈さから、茶色い目を重い瞼《まぶた》が覆っている。口は少し大きめだが、形よくカーブしている。鼻は、サンヴィール家の鷲鼻《わしばな》とはほど遠く、少し上向いていた。

「ああ、ほんとに！」エイヴォン公は言った。「気づかないところでしたよ、マダム。普通は、サンヴィール家の赤毛と青い瞳を探してしまいますから」上品に笑い声をあげる。

「息子は鬘をかぶっておりますの」夫人が素早く答えた。ふたたびレオンをちらりと見た。唇が意のままにならず、わずかにぴくぴく動く。「あの子……あの子は、黒髪ですのよ。よくあることだと思いますけれど」

「ああ、もちろんです」エイヴォン公は同意した。「私の小姓を見ていますね、マダム？おもしろい組み合わせでしょう？　銅《あかがね》色の髪と黒い眉とは」

「わたくしが？　いいえ、どうして？」夫人がなんとか落ち着きを取りもどす。「確かに珍しい組み合わせですこと。その子は……どこの子？」

「わからないんですよ」エイヴォン公は無表情で言った。「ある晩、パリで見つけ、宝石と交換したのです。とてもかわいいでしょう？　かなり注目されるのですよ」

「ええ……そうでしょうね。その――その髪が――自然の色とは、なかなか信じられませんわ」挑むような夫人の目が向けられたが、エイヴォン公はふたたび笑い声をあげた。

「信じられないでしょうね」エイヴォン公は言った。「めったに見られませんよ――この、独特な組み合わせは」伯爵夫人が落ち着かなげに体を動かし、扇子を閉じたり開いたりしたので、彼は巧みに話題を変えた。「ああ、子爵をごらんなさい！　美しいご婦人に立ち去られてしまいました」

　伯爵夫人が息子のほうを見ると、彼はすぐ近くにためらいがちに立っていた。母親に見られたのがわかって、重い足取りでゆっくりと近づいてきて、興味ありげにエイヴォン公を一瞥《いちべつ》した。

「む――息子のアンリです、ムッシュー。アンリ、エイヴォン公よ」

子爵はお辞儀をした。必要な深さを満たしたお辞儀で、帽子の揺れも礼儀にかなったものだったが、全体的に自然さと上品さがなかった。やりかたを苦労して指導されたようなお辞儀なのだ。洗練されておらず、かわりにぎこちなさがかすかに感じられた。

「こんばんは、ムッシュー」声は、熱はこもっていないとしても、じゅうぶん好ましかった。

「親愛なる子爵！」エイヴォン公はハンカチを打ち振った。「お会いできてうれしい。きみがまだ家庭教師といっしょにいたころを覚えているが、最近はお目にかかれる喜びを奪われていた。レオン、ムッシューに椅子を」

小姓は長椅子の後ろからするりと出て、そばの壁際にある低い椅子を取りに行った。それを子爵のために用意し、お辞儀をする。

「ムッシュー、お座りください」

子爵はレオンを驚きの目で見つめた。一瞬のあいだ、ふたりは肩を並べて立っていた。一方は、細くて、きゃしゃで、首もとのサファイアとそっくりな色合いの瞳をしていて、輝くカールが白い額から後ろに撫《な》でつけられ、顔は下の血管がうっすら青く見えるほど色白だ。もう一方は、ずんぐりしていて、浅黒く、手はがっしりしていて、首は短い。髪粉をかけ、香水をつけ、つけぼくろをし、高価なシルクとベルベットの服を着ていたが、そ␘れにもかかわらず、かなり不格好で洗練されていない。伯爵夫人が息をのむのをエイヴォン公は聞きつけ、にんまりした。やがてレオンはもとの位置にもどり、子爵は腰を下ろした。

「あなたの小姓ですか？」子爵が尋ねる。「ぼくに会っていなかったと、おっしゃっていましたよね。ぼくは、パリが好きではなくて、父の許しが得られるときは、シャンパーニュのサンヴィールにいるんです」笑みを浮かべて、母親を悲しげに見た。「両親はぼくが田舎にいるのをいやがっています。ぼくは困った息子なんですよ」

「田舎か……」エイヴォン公は嗅ぎ煙草入れを取り出した。「見る分には間違いなくいいのだが、どうしても、牛や豚や……それに羊さえも連想せずにはいられない。必要だが、不快な悪だな」

「悪ですか？　どうして――」

「アンリ、公爵はそんな話題に興味をお持ちではないわよ」伯爵夫人が口をはさんだ。「接見会で、牛や豚の話なんて――するものじゃありません」エイヴォン公に向かって、機械的に微笑む。「うちの子は、ばかな気まぐれを起こしていますの。農夫になりたいんですって！　息子に、すぐに飽きると言って聞かせていますのよ」笑いながら、扇子で顔をあおいだ。

「しかし、それも必要悪です」エイヴォン公は物憂げに言った。「農夫というのも。嗅ぎ煙草はいかがかな、子爵」

子爵が嗅ぎ煙草をひとつまみ取った。

「ありがとう、ムッシュー。パリからいらしたのですか？　もしかすると、父に会われましたか？」

「その幸せには、きのう浸らせてもらった」エイヴォン公は答えた。「舞踏会で。伯爵はお変わりなかったですよ、マダム」冷笑をかろうじて隠す。

夫人は真っ赤になった。

「夫は元気だったのですね、ムッシュー？」

「このうえなくお元気なようでしたね。何か言づけがあれば、お伝えしましょうか？」

「ありがとう。でも、手紙を書きますわ――今晩」夫人が答える。「アンリ、ニーガス酒を持ってきてちょうだい。あら、マダム！」前方の人の輪にいた婦人に声をかけた。

エイヴォン公は立ち上がった。

「あそこに親愛なるアルマンがいる。失礼します、マダム。私があなたに――そして息子さんに会ったと知ったら、伯爵はさぞ喜ばれることでしょう」エイヴォン公はお辞儀をして夫人のもとを去り、少なくなりつつある人々のあいだを歩いた。レオンに円窓の間で待つように言ってから、一時間ほど鏡の回廊に残った。

エイヴォン公が円窓の間のレオンのところへ行くと、彼はうとうとしていたものの、眠らずにいようと雄々しい努力をしていた。レオンはエイヴォン公のあとから階段を下り、外套と杖を取りに行かされた。無事、それらを引き取ってもどると、玄関の前に黒と金の馬車が待っていた。

エイヴォン公は外套をさっと肩にかけ、ぶらぶらと外に出た。豪華な馬車のなかに入ると、レオンは柔らかなクッションに身をすり寄せて満足のため息をついた。

「何もかも、とてもすてきです」レオンは言った。「でも、とてもめまぐるしくて。眠っていいですか、閣下？」

「いいとも」エイヴォン公が答えた。「おまえは国王のお出ましに満足しただろう？」

「ええ、王さまは硬貨そっくりです」レオンは眠そうに言った。「王さまはあんな大きな宮殿に住むのが好きだと思いますか、閣下？」

「きいてみたことがないからな」エイヴォン公は言った。「ヴェルサイユは気に入らなかったか？」

「とっても広くて」小姓が説明した。「閣下を見失ったかと思いました」

「驚くべき感想だな」

「ええ。でも、結局、閣下は来てくれました」深く、小さな声がどんどん眠たげになっていく。「どこもかしこも、ガラスと、蝋燭と、ご婦人たちと……おやすみなさい《ボン・ニュイ》、閣下」ため息が漏れる。「すみません。でも、何もかもが混乱していて、それにとっても疲れているんです。ぼく、眠っているとき、いびきはかかないと思うけど、もしかいたら、もちろん起こしてください。それから、滑り落ちるかもしれないけれど、滑り落ちないといいな。隅で丸くなっているから、たぶん、ここにいられるはずです。でも、もし床に落ちたら……」

「そのときは、私が拾い上げることになるのか？」エイヴォン公は楽しげにきいた。

「はい」レオンはすでに半分眠っていた。「ぼく、もうこれ以上、話をしません。それでいいですか？」

「私のことは少しも考えなくていい」エイヴォン公は答えた。「私はおまえの世話をするためだけにここにいるのだ。私が迷惑をかけたら、遠慮せずに言ってくれ。そのときは、御者台に座るから」

この皮肉は、非常に眠そうな含み笑いによって迎えられ、小さな手がエイヴォン公の手に滑りこんだ。

「閣下の上着をつかみたかったんです。見失いそうだったから」レオンがつぶやく。

「だからいま、私の手をつかんでいるのか？」エイヴォン公は尋ねた。「私が座席の下に隠れやしないかと、心配なのだな？」

「それはばかげています」レオンが返事をする。「とてもばかげています。ボン・ニュイ、閣下」

「ボン・ニュイ、おちびさん。おまえは私を見失わないし、私もおまえを見失わないだろう――簡単には」

# 6

## エイヴォン公、小姓を売ることを拒む

翌日、エイヴォン公と朝食の席で顔を合わせたダヴェナントは、彼が非常に上機嫌であることに気づいた。いつになく優雅で、レオンに視線を向けるたびに、何か快い思いが浮かんだかのように微笑《ほほえ》むのだった。

「接見会は盛況だったかい?」ダヴェナントは尋ね、赤いサーロインにかぶりついた。朝食にはパンをひとつしか食べないエイヴォン公と違って、彼は卵とベーコンと冷肉をたっぷりとり、エイヴォン公が彼のために特別に輸入する英国のエールを喉に流しこむ。

エイヴォン公はコーヒーのおかわりを注《つ》いだ。

「混《こ》んでいたよ、ヒュー」

「アルマンに会ったか?」ダヴェナントは芥子《からし》に手を伸ばした。

「アルマンに会ったし、伯爵夫人にも、子爵にも会った。それに、少なくとも会いたかった全員に会えた」

「そんなものだよな。ポンパドール夫人はきみに会えて喜んだだろう？」

「うんざりするほど。王は王座に座って、慈悲深く微笑んでおられた。硬貨そっくりに」

ダヴェナントはフォークを持つ手を止めた。

「何そっくりだって？」

「硬貨だ。レオンが説明してくれるだろう。いや、忘れているかもしれないな」

ダヴェナントは問うように小姓を見た。

「これはどういうジョークなんだい、レオン？　おまえは知っているのか？」

レオンが首を横に振る。

「ああ、おまえは覚えていないだろうと思ったよ」エイヴォン公が言った。「レオンは国王にかなり満足したんだ、ヒュー。硬貨そっくりだったと私に打ち明けた」

レオンが真っ赤になる。「ぼ――ぼく、眠っていたんだと思います、閣下」

「そのようだった。おまえはいつも死んだように眠るのか？」

「い、いえ。それは――わかりません。ぼくは服を着たまま、ベッドで寝ていました」

「ああ、私が寝かせたんだ。おまえを起こそうと十分間頑張ってから、ベッドへ運ぶのがいちばん簡単だと気づいた。楽しくはなかったぞ」

「ほんとうにすみません、閣下。起こしてくれればよかったんです」

「どうやって起こせばいいのか教えてくれれば、次の機会にはそうするよ。ヒュー、こんな時間に肉を食べるのなら、私の目の前で振り回さないでくれ」

まだフォークを皿と口のあいだで止めていたダヴェナントは笑い声をあげた。

エイヴォン公は皿の横にあった手紙を選《え》り分け始めた。あるものは捨て、あるものはポケットに入れた。一通はイングランドからで、数枚から成っていた。封筒を開け、へたな筆跡の判読を始める。

「ファニーからだ。ルパートはまだ自由の身のようだ。カーズビー夫人にひれ伏している。前回、あいつに会ったときは、ジュリア・フォークナーにぞっこんだった。極端から極端だな」エイヴォン公はページをめくった。「ほう、これはおもしろい。親愛なるエドワードが、チョコレート色で内装が淡い青の馬車をファニーに贈ったそうだ。麦《ホイート》は青く塗られている」腕を伸ばして手紙を見る。「妙だが、きっとファニーの言っているとおりだろう。長いことイングランドに行っていないから——ああ、すまない！　ありがたいことに、ヒュー、イングランドの麦はこれまでと変わっていないよ。車輪《ホイール》は青く塗られている、だ。バランターがまた決闘をし、ファニーは先日の夜のゲームで五十ギニー勝った。ジョンは街の空気が合わなくて、田舎にいる。さて、ジョンはファニーの愛玩《あいがん》犬かな、それとも鸚《おう》鵡《む》だったか？」

「息子だ」ダヴェナントが言った。

「そうかな？　ああ、きみの言うとおりだろう。ほかには？　フランス人のコックを見つけてくれれば、私をいままで以上に好きになると誓っているぞ。レオン、フランス人のコックを見つけるよう、ウォーカーに伝えろ。それから、私が以前提案したように——なんと私は軽率だったんだ！　こちらを訪ねたいが、最愛のエドワードがひとりで行くのを許してくれそうにないし、彼が私の小屋《ホベル》に同伴してくれそうもない、と。小屋。ファニーは無礼だな。覚えておいて、言ってやろう」

「屋敷《オテル》だろう」ダヴェナントが指摘する。

「またしてもきみの言うとおりだ。屋敷だ。魅力的な手紙の残りは、ファニーの衣装に関する話だ。そこは読まずにおこう。ああ、食事が終わったのか？」

「ごちそうさま」ダヴェナントはそう言って、立ち上がった。「ぼくはダンヴォーと出かける。あとで会おう」部屋から出た。

　エイヴォン公はテーブルに肘をのせ、組み合わせた手の上に顎を置いた。

「レオン、おまえのすばらしい兄はどこに住んでいる？」

　レオンがびっくりし、一歩下がった。

「か、閣下？」

「あいつの宿屋はどこだ？」

　突然、レオンがエイヴォン公の椅子の横にひざまずき、エイヴォン公の袖《そで》を必死につかんだ。上を向いた顔は青白く、苦悩をあらわにしていて、大きな目は涙があふれている。

「ああ、だめです、だめ、閣下。どうか――お願いだから、やめて！　もう決して眠りませんから。お願いですから、許してください。閣下！　閣下！」

　エイヴォン公は眉を上げて、小姓を見下ろした。レオンは主人の腕に額をすりつけ、すすり泣きを抑えて震えている。

「おまえには困惑させられるよ」エイヴォン公は文句を言った。「私が何をしてはだめで、なぜおまえはもう決して眠らないのだ？」

「お願いです——ぼくをジャンのところへもどさないで！」レオンがさらにしがみつき、嘆願する。「約束してください！」

　エイヴォン公は袖をつかむ手をはずした。

「なあ、レオン、私の上着に顔を埋《うず》めて泣くのはやめてくれ。私はおまえをジャンにも、だれにも、渡すつもりはない。立ち上がって、ばかなことはやめるんだ」

「約束してください。しなくちゃだめです」レオンはエイヴォン公につかまれた腕を激しく振り動かした。

　エイヴォン公はため息をついた。

「いいだろう。約束する。さあ、おまえの兄の居場所を言うんだ、おちびさん」

「言いません！　言いません！　あなたに——彼の——言いません！」

　はしばみ色の目がきつくなった。

「おまえには相当我慢してきたが、反抗することは許さない。さっさと答えるんだ」

「いやです！　ああ、お願いですから、ぼくに言わせないでください。ぼく——ぼくは、反抗するつもりはありません。でも、たぶんジャンはいまごろ、ぼくを手放したことを後悔していて、閣下から取りもどそうとするでしょう」いま、レオンはエイヴォン公の袖をぐいぐい引いていて、エイヴォン公はその取り乱した指をふたたびはずした。

「ジャンが私からおまえを無理やり取りもどせると思うか？」

「いいえ――わかりません。ぼく、眠ってしまったから、閣下が怒ったと思って、だから――だから――」

「もう言ったように、そうではない。少しは落ち着け。そして私の質問に答えるんだ」

「はい、閣下。ご――ごめんなさい。ジャンは……サーントマリー通りに住んでいます。宿屋はひとつしかありません。石弓亭です。ああ、閣下は何をなさるつもりですか？」

「心配するようなことは何もしないよ。保証する。涙を拭《ふ》け」

レオンがいろいろなポケットを探した。

「ぼ――ぼく、ハンカチをなくしたようです」申し訳なさそうに言う。

「ああ、おまえはずいぶん幼いんだな。私のを貸さねばならないようだ」

エイヴォン公が差し出した薄いレースのハンカチをレオンは受け取り、目を拭き、鼻をかみ、エイヴォン公に返した。エイヴォン公はそれを恐る恐る受け取り、くしゃくしゃになったかたまりを片眼鏡で見た。

「ありがとう。おまえは徹底的なのがいい。これはおまえが持っていろ」

レオンがハンカチをうれしそうにポケットにしまった。

「はい、閣下。ぼく、また幸せになりました」

「それはよかった」エイヴォン公は部屋からのんびり出ると、三十分後には馬車に乗って、サートマリー通りへ向かっていた。

　通りはとても狭く、両側のどぶはごみだらけだった。家々はいまにも倒れそうで、窓が完全な家は一軒としてなく、ガラスにひびが入っていたり、なかったり、カーテンがかかっていても、ぼろぼろで汚かった。ろくに服を着ていない子どもが五人ほど車道で遊んでいて、馬車が近づくと左右に散り、歩道に立って、このりっぱな馬車の進行をびっくりしながら見守り、あれやこれや驚きの声をあげた。

石弓亭は不潔な通りの真ん中あたりにあり、開いたドアから、料理のにおいと、どぶに捨てられるキャベツの煮汁のにおいがした。宿屋の前で馬車は停《と》まり、エイヴォン公が降りられるよう、従僕が飛び降りてドアを開けた。

　エイヴォン公はハンカチを鼻に当て、ゆっくり馬車を降りた。汚物とごみのあいだを通って宿屋のドアに向かい、酒場兼台所らしい部屋に入った。一方の側で脂で汚れた女が火に向かってかがみ、片手に鍋《なべ》を持っている。そして、ドアの正面にあるカウンターの向こうには、一カ月前、エイヴォン公にレオンを売った男が立っていた。

　男は入ってきたエイヴォン公を見て、ぽかんと口を開け、一瞬、彼がだれなのか気づかなかった。両手をこすり、卑屈な態度でエイヴォン公に近づき、ご用は何かと尋ねた。

「おまえは私を知っていると思う」エイヴォン公は穏やかに言った。

　ボナールがまじまじと見る。突然、彼の目が丸くなり、血色のよかった顔が青ざめた。

「レオン！　旦那《だんな》――」

「そのとおり。ちょっとふたりきりで話がしたい」

男はびくびくしてエイヴォン公を見て、唇のあいだで舌を出したり入れたりした。

「俺《おれ》は神に誓って——」

「ありがとう。ふたりきりだと言ったんだ」

口を開いて男たちを見守っていた女が、腰に手を当て、近づいてきた。汚い上着は乱れ、痩《や》せこけた胸の下で短く切れていて、頬には泥の汚れがついていた。

「ねえ、腹黒いやつがあたしたちの気に入らないことを言ったら——」ボナールの妻シャルロットはきつい声で言い始めたが、エイヴォン公が片手を上げ、それを止めた。

「奥さん、おまえさんには話はない。鍋のところにもどっていいよ。ボナール、ふたりきりでだ！」

シャルロットはもう一度割りこもうとしたが、夫に黙っていろとささやかれ、かまどへ押しもどされた。

「ええ、旦那。いいですとも。こちらへ」部屋の隅にある、鼠《ねずみ》にかじられた、ぐらぐらするドアを開け、エイヴォン公を談話室へ案内する。家具はほとんどなかったが、酒場ほど汚くなかった。エイヴォン公は窓辺のテーブルへ行って、外套《がいとう》の隅で天板のほこりを払い落とし、がたつくテーブルの角に腰を下ろした。

「さて、わが友。おまえが私を誤解したり、避けようとしたりしないよう言っておくが、私はエイヴォン公爵だ。ああ、驚くと思ったよ。わかっているだろうが、私を相手に遊ぶのはきわめて危険だぞ。これから私の小姓について、ひとつかふたつ質問をする。彼がどこで生まれたのか知りたい」

「た、たぶん、北のほうだと思います。シャンパーニュだと。でも、よくは知りません。りょ、両親はそのころ絶対に言わなかったし、俺はよく覚えてなくて……」

「ほう？　おまえの両親がなぜ急にアンジューに越したのか、知らないとは不思議だな」

ボナールが困惑してエイヴォン公を見る。

「お、親父《おやじ》は、金が入ったと言ってました。ほんとに、これ以上は知らないんです。うそはつきません。誓って、つきません」

上品な唇が冷笑するようにゆがんだ。

「それは置いておこう。なぜレオンは、顔と体型がおまえと全然似ていないんだ？」

ボナールが額を拭く。彼の目には、はっきりと当惑が浮かんでいた。

「わかりません、旦那。いつも不思議に思ってたんでさあ。あいつは体が弱くて、大事に、甘やかされて育ちました。こっちは農場で働かされてるってのに。お袋は、あいつばっかかまってた。なんでもレオン、レオンだ。レオンは読み書きを習わなきゃならねえが、俺は、年上だってのに豚の世話だ。あいつは、うんざりするほど生意気なやつでさあ」

エイヴォン公は真っ白な指で嗅《か》ぎ煙草《たばこ》入れのふたをたたいた。

「互いに誤解はやめようじゃないか、わが友。レオンという人間は存在しない。たぶんレオニーだろうな。それについて説明するんだ」

男が身を縮めた。「ああ、公爵さま！　ほんとに、ほんとに、俺はいちばんいいと思ってやったんだ。ここにあの年の娘を置くわけにはいかなかったし、仕事があったんだ。あいつに男の服を着させるほうがよかったんだ。女房は――わかるでしょう、女はやきもち焼きなんでさあ。女房はここに若い娘を置くのを許してくれない。ほんとだ。もしあいつが俺たちのことで何か悪く言ったなら、それはうそだ。俺はあいつを放《ほう》り出してもよかったんだ。ところが俺はあいつを手もとに置いて、服を着せ、食べさせたんだ。それなのにひどい扱いを受けたとか言ったとしたら、それはうそだよ。あいつはひどい癇癪《かんしゃく》持ちの悪がきだ。俺があいつを男にしたからって、俺を責めることはできないよ、旦那。あいつのためだったんだから。誓うよ。あいつも満足してたんだ。一度だって、女の子になりてえなんて言わなかった」

「たぶん忘れていたんだろう」エイヴォン公は冷たく言った。「七年も男で通していたのなら……。さて」ルイドール金貨を持ち上げる。「おそらくこれでおまえの記憶も新たになるはずだ。レオンについて、何を知っている？」

　ボナールがとまどったようすでエイヴォン公を見る。

「わ――わけがわかりませんよ、旦那。あいつについて、何を知ってるかって？」

　エイヴォン公は少し身を乗り出し、脅すように言った。

「知らないふりは身のためにならないぞ、ボナール。私には大きな力がある」

ボナールの膝が震える。「ほんとです、旦那。俺にはわかりません。知らないことを、言えませんよ。な、何か、レオンにまずいことでも?」

「彼がもしかするとおまえの両親の子ではないと、思ったことはないか?」

ボナールが驚いて大口を開けた。

「両親の子ではないって……旦那、どういう意味です? 両親の子でない? でも――」

エイヴォン公はゆったりと座った。

「サンヴィールという名で、何か思い出さないか?」

「サンヴィール……サンヴィール……いいえ。待った、その名前、聞いたような気がする! でも――サンヴィール――知らないな」どうしようもなくて、首を横に振る。「親父がその名を話すのを聞いたのかもしれないけど、思い出せません」

「残念だ。で、おまえの両親が死んだとき、彼らの書類のなかにレオンに関するものがなかったか?」

「あったとしても、俺は見てませんよ、旦那。請求書や手紙があった――俺は字を読めないけど、全部とってありますさあ」ボナールがルイドール金貨を見て、唇をなめた。「旦那が自分で見てみますか? ここに、あの箱のなかに入ってます」

エイヴォン公はうなずいた。

「ええ、全部ありますさあ」

ボナールが収納箱のところへ行き、ふたを開けた。しばらく探してから、紙の束を見つけ、エイヴォン公のところへ持ってきた。エイヴォン公は素早く目を通した。ボナールの言ったとおり、大部分は農場の請求書で、一、二通、手紙が交ざっていた。しかし、束のいちばん下にたたまれた紙があり、シャンパーニュのサンヴィール伯爵の地所にいるジャン・ボナール宛《あて》だった。それは友人か親戚《しんせき》からの手紙にすぎず、住所を除けば、重要なものではなかった。エイヴォン公はそれを持ち上げた。

「これをもらう」ルイドール金貨をボナールに投げる。「もしおまえがうそをついたり、だましたりしたならば、きっと後悔するぞ。いまのところは、おまえは何も知らないという話を信じるとしよう」

「俺はほんとうのことしか言っちゃいませんや、旦那。誓います」

「そうであることを願おう。だがひとつ……」エイヴォン公はルイドール金貨をもう一枚、取り出した。「おまえが話せることがある。バサンクールの主任司祭はどこにいて、名前はなんと言う？」

「ド・ボープレ神父です。でも、ひょっとするともう亡くなってるかも。俺たちがバサンクールを出たときには老人だったから。教会の横の小さな家に住んでました」

エイヴォン公は、ルイドール金貨を物欲しげな手に投げた。

「結構」ドアのほうへ歩く。「忠告しておくが、わが友、おまえに妹がいたことは忘れるんだ。なぜなら、いなかったからだ。それに、もしレオニーを思い出すと、おまえの彼女に対する扱いの報いを受けるかもしれないぞ。私はおまえを絶対に忘れないからな」エイヴォン公は部屋を素早く出ると、酒場を通って馬車へ向かった。

その日の午後、エイヴォン公が書斎で妹に手紙を書いていると、従僕がやってきて、ムッシュー・ド・フォージュナックが面会を願っていると伝えた。

エイヴォン公は顔を上げた。「ムッシュー・ド・フォージュナック？　通せ」

数分後、ずんぐりした小男が入ってきた。エイヴォン公とあまり面識がない男だ。エイヴォン公は立ち上がり、お辞儀をした。

「ムッシュー！」

「ムッシュー！」ド・フォージュナックがお辞儀を返す。「こんな時間におじゃまして申し訳ない」

「いえ、いいえ」エイヴォン公は言った。「ジュール、ワインを持ってこい。どうかお座りください、ムッシュー」

「ワインは結構です。痛風でしてな。悲しい病です」

「確かに」エイヴォン公は同意した。「ご用向きをお尋ねしてよろしいでしょうか？」

ド・フォージュナックは手を火のほうに伸ばした。

「ええ、商用でして。ちっ、なんて醜い言葉だ！　おじゃましてすみません。すばらしい火ですなあ」

エイヴォン公は頭を下げた。椅子の肘に腰を下ろし、少し驚いてこの訪問者を見る。それから嗅ぎ煙草入れを出し、ド・フォージュナックに差し出した。男はたっぷりつまんで、盛大にくしゃみをした。

「絶品だ！」ド・フォージュナックが熱をこめて言う。「ああ、用事でしたな。あなたは私が妙な用向きで来たものだと思うかもしれませんが、私には妻がおりましてな！」エイヴォン公ににっこり微笑み、何度かうなずいた。

「それはお幸せなことです」エイヴォン公は重々しく言った。

「ええ、ええ！　妻！　それですべて説明がつきます」

「そんなものですよ」

「ああ、おもしろい冗談だ！」ド・フォージュナックがうれしそうに笑う。「われわれは知っておりますよな、われら夫たちは！」

「私は夫ではないので、無知はお許しを。きっとあなたが教えてくださるでしょう」エイヴォン公はうんざりしてきた。なぜなら、ド・フォージュナックが貧乏貴族で、サンヴィール伯爵の腰巾着《こしぎんちゃく》だと思い出したからだ。

「ああ、そうだ。妻の説明でした。彼女はあなたの小姓を見たんですよ、ムッシュー！」

「すばらしい！」エイヴォン公は言った。「われわれは前進している」

「われわれ？　前進とおっしゃいましたか？　われわれ？　前進？」

「間違いだったようだ」エイヴォン公はため息をついた。「われわれは同じ場所に留《とど》まっている」

ド・フォージュナックは一瞬とまどったが、すぐにまた顔をほころばせた。

「また、おもしろい冗談ですな！　ええ、ええ、わかります」

「どうかな」エイヴォン公はつぶやいた。「奥さんが小姓を見たという話でしたね？」

ド・フォージュナックが胸の前で手を握りしめた。

「彼女はぞっこんです！　ねたんでます！　思い焦がれてます！」

「なんと！」

「私の心を安らかにしてくれません！」

「女はそういうものだ」

「ああ、ほんとうに！　だが、あなたは私の言っている意味がわかっておられない！」

「だが、それは私の落ち度ではない」エイヴォン公はうんざりして言った。「あなたが奥さんのせいで心安らかにいられない、というところまで話が進みました」

「簡単に言えばそうです。彼女は心をむしばまれるほど、あなたの美しく魅力的な――」

エイヴォン公は片手を上げた。

「ムッシュー、私は人妻には手を出さないことにしているんです」

ド・フォージュナックがまじまじと見る。

「ですが――ですが、どういう意味です？　これもおもしろい冗談？　私の妻はあなたの小姓を恋い慕ってるんです」

「なんと残念なことだ！」

「あなたの小姓、あなたの優雅な小姓です。あなたのところへ行けと、昼も夜も妻はうるさいんです。だから、ここへ来ました。ほら、見てください」

「あなたなら、この二十分、ずっと見ていますよ」エイヴォン公は辛辣《しんらつ》に言った。

「あなたのところへ行って、小姓をもらい受けてこいと頼まれましてね。妻は、彼にドレスの裾《すそ》を持ってもらい、手袋と扇子を持ってきてもらうまで、安堵《あんど》できないのです。彼が自分のものになるまで眠れないのです」

「奥さんには眠れない夜を過ごしていただくことになりそうだ」エイヴォン公は言った。

「ああ、そんな、ムッシュー。検討してください。聞いたところでは、あなたは小姓を買ったそうですね。金で買えるものは売ることもできると言うじゃないですか」

「たぶんね」

「そう、そう。たぶん。ムッシュー、私は妻の奴隷なのです」ド・フォージュナックが自分の指の先にキスをした。「私は妻の足もとの土も同然なのです」手を組み合わせる。「妻の望みをかなえねば、私には死しかありません！」

「どうか私の剣を使ってください」エイヴォン公は促した。「あなたの後ろの隅にあります」

「ああ、そんな。断るなんて言わないでください。あなたが値段を言ってくだされば、お支払いしましょう」

エイヴォン公は立ち上がった。銀の呼び鈴を持ち上げ、鳴らす。

「ムッシュー」物柔らかな声で言った。「サンヴィール伯爵によろしくとお伝えください。

それから、レオンは、私の小姓は、売り物ではないと。ジュール、ドアを」

ド・フォージュナックが意気消沈して立ち上がる。

「ムッシュー?」

エイヴォン公はお辞儀をした。

「ムッシュー。あなたは誤解している。わかっていないんです」

「いいえ、完全に理解していますよ」

「ああ、でも、ひとりのレディーの望みを断つとは冷たい人だ」

「悲しいことに、そのようです。残念ですが、お帰りください。ムッシュー、聞き分けのいい人だ!」うなずいて、ド・フォージュナックを追い出す。

小男が出ていくとすぐ、ダヴェナントが入ってきた。

「いったいあれはだれだ?」

「取るに足りない人間だ」エイヴォン公は答えた。「レオンを買いたいと言うんだ。生意気なやつめ。私は田舎に行ってくるよ、ヒュー」

「田舎に? なぜ?」

「忘れた。たぶん、そのうち思い出すだろう。待っていてくれ。気はまだ確かだから」

ダヴェナントが腰を下ろす。

「きみの気が確かだったことはないよ。なんていいかげんな主人なんだ!」

「ああ、ヒュー、ほんとうに申し訳ない。つい、人のいいきみに甘えてしまう」

「まったく食えないやつだ。レオンはいっしょに行くのかい？」

「いや、きみに預けていくよ、ヒュー。よろしく頼む。私が留守のあいだ、家から出さないでくれ」

「何か秘密があると思っていたよ。あの子の身に危険が迫っているのか？」

「いや。はっきりとはわからない。だが、そば近くに置いて、何も言わないでくれ。あれに何かあったら、うれしくないからな。信じられないかもしれないが、私はあの子を好きになり始めているんだ。もうろくしたに違いない」

「みんなあの子が好きだよ」ダヴェナントが言った。「だが、悪童だな」

「確かに。わがままは許さないでくれ。生意気な子どもだからな。不幸なことに、自分ではそれがわかっていない。ああ、やってきたぞ」

レオンが部屋に入ってきて、エイヴォン公と目が合うと、親しみをこめて言った。「閣下、三時に外出するから用意しておくようにと言われましたが、もう三時半ですよ」

ダヴェナントが肩を震わせて、笑いを抑えていた。咳《せき》をしながら、顔を背ける。

「おまえに許してもらわなくてはならないようだ」エイヴォン公は言った。「今回の外出はなしにしてくれ。出かけないことにした。こっちへ来なさい」

レオンが近づく。「はい、閣下？」

「私はあすから数日間、田舎へ行ってくる。留守中はムッシュー・ダヴェナントを主人と思うように。それから、私が帰るまで、どんな理由であろうと、屋敷を出てはならない」

「ぼくはお供しないのですか？」

「ああ」レオンががっかりした顔になった。「ぼくはお供しないのですか？」

「残念だが、そうだ。どうか口答えはやめてくれ。言いたかったのはそれだけだ」

レオンが向きを変え、のろのろとドアへ歩いた。鼻をすする小さな音が聞こえ、エイヴォン公は微笑んだ。

「小僧、この世の終わりが来たわけではない。私は、できれば今週中にもどってくる」

「ぼくを――ああ、ぼくを連れていってくださればいいのに」

「それはムッシュー・ダヴェナントに失礼だな。彼がおまえを虐待することはないと思うぞ。ところで、私は今夜行くのではない」

レオンがもどってきた。「あした……さよならも言わずに出かけませんよね、閣下？」

「おまえに馬車に乗るのを手伝ってもらおう」エイヴォン公は約束し、手を差し出して、キスを許した。

# 7

## サタンと司祭、意見が一致する

アンジューのソーミュールの東、十キロほどに位置するバサンクールは、こぢんまりしたきれいな村だ。村の白い家はほとんどが、中心である四角い広場のまわりに集まっている。広場はこぶしほどの丸石で舗装されている。広場の北には、比較的裕福な住民の家々が立ち並んでいる。西側には小さな家々があり、広場から西へ延びる小道は開けた土地に通じ、くねくね曲がりながら三つの農場へとつながっている。広場の南側には小さな灰色の教会がある。教会堂は広場とは接していず、まわりを墓地が囲み、その一方の側に主任司祭の庭付きの質素な家があって、広場を優しい統治者のまなざしで見守っている。

広場の東側には、店や鍛冶屋《かじ》の仕事場や白い宿屋が密集していた。宿屋の開いたドアには派手な緑の看板がかかり、朝日の絵が描《か》いてある。看板は風が吹くたびに揺れ、風が激しいときいきい鳴った。

十一月のこの日、広場は活気に満ち、子どもの甲高い笑い声や、馬の蹄《ひづめ》が丸石を踏みつける音がときおり響いた。老いた農夫のモヴォワサンが豚三頭を売りに来て、宿屋の前で荷車を停《と》めた。宿の主人と立ち話をし、ジョッキ一杯の薄いフランス・エールを飲むためだ。近くでは、農婦が野菜を売る台のまわりに婦人たちが集まり、値切ったり話をしたりしている。墓地につながる古い門のそばに、数人の娘が立っておしゃべりしている。広場の中央にある噴水のそばには羊の群れがいて、買い手たちがそのあいだを歩き、好き勝手につついたり調べたりしている。鍛冶屋の仕事場からは鉄床に槌《つち》が当たる音が響き、断続的に聞こえる歌と混じっている。

このにぎやかで申し分のない雰囲気のなかに、エイヴォン公が貸し馬に乗って現れた。ソーミュールにつながる東の道から速歩で広場に入ったエイヴォン公は、金のレース飾りのついた地味な黒で全身を包んでいた。馬の蹄がでこぼこした丸石の舗装面に当たると、彼はすぐに手綱を引いた。鞍《くら》の上でゆったりと優雅に座り、手袋をした手の一方を軽く唇に当て、物憂げな視線を周囲に向ける。

エイヴォン公は大いに注意を惹《ひ》いていた。村人たちの視線が、彼の先の尖《とが》った帽子から拍車のついた靴へと移り、ふたたびもどった。おしゃべり娘のひとりが、エイヴォン公の冷酷な目とゆがんだ薄い唇に気づいて、悪魔が現れたとささやいた。彼女の連れはばかを言わないでと笑ったが、ひそかに十字を切って、門のなかへ避難した。

広場を見回すエイヴォン公の視線は、目を丸くし、親指をしゃぶって彼を見ていた男の子の上でようやく止まった。長手袋の手が尊大に手招きすると、少年はためらいながら前に進んだ。

エイヴォン公はうっすらと微笑《ほほえ》んで、少年を見下ろした。教会堂の横の家を指でさす。

「あそこにおまえのところの主任司祭が住んでおられるのかな？」

少年がうなずく。「はい、旦那《だんな》さま」

「なかにいらっしゃると思うか？」

「はい、旦那さま。一時間ぐらい前にトゥルノーさんの家からもどったから」

エイヴォン公は鞍から軽々と降り、馬具をぐいと引いた。

「そうか、坊主。私がもどるまで、こいつを見ていてくれ。ルイドール金貨を稼げるぞ」

少年がいそいそと馬具をつかんで、息もつかずに言った。「ルイドール金貨、まるごと？　馬を見てるだけで？」

「それは馬なのか？」エイヴォン公は片眼鏡でその動物を見た。「おまえの言うとおりかもしれないな。てっきり駱駝《らくだ》だと思っていたよ。それを連れていって、水を飲ませてやれ」向きを変え、主任司祭の家へぶらぶらと歩く。あっけにとられた村人たちが見守るなか、ド・ボープレ神父のところのメイドが彼をなかへ入れた。

エイヴォン公はちりひとつ落ちていない小さなホールを歩いて、主任司祭の私室に案内された。家の奥にある日当たりのよい部屋だった。薔薇《ばら》色の頬をしたメイドが、落ち着き払って主人に客の到来を告げる。

「神父さま、こちらのおかたがお話ししたいとのことです」そう言うと、エイヴォン公をちらとも見ずに立ち去った。

主任司祭は窓辺のテーブルに向かって座り、書き物をしていた。顔を上げて訪問客を確認し、知らない人物だと気づくと、鵞《が》ペンを置いて立ち上がった。痩せ形で、きれいな薄い手と、穏やかな青い瞳と、貴族的な顔の持ち主だった。長い法衣《ほうえ》を着ていて、帽子はかぶっていない。真っ白な髪は柔らかな巻き毛の鬘《かつら》だろうと、一瞬、エイヴォン公は思ったが、よく見ると地毛で、広い額から後ろへ撫《な》でつけられていた。

「ド・ボープレ神父でいらっしゃいますね？」エイヴォン公は深くお辞儀した。

「ええ、だが、私のほうはあなたを存じ上げません」

「ジャスティン・アラステアと申します」エイヴォン公はそう言うと、帽子と手袋をテーブルにのせた。

「そうですか。申し訳ないが、どなたなのかすぐには思い出せません。長いこと、世間と関《かか》わっていないので、あなたがオーベルニュのアラステア家なのか、イングランドのほうなのかわからない」ド・ボープレ神父は探るような視線をエイヴォン公に注ぎ、椅子を勧めた。

エイヴォン公は腰を下ろした。「イングランドのほうです。たぶん、私の父をご存じなのでは？」

「ほんの少しだけ」ド・ボープレ神父が答える。「あなたはエイヴォン公ですな？　どのようなご用でしょう？」

「おっしゃるとおり、エイヴォン公爵です。あなたはド・ボープレ伯爵のご親戚《しんせき》ですよね？」

「彼の叔父です」

「ああ！」エイヴォン公は頭を下げた。「では、マリロン子爵でいらっしゃいますか」

主任司祭がふたたびテーブルに向かって腰を下ろす。

「その爵位は何年も前に捨てました。無意味だと思って。一族の者は私のことを正気を失ったと言うでしょう。彼らは私の名前を口にしません」笑みが浮かんだ。「言うまでもなく、私は彼らの面汚しなのです。枢機卿《すうきけい》になれたかもしれないのに、ここで人々のために奉仕することを選んだのです。だが、あなたがわざわざアンジューへいらしたのは、そんな話を聞くためではないでしょうな。どんなご用件でしょう？」

エイヴォン公は神父に嗅《か》ぎ煙草《たばこ》を差し出した。「神父さまに教えていただければと思いまして」

ド・ボープレ神父は煙草をひとつまみ取り、片方の鼻孔にそっと当てた。「それはどうでしょうな。言ったように、私は長いこと世間と関わっていませんし」

「これは世間とは関係ありません」エイヴォン公は言った。「七年前に目を向けていただきたいのです」

「ほう？」ド・ボープレ神父が鵞ペンを手に取り、指のあいだに通した。「目を向けたら、今度は何を？」

「そうしたら、ここに住んでいたボナールという家族を思い出すでしょう」

主任司祭がうなずく。彼の視線はエイヴォン公の顔に据えられたままだ。

「もっとくわしく言えば、ひとりの子どもを――レオニーを、です」

「エイヴォン公ともあろうお人がレオニーをご存じとは、不思議ですな。忘れるわけがありません」謎《なぞ》めいた青い目を向ける。

エイヴォン公は深靴を履いた足を優雅に揺らした。「先に進む前に、私の話は内密に願いたいのです、神父」

主任司祭は鵞ペンでテーブルを軽く撫でた。「私がそれに同意する前に、あなたが農民の娘に何を望んでいるのか、そして彼女があなたにとってなんなのか、知らねばなりませんな」

「いま現在、彼女は私の小姓です」エイヴォン公は穏やかに言った。

主任司祭が眉を上げる。「ほう？　あなたはいつも小姓に女の子を雇うのですかな、公爵？」

「普通はそうしませんよ。彼女は私が性別を知っていることに気づいていません」

主任司祭がふたたび鵞ペンでリズミカルにテーブルを撫でた。「ふむ。それで、彼女はどうなるのでしょうな？」

エイヴォン公は尊大な視線を主任司祭に向けた。「神父、こう言っては申し訳ないが、私が何をしようと、あなたには関係ありません」

主任司祭がひるまずに視線を返す。「それはあなたの自由だが、あなたはその考えを世の中すべてに当てはめようとしている。なら、私はこう返そう。レオニーの幸福は、あなたには関係ないと」

「彼女はあなたに同意しないでしょう、神父。お教えしましょう。彼女は身も心も私のものなのです。私は、彼女の兄だと自称するごろつきから彼女を買いました」

「彼には理由があったのだろう」ド・ボープレ神父が穏やかに言う。

「そう思われますか？　安心してください。レオニーはジャン・ボナールといるよりも、私といるほうが安全です。私は彼女のためにあなたが手を貸してくださるよう求めに来たのです」

「これは初耳ですな。サタンが司祭を協力者に選ぶとは」

エイヴォン公が微笑み、一瞬、白い歯が見えた。「世間との関わりを断ったと言いながら、その名を知っているのですね？」

「ああ。あなたの評判はよく知られていますよ」

「これは光栄です。この場合、私の評判は正確ではない。レオニーは私といて安全なのです」

「なぜ？」ド・ボープレ神父が静かにきく。

「なぜなら、神父、彼女には謎があるからです」

「理由としては、じゅうぶんではないようだが」

「しかしじゅうぶんなのです。私がそう言ったのなら、それでじゅうぶんなのです」

　主任司祭は手を前で組み、エイヴォン公の目をじっと見た。そしてうなずいた。

「結構でしょう。あの子がどうなったのか、話してください。ジャンはつまらない男でしたが、レオニーを私の手もとに残していかなかった。彼はどこにレオニーを連れていったのです？」

「パリです。そこで宿屋を買いました。レオニーに男の服を着させ、彼女は七年間、男でいたのです。いまは私の小姓になっています。私がこの茶番に終止符を打つまでは」

「それで、終止符を打ったら、今度はどうなるのですかな？」

　エイヴォン公は手入れされた爪で嗅ぎ煙草入れのふたをたたいた。

「彼女をイングランドへ連れていきます――妹のところへ。まだ決定したわけではありませんが、彼女を引き取ろうかと考えています。被後見人としてですよ。ああ、もちろん、彼女には付き添い婦人をつけます」

「なぜ？　あの子《ラ・プチット》に善をなしたいと考えるのなら、私のところへよこしてください」

「神父、私は人に善をなしたいと考えたことはありません。あの子を引き取るのには、理由があるのです。それに、こう言うのは妙ですが、私は彼女に強い愛着を持つようになりました。父親のような感情をいだいているのです」

　そのとき、メイドがワインとグラスののった盆を持ってきた。飲み物を神父のそばに置くと、部屋を出た。

ド・ボープレ神父が訪問客のためにカナリー・ワインを注《つ》いだ。

「先を続けて。私はあなたにどのように協力できるのかわからないし、あなたがなぜわざわざこんなところまで来たのかもわからないのです」

エイヴォン公はグラスを口につけた。

「うんざりするような長旅でした。しかし、イングランドと違い、本街道は道がいい。私がやってきたのは、レオニーに関して、あなたが知っていることを教えていただきたいからです」

「私はほとんど知りませんよ。彼女は赤ん坊のとき、ここへやってきて、十二になるかならないかで行ってしまった」

エイヴォン公は片腕をテーブルに置いて身を乗り出した。「彼女はどこから来たのです？」

「それはつねに秘密でした。私はシャンパーニュから来たのだと思っています。直接聞いたわけではありませんが」

「告解のときも口にしませんでしたか？」

「ええ。告解の内容は、あなたの役には立ちません。ボナール夫人がときおり口にした言葉から、シャンパーニュが彼らの故郷だと、私は推測したのです」

「神父」エイヴォン公の目が少し大きくなった。「率直におっしゃってください。レオニーが赤ん坊から少女に成長するのを見て、あなたは彼女がボナール夫妻の子どもだと思われましたか？」

主任司祭が窓の外に目をやった。すぐには返事をしなかった。

「疑問には思いましたよ」

「それだけ？　彼女がボナール家の人間でないことを示すものはなかったのですか？」

「彼女の顔以外は何も」

「それに髪の毛と手だ。彼女を見て、だれかを連想しませんでしたか？」

「あの年齢では、どうとも言えなかった。まだ顔立ちが固まっていませんでしたからな。ボナール夫人が亡くなる間際、何かを言おうとしました。レオニーに関することだとわかりましたが、私に伝える前に亡くなってしまった」

エイヴォン公はさっと顔をしかめた。「なんたることだ！」

主任司祭の唇が固く結ばれた。「あの子はどうなんです？　ここを去ってから、どうなったのです？」

「すでに話しましたように、彼女は性別を変えることを強いられました。ボナールは口やかましい女と結婚して、パリの宿屋を買った」エイヴォン公は嗅ぎ煙草を嗅いだ。

「レオニーが男の子のほうが、都合がよかったのでしょう」神父が静かに言う。

「間違いなく。私はある晩、折檻《せっかん》から逃れようとしている彼女を見つけたのです。私は彼女を買い、彼女は私を英雄だと誤解した」

「彼女がその意見を変えることはないと、私は確信していますよ」

エイヴォン公がふたたび微笑んだ。

「なかなか続けるのがむずかしい役割ですよ、神父。まあ、それは置いておきましょう。私がはじめて彼女を見たとき、彼女がだれかと――私の知っているだれかとつながりがあるという考えが、さっとひらめきました」主任司祭をちらりと見た。「私の知っているだれか。一瞬の確信に基づいて、私は行動しました。その確信はだんだん強まってきましたが、証拠がない。だからあなたを訪ねてきたのです」

「来ても無駄でしたな。レオニーがボナール家の人間なのかどうか、証明するものは何もない。私も疑問に思い、だからこそ、あの子を気にかけて、私にできる最良の教育を与えたのです。ボナール夫妻が亡くなったとき、彼女をここに留《とど》めようとしましたが、ジャンが同意しなかった。彼はあの子を虐待していたと、あなたはおっしゃいましたね？　そうなるとわかっていたら、もっと努力をして、彼女を手もとに置いたのに。そうなるとは考えもしなかった。ジャンはパリから手紙を書くと約束したが、手紙は一通も届かず、彼の居所はわからなくなってしまいました。どうやら運の巡り合わせがあなたをレオニーへ導いたようで、いまあなたは私と同じように疑問をいだいている」

エイヴォン公はワイングラスを置き、有無を言わさない口調できいた。

「疑問とは？」

ド・ボープレ神父は立ち上がり、窓に近寄った。

「あの子が優美な体形になっていくのを見たとき、あの青い目と黒い眉と炎のような髪の組み合わせを見たとき、私はとまどいました。私は年寄りですし、十五年かそれ以上昔のことです。だが、そのときでさえ、世間から離れて何年も経《た》っていたし、若いころから、社交界の人々とは関わっていませんでした。ここにはほとんどニュースが入ってこないのですよ、公爵。あなたは私が奇妙なほど無知だと気づくでしょう。言ったように、私はレオニーの成長を見守り、毎日彼女を見るたびに、彼女は私が司祭になる前に知っていた家族にどんどん似てきたのです。サンヴィール家の人間は、見間違えようがありません」

エイヴォン公は椅子の背に体をあずけた。重たげな瞼《まぶた》の下で、目が冷たくきらめいている。

「そう思いながら――そう疑念を持ちながら――あなたはレオニーに手を差しのべなかったのですか？　あなたはボナール一家がシャンパーニュから来たことも知っておられた。そこにサンヴィールの地所があることを、あなたは思い出したはずです」

主任司祭が驚き、見下すような視線をエイヴォン公に向ける。

「あなたが理解できませんな。確かに私はレオニーをサンヴィールの娘だと思いましたが、彼女がそれを知って、なんの役に立つというんです？　ボナール夫人がレオニーに知ってもらいたいと願ったのなら、彼女は教えることができた。しかし、夫はレオニーを自分の子として受け入れていた。レオニーは知らないほうがよかったのです」

エイヴォン公のはしばみ色の目が大きく開いた。「神父、私たちは互いに誤解しています。率直に言って、レオニーをなんだと思っておられるのです？」

「結論はじゅうぶん明らかだと思うが」主任司祭が顔を赤くして言う。

エイヴォン公は嗅ぎ煙草入れをかちりと閉じた。

「それでも、率直に話をしようではありませんか。あなたはレオニーをサンヴィール伯爵の私生児だと考えている。あなたは伯爵とその弟アルマンの関係を正しく理解していないのかもしれません」

「私はどちらのことも知らないのですよ、公爵」

「よく知られていることなのです、神父。まあ聞いてください。あの夜、パリで私がレオニーを見つけたとき、さまざまな考えが浮かびました。サンヴィール一族との類似は驚くほどでしたよ。最初、私はあなたと同じように考えた。それから、以前見たサンヴィールの息子の姿がぱっと目の前に浮かんだのです。洗練されていない男でした。不格好で、ずんぐりしていて。私はサンヴィールとその弟が憎み合っていたのを思い出しました。サンヴィールの妻はうんざりするような女です。彼がアルマンを困らせるために結婚したのは、だれでも知っている。さて、三年が経ちます。夫人が夫に与えたのは、死んだ子どもだけでした。やがて――奇跡のごとく、息子が生まれます。シャンパーニュで。いまでは十九歳の息子です。いいですか、神父、ちょっとだけでもサンヴィールの立場になってみてください。それから、サンヴィール家には代々、炎のような髪の者が出る傾向があることを記憶に留めておいてください。彼は、今回、間違いがあってはならないと決心しています。夫人を田舎へ連れていき、彼女はそこで――たとえば――女の子を産みます。サンヴィールはどんなに無念に思うことか！　しかし、です。彼がこの可能性に備えていたと想像してみましょう。彼の地所にはボナールという一家がいました。ボナールは彼の雇人です。ボナール夫人はレオニーの生まれる数日前に息子を産む。そして、伯爵は子どもを交換した。明らかに、彼はボナールに多大な賄賂《わいろ》を贈った。なぜなら、ボナール家はレオニー・ド・サンヴィールを連れてここに来て、農場を買い、自分たちの息子は、ヴァルメ子爵になるべく向こうに残してきたからです。どうです？」

「あり得ない！」ド・ボープレ神父が鋭く言う。「おとぎ話だ！」

「いや、聞いてください」エイヴォン公《エ・ビヤン》はうれしそうに言った。「私はレオニーをパリの通りで見つける。そして屋敷へ連れて帰り、小姓の服を着させる。彼女をどこへでも伴い、サンヴィールの鼻の下で見せびらかす。その同じ鼻が不安げに震えるのですよ、神父。それに意味がないとおっしゃいますか？　待ってください。私はレオン――レオンと呼ぶことにします――をヴェルサイユに連れていく。サンヴィール伯爵夫人は宮中に仕えているのです。人はよく、女性は秘密を漏らすと言いますね、神父。夫人は言葉では言い表せないほど動揺しました。レオンの顔から視線をはずせませんでした。その翌日、私はサンヴィールの腰巾着《こしぎんちゃく》からレオンを買いたいという申し出を受けます。わかりますか？　サンヴィールには自分の立場を明らかにする勇気がないのです。彼はかわりに友人を使う。なぜか。もしレオニーが彼の私生児で、彼女を私から救い出したいのなら、私に近づいて、すべてを打ち明けるほうが簡単でしょう？　彼はそうしない。レオニーが嫡出の娘で、彼は恐れているからです。私が証拠を持っているかもしれない、と。じつを言いますと、神父、彼と私は親友ではありません。彼は私を恐れ、何かわからないが、紙に書かれた証拠を私が突然暴露するかもしれないと思って、あえて動かないのです。私が真実を知らない、あるいは疑問にも思っていない可能性も、考えているかもしれない。私はそうは思いませんがね。私にはある評判があるのですよ、神父——全知全能だという。私の別名はそこからも来ているのです」笑みを浮かべる。「すべてを知るのが私の務めなのです。上流社会においては、そのような人物とされている。おもしろい役割ですね。それはさておき、サンヴィール伯爵が苦境に陥っているらしい、ということは理解されましたか？」

主任司祭はゆっくりと椅子に近づき、腰を下ろした。

「だが、公爵……あなたが示唆するものは忌まわしすぎる」

「言うまでもありません。それで、私としては、神父が私の確信を証明するなんらかの書類をお持ちではないか、と願っていたのですが」

ド・ボープレ神父が首を横に振る。「何もありません。疫病のあと、ジャンとともに、あらゆる書類に目を通したのです」

「では、サンヴィールは想像した以上に賢いということです。何も、とおっしゃいましたね？　どうやらこのゲームは注意深くやらないといけないようだ」

ド・ボープレ神父はほとんど聞いていなかった。「では——死の間際、ボナール夫人が私に伝えようとしていたのは、それだったのだ！」

「彼女はなんと言ったんです、神父？」

「ごくわずかです。〝神父さま《モン・ペール》……聞いてください《エクーテ・ドンク》、レオニーは……わたしはもう……〟それだけでした。そう言って、亡くなってしまいました」

「残念だ。しかしサンヴィールは、彼女が告白したと——書面に残したと考えるでしょう。彼はボナール夫妻が死んだことを知っているのかな。神父、もし彼がここに私と同じ理由で来たら、私がその書面を持ち帰ったと思わせておいてください。彼は来ないでしょう。ボナール夫妻の行き先を故意に知ろうとしなかったかもしれない」エイヴォン公は立ち上がり、お辞儀をした。「このようにおじゃまをして、申し訳ありませんでした」

　主任司祭がエイヴォン公の腕に手を置いた。「これからどうするつもりですか？」

「レオニーがほんとうに私の考えているとおりの人間なら、彼女を家族のもとへ返すつもりです。彼らはそれは感謝してくれるでしょう。そうでなかったら……」しばし考えこむ。「まあ、その可能性は考えていません。彼女の面倒は見るので、安心してください。さしあたり、彼女は娘にもどることを学ばねばなりません」

　主任司祭がエイヴォン公の目をじっと見た。「あなたを信用しておりますぞ」

「参りましたね。珍しいことに、今回、私は信頼に足る人間です。いつの日かレオニーをあなたのもとに連れてきましょう」

　主任司祭はエイヴォン公とドアのところまで歩き、ふたりは小さなホールに出た。

「あの子は知っているのですか？」

エイヴォン公はにやりと笑った。

「神父、私は女性に秘密を打ち明けるには年を取りすぎています。彼女は知りません」

「かわいそうな子だ。彼女はいま、どんな子です?」

エイヴォン公の目がきらりと光った。

「彼女はかなりの小悪魔ですよ、神父。サンヴィール家の気性と、自分では気づいていない厚かましさがある。どうやらいろいろ苦労したらしく、ときどき皮肉な考えかたをするところがいちばんおもしろい。そうでないときは、賢かったり、無垢《むく》だったり。女性はみんなそうですがね」

ふたりは庭の門に来ていて、エイヴォン公は馬の手綱を持っている少年を手招きした。ド・ボープレ神父の顔から、心配そうなしわのいくつかが消えていた。「あなたはあの子のことを感情をこめて話された。彼女を理解している話しぶりでした」

「女性についてはくわしいので」

「なるほど。しかし、あなたは女性に対して、この……小悪魔に対するような感情を持ったことがありますか?」

「私にとって、彼女は女というより、男なのです。確かにあの子は好きですよ。ほら、彼女のような年齢で――それに性別で、こちらを信頼し、逃げようとしない子どもを自分の支配下に置くのは、新鮮で快いですから。彼女にとって、私は英雄ですからね」

「いつまでもそうであり続けてください。彼女に優しくしてくれるよう願っています」

エイヴォン公はお辞儀をし、敬意をこめて、しかし少し皮肉るように神父の手にキスをした。

「英雄的な態度をこれ以上とれないと感じたら、レオニーをあなたにお返しします。ところで、私は彼女の後見人になるつもりです」

「わかりました《セ・タンタンデュ》」ド・ボープレ神父がうなずく。「いまのところ、私はあなたの味方です。あなたはあの子の面倒を見てくれるでしょうし、おそらく、彼女を家族のもとへ返してくれるでしょう。さようなら《アデュー》、公爵」

エイヴォン公は馬に乗り、少年にルイドール金貨を放《ほう》ると、ふたたび、馬の首に頭がつくほど低くお辞儀をした。

「ありがとうございます。私たちはよく理解し合ったようです――サタンと司祭が」

「おそらく、あなたは間違った名で呼ばれているのでしょう」神父が小さく笑う。

「いや、まさか。友人たちは、私をかなりよく知っていますよ。アデュー、神父」エイヴォン公は帽子をかぶると、広場を横切り、ソーミュールのほうへ向かった。

# 8

## ヒュー・ダヴェナント、仰天する

　エイヴォン公がソーミュールへ発《た》ってから一週間後、ヒュー・ダヴェナントは書斎で腰を下ろし、意気消沈したレオンをチェスで慰めようと努力していた。

「よかったら、カードがいいです、ムッシュー」好みをきかれて、レオンが礼儀正しく答えた。

「カード?」ダヴェナントはおうむ返しに言った。

「さいころでもいいです。お金は持っていませんが」

「チェスをしよう」ダヴェナントは断固として言い、象牙《ぞうげ》色の駒《こま》を並べた。

「いいですよ、ムッシュー」

　レオンは内心、ダヴェナントは頭がおかしくなったのではないかと思ったが、彼が友人の小姓とチェスをしたいのなら、もちろん彼を満足させなくてはならないと判断した。

「閣下はもうすぐ帰ってくると思いますか?」しばらくしてレオンが尋ねた。「ビショップをもらいます」ダヴェナントが驚いたことに、レオンはそうした。「ちょっとした罠《わな》だったんです」そう説明する。「さて、王手です」

「そのようだな。うかつだった。ああ、閣下は間もなく帰ってくると思うよ。おまえのルークにさよならだ」

「そうすると思っていました。なら、ぼくはポーンを前に動かします」

「無駄な抵抗だな。おまえはどこでチェスを覚えた？　王手だ」

レオンがナイトにじゃまをさせる。彼はあまり熱心にチェスをしていなかった。

「忘れました」

ダヴェナントは鋭い目でレオンを見た。

「おまえはずいぶん短い記憶しかないんだな」

レオンがまつげの下からダヴェナントをちらりと見た。

「ええ、ムッシュー。とても――悲しいことです。そして、あなたのクイーンが去りました。注意が足りませんね」

「そうかな？　おまえのナイトはいただいたよ、レオン。おまえはひどく無謀な手を打つ」

「ええ、ぼくはギャンブルが好きですから。あなたが来週、ぼくたちのもとを去るというのはほんとうですか？」

ダヴェナントは〝ぼくたち〟という言葉を聞いて、微笑《ほほえ》んだ。

「そのとおりだ。リヨンへ行く」

レオンの手がチェス盤の上を舞う。「ぼくはそこに行ったことがありません」

「ほう？　まだ機会はあるさ」

「ええ、でも、行きたくないな」レオンが不運なポーンに襲いかかり、それを取った。

「リヨンはくさい場所だし、人もあまりよくないと聞いています」

「それで行きたくないのか？　まあ、おまえは賢いと思うよ。なんだ？」ダヴェナントは頭を上げ、耳を澄ました。

外で小さな騒ぎがあった。次の瞬間、従僕が書斎のドアを大きく開け、エイヴォン公がゆっくりと入ってきた。

テーブル、チェス盤、駒が飛んだ。レオンが思わず椅子から立ち上がり、礼儀作法をすべて忘れて、エイヴォン公の足もとにほとんどひれ伏した。

「閣下、閣下！」

レオンの頭越しに、エイヴォン公はダヴェナントの目を見た。

「彼はもちろん、理性を失っているよ。落ち着いてくれ、レオン」

レオンがエイヴォン公の手に最後のキスをして立ち上がる。

「ああ、ムッシュー、ぼくはずっとみじめでした」

「ほう。ミスター・ダヴェナントが子どもに冷酷だとは思っていなかった」エイヴォン公は言った。「やあ、ヒュー」前に進み、ダヴェナントが伸ばした手を指先で触れた。「レオン、私に会った喜びを、チェスの駒を拾うことで表してくれ」暖炉に近づき、火を背にして、ダヴェナントと並んで立った。

「楽しかったかい？」ダヴェナントが尋ねた。

「とても有益な一週間だった。この国の街道はすばらしい。レオン、注意させてもらうが、価値のないポーンがその椅子の下にあるぞ。ポーンを無視するのは、賢明ではない」

ダヴェナントがエイヴォン公を見た。「それはどういう意味だ？」

「たんなる助言だよ。ああ、レオン、今度はなんだ？」

「ワインをお持ちしましょうか、閣下？」

「ミスター・ダヴェナントは確かにおまえをよく仕込んだな。いや、レオン、ワインはいい。彼は問題なかっただろうね、ヒュー？」

レオンが不安げな視線をダヴェナントに向けた。ふたりのあいだで、ちょっとした口論があった。ダヴェナントがレオンに微笑みかける。

「彼の態度は賞賛に値したよ」

エイヴォン公はレオンの不安げな視線と、ダヴェナントの安心させるような微笑みに気づいていた。

「それはよかった。では、ほんとうのことを聞かせてもらえるかな」

レオンが深刻な顔つきでエイヴォン公を見上げたが、言葉は発しなかった。ダヴェナントがエイヴォン公の肩に手を置く。

「ちょっとした口論があった。それだけだ」

「どっちが勝った？」エイヴォン公はきいた。

「ぼくたちは歩み寄ったんだ」ダヴェナントがおごそかに言う。

「それはずいぶん賢くないな。きみは無条件降伏を要求するべきだった」レオンの顎をつかみ、きらきら光る青い目を見つめた。「私ならそうしたろうにな」顎を締めつける。「そうだろう、小僧？」

「たぶん、閣下」

はしばみ色の目が狭まった。

「たぶん？　おまえはたった一週間のあいだに堕落してしまったのか？」

「いいえ、違います！」レオンのえくぼが震えた。「でも、ぼくはときどき、とても頑固なんです。もちろん、ぼくはいつだって閣下のお望みに従うよう努力します」

エイヴォン公はレオンを解放した。

「そうだと信じるよ」唐突にそう言って、片手でドアを指し示した。

「どこへ行っていたのか尋ねても、無駄だろうね」レオンが去ると、ダヴェナントは尋ねた。

「そのとおり」

「次にはどこへ行くつもりかという質問も？」

「いや、それには答えられると思う。ロンドンへ行くつもりだ」

「ロンドン？」ダヴェナントはびっくりした。「きみは数カ月、ここにいる計画だと思っていた」

「そうなのか、ヒュー？　私は計画をしたことがない。だから、美しい娘の母親たちは、私を疑いの目で見るんだ。私はイングランドへもどらなくてはならない」ポケットから優美な鶏の革の扇子を取り出して開いた。

「なぜだい？」ダヴェナントはエイヴォン公の扇子に顔をしかめた。「その気取ったものはなんだ？」

エイヴォン公は腕を伸ばして扇子を見た。

「私もまさに同じ疑問を持っている。ここに届けられていたのを見つけたんだ。マーチからの贈り物で、彼は……」ポケットを探ってたたまれた紙を取り出し、片眼鏡を上げて、走り書きされた文字を読み上げた。「彼は……そう、ここに書いてある。〝ちょっとしたプレゼントだ。こちらでは人気の品になっているんだ。洒落《しゃれ》者を目指す男たちはみな、これを使って、いまでは女たちと張り合っている。きみも使ってくれ、親愛なるジャスティン。塗りが巧みで、わざわざきみのためにジェロニモから手に入れた。金色の骨をきみは気に入るはずだ〟」エイヴォン公は視線を上げて、扇子を観察した。黒く塗られていて、模様は金色、骨と房も金色だった。「私はこれを気に入るだろうか？」

「きざったらしい！」ダヴェナントが短く答えた。

「確かに。だが、これはパリに新鮮な話題を提供してくれるだろう。マーチにマフを買ってやろう。私がイングランドにすぐにもどらなければならない理由を、理解したかね」

「マーチにマフを贈るためか？」

「そのとおり」

「きみがそれを言い訳にしようとしていると、わかったよ。レオンも行くのかい？」

「きみの言うとおり、レオンもいっしょに行く」

「ぼくはもう一度、レオンを譲ってくれるよう頼むつもりだった」

エイヴォン公は鶏の革の扇子を女性のように動かして、自分に風を送った。

「それはどうしても認められない。それ以上不適切なことはない」

ダヴェナントがエイヴォン公を鋭い目で見る。

「それはどういう意味だ、ジャスティン？」

「きみはずっと目隠しされていたのか？　なんと、まあ」

「頼むから、説明してくれ」

「私はきみが全知全能だと思うようになっていた」エイヴォン公はため息をついた。「きみはレオンを八日間も世話していながら、ごまかしに気づいていないんだな」

「つまり？」

「つまり、レオンはレオニーだということだ」

ダヴェナントが両手を上げる。「じゃあ、きみは知っていたのか！」

エイヴォン公は扇子であおぐのをやめた。「知っていた？　最初から知っていたよ。だが、きみは？」

「彼がここへ来てから一週間後ぐらいだ。きみが何も知らなければいいと思っていた」

「ああ、親愛なるヒュー」エイヴォン公は静かに笑い声をあげ、体を震わせた。「きみは私を純真な人間だと思っていたのか。まあ、許してやろう。きみが全知全能だという私の信念が間違いでなかったとわかったから」

「きみが疑念を持っていたとは、夢にも思わなかった」ダヴェナントが素早く数歩前に進み、またもどった。「うまく隠したものだ」

「きみだって」エイヴォン公はふたたび扇子を使い始めた。

「ごまかしを続けさせた目的はなんだ？」

「きみのほうの目的はなんだね、ごりっぱなヒューよ？」

「きみが真実に気づくのを恐れたからだ。ぼくはあの子をきみから離したかった」

エイヴォン公はゆっくりと笑みを浮かべ、目をほとんど閉じた。

「扇子が私の感情を表している。マーチの手と足にキスをしなくてはな。比喩《ひゆ》的表現だが」扇子を静かに前後に動かす。

ダヴェナントはエイヴォン公の淡々としたようすにとまどい、一瞬、彼をにらんだ。それから、思いがけず、笑い声をあげた。

「ジャスティン、頼むからその扇子をしまってくれ。レオンが女の子だと知っているのなら、どうするつもりだ？　あの子をぼくに譲ってくれと――」

「親愛なるヒュー！　いいか、きみはたったの三十五歳で、まだほんの子どもだ。そんなことをしたら、不適切きわまりない。だが、私は四十を超えている。経験豊富で、それゆえに害がない」

「ジャスティン」ダヴェナントはエイヴォン公に近寄り、彼の腕に手を置いた。「座って、話し合おう――落ち着いて、論理的に」

扇子の動きが止まった。「落ち着いて？　だが、私が怒鳴り声をあげたがっていると思ったのか？」

「いや。まじめにやろう、ジャスティン。座るんだ」

エイヴォン公は椅子のところへ行き、その肘に腰を下ろした。

「きみは興奮すると、動揺した羊みたいになるな。手の施しようがない」

ダヴェナントは震える唇を噛《か》みしめ、エイヴォン公の向かいに腰を下ろした。エイヴォン公が脚の細長いテーブルに手を伸ばし、自分とダヴェナントのあいだに引っ張った。

「これでよし。私は論理的には安全ではない。続けて、ヒュー」

「ジャスティン、ぼくは冗談を言っているんじゃないし――」

「ああ、親愛なるヒュー！」

「それに、きみにも真剣になってもらいたい。そのいまいましい扇子をしまえ！」

「これが癪《しやく》に障るのか？　もしきみが襲ってきたら、私は助けを呼ぶよ」しかしエイヴォン公は扇子を閉じ、両手で持った。「なんなりと聞かせてもらおう」

「ジャスティン、きみとぼくは友だちだな？　たまには率直に話をしよう」

「だが、私はいつも率直に話をしているよ、ヒュー」エイヴォン公がつぶやく。

「きみはずっと、レオンに対して親切だった——ああ、それは認めるよ。彼がきみにずいぶんなれなれしくしても、許していただろう。ときには、彼といっしょにいるのが本当のきみではないのかと思いもした。てっきり——まあ、それはいい。そして、そのあいだずっと、きみは彼が女の子だと知っていた」

「だんだん混乱してきているぞ」エイヴォン公が言った。

「なら、彼女、だ。きみは彼女が女の子だと知っていた。なぜあの子がそんなふりをするのを、ずっと許していたんだ？　彼女は、きみにとって、どんな意味があるんだ？」

「ヒュー……」エイヴォン公は扇子でテーブルを軽くたたいた。「きみの痛々しい懸念を見ていると、尋ねずにはいられなくなる——彼女は、きみにとっては、どんな意味があるんだ？」

ダヴェナントはエイヴォン公の反感に気づいた。

「きみは自分がおもしろいことを言っていると思うのか？　ぼくにとって、こういう意味がある。つまり、命を懸けても、彼女をきみから引き離すつもりだ、と」

「これは興味深くなってきた」エイヴォン公は言った。「きみはどうやって、そしてなぜ、彼女を私から引き離す？」

「そんな質問ができるのか？　きみが偽善者だとは思ってもみなかった」

エイヴォン公は扇子を広げた。「なぜ私がきみに耐えているのか、きみにきかれたとしても、答えが頭に浮かばないな」

「ぼくの態度がひどいのはわかっている。だが、ぼくはレオンを好いているし、きみが彼女を奪うのを黙認したら、あんな純真な彼を――」

「そこは慎重に。ヒュー、慎重に！」

「ああ、彼でなくて、彼女だ。あんな純真な彼女を――」

「落ち着け、友よ。きみに壊される心配がなかったら、この扇子を貸してやるんだが。私の意図を話してもいいかな？」

「ぼくはそれを求めているんだ！」

「どういうわけか、そうとは思わなかった。誤解とは不思議なものだ。それに、互いに誤解するというのも、不思議なものだな。きみはこう聞くと驚くだろうが、私はレオンを好いている」

「驚かないよ。彼女は美しい娘になるだろうからな」

「今度きみに冷笑する方法を教えてやるから、忘れずに言ってくれ、ヒュー。きみのははっきりしすぎていて、しかめ面にしかなっていない。唇をわずかにカールさせるんだ。そう、話をもどそう。きみはこう聞けば、少なくとも驚くだろうが、私はレオニーを美しい娘という点から見たことはない」

「これは驚いた」

「ずっとよくなったぞ。きみは優秀な生徒だ」

「ジャスティン、きみはどうしようもないな。これは笑うようなことじゃない」

「私はレオニーをイングランドへ連れていき、私の妹の保護下に置くつもりだ。信用できるレディーを見つけて、私の被後見人の付き添い婦人になってもらうまで。マドモワゼル・レオニー・ド・ボナール。またしても、扇子が私の感情を表している」エイヴォン公は扇子を空中でさっと動かしてみせたが、ダヴェナントは驚きのあまり、ぽかんと口を開けていた。

「きみの――被後見人！　だが……なぜ？」

「ああ、私の評判だよ」エイヴォン公が悲しげに言う。「気まぐれだよ、ヒュー。気まぐれ」

「彼女を娘として引き取るのか？」

「娘として」

「どのぐらいのあいだ？　気まぐれだとしたら――」

「そうじゃない。理由があるんだ。レオニーが私のもとを去るのは……そうだな、彼女がもっと適切な家庭を見つけるまで、と言っておこうか」

「結婚するまで、ということかい？」

薄く黒い眉が突然、ぴくっと動いた。

「そういう意味で言ったのではないが、そんなところだ。まあ、要するに、レオニーは私に保護されていれば、安全なのだよ。きみに保護されているのと同じようにね――もっといい例が思い浮かばないから、きみを使ったが」

ダヴェナントが立ち上がる。「ぼくは……きみは……ああ、ジャスティン、冗談を言っているんじゃないよな？」

「違うと思う」

「本気なんだな？」

「当惑しているようだな、友よ」

「さっきよりも羊に近づいたよ」ダヴェナントが辛辣《しんらつ》に言い、素早く笑みを浮かべると、手を差し出した。「きみがいま、ほんとうのことを言っているのなら――もちろん、そう思うが――」

「きみには参るな」エイヴォン公はつぶやいた。

「きみがしようとしていることは――とてつもなくすばらしいことだ！」

「そうは言っても、きみは私の動機を知らない」

「きみ自身、動機を知っているのかどうか」ダヴェナントが静かに言った。

「ずいぶんあいまいだな、ヒュー。私はじゅうぶんに知っていると、自信を持っている」

「ぼくはそんなに確信していない」ダヴェナントがふたたび腰を下ろした。「まあ、きみには驚かされたよ。次はなんだ？　レオンはきみが彼の――彼女の――まったく、また混乱してきた！――性別に気づいたと知っているのか？」

「知らない」

ダヴェナントはしばらく無言だった。

「きみがそれを告げたら、彼女はおそらくきみのところに留《とど》まりたくないと思うだろう」

ダヴェナントはようやく言った。

「可能性はあるが、彼女は私のものだし、私の命令に従わなければならない」

ダヴェナントが突如としてふたたび立ち上がり、窓へ歩いた。「ジャスティン、ぼくはそういうの、いいと思わないな」

「理由をきいていいかな?」

「彼女——彼女はきみをあまりにも好いている」

「ほう?」

「何か配慮があってもいいんじゃないか? どこかへやるとか」

「どこへだ、わが良心よ?」

「わからない」

「なんとありがたい言葉だ。私もわからないから、その考えは捨てたほうがいいと思う」

ダヴェナントが向きをもどし、テーブルに帰ってきた。「いいだろう。それで問題は起こらないと信じているよ、ジャスティン。いつきみは……彼女の少年時代を終わらせるつもりだ?」

「イングランドに到着したら。いや、その瞬間をできるだけ延ばしているんだ」

「なぜ？」

「ひとつには、私が秘密を知ったとわかったら、彼女は少年の服を恥ずかしく思うかもしれないからだ。ほかの理由としては……その……」言葉を途切れさせ、顔をしかめて扇子を見つめる。「ああ、正直に言おう。私はレオンを好きになってきていて、彼とレオニーを交換したくないからだ」

「そうだろうと思っていた」ダヴェナントがうなずく。「レオニーに優しくしてくれ」

「そのつもりだ」エイヴォン公はお辞儀をした。

# 9

## レオンとレオニー

翌週の初めに、ダヴェナントはパリを発《た》ち、リヨンへ向かった。同じ日、エイヴォン公は執事のウォーカーを呼び、翌日にフランスを離れると告げた。主人の急な決定に慣れているウォーカーは驚かなかった。

ウォーカーは書斎を出ると、従者のガストンと馬丁のミーキンと小姓のレオンに翌朝パリを発つ準備をするよう指示するため、階下へ向かった。レオンはメイド長の部屋のテーブルに腰かけ、脚を揺らしながらケーキを食べていた。デュボワ夫人は暖炉の前の椅子に座って、悲しげにレオンを見つめていた。ウォーカーを見て、上品な彼女は控えめな笑みを浮かべたが、レオンのほうは、戸口の堅苦しい人物をちらりと見ると、食べるのを続けた。

「あらまあ、ムッシュー！」執事に微笑《ほほえ》みかけながら、夫人は服を撫《な》でつけた。

「じゃまをしてすまない」ウォーカーはお辞儀をした。「レオンを捜しに来たんだ」

レオンは身をくねらせて、執事のほうを向いた。

「ここにいるよ、ウォーカー」

ウォーカーの顔がかすかに引きつった。使用人たちのなかで、レオンだけが彼の名前に尊称をつけないのだ。

「先ほど御前さまに呼ばれて、あすロンドンへ発つと告げられた。私がここへ来たのは、レオン、同行する準備をしておけとおまえに知らせるためだ」

「ふん！　けさ、閣下に聞いているよ」レオンはばかにするように言った。

夫人がうなずく。

「ええ、それで、わたしと最後のケーキを食べに来たんですよ」ふうっとため息をついた。

「ほんとに、おまえを失うと思っただけで、気持ちが重くなるのよ、レオン。でも……でも、おまえは喜んでいるのね、恩知らずな子！」

「ぼくはイングランドに行ったことがないんだよ」レオンは謝った。「とっても浮き浮きしているんだ」

「ああ、そうなのね《セ・セラ》！　浮き浮きして、太った年寄りのデュボワ夫人を忘れてしまうのね」

「いいえ、絶対忘れないよ。ウォーカー、マダムのケーキを食べない？」

ウォーカーは顔をしかめた。

「いや、遠慮しておく」

「ねえねえ、彼があなたの料理の腕を侮辱しているよ」レオンはくすくす笑った。

「マダム、決してそういうことはない」ウォーカーが夫人にお辞儀をし、立ち去る。

「駱駝《らくだ》みたいな人だな」レオンが穏やかに言った。

彼は、翌日、カレーへ向かう馬車のなかで、その見解をエイヴォン公に言った。

「駱駝？　なぜだ？」

「その……」レオンは鼻にしわを寄せた。「ずっと前に一度だけ、駱駝を見たとき、それは頭をとても高くし、顔に笑みを浮かべて歩いていたんです。ウォーカーみたいに。威厳たっぷりだったんです、閣下。わかります？」

「完璧《かんぺき》に」エイヴォン公はあくびをし、さらに背中を隅へ寄せた。

「ぼく、イングランドを気に入ると思いますか、閣下？」しばらくして、レオンは尋ねた。

「そう願っているよ」

「それから……それから、船に乗ったら、船酔いすると思いますか？」

「しないと信じている」

「ぼくもそう信じています」レオンは熱をこめて言った。

結局、その旅はごく順調に進んだ。彼らは途中一泊してカレーに到着し、翌日、夜の船に乗った。レオンがうんざりしたことに、エイヴォン公は彼を船室に行かせ、そこに留《とど》まるようにと命じた。エイヴォン公は何度も海峡を渡っていたが、今回はじめて、甲板に留まった。一度だけ、狭い船室に下り、椅子に座って眠るレオンを見つけると、彼を持ち上げ、そっと寝台に寝かせ、毛皮の膝掛けをかけてやった。それからふたたび甲板に出て、朝まで行ったり来たりしていた。

翌朝、レオンは甲板に出ると、主人がひと晩じゅうそこにいたと知って、衝撃を受け、そう口にした。エイヴォン公は彼の巻き毛を引っ張り、朝食をとると、下へ行き、ドーヴァーが近づくまで眠った。それから姿を現し、物憂げなようすで、レオンを伴い、上陸した。ガストンは真っ先に下船していて、波止場の宿屋にエイヴォン公が着いたときには、宿の主人の尻をたたいて働かせていた。休憩室が用意され、テーブルには昼食がのっていた。

レオンがある種の非難と小さくない驚きのこもった目で食事を見た。テーブルの一方の端には、イングリッシュ・ビーフのサーロインがあり、豚の腿肉と鶏肉《とりにく》がその両側に添えられている。もう一方の端には、太ったあひるの料理があり、肉入りパイとプディングが添えられている。ほかには、バーガンディーの酒瓶と、泡立つエールの入った壺《つぼ》があった。

「どうした、レオン？」

レオンは振り向いた。部屋に入ってきたエイヴォン公が、扇子であおぎながら、彼の後ろに立っていた。レオンはきびしい目で扇子を見た。とがめるような視線に気づいて、エイヴォン公は笑みを浮かべた。

「扇子が気に入らないのか、小僧？」

「まったく気に入りません、閣下」

「困ったやつだな。イングランドの肉をどう思う?」

レオンが首を横に振る。

「ひどすぎです。野蛮《バルバール》です!」

エイヴォン公は笑い声をあげ、テーブルに近寄った。すぐにレオンも、エイヴォン公の椅子の後ろに立つつもりで、ついていった。

「小僧、席がふたつ用意してあるのがわかるか? おまえも座れ」ナプキンを振って広げ、取り分け用のナイフとフォークを持ち上げた。「あひるを試してみるか?」

レオンが恥ずかしそうに腰を下ろす。

「はい、お願いします、閣下」

肉を切ってもらうと、食べ始めた。エイヴォン公が見るところ、かなりびくついていたが、上品に食べていた。

「それで……ここがドーヴァーなんですね」しばらくして、レオンが丁寧で打ち解けた口調で言った。

「そうだ」エイヴォン公は答えた。「ここがドーヴァーだ。気に入ったか?」

「はい、閣下。イングランドのものはどれもこれも変わっていますが、気に入りました。もちろん、閣下がここにいらっしゃらなければ、気に入ったりしません」

エイヴォン公は自分のグラスにバーガンディーを注《つ》いだ。

「おまえはおべっか使いのようだな」きびしい口調で言った。

レオンが微笑む。

「いいえ、閣下。宿の主人に気づきましたか?」

「彼はよく知っている。主人がどうした?」

「とても背が低くて、とても太っていて、あんなに、あんなにてかてかした鼻! 彼が閣下にお辞儀をしたとき、破裂するんじゃないかと思いました。おかしくて、おかしくて」

レオンの目はきらめいていた。

「ひどい想像だな。おまえには少し恐ろしいユーモアのセンスがあるようだ」

レオンが楽しそうに笑った。

「知っていますか、閣下」頑固なあひるの関節と格闘しながら言う。「ぼく、きのうまで、海を見たことがなかったんです。とてもすばらしかった。でも、ほんの短いあいだですが、体のなかが上下していました。こんなふうに」その動きを手で説明する。

「やめてくれ、レオン。食事中にその話題はかなわない。胸がむかつく」

「ぼくは気持ち悪くなりましたが、吐きませんでした。口をぎゅっと閉じて――」

エイヴォン公は扇子をつかんで、レオンの手を強くたたいた。

「ずっと口を閉じていてくれ、おちびさん」

レオンは驚き、傷ついた目でエイヴォン公を見ながら、手をさすった。

「はい、閣下、でも――」

「それから、口答えするな」

「はい、閣下。口答えするつもりはありません。ただ――」

「おい、レオン、それが口答えだ。おまえにはうんざりさせられる」

「ぼくは説明しようとしたんです、閣下」レオンが胸を張って言う。

「では、それをやめてくれ。その元気はあひるにだけ向けるんだ」

「はい、閣下」レオンは三分ほど無言で食べた。それからふたたび顔を上げる。「ロンドンへ行くのを、いつ始めるんですか、閣下？」

「なんと独創的なものの言いかただ！」エイヴォン公は言った。「一時間ぐらいしたら、始める」

「じゃあ、食事《デジュネ》が終わったら、散歩に行っていいですか？」

「残念だが、その許可は与えられない。おまえと話がしたいんだ」

「ぼくと話がしたい？」レオンがおうむ返しに言った。

「どうかしていると思うか？　大事な話があるんだ。今度はどうした？」

レオンが憎悪に近い表情を浮かべ、黒いプディングを調べていた。

「閣下、これは……」軽蔑《けいべつ》するようにプディングを指す。「これは、人間の食べるものじゃありません！」

「何かまずいことがあるのか？」

「すべてがです！」レオンが激しい口調で言った。「最初はあの船で気持ち悪くならされるし、次はこのいまいましいもの――プディングというんですか？――で気持ち悪くならされる。まったく、すてきな名前だ。とんでもない《ビッグ》プディング！　閣下、食べてはいけません。食べたらきっと――」

「頼むから、私に現れる予定の症状を説明するのはやめてくれ。確かにおまえはひどく虐待されてきたが、忘れるように努力するんだ。砂糖菓子でも食べたらどうだ」

レオンは小さな菓子のひとつを選び、少しずつかじり始めた。

「イングランドではいつもこんなものを食べるんですか？」牛肉とプディングを指して尋ねる。

「つねにな」

「あまりここに長くいないほうがいいと思います」レオンは断固として言った。「食べ終わりました」

「では、ここに来なさい」エイヴォン公は暖炉の前に移動し、オークの長椅子に座っていた。レオンが素直にエイヴォン公の隣に腰を下ろす。

「なんでしょう、閣下？」

エイヴォン公は扇子を動かし始めた。口がへの字になっている。わずかにしかめられた顔を見て、レオンはどうして主人の気分を害してしまったのかと一生懸命に考えた。突然、エイヴォン公が片手をレオンの手に置き、冷静に握りしめた。

「おちびさん、おまえと私が演じてきた、このちょっとした喜劇を終えなければならなくなった」エイヴォン公は間を置き、大きな目に不安が浮かぶのを見た。「私はレオンが大好きだが、彼がレオニーになる時が来た」

　エイヴォン公の手のなかの小さな手が震える。

「閣下！」

「ああ、そうだよ。私は最初から知っていた」

　レオニーが体をこわばらせて、手負いの動物のような目でエイヴォン公の顔を見上げた。

エイヴォン公は自由なほうの手を持ち上げ、彼女の白い頬を軽くたたいた。

「結局のところ、それほど大したことじゃない」エイヴォン公は優しく言った。

「閣下は……閣下はぼくを追い払い……ませんよね？」

「そんなことはしない。私はおまえを買ったのではなかったか？」

「ぼくは――ぼくは、小姓のままですか？」

「いや。残念だが、それは不可能だ」

　細い体から、こわばりがすっかりなくなった。レオニーは大いに泣きじゃくり、顔をエイヴォン公の上着の袖《そで》に埋《うず》めた。

「ああ、お願いです！　ああ、お願いです！」

「おちびさん、体を起こすんだ。私の上着をだめにするな。おまえはまだすべてを聞いていない」

「いやです、いやです！」くぐもった声がした。「ぼくをレオンにしてください。お願いですから、レオンにしてください」

エイヴォン公は彼女を持ち上げた。

「小姓のかわりに、私の被後見人になるんだ――つまり、私の娘に。それがそんなにひどいことか?」

「ぼくは女の子になりたくありません。お願いです、閣下。お願いします」レオニーは長椅子から床に下り、ひざまずいてエイヴォン公の手を握った。「わかったと言ってください、閣下!　わかったと!」

「だめだ。涙を拭《ふ》いて、聞きなさい。ハンカチをなくしたとは言うなよ」

レオニーがポケットからハンカチを引っ張り出し、目を拭《ぬぐ》った。

「ぼ――ぼくは、女になりたくありません!」

「ばかげたことを言うな。小姓より被後見人のほうがずっと心地よいぞ」

「いいえ!」

「身のほどを知れ」エイヴォン公はきびしく言った。「私に反論してはならない」

レオニーは涙をのみこんだ。

「す――すみません、閣下」

「よろしい。ロンドンに着いたらすぐ、おまえを妹のところへ連れていく――だめだ、しゃべるな――私の妹、レディー・ファニー・マーリングのところへ。いいか、おちびさん、私がどこかのご婦人を見つけて、その……付き添い婦人になってもらうまで、おまえは私と暮らせない」

「いやです！　いやです！」

「おまえは私の言うとおりにするんだ。妹がおまえの新しい身分にふさわしい服を着せてくれるし、教えてもくれる――女の子になる方法を。おまえはそれを学ばなければならない」

「いやです！　絶対、いやです！」

「なぜなら、私の命令だからだ。そして準備ができたら、おまえは私のところへもどってきて、私はおまえを社交界に出す」

レオニーがエイヴォン公の手を引っ張る。

「ぼくは閣下の妹さんのところへ行きません。ぼくはただのレオンになるんです。ぼくに言うことを聞かせることはできません。いやです！」

エイヴォン公は少々いらだってレオニーを見下ろした。

「ずっと私の小姓だというなら、おまえの扱いかたを考えなくてはならないな」

「ええ、かまいません。望むなら、ぼくをたたいてください。そして、ぼくを小姓のままでいさせてください。お願いです、閣下」

「残念だが、それは不可能だ。覚えているか、おちびさん。おまえは私のもので、私に言われたとおりにしなければならない」

突然、長椅子のそばで、レオニーはしわくちゃのかたまりとなり、つかんでいるエイヴォン公の手に向かってむせび泣いた。エイヴォン公は三分ほどレオニーを自由に泣かせた。

それから手を引っこめた。

「おまえは私からすっかり追い払われたいのか？」

「そんな！」レオニーが跳び上がる。「閣下、そんなことはしないで。閣下――やめてください」

「なら、私に従うんだ。わかったか？」

長い間があった。レオニーが冷たいはしばみ色の目をすがるように見つめる。彼女の唇が震え、大きな涙がひと粒、頬を伝った。

「はい、閣下」ささやくように言い、巻き毛の頭を垂れた。

エイヴォン公は身を乗り出し、子どもっぽい体に腕を伸ばし、自分に近づけた。

「いい子だ」明るい声で言う。「おまえは女の子になる方法を学び、私を喜ばせてくれるだろう、レオニー」

レオニーがエイヴォン公にしがみつく。彼女の巻き毛がエイヴォン公の顎をくすぐった。

「閣下は――閣下は、そうすれば喜んでくれるのですか？」

「何よりも、喜ぶだろう」

「だったら……やってみます」レオニーが悲しみに声を途切れさせながら言った。「か、閣下は、な――長いこと、ぼくを妹さんのところに、お――置いておきませんよね？」

「おまえの面倒を見る人を見つけられるまでだ。そうしたら、おまえは地方にある私の家へ行って、膝をついてお辞儀をする方法や、扇子の扱いや、照れ笑いのしかたを学び、それからふさぎの虫に取りつかれる方法を――」

「学びません！」

「そう願いたいな」エイヴォン公はうっすらと笑って言った。「おちびさん、そんなに悲しむ必要はない」

「ぼくは、それは長いこと、レオンだったんです。だから、女になるのはとってもむずかしいはずです」

「そうかもな」エイヴォン公はレオニーからしわくちゃのハンカチを取り上げた。「だが、おまえは教えられたことを全部覚えるよう努力するんだ。私が娘を誇れるように」

「閣下が？　ぼくを……誇る？」

「その可能性は大いにある」

「そうなるといいです」レオニーがうれしそうに言う。「ぼく、いい子になります」

エイヴォン公の上品な唇がぐいと引かれた。

「そして私にふさわしい娘になる？　ヒューに聞かせたいな」

「あの人は……知っているんですか？」

「彼はすでに知っていた。よければ、立ち上がってもらえないか。そう。椅子に座れ」

レオニーは長椅子のもとの場所にもどり、悲しげに鼻をすすった。

「ぼく、スカートをはかなきゃいけないし、悪い言葉を使っちゃだめだし、いつも女の人といっしょじゃなきゃだめなんですね。とってもむずかしいです、閣下。ぼく、女性は嫌いです。閣下といっしょにいたいです」

「ファニーがなんと言うかな？　妹は何から何まで女性だぞ」

「妹さんは閣下に似ていますか？」レオニーが尋ねる。

「さて、どうかな？」エイヴォン公は考えた。「彼女は私に似ていないよ。髪は金色で、目は青い。なんだって？」

「ふん、と言ったんです」

「その言葉が好きなようだな。それはレディーの使う言葉じゃない。今後、おまえはレディー・ファニーに従うし、彼女が金髪だからといって、あざけったり、ばかにしたりすることはない」

「もちろんです。彼女は閣下の妹さんです。妹さんはぼくを好きになってくれると思いますか？」レオニーは不安そうな目をきらめかせて、エイヴォン公を見上げた。

「好きにならないわけがあるのか？」エイヴォン公はふざけるように言った。

一瞬、レオニーの口もとに微笑が浮かんだ。

「ああ……ぼくにはわかりません」

「彼女はおまえに優しくするよ。おまえは私の娘なのだから」

「ありがとうございます」レオニーが素直にそう言い、目を伏せた。エイヴォン公が無言でいると、レオニーがいたずらっ子のようなえくぼを浮かべて、ちらりと視線を上げた。それを見て、エイヴォン公は彼女がまだ男の子であるかのように、その巻き毛をくしゃくしゃにした。

「おまえは目新しくておもしろい。ファニーが頑張って、おまえをほかの女性たちと同じようにしてくれるだろう。私はそれを望まないが」

「ええ、閣下。ぼくはぼくのままです」

レオニーはエイヴォン公の手にキスをした。唇の震えを懸命に抑え、涙の浮かんだ目で微笑んだ。「ぼくのハンカチを返してくれませんか、閣下?」

## 10

### レディー・ファニー、苦虫を噛《か》みつぶしたような顔になる

レディー・ファニー・マーリングは長椅子で休みながら、人生は退屈だと感じていた。あくびをしながら読んでいた詩集をわきへどけ、肩に落ちて服のレースの上できらめく金髪をいじり始める。彼女はゆったりした部屋着姿で、髪に髪粉はかかっていず、メクリンレースのキャップをかぶり、その青いリボンを顎の下で色っぽく結んでいた。部屋着は青いタフタで、完璧《かんぺき》なラインを描く肩に幅の広い肩掛けをかけている。部屋の調度は金と青と白で統一してあったので、自分自身にも周囲の環境にも満足して当然だった。そして確かに満足していたが、この美的感覚を分かち合うだれかがいれば、もっと楽しいだろうと思っていた。だから玄関のベルが鳴ると、青い目を輝かせ、手を伸ばして鏡を取った。

数分後、黒人の小姓が部屋のドアをたたいた。レディー・ファニーは鏡を下ろし、振り向いて小姓を見た。

ポンピーがにこにこしながら、もじゃもじゃの頭を下げる。

「男のかたがいらっしゃいました、奥さま！」

「名前は？」レディー・ファニーは尋ねた。

小姓の背後から、優しい声がした。

「彼の名前はエイヴォンだ、親愛なるファニー。おまえが家にいるところをつかまえられて、運がよかった」

ファニーは甲高い声をあげ、両手を組み合わせると、兄を迎えるために跳び上がった。

「ジャスティン！　兄さん！　ああ、なんてうれしいの！」ファニーは指先へのキスを兄に許さず、腕を広げて、彼を抱きしめた。「お久しぶり。兄さんがよこした料理人はすばらしいわ。エドワードは兄さんに会ったら大喜びするわよ。あの料理！　それに、このあいだ開いたパーティーでのソース、どう表現していいのかわからないわ」

エイヴォン公は抱擁から逃れ、袖《そで》を振ってひだ飾りを出した。

「エドワードとコックの区別がつかなくなっているようだな。元気か、ファニー？」

「ええ、もちろん。兄さんは？　ジャスティン、わたしが兄さんの帰国をどんなに喜んでいるのか、想像がつかないでしょうね。兄さんに会いたくて、たまらなかったのよ。あら、それはだれ？」彼女の視線がレオニーの上で止まった。長い外套《がいとう》に包まれたレオニーは、一方の手に帽子を持ち、もう一方の手でエイヴォン公の上着をつかんでいる。

エイヴォン公は服をきつくつかんだ手をゆるめ、自分の手を握らせてやった。

「これは、きのうまで私の小姓だった者だ。いまは私の被後見人だ」

ファニーが息をのみ、一歩下がった。

「に、兄さんの被後見人！　この少年が？　ジャスティン、気でも違ったの？」

「いや、違っていない。マドモワゼル・レオニー・ド・ボナールに優しくしてやってくれ」

ファニーの頬が真っ赤になった。彼女は小さな体を伸ばし、目に高慢な憤りを浮かべた。

「あら、そう。なぜ兄さんがその――その小姓をここへ連れてきたのか、きいてもよろしいかしら？」

レオニーはわずかに身を縮めたが、何も言わなかった。エイヴォン公が物柔らかな声で言った。

「彼女をおまえのところに連れてきたのは、ファニー、彼女が私の被後見人で、彼女に付き添い婦人がいないからだ。彼女はおまえに会えてうれしいはずだ」

ファニーの上品な小鼻がひくついた。

「そう思うの？　ジャスティン、よくもそんなことができたわね。よくも彼女をここへ連れてこれたわね！」ファニーが足を踏み鳴らす。「兄さんは何もかも台なしにしたわ！　兄さんなんか嫌いよ」

「少し、ふたりだけで話をさせてくれないか？」エイヴォン公は言った。「おちびさん、おまえはこっちで待っていてくれ」部屋の一方の端へ歩き、ドアを開けて、控えの間を示した。「さあ、おいで」

レオニーが疑《うたぐ》り深そうにエイヴォン公を見上げる。

「行ってしまわれませんよね？」

「行かないよ」

「約束してください。約束しなければだめです」

「約束だの誓いだの、どうしてこんなにうるさいんだ？」エイヴォン公はため息をついた。

「約束するよ、おちびさん」

レオニーはそれを聞いてエイヴォン公の手を放し、隣の部屋に入った。エイヴォン公はドアを閉じ、回れ右して、怒り心頭の妹と向き合った。ポケットから扇子を取り出し、広げる。

「おまえはほんとうにばかだなあ」そう言って、暖炉に近づいた。

「わたしは少なくとも身分のある女よ。兄さんはとても冷酷で無礼よ。あんな――あんな……」

「なんだ、ファニー？　あんな……？」

「兄さんの被後見人のことよ。礼儀に反しているわ。エドワードはきっととても怒るだろうし、わたしは兄さんを憎むわ」

「思っていることを全部ぶちまけたのだから、今度は私に説明させてくれ」エイヴォン公の目はほとんど閉じ、薄い唇は冷笑の形になっていた。

「説明なんて聞きたくないわ。わたしはあの子をこの家から出してほしいの」

「私が説明をして、それでもまだそう望むなら、言うとおりにしよう。座ってくれ、ファニー。苦虫を噛みつぶしたような顔をするな」

　ファニーが椅子にどすんと腰を下ろした。

「兄さんはとても冷酷だわ。エドワードがここに来たら、怒り狂うわよ」

「なら、来ないよう願おう。おまえの横顔は魅力的だが、私はおまえの両目が見たい」

「あら、ジャスティン！」ファニーは怒りを忘れて両手を握り合わせた。「まだ魅力的だと思う？　けさ、鏡を覗《のぞ》きこんだとき、ぞっとするような顔だと思ったの。年のせいでしょうね。ああ、兄さんに怒っていたことを忘れていた。ほんとに、会えてとってもうれしくて、不機嫌でいられないわ。でも、説明はしてもらいますからね、ジャスティン」

「まずひとつ、言っておきたい。私はレオニーに恋をしていない。それを信じてもらえれば、状況はずっと単純になる」エイヴォン公は扇子を長椅子に投げ、嗅ぎ煙草《たばこ》入れを取り出した。

「でも――でも、恋をしていないのだとしたら、なぜ……なんで……ジャスティン、理解できないわ。兄さんって、ほんとに癪《しゃく》に障る」

「どうか私の卑しい謝罪を受け入れてくれ。あの子を引き取ったのには理由があるんだ」

「彼女はフランス人なの？　どこで英語を学んだの？　説明してちょうだい」

「そうしようと努力しているよ、わが妹。申し訳ないが、おまえがそうする機会をほとんど与えてくれないのだ」

ファニーが唇を尖《とが》らせた。「今度はそっちが不機嫌になっている。さあ、どうぞ始めて、ジャスティン。あの子はとてもかわいいと認めるわ」

「ありがとう。私はある晩、彼女をパリで見つけた。少年の服を着て、感じの悪い兄から逃げていた。あとでわかったのだが、その兄と、なんとも評価しがたい妻が、十二歳のときから彼女に男の子のふりをさせていた。ふたりにとって、そのほうが役に立ったからだよ。彼らは低級な宿屋を営んでいた」

ファニーが視線を上に向ける。

「宿屋のメイドですって！」身震いして、香水をつけたハンカチを鼻に持っていった。

「そのとおり。騎士気取りの気まぐれから、私はレオニー――あるいは彼女が自分で言っていた名ならレオンだが――を買い、家へ連れて帰った。彼女は私の小姓になった。断言するが、彼女は上流社会でかなり関心を持たれたよ。私はしばらくのあいだ、彼女を少年にしておくことに満足していた。私がほんとうの性別を知らないと彼女は思っていた。私は彼女の英雄になった。ああ、おもしろくないかな？」

「ぞっとするわ。もちろん、あの娘は兄さんにうまく取り入ろうとしたのよね。まあ、ジャスティン、兄さんはどうしてそんなにばかなの？」

「親愛なるファニー、レオニーをもう少しよく知れば、彼女が私に対して何か企《たくら》んでいるなどと悪口を言うことはないだろう。彼女はほんとうに子どもなんだ。陽気で、生意気で、信頼できる子どもだ。話をもどすと、ドーヴァーに到着してすぐに、私は彼女に秘密を知っていると告げた。おまえは驚くかもしれないが、そう告げるのはかなりつらかったよ」

「驚いた」ファニーが率直に言った。

「きっとそうだろうと思った。だが、私は告げた。彼女は私を避けようとも、媚《こび》を売ろうともしなかった。それをどれほどさわやかに感じたか、説明できないな」

「ああ、間違いなく兄さんはそう感じたでしょうよ」

「こんなにおまえと理解し合えて、うれしいよ」エイヴォン公はお辞儀をした。「理由があって、私はレオニーを養子にするつもりで、彼女にわずかでも悪いうわさが立つのはごめんだから、おまえのところへ連れてきた」

「そんな大変な仕事をわたしにさせるのね、ジャスティン」

「いや、それはない。たしか、数カ月前、われわれと結婚によって従兄《いとこ》になった、あの口にするのも不快なフィールドが死んだだろう」

「それがどう関係するのよ？」

「それによって、われわれの尊敬すべき従姉《いとこ》である、名前は忘れたが、彼の妻が自由の身になった。彼女にレオニーの付き添い婦人になってもらおうと考えている」

「ああ！」

「そしてできるだけ早く、彼女とレオニーをエイヴォンへやる。あの子はふたたび女の子になることを学ばなくてはならない。かわいそうな子だ」

「それは大変結構ですけど、ジャスティン、わたしがあの子をうちに入れることを期待しないでね。非常識よ。エドワードのことを考えてちょうだい」

「先に謝っておく。私は避けられないとき以外はエドワードのことを考えないんだ」

「ジャスティン、もしいやな人間になるつもりなら――」

「そんなつもりはない」エイヴォン公の唇から笑みが消えた。ファニーは彼の目が珍しくきびしくなっていると気づいた。「今回はまじめにいこう。私が愛人を家に連れてきたとおまえが確信しているのなら――」

「ジャスティン！」

「私の率直な物言いを許してくれ。その確信は、まったくばかげている。私は数多くの情事でほかの者を巻きこむことはなかったし、おまえに関する部分では、私が十二分に厳格だということを、知っておくべきだ」エイヴォン公の声には独特の効果があり、かつては無分別な行動で有名だったファニーが目を拭《ぬぐ》った。

「な、なんて、思いやりがないの！　きょうの兄さんは、全然優しくないわ」

「だが、私の言いたいことがはっきりわかっただろう？　私が連れてきた子どもがただの子どもだと――無邪気な子どもだと、気づいただろう？」

「もしそうなら、気の毒な子だわ！」ファニーが悪意をこめて言う。

「気の毒がる必要はない。今回、私は害をもたらすつもりはない」

「彼女に害をもたらすつもりがないのなら、どうして養子にしようと考えるの？」ファニーがあざわらう。「世間はなんと言うかしら？」

「世間は、間違いなく、驚くだろうが、私の養女がレディー・ファニー・マーリングによって披露されると知ったら、口を閉ざすさ」

ファニーが兄をまじまじと見る。

「わたしがあの子を披露する？　兄さん、頭がおかしいわ。どうしてわたしがそんなことを？」

「なぜなら、おまえは私に優しいからだ。おまえは私が頼んだとおりにする。それに、おまえは考えが足りないし、ときにはとんでもなく退屈だが、残酷だったことはない。私の子を追い払うのは残酷だ。彼女はとても孤独で、おびえた子なんだよ」

ファニーが手のあいだでハンカチをねじりながら立ち上がった。決心がつかないようすで兄を一瞥《いちべつ》する。

「パリの貧民街育ちの、生まれの卑しい子を――」

「いや、違う。くわしくは言えないが、彼女は下層民の子どもではない。彼女を見れば、それがわかる」

「じゃあ、わたしが何ひとつ知らない子を――押しつけるわけね。あきれたわ。できるわけがない。エドワードがなんて言うでしょう」

「おまえにはきっとできるし、その気があれば、ごりっぱなエドワードをおだてもする」

ファニーが微笑《ほほえ》んだ。

「ええ、できるわ。でも、わたしはあの子が欲しくない」

「彼女はおまえを困らせないよ。彼女をそばに置いて、私の養女にふさわしい服を着せ、優しくしてくれ。大した要求じゃないだろう?」

「彼女が、その無邪気な女の子というのが、エドワードに色目を使わないと、どうして言えるの?」

「彼女はそうするには男の子でありすぎる。もちろん、エドワードのほうが心配だとしたら――」

ファニーが頭をぐいと上げた。

「まったく、そんなことを言っているんじゃないの。たんに、わたしがあの小生意気な赤毛の娘を家に置きたくないだけ」

エイヴォン公は上体を曲げ、扇子を手に取った。

「すまなかった、ファニー。あの子はよそへ連れていくよ」

ファニーが急に後悔し、兄に駆け寄った。

「そんな、だめよ。ああ、ジャスティン、とっても無愛想にしてごめんなさい」

「彼女を引き受けてくれるのか?」

「え――ええ、引き受ける。でも、兄さんが彼女について言ったこと、わたしは全部信じるわけじゃないのよ。彼女が兄さんが思っているほど純真じゃないほうに、わたしのいちばんいいネックレスを賭《か》けるわ」

「おまえは負けるだろうな」エイヴォン公は控えの間につながるドアへ行き、それを開けた。「おちびさん、出てこい！」

レオニーが、外套を腕にかけて出てきた。彼女の少年の衣装を見て、ファニーが、実際に痛みを感じたかのように、目を閉じた。

エイヴォン公はレオニーの頰を軽くたたいた。

「私がおまえを引き取れるときまで、妹がおまえの面倒を見ると約束してくれた。いいか、妹に言われたとおりにするんだぞ」

レオニーは恥ずかしそうにファニーを見た。ファニーは唇をきゅっと閉じ、頭を高く上げて立っている。レオニーの大きな目がファニーの断固たる態度に気づいて、不安そうにエイヴォンの顔を見上げた。

「閣下……お願いです、ぼくを置いていかないで」絶望のささやき声を耳にして、ファニーはびっくりした。

「すぐにおまえに会いに来るよ。レディー・ファニーといれば、おまえは安全だ」

「いやです――行かないで。閣下は……わからないんだ」

「おちびさん、私はわかっている。怖がるんじゃない。私はまたもどってくる」エイヴォン公はファニーのほうを向いて、彼女の手を取り、お辞儀をした。「感謝するよ。エドワードによろしくと伝えてくれ。レオニー、私の上着の裾《すそ》をつかむなと、何度言えばいいんだ？」

「す——すみません、閣下」

「おまえはいつもそればかりだ。いい子にしていろよ。そして、スカートに耐える努力をするんだ」エイヴォン公が片手を差し出すと、レオニーは片膝をついて、キスをした。エイヴォン公の白い指に何か光るものが落ちたが、レオニーは顔を背け、こっそり目を拭った。

「さ——さようなら、か——閣下」

「さようなら、わが子よ。ファニー、ごきげんよう！」エイヴォン公は一方の足を引き、うやうやしくお辞儀すると、立ち去り、ドアを閉めた。

小柄だが近寄りがたいレディー・ファニーとふたりきりになったレオニーは、地面に根が生えたように立ち尽くし、両手で帽子をねじりながら、閉まったドアを絶望して見つめていた。

「マドモワゼル」ファニーは冷たく言った。「いっしょに来てくれれば、あなたの部屋へ案内するわ。頼むから、外套で身を包んでちょうだいね」

「はい、マダム」レオニーの唇が震えた。「ほ——ほんとうにすみません、マダム」途切れ途切れに言う。健気に抑えられた泣き声がレオニーから漏れると、突然、ファニーは冷たい威厳をかなぐり捨てた。スカートの衣擦《きぬず》れの音を派手にさせながら走り寄り、小さな訪問者を抱きしめる。

「ああ、なんてわたしは意地悪なの！」ファニーは言った。「悲しまないで。ほんとうに、わたしは自分が恥ずかしい。ほら、ほら」レオニーをソファーへ導き、腰を下ろさせ、押し殺した泣き声がやむまで、撫《な》でたり慰めたりした。

「あのね、マダム」レオニーがハンカチで目を拭《ふ》きながら説明する。「ぼく、とても――寂しかったんです。泣くつもりはなかったけど、でも――閣下が――行ってしまわれたら――とても怖くなって」

「その気持ち、わかればいいのだけれど」ファニーはため息をついた。「あなたはわたしの兄が好きなの？」

「閣下のためなら、死んでもいいです」レオニーが明快に言う。「ぼくがここにいるのは、たんに閣下が望まれたからです」

「まあ、驚いた！　この子ったら、混乱しちゃって。ねえ、彼を知っているわたしの忠告を聞きなさい。ジャスティンと関《かか》わりを持ってはだめ。彼がサタンと呼ばれるのは、理由があるからよ」

「閣下は、ぼくには、悪魔じゃありません。それに、ぼくは気にしません」

ファニーは天を仰いだ。

「まったく、どうかしている！」ファニーは不満を言った。それから跳び上がった。「ああ、あなたをわたしの部屋へ連れていかなくては。あなたに服を着せるのは、おもしろいでしょうね。ほら！」自分とレオニーの背の高さを比べる。「わたしたち、だいたい同じ身長よ。もしかすると、あなたのほうが少し高いかも。でも、大した差じゃないわ」レオニーの外套が落ちているところへ速歩で行き、それを取り上げると、自分が預かった子を包んだ。「使用人たちに見られて、うわさされるといけないから。さあ、いっしょに来て」ファニーは片方の腕をレオニーの腰に回し、素早く部屋を出て、階段で執事に会ったときには、取り澄ましてうなずいた。「パーカー、兄の小姓が急に訪ねてきたの。客用寝室の準備をしておくよう、みんなに伝えてちょうだい。それから、侍女をわたしのところへよこして」向きを変え、レオニーの耳にささやく。「とても忠実で思慮のある人物だから、大丈夫」ファニーは少女を自分の寝室に入れると、ドアを閉じた。「さあ、始まるわよ。とっても楽しめるって保証する！」レオニーにキスをし、満面に笑みを浮かべる。「考えてみると、わたし、なんてばかだったんでしょう。ああ、ジャスティンに感謝しなくては。あなたのことは、レオニーと呼ぶわね」

「はい、マダム」レオニーはふたたび抱きしめられるのを恐れて、少し後ずさった。

ファニーは衣装戸棚へ楽しそうに近寄った。

「それから、わたしのことはファニーと呼んでちょうだいね。その……恐ろしい服を脱いでちょうだい！」

レオニーは細い体を見下ろした。

「でも、マダム、これはとてもいい服です。閣下がくださったんです」

「兄さんも品がない！　さあ、脱ぎなさい。それは焼いて捨てるわ」

レオニーはベッドにどんと腰を下ろした。

「だったら脱ぎません」

ファニーが振り向き、一瞬、ふたりはにらみ合った。レオニーの顎は上を向き、黒みがかった目はぎらぎら光っている。

「ほんとうに面倒な子ね」ファニーは唇を尖らせた。「男の子の服なんて、どうして必要なの？」

「燃やしたりはさせません」

「ああ、結構よ。そうしたいなら、とっておきなさい」ファニーはさっさと言い、ドアが開いたので向きを変えた。「レイチェルが来たわ。レイチェル、こちらはマドモワゼル・ド・ボナール、兄の後見を受けているの。彼女は――彼女は服が必要だわ」

侍女が恐怖と驚きの目でレオニーを見つめる。

「そうでしょうね、奥さま」侍女は簡潔に言った。

レディー・ファニーは地団駄を踏んだ。

「意地悪で失礼な女ね！　鼻を鳴らしたら許さないから。それから、地階で使用人たちにひと言でも言ったら――」

「あたしはそんな下品なことはしません、奥さま」

「マドモワゼルは……フランスから来たの。彼女は――彼女は、こんな服装をしなくてはならなかったのよ。理由は気にしないで。でも……でも、いまは着替えを望んでいるの」

「いいえ、望んでいません」レオニーが正直に言う。

「いいえ、いいえ、望んでいるわ。レオニー、いやがらせを言うなら、怒るわよ」

レオニーは少しびっくりして、ファニーを見た。

「でも、いやがらせなんて言ってません。たんに――」

「わかった、わかった。レイチェル、そんな顔を続けたら、ひっぱたくから」

レオニーは片方の脚を体の下に折りこんだ。

「レイチェルに何もかも言おうと思います」彼女は言った。

「あら、まあ。好きにすればいいわ」ファニーはさっさと椅子のところへ行き、腰を下ろした。

「あのね」レオニーが重々しく言う。「ぼくは七年間男の子だったの」

「こりゃまた《ロークス》、お嬢さん！」レイチェルが息をのんだ。

「なんて言ったの？」レオニーが興味を持って、尋ねた。

「なんでもない！」ファニーはぴしゃりと言った。「続けて」

「ぼくはずっと小姓だったの、レイチェル。だけど、閣下――エイヴォン公のことだけど――が、ぼくの後見人になったんで、女の子になるよう学ばなくちゃならないの。ぼくは望んでいないけど、そうしなければならないんだ。だから手伝ってくれる？」

「ええ、お嬢さん。もちろんです」レイチェルは言った。一方、彼女の主人は椅子から急に立ち上がった。

「大した子だわ。レイチェル、肌着を持ってきて。レオニー、頼むからそのズボンを脱いで！」

「これ、気に入りません？」レオニーが尋ねる。

「気に入るわけないでしょう？」ファニーは興奮して両手を振った。「不適切きわまりないわ。脱ぎなさい」

「でも、すばらしい仕立てなんです」レオニーが外套を脱ごうと身をくねらせる。

「いいこと？　そういうことは、絶対に言ってはいけません」ファニーは真剣に言った。

「見るに堪えないわ」

「でも、マダム、見ないわけにはいきません。もし男の人たちがズボンを身につけなかったら――」

「もう！」ファニーはあきれて笑い声をあげた。「それ以上は言わないで」

それから一時間、レオニーは服を着させられたり脱がされたりし、ファニーとレイチェルは彼女をねじったり回転させたり、紐《ひも》を締めたり解いたり、こっちへやったりあっちへやったりした。レオニーはふたりの処置に辛抱強く従った。

「レイチェル、わたしの緑のシルクを持ってきて」ファニーは命令し、レオニーに花模様のペチコートを差し出した。

「緑ですか、奥さま？」

「わたしに似合わない緑のシルクよ、まぬけな娘ね。急いで。この子の赤い髪との対照で、とっても美しく見えるはずよ」ファニーはブラシをつかみ、くしゃくしゃの髪を整え始めた。「髪を切ってしまうなんて、まったく。これじゃあ、いまは飾り立てられない。まあ、いいでしょう。緑のリボンを絡ませて、それから……ああ、早く、レイチェル」

レオニーは緑のシルクを着せられた。彼女が明らかに困惑したことに、襟ぐりが深く、腰の下は大きく広がっていた。

「ああ、とっても美しく見えるって言ったでしょ？」ファニーは後ろに下がり、自分の仕事の出来を見て叫び声をあげた。「たまらないわ。ジャスティンがあなたをこの国に連れてきてくれて、感謝しなくちゃ。あなた、とっても、とっても、すてきよ。鏡を見てごらんなさい、おばかさん」

レオニーは回れ右をして、背後の長い鏡で自分を見た。突然、背が高くなり、顎の尖った小さな顔のまわりにカールが集まり、前よりもずっと美しくなっていた。大きな目はまじめな、畏怖《いふ》に満ちたものになっている。青林檎《あおりんご》色のシルクとの対比で、肌がとても白く見えた。レオニーは驚いて自分を見つめ、眉のあいだに困ったようなしわを寄せた。

「どうしたの？　気に入らない？」

「とてもすばらしいです、マダム。それに……すてきに見えると思いますが……」レオニーが打ち捨てられた服を物欲しそうにちらりと見る。「ズボンが欲しいんです」

ファニーは両手を上げた。

「そのズボンについてあとひと言でも言ったら、燃やしてしまうわよ。ぞっとする」

レオニーがまじめな顔でファニーを見る。

「どうしてズボンを嫌うのか、全然理解できないんです――」

「うるさい子ね。黙れと言ってるの。レイチェル、その……服をすぐに持っていって」

「絶対に焼いちゃだめ！」

すさまじい視線を見て、ファニーは笑い声を漏らした。

「ああ、お望みに従うわ。レイチェル、それを箱に入れて、レオニーさまの部屋に運んでちょうだい。レオニー、自分を見てごらんなさい。ほら、モダンになったでしょ？」レオニーに近づき、シルクの重いひだの位置を直した。

レオニーが自分の姿にふたたび目をやる。

「大人っぽくなったと思います。動いたらどうなるんですか、マダム？」

「まあ、何が起こるかしらね？」ファニーはじろじろ見ながら言った。

レオニーは疑わしげに頭を横に振った。

「何かがはち切れると思います、マダム。たぶんぼくが」

ファニーは笑い声をあげた。

「くだらない。ゆるく結んであるのだから、ほどけるかもしれないわね。だめよ、スカートをそんなに上げては。ああ、もう、脚を見せてはいけません。とっても無作法よ」

「ふん！」レオニーはそう言うと、スカートを寄せ集めて、そっと部屋を歩いた。「絶対にはち切れます」ため息をつく。「閣下に女の人の服は着られないと言います。まるで檻《おり》に入っているみたいだもの」

「二度と言わないで――はち切れる、などと」ファニーは哀願した。「レディーにふさわしくない言葉よ」

レオニーは歩き回るのを中断した。

「ぼくはレディーなんですか？」

「もちろんよ。ほかのなんだと言うの？」

はじめて、いたずらっぽいえくぼが顔を見せ、青い目が小躍りした。

「まあ、今度は何？　そんなにおもしろいの？」ファニーは少し不機嫌になって尋ねた。

レオニーがうなずく。

「ええ、マダム。それに……とてもとまどっています」鏡の前にもどり、自分の姿にお辞儀をした。「こんにちは《ボンジュール》、マドモワゼル・ド・ボナール！　へえ《ベスト》、ばかみたい《ケ・レ・リディキュル》！」

「だれが？」ファニーは問いただした。

レオニーは自分の姿を軽蔑《けいべつ》するように指さした。「あのばかげた人がです」

「あなたじゃないの」

「いいえ」レオニーが断固として言う。「絶対違います」

「ほんとうに腹の立つ子ね」ファニーは叫んだ。「苦労して、わたしのいちばんすてきなドレスを着せたのに――ええ、いちばんすてきなドレスよ。わたしには似合わないけれど――それなのに、あなたはばかげたと言う」

「違います。ばかげているのはぼくです。今夜だけでも、ズボンをはいてはいけませんか?」

　ファニーは手で耳を覆った。

「聞きませんからね。お願いだから、その言葉をエドワードに言わないでちょうだい」

「エドワード?　ふん、なんて名前だ。それ、だれですか?」

「夫よ。とってもすてきな人だけど、あなたがズボンの話をしたら彼がどう感じるかと思うと、気が遠くなるわ」ファニーは短く、けらけらと笑った。「あなたに服を買うのは、どんなに楽しいことでしょうね。あなたを連れてきてくれて、ジャスティンはほんとうにいい兄だわ。それに、ルパートはなんと言うかしら?」

　レオニーは鏡から視線をはずした。

「その人は閣下の弟さんですね、違います《ネ・ス・パ》?」

「これ以上はないほど腹の立つ男よ」ファニーはうなずいた。「すごく無鉄砲でね。でも、わたしたちアラステアの人間はみんなそう。あなたもそれに気づいているでしょ?」

　大きな目がきらめいた。「いいえ、マダム」

「まあ!　それなのに……三カ月もエイヴォン公といっしょだったの?」ファニーは視線を上げた。階下のどこかでドアを閉める音がし、彼女は急にそわそわし始めた。「あら。エドワードがもうホワイト家から帰ってきたわ。彼と話をしなくては。あなたが休んでいるあいだに。かわいそうに、あなた、とっても疲れたでしょ?」

「い……いいえ」レオニーは言った。「でも、あなたはミスター・マーリングにぼくが来たことを言うんでしょう？　そしてご主人が気に入らなかったら――きっとそうだと思います――ぼくは――」

「ばかな」ファニーがかすかに顔を赤らめて言った。「そんなことはありません。請け合うわ。エドワードはとっても喜ぶわ。そうに決まっている。わたしが彼を意のままにできなかったら、大変。わたしはただ、あなたに休んでもらいたいだけで、あなたは絶対そうするの！　あなたは疲れでいまにも倒れそうなはずよ。口答えはしないで、レオニー」

「口答えなんかしていません」レオニーは指摘した。

「ええ……まあ、そうだろうと思っただけで、そう思うと、わたしはとっても不機嫌になるのよ。いらっしゃい。部屋へ案内するわ」ファニーは青い客用寝室へレオニーを連れていき、ため息をついた。「ほんとにすてき。あなたの目はあのベルベットのカーテンみたいよ。あれはパリで買ったの。すばらしいでしょう？　わたしがいないあいだ、ドレスに触ることは許しませんからね。忘れないで」恐ろしい顔をして、レオニーの手を軽くたたくと、スカートとレースをひらめかせながら立ち去った。部屋にレオニーをひとり残して。

レオニーは椅子へ近づき、慎重に腰を下ろした。踵《かかと》をそろえ、膝の上で手と手を慎み深く握り合わせる。

「これはあんまりすてきじゃないと思う」レオニーはひとり言を言った。「閣下は行ってしまわれて、この大きな恐ろしいロンドンで、ぼくには見つけられない。あのファニーはばかだと思う。たぶん、自分で言っていたとおり、気がおかしいんだ」口を閉じ、その点を考えた。「まあ、たんにイギリス人だからかも。それから、エドワードはぼくがここにいるのを気に入らないだろう。ああ、彼はぼくをただの慰み者《ユンヌ・フイーユ・ド・ジョワ》と思うかもしれない。その可能性はある。閣下がここにおられたらいいのに」しばらくそれについて考えてから、べつの考えへ移る。「閣下がぼくを見たら、どう思うだろう？　あのファニーはぼくをすてきだと言った。もちろん、それはまったくばかげているけど、ちょっとはかわいくなった気がするな」レオニーは立ち上がり、椅子を鏡の前に置いた。鏡に映った自分の姿に顔をしかめ、首を横に振る。「おまえはレオンじゃない。たんにほんの一部がレオンなだけだ」前かがみになり、まだレオンの靴を履いたままの脚を見た。「ああ《エラース》！　ほんのきのうまで小姓のレオンだったのに、いまはマドモワゼル・ド・ボナールだ。それに、この服を着ているのはとても気持ちが悪い。ぼくは少しおびえてもいるんだろう。ミスター・ダヴェナントもいないし。ぼくはプディングを食べさせられるだろうし、あの女性はぼくにキスをするだろう」大きなため息をつく。「人生はとてもつらい」

# 11

## ミスター・マーリングの心、つかまれる

レディー・ファニーは書斎の暖炉の前に立ち、手を温めている夫を見つけた。妻が部屋に入ってくると、向きを変え、両腕を差し出した。ファニーは夫のほうへ軽やかに進んだ。

「わたしのドレスに気をつけてね、エドワード。届いたばかりなの。上品でしょう？」

「とっても上品だ」マーリングが同意する。「だが、そのせいでぼくがキスをできないというのなら、おぞましい服だと思う」

「じゃあ、一回だけよ、エドワード。まあ、貪欲《どんよく》なのね、旦那《だんな》さまったら。だめ、これ以上は。とても興奮するような話があるの」ファニーは夫がこの知らせをどう受け取るだろうかと考えながら、横目で彼を見た。「愛《いと》しいあなた、わたしがきょう、とても退屈で、泣きたくなるような気持ちだったこと、覚えている？」

「覚えているとも」マーリングがにっこりした。「きみはぼくにものすごく残酷だった」

「いいえ、エドワード。わたしは残酷じゃなかったわ。癪《しゃく》に障ったのは、あなたのほう

よ。それからあなたは行ってしまって、わたしはほんとうに退屈だったの。でも、いまではすべてが終わったわ。わたしにはするべきすばらしいことがあるの」

エドワードは妻のほっそりした腰に片方の腕を滑らせた。

「ほう、それはなんだい？」

「女の子よ」ファニーは答えた。「とてもきれいな女の子なのよ、エドワード」

「女の子？」エドワードがおうむ返しに言う。「今度はどんな気まぐれだい？　女の子に何を望むんだ？」

「まあ、わたしは彼女を望んでなかったわ。彼女のことなんて、考えたこともない。だって、見たこともなかったんですもの。ジャスティンが連れてきたの」

ファニーの腰に回っていた手から力が抜けた。

「ジャスティン？」マーリングが言う。「おお！」丁寧な声だが、熱意はこもっていない。

「彼はパリにいると思っていた」

「いたわよ、一日か二日前には。それから、無愛想になるつもりなら、叫びますからね」

「わかった。話を続けて。その女の子というのが、エイヴォンとどう関係するんだ？」

「そここそ、驚くべきところなのよ」ファニーの額から、魔法のようにしわが消えた。

「彼女はジャスティンの養女なの。おもしろいでしょ、エドワード？」

「なんだって？」マーリングの腕が妻から離れた。「ジャスティンのなんだって？」

「養女」ファニーは陽気に答えた。「とってもかわいい子で、ジャスティンに一身を捧《ささ》げているわ。わたしは彼女をもう好きになってる。それから——ああ、エドワード、不機嫌になるのはやめて」

エドワードが妻の肩をつかみ、自分のほうに目を向けさせる。

「ファニー、アラステアがずうずうしくもその子をうちに連れてきたと言うのか？　そしてきみは、その子をうちに入れたのか？」

「そうよ、旦那さま。決まってるじゃない」ファニーは挑むように言った。「兄の被後見人を拒絶したら、大問題よ」

「被後見人！」マーリングが鼻を鳴らしそうになる。

「ええ、兄の被後見人よ。ああ、わたしだって、最初に見たときは、同じように考えたわ。でも、ジャスティンがそうじゃないと断言した。不機嫌にならないで。だって、ほんの子どもだし、おまけに半分男の子よ」

「半分男の子？　どういう意味だい？」

「七年間、男の子だったの」ファニーは勝ち誇って言った。それから、夫の口もとにしわが寄るのを見て、腹を立てて足を踏み鳴らした。「あなた、ほんとうに冷たい人ね、エドワード。どうしてジャスティンが愛人をうちに連れてくるなんて想像できるの？　そんなばかげた考え、聞いたことがない。兄はフィールド夫人を説得してこちらへ来させるまで、わたしにあの子の世話をしてほしいと思ってるの。彼女が男の子だったら、どうなの？そうだったら、なんて言うの？」

マーリングは不本意ながら笑みを浮かべた。

「ジャスティンが女の子を引き取るというのは、結局――」

「エドワード、兄にはなんの悪意もないと、わたしは心から信じてるわ。レオニーは彼の小姓だったのよ――ああ、あなたにはまたがっかりさせられた」

「ああ、だが――」

「もう聞きたくない」ファニーは両手で夫の口を押さえた。「あなた、怒らないし、冷たくもしないわよね？」機嫌を取るように言う。「レオニーには何か謎《なぞ》があるって、確かに感じるの――ああ、彼女の目を見るだけでわかるわ。ねえ、聞いてちょうだい」

彼は妻の手を自分の手で包み、彼女を長椅子に引っ張っていった。

「わかったよ。聞くよ」

ファニーは腰を下ろした。

「最愛のエドワード。あなたが優しくしてくれるって、わかってた。ジャスティンはね、きょう、男の子の格好をした彼女を連れて、ここへ来たの。わたしは大喜びしたわ。ジャスティンがこっちにいるなんて、想像しなかったもの。ああ、それから、兄は扇子を持ってたわ。あんなばかげた姿は見たことない。でも、流行の最先端なんだと思う――」

「ああ、ファニー。だけど、きみはその女の子の――レオニーの説明をしていたんだが」

「説明してるじゃない」ファニーは文句を言い、唇を尖《とが》らせた。「とにかく、兄はレオニーをべつの部屋へやって、それから、わたしに、数日間預かってほしいと言ったの。あの子に悪いうわさが少しでも立つのはいやだからって。そしてわたしは彼女に服を選ぶことになってるの。楽しそうでしょ？　彼女は赤毛で、眉が黒くて、わたし、自分の緑のシルクを着せてやったわ。彼女がそれはかわいらしいこと、あなたには想像がつかないわよ。白を着せたら、もっとよく見えるでしょうね」

「それはどうでもいい、ファニー。話を続けてくれ」

「もちろん。ジャスティンは彼女をパリで見つけたらしいの――そのときは男の子だと思ったんだけどね――そして彼女はどこかの宿屋の主人からひどい扱いを受けていた。だからジャスティンは彼女を買って、自分の小姓にしたの。それから、兄は、彼女を好いていて、自分の被後見人にすると言ってる。それから、ああ、エドワード、いま思ったんだけど、兄が彼女と結婚したら、どんなにすてきかしら。でも、彼女はほんの子どもで、ひどく男の子っぽいわ。あの子ったら、ズボンをとっておくと言い張ったのよ。さあ、エドワード、彼女に優しくすると、そしてわたしは彼女を預かっていいと、言いなさい」

「きみは彼女を預からなければならないと思うよ」彼は不承不承言った。「ぼくは彼女を追い出せない。だが、気に入っているわけじゃない」

ファニーは夫を抱きしめた。

「そんなこと、どうでもいいわ、エドワード。あなたはきっとあの子にめろめろになるし、わたしは嫉妬《しっと》するでしょうね」

「そんな心配はないよ」エドワードはそう言うと、ファニーの手をぎゅっと握った。

「ええ、それに、わたし、とてもうれしい。さあ、あの新しい黒褐色の上着を着てちょうだい。あれは最新の流行だし、今夜はとってもすてきに見えてほしいの」

「外出するんじゃなかったのか?」エドワードが尋ねる。「ぼくはてっきり――」

「外出! とんでもない、エドワード。あの子はお客で、着いたばかりよ。絶対だめ」そう言うと、ファニーは部屋からさっさと出ていった。やるべきことがたくさんあった。

一時間後、マーリングが客間で妻を待っていると、ドアが開き、ファニーが入ってきた。あとから、レオニーがためらいがちに来た。エドワードはびっくりして、立ち上がった。

「あなた」ファニーは言った。「こちらはわたしの夫、ミスター・マーリングよ。エドワード、マドモワゼル・ド・ボナールよ」

マーリングはお辞儀をした。レオニーもそうしたが、途中で動きを止めた。

「わたしは膝を曲げてお辞儀をするんですよね? ふん、このスカートったら!」エドワードに向かって、恥ずかしそうに微笑《ほほえ》む。「すみません、ムッシュー。膝を曲げてお辞儀をする方法を、まだ習ってないんです」

「彼に手を差し出すのよ」ファニーは指示した。

小さな手が差し出される。

マーリングがレオニーの指の先に堅苦しくキスをしてから、その手を解放した。頬を赤く染めて、レオニーは疑うように彼を見た。

「えっ、ムッシュー――」

「マドモワゼル?」マーリングは思いがけず微笑んだ。

「これは礼儀にかなっていません《セ・プ・コンヴナーブル》」レオニーが説明する。

「そうじゃないのよ」ファニーはてきぱきと言った。「殿方はつねにレディーの手にキスをするの。覚えておくのよ。そしていまから、夫があなたに腕を貸して、食事室へ連れていってくださるわ。指の先をちょっと置けばいいの、こんなふうに。どうしたの?」

「なんでもありません、マダム。ただ、自分じゃない気がして。わたし、とっても奇妙に見えていると思うんです」

「この子に、そうじゃないと言ってあげて、エドワード」ファニーはため息をついた。

エドワードは気がつくとレオニーの手を優しくたたいていた。

「いいかい、うちの奥さんが言っているとおりだ。きみはすてきで、魅力的に見える」

「ふん、だ!」レオニーは言った。

# 12

## エイヴォン公の被後見人

二週間後、レオニーが自室の鏡の前で、宮廷でのお辞儀のしかたを練習していると、ファニーがやってきて、エイヴォン公がついに来たと知らせた。レオニーは優雅さよりも速さ優先で、お辞儀の体勢から体を起こした。

「閣下！」レオニーは叫び、ファニーが断固として立ちはだからなかったら、部屋から飛び出していたところだった。「行かせて、行かせて！　閣下はどこ？」

「まったく、レオニー、そういうのは紳士の迎えかたとしてふさわしくないわ」ファニーは言った。「おてんば娘みたいに、髪をもつれさせ、ドレスの裾《すそ》が上がった状態で階下へ駆けていくなんて。鏡のところへもどりなさい」

「ああ、でも――」

「言うことを聞くの！」

レオニーはしぶしぶ引き返し、ファニーが淡黄色のドレスを整え、乱れた巻き毛を梳《と》かすあいだ、おとなしくしていた。

「レオニー、ほんとうに手のかかる子ね。リボンをどこへやったの?」

レオニーは従順にリボンを持ってきた。

「髪にリボンがある感覚が好きになれないんです」文句を言う。「ないほうが――」

「リボンは大切なの」ファニーがきびしく言った。「スカートを下ろして、扇子を取りなさい。それから、走ったりしたら、わたしは怒りますから――」

「行かせて! お願い、用意はできたから」

「じゃあ、ついていらっしゃい」ファニーはてきぱきと部屋から出ると、階段を下りた。「いいこと。上品に膝を折ってお辞儀をするのよ。それから、兄がキスできるよう、手を差し出すの」しゃべりながら客間のドアを開けた。

「ふん、だ!」レオニーは言った。

エイヴォン公は窓辺に立ち、外を見ていた。

「では、わが妹は〝ふん〟と言わないよう、おまえを説き伏せていないのだな?」そう言って、振り向く。一瞬、彼は無言で、自分が後見する娘をじっと見た。「おお、すばらしい」やがて、そう言った。

「マダムがしろと言うから、こうするんです。それに、閣下はマダムの言うとおりにしろと命じました。でも、頭を下げるお辞儀のほうがいいです」レオニーは優雅に立ち上がると、うれしそうに前へ歩いた。「閣下、閣下、もう来てくれないと思っていました。会えてとってもうれしいです」エイヴォン公の手を取り、唇へ近づける。「わたし、ずっと行儀よく、辛抱強くしていました。わたしを連れていってくれますよね？」

「レオニー！」

「ああ、でもマダム、どうしても閣下に連れていってもらいたいんだもの」

エイヴォン公は片眼鏡を持ち上げた。

「じっとしているんだ、わが子よ。ファニー、おまえには感謝感激だ。おまえの成し遂げた奇跡を見て、言葉もないほど驚いた」

「閣下、ぼく、すてきだと思います？」レオニーがエイヴォン公の前をつま先で歩きながら尋ねた。

「その言葉はよくないな。おまえはもうレオンじゃない」

レオニーは頭を横に振って、ため息をついた。

「いまでもレオンだったらいいのに。閣下、スカートをはいたときの気持ち、わかります？」

ファニーが恐ろしい形相でにらむ。

「むろん、わからないよ、わが美しい娘」エイヴォン公は重々しく答えた。「ズボンの自由を知ったあとでは、スカートは少々窮屈だと想像できるが」

レオニーは勝ち誇ってファニーのほうを向いた。

「マダム、閣下が言われました。聞いたでしょ？　ズボンの話をしましたよね」

「レオニー――ジャスティン。金輪際、この子を……ズボンのことで悩ませるのは許さないわよ。いつまでもぐずぐず言ってるんだから。それから、レオニー、〝ふん〟と言うのは絶対だめ！」

「この子に苦労させられているな。いたずらっ子みたいなものだと警告したはずだが」

ファニーは態度を和らげた。

「ええ、それに、わたしたちはこの子をそれは愛しているわ。もっと長いあいだ、わたしたちのもとに置いてくれればいいのに」

レオニーはエイヴォン公の上着の裾をぎゅっとつかんだ。

「そんなことしませんよね、閣下？」

エイヴォン公は彼女の手をはずした。

「わが子よ、おまえはもっと礼儀正しくならなくてはいけない。そのような言いかたでは、レディー・ファニーといっしょにいて不幸だったと、人に思われてしまう」

「ええ、閣下、とっても不幸でした。マダムが親切でないからではなく――だって、とっても親切にしてくれたもの――わたしが閣下のものだからです」

レオニーの頭越しに、エイヴォン公はからかうように妹を見た。

「それでつらかったのか。おまえの言うとおりだ、レオニー。私はおまえを連れに来た」

たちどころに、レオニーは満面に笑みを浮かべた。

「ほら、これで幸せになりました。どこへ連れていってくれるのですか、閣下？」

「田舎だ。ああ、これはエドワード！　ごきげんよう」

マーリングが静かに部屋に入ってきていた。彼はエイヴォン公のお辞儀に、よそよそしくお辞儀を返した。

「よかったら、ちょっと話がしたいんだ、アラステア」

「だが、私がよいと思うかどうか？」エイヴォン公は疑念を口にした。「きっと私の被後見人に関する話をしたいのだろ？」

エドワードがむっとした顔になった。

「ふたりきりで」

「その必要はまったくないよ、親愛なるエドワード。保証する」エイヴォン公はレオニーの頬を何げなく指ではじいた。「おまえはミスター・マーリングにきっと警告されたんだろう。若くて、それから……汚れを知らない人間が私といっしょにいるのはふさわしくない、と」

「いいえ」レオニーが頭を傾けた。「わたしはなんでも知っています。わたしがなんにも知らないと、閣下は思われますか？」

「それでじゅうぶんよ、レオニー！」ファニーが慌てて口をはさんだ。「ジャスティン、わたしとボヒー茶を飲むでしょう？　レオニーはあす、兄さんと行くよう準備させるわ。レオニー、わたし、あなたの部屋にハンカチを置いてきてしまったの。取ってきて。それからエドワード、あなたも行っていいわよ。ええ、エドワード、お願いよ」ふたりを追い払って、ふたたび兄のほうを向く。「さあ、ジャスティン、兄さんの望みどおりにしたわよ」

「見事だ」

ファニーの目がきらりと光った。「代価は高いわよ」

「かまわないよ、ファニー」

ファニーがためらいがちに兄と目を合わせる。

「今度はなんなの、ジャスティン?」

「彼女をエイヴォンへ連れていく」

「従姉《いとこ》のフィールド夫人もいっしょ?」

「疑問を持っているのか?」エイヴォン公はお辞儀をした。

「もちろん」ファニーは唇をゆがめた。「ジャスティン、何を考えているの? 兄さんが何か計画していることはわかっている。レオニーに対して悪意がないことは信じようと思うわ」

「私は最悪のことをすると信じるのが、つねに賢明だぞ」

「正直言って、兄さんが理解できないわ。ほんとうに腹立たしい」

「だろうな」エイヴォン公は同意した。

ファニーが兄を籠絡《ろうらく》しようと近づく。「ジャスティン、何を考えているのか、教えてほしいと心の底から思ってるの」

彼は嗅《か》ぎ煙草《たばこ》をひとつまみ取ると、箱をぱちんと閉めた。

「親愛なるファニー、おまえは好奇心を抑えることを学ばねばならない。私があの子の祖父のようなものだということで満足しておけ。それでじゅうぶんだろう」

「少しは満足できるけど、兄さんの頭にどんな計画があるのか、ほんとに知りたいのよ」

「そうだろうな」同情するようにエイヴォン公は言った。

「まったく薄情なんだから」ファニーが唇を尖《とが》らせる。突然、その顔に笑みが浮かんだ。

「ジャスティン、これはどんな気まぐれなの？　レオニーは兄さんのことを厳格な統治者みたいに話すわ。〝閣下はわたしがこんなことをするのを好まない〟とか、〝閣下が気にすると思いますか？〟とかいつも言ってる。まるで兄さんじゃないみたい」

「世の中のやりかたに私がもっと無知ならば、もっと寛大な保護者になっていただろう。だが、現実は――」エイヴォン公は肩をすくめ、大きなポケットから扇子を取り出した。

　レオニーが片手でスカートの裾を持ち上げ、もどってきた。

「マダムのハンカチは見つかりませんでした」そう言って、エイヴォン公の扇子に目を留めた。非難するような顔になる。遠慮のない青い瞳に、大きな不満が浮かんでいた。エイヴォン公は微笑《ほほえ》んだ。

「そのうち慣れるだろう」

「慣れません」レオニーが断固として言う。「まったく気に入りません」

「だが、私はおまえに気に入られるためにこれを使っているのではない」

「すみません、閣下《バルドン》！」レオニーが後悔してそう答え、まつげの下からエイヴォン公を覗《のぞ》き見た。えくぼが抑えきれずに現れ、震える。

この子はいつか兄を虜《とりこ》にするわ——あまりにも魅力的だもの。ファニーは心のなかで言った。

エイヴォン公は翌日、馬車で被後見人をエイヴォンへ連れていった。フィールド夫人もいっしょだった。平凡な彼女に、レオニーはあまり尊敬の念をいだけなかった。エイヴォン公は夫人に対するレオニーの気持ちをすぐに読み取り、エイヴォンに到着すると、彼女をわきに呼んだ。

「すてきな家ですね」レオニーが浮き浮きして言う。「気に入りました」

「おまえがそう言うのを聞いて、うれしいよ」エイヴォン公は皮肉るように言った。

レオニーは鏡板で飾られたホールを見回した。彫刻を施された椅子や、絵画や、タペストリー、そして上方の回廊に目をやる。

「少し暗いかもしれませんね」レオニーは言った。「あの紳士はどなたです？」ひとそろいの甲冑《かっちゅう》のところへ歩き、興味深そうに眺める。

「それは紳士ではない。私の祖先が身につけた甲冑だ」

「ほんとうに《ヴレマン》？」階段の昇り口のほうへぶらぶらと歩き、古い肖像画をじっと見た。「このかたもご先祖さまですか？　このばかみたいな女性も？」

「とても有名な人だよ」

「ほうけたように微笑んでいます」レオニーは指摘した。「なぜ有名なの？　どんな理由で？」

「おもに、不謹慎な行動でだ。それで思い出した。おまえに話がある」

「なんでしょう？」レオニーはいま、暖炉の上にかかる盾を見ていた。「いま行きます《ジ・スレ》。これはフランス語です」

「おまえの知性はすばらしいよ。話とは、わたしの従姉のフィールド夫人のことだ」

レオニーがしかめ面をして、肩越しにエイヴォン公を見る。

「わたしの考えを言っていいですか、閣下？」

エイヴォン公は彫刻の施された大きなテーブルに向かって座り、片眼鏡を揺らした。

「私にならいい」

「彼女はただのばかです」

「疑う余地もない。だから、おまえは彼女の愚かさに耐えなければならないし、彼女に面倒をかけないよう努力しなければならない」

レオニーは考えこんでいるようすだった。

「絶対ですか、閣下？」

エイヴォン公はレオニーを見て、その目がいたずらっ子のようにきらめくのに気づいた。

「私がそう望んでいるからな」

小さくまっすぐな鼻にしわが寄った。

「ああ、しかたないな《エビヤン》！」

「そのとおりだ」エイヴォン公は小さな声で言った。「約束するな、レオニー？」

「約束しようとは思いません」レオニーがあいまいに答える。「努力はします」歩いてきて、エイヴォン公の前に立った。「公爵は親切にもこの美しい場所にわたしを連れてきてくださり、なんでも与えてくれます。ほんとうに感謝します」

エイヴォン公は一瞬、レオニーをぽかんと見て、それから唇をゆがめ、好奇心に満ちた笑顔を作った。

「おまえは私を美徳の化身だと思っているのだろう？」

「いえ、いえ」レオニーが率直に言う。「閣下が親切なのは、わたしにだけだと思います。女の人に対しては、全然優しくない。そういうことは、知りたくなくても、知ってしまうんです、閣下」

「それでいながら、私といっしょにいて満足なのか？」

「もちろんです」レオニーがある種の驚きをこめて答える。

「おまえは信頼のかたまりなんだな」

「もちろん」レオニーはふたたび言った。

「これは不思議な経験だ」エイヴォン公は手の指輪を眺めながら言った。「ヒューはなんと言うかな？」

「ああ、口をへの字に結びますよ。こんなふうに。そして、頭を横に振る。彼はときどき、あまり賢くないと思います」

　エイヴォン公は笑い声をあげ、片手をレオニーの肩に置いた。

「これほど私の好みどおりの被後見人を得られるとは思わなかった。頼むから、フィールド夫人を動揺させないよう注意してくれ」

「でも、閣下になら、好きなことを言ってもいいですか？」

「いつもそうしているではないか」

「それから、閣下はここに滞在されますか？」

「しばらくは。おまえの教育に注意を向けなければならないからな。おまえが学ぶべきことで、私が教えるのがいちばんいいものがいくつかある」

「たとえばなんですか？」

「乗馬だ」

「馬に乗る？　ほんとうに《ヴレマン》？」

「楽しみか？」

「ええ、もちろんです。それから、剣術を教えてくださいますか？」

「それはレディーのたしなみとしてどうかな？」

「でも、わたしはレディーになんかなりたくありません。剣の使いかたを教えてくだされば、ほかのばかげたことを一生懸命学びますから」

エイヴォン公は微笑みながらレオニーを見下ろした。

「私相手に有利な取引をしようとするとは。剣を教えなかったら、どうするつもりだ?」

レオニーはえくぼを見せた。

「そのときは、お辞儀のしかたもまともに覚えられないかもしれません。ああ、閣下、教えると言ってください。早く言ってください。マダムが来てしまいます」

「しかたあるまい」エイヴォン公はお辞儀をした。「教えてやろう」

フィールド夫人がホールに入ってきて見たのは、世話を任された娘が器用にステップダンスをしている姿だった。彼女はいさめの言葉をつぶやいた。

# 13

## レオニーの教育

　エイヴォン公は一カ月以上エイヴォンに留《とど》まった。その間、レオニーはレディーになるための課題に熱心に取り組んだ。どういう人物がレディーであるか判断するのはフィールド夫人であり、ありがたいことにエイヴォン公ではなかった。彼は自分の被後見人が取り澄まして針仕事にいそしむ姿を見たいとは思わなかったし、おそらくそれでよかったのだろう。なにしろ、レオニーがはじめて針を手にしたあと、もう何があっても裁縫はしないと断言したからだ。レオニーのこの反抗と、剣術を好むことに、フィールド夫人はいささか狼狽《ろうばい》したものの、あまりにも温厚で優柔不断な彼女には、いらいらといさめの言葉をつぶやくことしかできなかった。彼女は自分の従弟《いとこ》に大いなる畏敬《いけい》の念をいだいており、アラステア一族の出であるにもかかわらず、自分がずっと劣った人間だと感じていた。夫といっしょだったときは幸せだった。夫は身分の低い紳士で、農業が好きだったが、彼女の家族の目には、彼女が一家の面汚しとして映っていたことは知っていた。夫の存命中は、それで悩んだことはなかったが、未亡人となって、もとの立場にもどったいまは、若気の至りによる下落が意識され、居心地の悪さを覚えていた。彼女はエイヴォン公をかなり恐れていたが、彼の家に住むことは好きだった。周囲に目をやり、色あせたタペストリーや、なめらかな芝生の広がりや、戸口の上の交差した剣を見ると、過去のアラステア一族の栄光があらためて思い出され、忘れかけていた感情がかき立てられた。

レオニーはエイヴォン公爵邸に魅了され、その歴史を知りたがった。エイヴォン公と庭を歩きながら、征服王とともにやってきたヒューゴー・アラステアがこの地に住み着き、まずまずの住居を建てたことを知った。その住居は、スティーヴンが王だった騒然とした時代に壊され、ロデリック・アラステア卿《きょう》が再建した。彼は男爵の位を授けられ、成功した。そして、メアリー女王の時代に、最初のアラステア伯爵が古い建物を取り壊し、現在の屋敷を建てたのだった。伯爵のヘンリーが王のために強奪者クロムウェルと戦ったとき、西翼が砲撃にあって、一部が壊れた。彼はその功績によって、王政復古の際に公爵の位を授けられた。レオニーは先代のエイヴォン公爵の剣を見た。悲劇の一七一五年にジェームズ三世のために使ったという剣だ。それから、十年前の、チャールズ三世のためのエイヴォン公自身の冒険について、ほんの少し聞くことができた。この時期について、エイヴォン公は軽くしか触れなかった。秘密で複雑なことに関《かか》わったらしいとレオニーは推測し、真の王はチャールズ・エドワード・ステュワートであることと、いま王位にある戦争好きな小男を選帝侯と呼ぶことを知った。

エイヴォン公によるレオニーの教育は、彼女にとって興味と喜びの源だった。絵画の飾られた長い回廊で、エイヴォン公はレオニーにダンスを教え、ごく小さな間違いや、ちょっとしたぎこちなさにも鋭い目を向けた。彼らのためにスピネットを弾きにやってきたフィールド夫人は、荘重な曲に合わせて踊るふたりを見守りながら、寛大な微笑《ほほえ》みを向けた。近づきがたい従弟がこの陽気な妖精《ようせい》と踊ると、とても人間的に見えるものだと彼女ははじめて思った。ふたりはずらりと並ぶ祖先たちの優しい視線の下、メヌエットを踊った。

エイヴォン公はレオニーにお辞儀の練習をさせ、彼女のかわいらしいいたずらっぽさに、レディー・ファニーを特徴づける高慢さを混ぜさせた。手を差し出してキスをさせる方法を教え、扇子の使いかたを教え、つけぼくろのつけかたを教えた。いっしょに遊歩道を歩きながら、立ち居振る舞いのあらゆる規則を教えた。レオニーに、女王のような物腰もある程度身につけるべきだと主張した。レオニーはすぐに習得し、楽しみながら、エイヴォン公の前でやってみせた。そしてほめ言葉をもらうと、顔を輝かせた。

レオニーはすでに馬に乗れたが、またがって乗る方法しか知らなかった。横乗りには嫌悪を覚え、しばらくのあいだ反発した。二日間、彼女の意志はエイヴォン公の意志に断固として抵抗したが、彼の冷ややかで丁寧な態度に負け、三日目になると、頭を垂れてエイヴォン公のもとへやってきて、ためらいがちに言った。

「ごめんなさい、閣下。わたし——わたし、お望みどおりの乗りかたをします」

こうしてふたりは敷地内をいっしょに走り、彼女が新しい乗りかたを習得すると、田園地帯へ出た。エイヴォン公の隣に美しい娘がいるのを見た者たちは、物知り顔で目配せし、思慮深く頭を横に振った。ほかの美しい娘たちといるエイヴォン公をこれまで見てきたからだ。

長らく女主人が不在だったエイヴォン公爵邸は、少しずつ明るい雰囲気に包まれていった。レオニーの若い精神が、その雰囲気を広めたのだった。彼女は重いカーテンを開け、どっしりしたついたてを物置にしまった。窓は冬の陽光を入れるために開かれ、少しずつ、重苦しい荘重さが屋敷から消えていった。つねにきちんと整えられている状況は、レオニーには無縁のものだった。フィールド夫人が抗議をしても、彼女は堅苦しいクッションをひっくり返し、椅子を勝手に動かし、テーブルに本を置きっぱなしにした。レオニーが好きなように行動することを、エイヴォン公は許した。彼女が騒動を引き起こすのを見たり、言い訳がましい下僕たちに指図するのを聞いたりするのは楽しかった。明らかに、レオニーには命令を好む傾向があった。なぜか、彼女が身分の低さを表すことはなかった。

学んだことは、すぐに試験された。あるとき、エイヴォン公は突然言った。

「レオニー、私がクイーンズベリ公爵夫人で、おまえは私に紹介されたばかりということにしよう。どういうお辞儀をするのか見せてみろ」

「でも、閣下は公爵夫人にはなれません」レオニーは抗議した。「ばかげています。公爵夫人になんて見えません。クイーンズベリ公爵ということにしましょうよ」

「公爵夫人だ。お辞儀を見せなさい」

レオニーがどんどん体を低くする。

「こんなふうに、低いけれど、女王に対するほどは低くありません。上手なお辞儀でしょ？」

「おまえがしゃべってばかりでないとありがたいのだが」エイヴォン公は言った。「スカートを広げて。それから、そんなふうに扇子を持つんじゃない。もう一度やってみろ」

レオニーがおとなしく従う。

「全部覚えるのはとても大変なんです」不平を漏らした。「さあ、トランプをやりましょう、閣下」

「もうしばらくしたらな。今度は――ミスター・ダヴェナントへのお辞儀だ」

レオニーが堂々とスカートを広げ、頭を高くして、小さな手を差し出した。エイヴォン公はにやりと笑った。

「ヒューは驚くだろうな。よくできたぞ。今度は私にお辞儀だ」

それを聞いて、レオニーが頭を垂れたまま、体を低くし、エイヴォン公の手を自分の唇へ持っていった。

「違う」

レオニーが立ち上がる。

「こうするんです。わたしがこれが好きなんです」

「それはふさわしくない。やり直し。ちゃんとした低さにするんだ。さっきのは王に対するお辞儀だった。私はただの人間なんだぞ」

レオニーは適切な文句を言おうと、考えを巡らした。「こりゃまた《ロークス》！」小さく言う。

エイヴォン公は身をこわばらせたが、唇はゆがんでいた。

「なん——と——言った？」

「ロークス、と言ったんです」レオニーが澄まして答えた。

「それは聞こえた」エイヴォン公の声は冷たかった。

「レイチェルが言ったんです」レオニーがそう言ってみて、エイヴォン公をちらりと見上げる。「レディー・ファニーの侍女ですよ。この言葉、嫌いですか？」

「嫌いだ。レディー・ファニーの侍女の言葉を手本にするのはやめてもらいたいな」

「はい、閣下。これはどういう意味なんですか？」

「まったくわからない。それは下品な言葉だ。世の中にはいろいろな罪があるが、許せない罪はひとつだけだ。下品な言動だよ」

「二度と言いません」レオニーが約束する。「かわりの言葉を使います——おやおや《ティヤン》は、なんと言います？——ティヤーン！」

「そういうことはやめてもらいたいな。印象的な表現を楽しみたいのなら、あらあら《ボン・レップ》か、たんにああ《ラッド》にしなさい」

「ラッド？　ああ、それはいい感じですね。気に入りました。ロークスがいちばん好きだけど。閣下、怒っていませんよね？」

べつのときには、エイヴォン公はレオニーとフェンシングをし、彼女はそれを何よりも楽しんだ。素早い目の動きと、しなやかな手首のおかげで、この勇ましい技芸の基礎をすぐに習得した。エイヴォン公は当代きっての名剣士だったが、その事実にレオニーは少しも動じなかった。彼はイタリア式のフェンシングを教え、外国で学んだ巧妙な突きをいろいろやってみせた。レオニーはそのひとつを実際に試し、たまたまエイヴォン公の守りがゆるくなっていたため、見事に成功した。彼女のフルーレの先がエイヴォン公の左肩の下で止まる。

「参った」エイヴォン公は言った。「なかなかいいぞ」

レオニーは小躍りして喜んだ。

「閣下、あなたを殺しました！　閣下は死にました。死んだんです」

「おまえは見苦しいほど喜んでいるな。おまえがこんなに残忍だとは知らなかった」

「でも、うまい技だったでしょう」レオニーが大声で言う。「違いますか？」

「全然」エイヴォン公は断言した。「私は守りをゆるめていた」

レオニーがぽかんと口を開けた。

「ああ、わざと勝たせたんですか？」

エイヴォン公は態度を和らげた。

「いや、おまえがうまくやったんだよ」

ときどき、エイヴォン公はいまの時代の名士について話をし、これはだれで、あれはだれで、彼らがどう関係しているかを説明した。

「まずマーチがいる」エイヴォン公は言った。「やがてクイーンズベリ公爵になる人物だ。私が彼の話をするのを聞いたことがあるな。それから、ハミルトン。彼は妻のおかげで有名だ。彼女はガニング姉妹――さほど遠くない昔、ロンドンを驚かせた美人姉妹の片方だ。マリア・ガニングはコヴェントリー伯爵と結婚した。才人を望むなら、ミスター・セルウインがいる。人にはまねできない流儀を持っている。それからホリー・ウォルポールを忘れてはいけない。彼は忘れられることを嫌う人間だ。アーリントン街に住んでいて、どこへ行ってもきっと顔を合わせるだろう。バースはまだナッシュが支配しているはずだ。成金だが、なかなか才能のあるやつだ。バースは彼の王国だよ。そしてキャヴェンディッシュ家がある――デヴォンシャーだ。それからシーモア家とチェスターフィールド卿。彼は、その機知と黒い眉で区別がつく。ほかには？　バース卿とベンティンク家、それにニューカッスルの公爵が有名だな。学芸関係なら、退屈なジョンソンがいる。大男で、脳みそはもっと大きい。おまえが考慮すべき人間ではないな。彼はあか抜けていない。コリー・シバーは桂冠《けいかん》詩人だ。ミスター・シェリダンは劇作家で、ミスター・ギャリックは俳優で、ほかにもいろいろいる。絵画では、サー・ジョシュア・レノルズだな。いつかおまえの絵を描《か》いてもらおう。ほかにもたくさんいるが、思い出せない」

レオニーがうなずく。

「閣下、その人たちの名前をわたしのために書いてください。そうしたら、覚えます」

「いいだろう《ビャン》。今度はおまえの国だ。王族では、コンデ公がいる。いま、たしか、二十歳……それぐらいだ《ア・プ・プレ》。それから、ドウ伯爵がいる。メーヌ公爵の息子で、庶子だ。それにパンティエーヴル公爵。彼の父親も庶子だ。ほかには……。貴族では、ムッシュー・ド・リシュリユーは真の礼儀正しさの手本だ。ノアイユ公爵は、デッティンゲンの戦いで有名だ。負け戦だったが。それからロレーヌ・ブリオンヌ家の兄弟に、アルマニャック伯爵がいる。あとは……。ああ、ムッシュー・ド・ベリールは、偉大なるフーケの孫だ。いまでは老人だがな。そうそう、尊敬すべきシャヴィニャール——シャヴィニー伯爵だ——は、私の友人だ。まだまだ続けられるが、やめておこう」

「それからポンパドール夫人がいますよね？」

「私は貴族の話をしているんだ」エイヴォン公は優しく言った。「娼婦《しょうふ》は数に入れない。ポンパドール夫人は身分が低く、気の利いた話が少々できる美人だ。私の養女がそんな人物に頭を悩ませることはない」

「はい、閣下」レオニーは当惑して言った。「もっと続けてください」

「おまえは貪欲《どんよく》だな。では、やってみよう。ダンヴォーには会ったな。小さな男で、うわさ話が大好きだ。ド・サルミにも会っている。背が高くて、怠惰で、剣術の腕はいささか有名だ。ラヴエールは古い家の出で、私にはわからないが、間違いなく長所がある。マルシェランにはやぶにらみの妻がいる。コルナル・シャトーモルネは三十分だけなら、おまえを楽しませることができる。フロリモン・ド・シャントレーユは何かの虫に似ている。たぶん雀蜂《すずめばち》だな。いつも派手な色の服を着ていて、つねにうるさいからだ」

「それからムッシュー・ド・サンヴィールは?」

「わが親愛なる友、サンヴィール。もちろんだ。いつか伯爵についてはすべて話してやろう。だが、これだけは言っておこう。いいか、サンヴィールには用心するんだ」

「はい、閣下。でも、なぜ?」

「それもいつか話してやる」エイヴォン公は穏やかに言った。

# 14

## ルパート・アラステア卿《きょう》登場

エイヴォン公が国を離れてしまうと、レオニーは最初、絶望的な気分になった。フィールド夫人はいっしょにいて気分を引き立ててくれるような人ではなかった。なぜなら、彼女の心は、病気と死、それに若い世代の生意気さに向けられていたからだ。ありがたいことに、気候が暖かくなって、レオニーは夫人から逃れ、公園へ行くことが可能になった。なにしろ夫人は、運動の類《たぐい》はどんなものでも嫌いだからだ。

敷地外に馬を走らせるとき、レオニーは馬丁を伴うことになっていたが、その規則をしょっちゅう破って、ひとりで田園へ出かけ、自由を大いに楽しんだ。

エイヴォン公爵邸から十キロほど離れたところに、メリヴェール男爵邸があった。メリヴェール卿と美しい妻のジェニファーの地所だ。卿は近年、怠惰になり、妻のほうは二シーズンの短い期間、ロンドンの人気者だったが、街の生活が好きではなかった。ほぼ一年じゅう、ふたりはハンプシャーで暮らしていたが、冬はときどきバースで過ごし、たまに卿が若いころの友人たちに会いたくてたまらなくなると、街へ出かけた。出かけるのはひとりのことが多かったが、長期間は留守にしなかった。

レオニーがプレイスのほうへ馬を走らせたのは、それほど前のことではなかった。古くて白い家のまわりの森に惹《ひ》かれて、レオニーはそこへ入っていき、興味津々であたりを見回した。

木々は若葉が出始めていて、草の葉のあいだからは早春の花が顔を出していた。レオニーは森の美しさに喜びを覚えながら下生えのあいだを進み、やがて小川が泡立ち、川床の丸石の上を音をたてて流れているところに出た。その小川のそばに倒れた木の幹があり、黒っぽい髪の女性が腰を下ろしていた。足もとの敷物の上では、赤ん坊が遊んでいる。小川では、泥だらけの上着を着た男の子が、期待に満ちた顔で魚釣りをしている。

レオニーは不法侵入していることを意識して、唐突に手綱を引いた。小さな釣り人が最初に彼女を見つけ、木の幹にいる婦人に呼びかけた。

「見て、ママ！」

婦人は男の子が指さしたほうを見て、驚きに眉を上げた。

「ご、ごめんなさい」レオニーは口ごもりながら言った。「森がとてもきれいだったもので……わたし、行きます」

婦人が立ち上がり、ふたりを隔てる細長い草地を歩いてきた。

「いいんですよ、マダム。行く必要はありませんわ」そして、帽子の大きなつばの下にある小さな顔が子どもの顔だと見て取り、微笑《ほほえ》んだ。「馬から降りたら？　しばらくわたしの相手をしてもらえないかしら？」

悲しげで心もとなげな表情がレオニーの目から消えた。彼女はえくぼを作って、うなずいた。

「わたしでよければ《シル・ヴ・プレ》、マダム」

「フランス人なの？　ここに滞在しているの？」婦人が尋ねる。

レオニーは足を鐙《あぶみ》からはずし、地面に降りた。

「ええ、そうです。エイヴォンに滞在しています。わたしは公爵閣下の――えっと、なんだっけ――被後見人なんです」

婦人の顔に影がよぎった。彼女はレオニーと子どもたちのあいだに立とうとするかのように動いた。レオニーの顎が上がる。

「怪しい者じゃありません、マダム。ほんとうです《ジュ・ヴ・アシュール》。フィールド夫人、閣下の従姉《いとこ》の監督を受けているんです。わたし、行ったほうがいいですよね？」

「ごめんなさい。どうか行かないで。わたしはレディー・メリヴェール、名前はジェニファーよ」

「そうだと思いました」レオニーは打ち明けた。「レディー・ファニーがあなたのことを話してくれました」

「ファニー？」ジェニファーの顔が明るくなった。「彼女を知っているの？」

「パリから来て二週間、レディー・ファニーのところにいました。わたしの付き添い婦人にふさわしい人が見つかるまで、わたしが閣下といっしょにいるのは適当でないと、閣下が思われたからです」

ジェニファーはかつて礼儀正しさについてのエイヴォン公の考えに触れた経験があるため、信じられない思いで聞いていたが、礼儀正しい彼女には、そう口にすることははばかられた。彼女とレオニーが木の幹に腰を下ろすのを、小さな男の子が目を丸くして見つめた。

「閣下を好きな人はいないんだって、わかっています」レオニーは言った。「たぶん、ほんの少ししかいないみたい。レディー・ファニーと、ミスター・ダヴェナントと、それからもちろん、わたし」

「まあ、では、あなたは彼が好きなの？」ジェニファーがあきれたようにレオニーを見る。

「彼はわたしに、とっても優しいんです」レオニーは説明した。「あの子は、あなたの坊や？」

「ええ、ジョンよ。ジョン、こっちへ来て、お辞儀をしなさい」

ジョンは言われたとおりにし、思い切って言った。

「髪の毛がとっても短いんだね、マダム」

レオニーは帽子を脱いだ。

「でも、とってもきれいよ！」ジェニファーは感嘆の声をあげた。「なぜ切ってしまったの？」

　レオニーはためらった。

「マダム、質問しないでいただけませんか？　話してはいけないと言われているんです。レディー・ファニーがだめだって」

「病気のせいじゃないわよね？」ジェニファーが不安げに子どもたちを見て、言った。

「ああ、違います！」レオニーは請け合った。それからふたたびためらう。「閣下は言ってはいけないと言いませんでした。レディー・ファニーが言っただけだし、彼女はいつもとても賢明だというわけじゃないですよね？　それに、あなたに言わないのを、レディー・ファニーは望まないと思います。だって、あなたはレディー・ファニーといっしょに、修道院付属の学校へ行ったんでしょう？　わたし、女の子になり始めたばかりなんです」

　ジェニファーがびっくりした。「なんですって？」

「十二のときから、わたしはずっと男の子だったんです。それから閣下がわたしを見つけて、わたしは閣下の小姓になりました。そして……それから閣下がわたしが男の子じゃないと気づいて、わたしを養女にしたんです。最初、わたしはそれが気に入りませんでしたし、スカートが面倒くさかったんですけど、とても心地よく思える点もあるんです。たくさんのものを自分で持てて、いまではレディーです」

　ジェニファーの目が優しくなった。レオニーの手を軽くたたく。

「おもしろい子ね。エイヴォンにはどのぐらい滞在するの？」

「よくわからないんです。閣下の気持ちしだいだから。それに、わたしはいろんなことを学ばなくちゃなりません。レディー・ファニーがわたしを社交界に披露してくれるんだと思います。彼女って、親切な人ですよね？」

「とてもいい人よ」ジェニファーは同意した。「あなたの名前を教えてちょうだい」

「レオニー・ド・ボナールといいます」

「それで、あなたのご両親があなたを……公爵の被後見人にしたの？」

「いいえ。両親はずっと昔に死んでいるんです。閣下がご自分で決められました」レオニーは赤ん坊を見下ろした。「この子もあなたの息子さん？」

「ええ、ジェフリー・モリヌー・メリヴェールよ。かわいいでしょう？」

「とっても」レオニーは礼儀正しく言った。「赤ん坊のことはよく知らないんです」立ち上がって、羽根飾りのついた帽子を取り上げた。「行かなくちゃなりません、マダム。フィールド夫人が動揺するから」いたずらっぽく微笑む。「夫人は雌鶏《めんどり》そっくりなんです」

ジェニファーは笑い声をあげた。

「でも、また来てくれるわよね？　いつかうちに来て。主人を紹介するわ」

「ええ、ありがとうございます。うかがいたいと思います。さようなら、ジャン。さようなら、赤《べ》ちゃん《べ》」

赤ん坊がうれしそうに喉を鳴らし、手を振った。レオニーは鞍《くら》に乗った。

「赤ん坊にはなんて言葉をかけたらいいのかわからないんです」彼女は言った。「もちろん、その子はとってもかわいいですよ」そう付け加えると、帽子を手に持ってお辞儀をし、向きを変え、来た小道を街道のほうへもどっていった。

ジェニファーは赤ん坊を抱き上げ、ジョンについてくるよう呼びかけてから、森を抜け、庭を横切って、家へ入った。子どもたちを乳母に渡し、夫を捜しに行く。

夫は書斎で会計簿をめくっていた。手足のしなやかな大男で、ユーモアに富んだ灰色の目と、引き締まった唇の持ち主だ。彼が手を差し出す。

「まったく、ジェニー、きみはぼくが目にするたびにどんどん美しくなっていく」

ジェニファーは笑い声をあげ、夫が座る椅子に近づき、肘掛けに腰を下ろした。

「ファニーはわたしたちが時代遅れだって思っているわ、アントニー」

「ああ、ファニー！　彼女は心のなかではマーリングを好いているよ」

「とっても好いているわ。でも、彼女はそのうえ、流行を追ってもいるの。それに、ほかの男の人たちに、甘い言葉を耳にささやかれるのも好き。わたし、街のやりかたを好きになることは決してないでしょうね」

「愛《いと》しい人、ぼくは〝ほかの男の人たち〟がきみの耳にささやいているところを見つけたら――」

「旦那《だんな》さま！」

「なんだい、奥さま？」

「あなたって、ひどい。まるで男の人たちが……まるでわたしが、それを許すみたいじゃない！」

ジェニファーの体に回した夫の腕に力が入った。

「きみがそうしたら、街の人気者になれるよ、ジェニー」

「それが旦那さまの希望なの？」ジェニファーはからかった。「さてはあなた、妻に失望しているのね。まあ、ありがとう」夫の腕から逃れ、わざとらしくお辞儀をする。

夫は跳び上がって、妻をつかまえた。

「まったく、ぼくは地上でいちばんの幸せ者だ」

「お祝い申し上げますわ。アントニー、エドワードから手紙をもらっていないわよね？」

「エドワードから？　いや、なぜだい？」

「きょう、森で、マーリング家に滞在していた女の子と会ったの。彼があなたに手紙で知らせてきていないかと思って」

「女の子？　ここに？　だれなんだ？」

「聞いたら、驚くわよ。彼女はまだうぶな子どもで、それから……それから、公爵の被後見人だと言っていたわ」

「アラステアの？」メリヴェールの額にしわが寄った。「今度はなんの気まぐれだ？」

「もちろん、きけなかったわ。でも、あの……あの男が、女の子を養子にするなんて、おかしくない？」

「心を入れ替えたのかもしれないよ」

ジェニファーは身震いした。「そんなわけないわ。わたし、あの子がとってもかわいそう――彼の思いのままなんて。今度、訪ねてきてって言ったの。いいでしょう?」

メリヴェールが顔をしかめる。

「アラステアと関《かか》わるつもりはない。ぼくは自分の妻をさらうのを公爵が適当だと考えたことを忘れられない」

「あのとき、わたしはまだあなたの妻ではなかったわ」ジェニファーは抗議した。「それに――それに、あの子は……レオニーは……全然そんなんじゃないわ。あなたが彼女の訪問を了解してくれたら、わたし、とてもうれしく思うわ」

メリヴェールが堂々とした足取りで妻に近づいた。

「妻よ、きみはこの家の女主人だ」

そういうわけで、次にメリヴェールの敷地内に足を踏み入れたレオニーは、ジェニファーとその夫のふたりから歓待を受けた。最初ははにかんでいたが、メリヴェールの笑みを前にして緊張が解けた。ボヒー茶を飲みながら、レオニーは陽気におしゃべりし、やがて家の主人のほうを向いた。

「あなたに会いたかったんです」明るく言う。「あなたのことはたくさん――それはたくさん、聞いています」

メリヴェールが背筋を伸ばす。「いったいだれが……?」不安げにきいた。

「レディー・ファニーと、閣下からは少し。ねえ、ムッシュー、ほんとうにハーディング卿の馬車を停《と》めたんですか？」

「賭《かけ》だったんだよ、賭！」

レオニーは笑い声をあげた。

「あはは、知っていましたよ。そして彼はひどく怒ったんですよね？　そしてそれは秘密にしておかなくちゃならなかった。なぜなら、が……ええと、外、交の世界では――」

「きみ、頼むから！」

「それで、いま、あなたは追いはぎと呼ばれている」

「いや、いや、親しい仲間が言っているだけだ」

ジェニファーが夫に向かって首を横に振った。

「まあ、あなたったら。続けて、レオニー。もう少し話して。この恥知らずったら、わたしをすっかりだましていたのよ」

「マドモワゼル」メリヴェールが熱くなった額を拭《ぬぐ》う。「手加減してくれ」

「でも、教えてください」レオニーは迫った。「ひと晩だけ追いはぎになるのは、とってもわくわくしますよね？」

「ああ」メリヴェールは重々しく言った。「だが、まったく尊敬すべきことではない」

「ええ」レオニーは同意した。「人はいつでも尊敬されたいと思っているわけではないと思います。わたしはみんなにとってとても厄介者です。なぜなら、全然尊敬すべき人間じゃないから。レディーというのは、たくさん悪いことをしても、尊敬される人物みたいですが、ズボンとかの話をすると、レディーらしくないんです。そこら辺がとてもむずかしくて」

　メリヴェールの目が躍った。彼は笑い声を抑えようとして、失敗した。

「いやあ、きみはしばしばうちに来なくてはだめだよ、マドモワゼル。こんな魅力的なお嬢さんに会うことはめったにない」

「今度はそちらから会いに来なくてはだめです」レオニーは答えた。「いいでしょう？」

「残念だけれど……」ジェニファーが落ち着かないようすで話し始めた。

「公爵とぼくは行き来をしないんだ」メリヴェールが締めくくる。

　レオニーは両手をさっと上げた。

「ああ、そうでしょうね《パルブルー》！　わたしが会う人はみんな同じです。みんながこんなに閣下に優しくないんだから、閣下がときどき意地悪になるのも当然だと思います」

「公爵の態度は……人が彼に優しくなるのをむずかしくしているんだ」メリヴェールがしぶい顔で言う。

「ムッシュー」レオニーはきびしい口調で言った。「閣下のことをそんなふうにわたしに言うのは、思慮が足りません。閣下は、この世の中で、わたしに起こることを気にかけてくださる、たったひとりの人間なんです。だから、わたしは、閣下に注意するよう警告する人の話は聞きません。警告してきたら、わたしは怒り狂います」

「マドモワゼル」メリヴェールが言った。「どうか許してほしい」

「ありがとう、ムッシュー」レオニーは重々しく言った。

レオニーはその後、しばしばメリヴェール家を訪れ、一度、エイヴォン公とメリヴェールの不和についてまったく知らないフィールド夫人を交えて、そこで食事をした。

二週間が経《た》ち、エイヴォン公からはなんの連絡もなかったが、その二週間が終わるとき、メリヴェール家の前に荷物を積んだ旅行用馬車が停まり、長身で若い伊達《だて》男が飛び出してきた。彼は家のなかへ招かれ、ジェニファーに迎えられた。彼女は彼を見て笑い声をあげ、両手を差し出した。

「まあ、ルパート！　ここに滞在するの？」

ルパートは彼女の両手にキスをし、それから頬に唇を当てた。

「くそっ、ジェニー、きみはまったく美しすぎる。おや、アントニーがいた。見られてしまったかな？」

メリヴェールはルパートと握手をした。

「ルパート、いつかおまえをこらしめてやるからな」彼は脅かした。「何をしに来た？　三人ぶんはある荷物だな」

「荷物？　何を言ってるんだ！　ほんの少ししかないじゃないか。人間は服を着なければならないんだよ、着なければ。アントニー、ジャスティンの奇抜な行為はなんなんだ？　ファニーはやけに秘密めいてるんだが、彼が養女を取ったと、街じゅうでうわさだ。ちくしょう——」ルパートはジェニファーがいることを思い出し、言葉を途切れさせた。「ぼくはこの目で確かめに来たんだ。ジャスティンの居場所は神のみぞ知るで、ぼくにはわからない」メリヴェールに鋭い視線を向ける。その表情に不安が浮かんでいた。「彼はエイヴォンにいないだろ？」

「落ち着け」メリヴェールがなだめた。「ここにはいないよ」

「ありがたい。その女の子は何者なんだ？」

「かわいい子だよ」メリヴェールが慎重に答える。

「ああ、だろうと思ってた。ジャスティンは趣味がいいから——」ルパートはふたたび言葉を切った。「まったく、ほんとうにすまない、ジェニー。忘れてたよ。ぼくはなんて不注意なんだ」悲しげにメリヴェールを見る。「ぼくはいつだって適切じゃないことを言ってしまうんだ、トニー。このおっちょこちょいには、酒でも飲ませるしか——なんてね」

　メリヴェールはルパートを書斎に案内した。しばらくすると従僕がワインを運んできた。ルパートは長身の体を椅子に埋《うず》め、大いに飲んだ。

「じつを言うと、トニー」自信たっぷりにルパートは言った。「ぼくはご婦人がたがいないほうがくつろげるんだ。舌が暴走してしまって、どうしようもない。でも、ジェニーはすごくいい女性だよ」そう急いで付け加える。「きみはどうしてぼくを家に入れてくれるんだろうな。みんな、ぼくの兄がジェニーと駆け落ちしたと思っているのに——」おどけたふうに首を横に振った。

「きみはいつでも歓迎だ」メリヴェールは微笑んだ。「きみがジェニーをさらう心配はないと思っているから」

「そんなこと、するものか。ときどき女性とふざけたことがないとは言わないけどね——それはどうしようもない。この名にかけて誓うよ——ぼくにそういう好みはまったくない」ルパートはグラスにおかわりを注《つ》いだ。「奇妙だと、きみは思うだろうな。このぼくが、アラステア家の人間が、女性と複雑な関係を持っていないなんて」ため息をつく。「ときとして、自分がアラステア一族ではないように感じる。なにしろ、だれひとりとして——」

「ぼくは不道徳なことはいやだね」メリヴェールがそっけなく言う。

「ああ、ぼくはどうかな。ジャスティンという存在があるし、彼がいるところには必ず女がいるからな。兄を非難するつもりはないが、ぼくたちは互いを大好きというわけじゃない。でも、ひとつだけ、兄にも美点がある。欲深くないんだ。きみには信じられないだろうが、トニー、兄にあの財産が入ったとき以来、ぼくは一度も債務者拘留所のお世話になったことがない」誇らしげに顔を上げる。「一度もだ」

「それは驚きだ」メリヴェールは同意した。「それできみはほんとうに、レオニーに会うためにここへ来たのか?」

「それが彼女の名前か? ああ、ほかになんの用がある?」

メリヴェールの灰色の目がきらめき始めた。「ぼくとジェニファーに会いに来たんじゃないかと思ったんだ」

「ああ、もちろんだ。もちろんそうだよ」ルパートは背筋を伸ばして、そう請け合った。それから、きらめく目に気づいて、ふたたび椅子にゆったりともたれる。「くそっ、トニー、笑ってるな。ああ、ぼくはジャスティンの最新の愛人に会いたいと思ってるよ。彼女はコートにひとりでいるのか？」

「いや、きみの従姉といる。フィールド夫人と」

「何、あの老いた従姉のハリエットじゃないだろうな？　ああ、ジャスティンは今度は何をする気だ？　今回は礼儀作法に注目したのか？」

「彼女が彼の被後見人にすぎないというのは真実だと、ぼくは信じている」

ルパートは信じられないというように、片方の眉を上げた。

「だが、トニー……ちくしょう、きみはジャスティンを知っているだろうに」

「彼を理解している人間などいないんじゃないか。彼女のことは知っているよ」

「この目で確認するつもりだ」ルパートは言った。「ぼくがジャスティンの土地に侵入したと知ったときの、彼の顔が見てみたいよ。怒らせたいというわけじゃないがね。兄が怒ると、怖いからな」大いに顔をしかめながら、ちょっと考える。「なあ、トニー、ジャスティンはぼくをどう思ってるんだろう。彼はファニーのことは間違いなく好いてる。昔はファニーにずいぶんきびしかったんだが――想像つかないだろ？　だが、ぼくには……。近ごろ、金はたんまりくれるけど、優しい言葉をかけてくることはほとんどない」

「彼から優しい言葉をかけてもらいたいのか?」メリヴェールがサテンの袖《そで》のしわを伸ばしながら尋ねる。

「ああ、そりゃあ。彼は兄だからね。不思議なのは、ぼくが青二才だったころは、ずいぶん面倒見がよかったんだ。もちろん、いつだって、口先のうまい冷酷人間だったがね。正直言うと、トニー、ぼくはいまだに兄に会うと緊張するんだ」

「ぼくは彼を理解しているふりはしないよ、ルパート。彼にもどこかいいところがあると、ずっと思っていたんだ。あの子――レオニーは、彼を崇拝している。彼女の前では言葉に気をつけるんだぞ」

「いや、きみ、ぼくがそんなひどいことを言うとは――」

「かなり可能性があるね」メリヴェールが言い返す。「頭のいかれた、ならず者め」

「やめてくれ。ひどいじゃないか」ルパートは大声で言い、上体をまっすぐにした。「ならず者だって? 追いはぎトニーに言われたかないね」

メリヴェールが片手を上げた。「参った。頼むから、ルパート、その話を街で広めないでくれ」

ルパートはくしゃくしゃの髪を撫《な》でつけ、偉そうな表情を作ってみせた。「ああ、ぼくはきみが思ってるほどばかじゃないよ」

「それはありがたい」メリヴェールは答えた。

# 15

## ルパート卿《きょう》、レオニーと知り合う

翌日、ルパートはエイヴォン公爵邸へ行き、ドアベルを長々と響かせ、続けて派手にドアをノックして、到着を知らせた。ホールの暖炉のそばに腰を下ろしていたレオニーは、その騒ぎに少しびっくりした。訪問者の応対に執事がやってくると、彼女は立ち上がって、だれが来たのか見ようと、ついたての向こうを覗《のぞ》いた。陽気で騒がしい声が聞こえた。

「やあ、ジョンソン。まだ生きてたのか。わが従姉《いとこ》はどこだい？」

「おお、あなたさまでしたか」老いた執事が言った。「確かに、あなたさま以外に玄関であんな音をたてる人はおりませんな。マダムはなかです」

ルパートは執事の前を通って、大広間に入った。レオニーが少しおびえたようすで暖炉から見つめているのに気づき、帽子を取って、お辞儀をした。

「失礼、マドモワゼル。おやまあ、ここはどうなってしまったんだ？」ルパートは周囲に驚きの視線を向けた。「何世紀ものあいだ、ここは墓場みたいだったのに！」

「こちらはルパート卿です」ジョンソンが申し訳なさそうに説明した。若い主人にきびしい顔を向ける。「ここには滞在できませんぞ。こちらは閣下の被後見人です。レオニー・ド・ボナールさまです」

「ぼくはメリヴェールのところに泊まってるよ、堅物執事」礼儀知らずのルパートが言った。「出ていけとおっしゃるなら、マドモワゼル、出ていきますから」

　レオニーの鼻に当惑のしわが寄った。

「ルパート？　ああ、閣下の弟さんですね」

「かっ――？　ああ、そう、そう。そうだよ」

　レオニーは跳ねるように前進した。

「会えてうれしゅうございます」礼儀正しく言う。「さて、わたしはお辞儀をしますから、あなたはわたしの手にキスをするんですよね？」

　ルパートが目を見開いた。

「ああ、だが――」

「じゃあ《エ・ビャン》！」レオニーは体を低くしてから起き上がり、小さな手を差し出した。ルパートが堅苦しくキスをする。

「手にキスをするようレディーに言われたのははじめてだ」

「言ってはいけなかったんですか？」レオニーは不安になってきいた。「ほんとに、こういうのはむずかしくて、覚えられない。閣下はどこにいらっしゃいますか？」

「いや、ぼくは知らない。ぼくたちは仲のいい家族じゃないんだよ」

レオニーはいかめしい顔でルパートを見た。

「あなたは、あの若いルパートですものね。あなたの話は聞いています」

「きっと、あまりいい話じゃないな。ぼくは家族の厄介者だから」

「いいえ。パリであなたの話を聞いたんです。みんな、あなたをとても好いているように思えました」

「あれ、そうなのかい。きみはパリから来たの？」

レオニーはうなずいた。

「わたしは閣下の小――」両手で口を覆う。目が上下していた。

ルパートは非常に興味をそそられた。抜け目のない視線をレオニーの短い髪に向ける。

「小……？」

「言ってはいけないんです。どうかきかないで」

「兄の小姓だったんじゃないよね？」

レオニーはつま先を見つめた。

「事実は小説より奇なり！」ルパートが顔を輝かせる。「小姓とは驚きだ」

「言っちゃだめです」レオニーは真剣に言った。「約束して！」

「絶対言わないよ」ルパートが素早く答えた。「こんなところに閉じこもって、きみは何をしてるんだい？」

「レディーになるために学んでいるんです、御前《ミロード》」

「悪いが、ミロードはやめてくれ。ぼくの名はルパートだ」

「そう呼んで、礼儀にかなっている《コンプナブル》んですか？」

「礼儀にかなっているかだって？　それは保証するよ。きみは兄の被後見人だろ？」

「え…ええ」

「それなら《エ・ビャン》、それでいいんだ。おっと、わが従姉のお出ましだ」

フィールド夫人が階段を下りてきて、近視の目でじっと見た。

「あらまあ！　あなたなの、ルパート？」

ルパートは前に進んで、従姉を迎えた。

「ああ、ぼくだよ。相変わらず元気かい？」

「ちょっとした痛風の痛みを除けばね。レオニー！　ここにいたの？」

「もう自己紹介はすんでる。ぼくは、彼女にとって叔父のようなものだよね」

「叔父？　あら、ルパート、とんでもない」

「わたしは叔父とは認めません」レオニーは澄まして言った。「だって、尊敬できないもの」

「まあ！」

ルパートが笑い出した。

「いや、ぼくだって姪《めい》とは認めない。きみは生意気すぎる」

「そんなことはありませんよ、ルパート」夫人が請け合った。「ほんとうに、彼女はとてもいい娘です。でも、ルパート、あなた、ここにいていいと思っているの？」

「わが家なのに、ぼくを追い出すのか？」

「そういう意味で言ったのでは――」

「ぼくは兄の被後見人と顔見知りになるべきだと思って来てるんだ」説得力のある声で言った。夫人の顔が明るくなった。

「それならいいわ、ルパート。どこに滞在するの？」

「夜は、メリヴェールのところに。だが、許してもらえるなら、昼はここに」

「ジャスティンは――それを知っている？」夫人は思い切って尋ねた。

「兄さんがぼくがいることに反対すると思うかい？」ルパートが、もっともらしい憤りを見せてきいた。

「あら、そんなことないわ。あなた、わたくしを誤解しています。レオニーにとって、わたくししか話し相手がいない生活は、とても退屈だろうとわかっているの。あなた、ときどき、彼女と馬に乗ってくれないかしら。この子、何度もわたくしが無作法だと言っているのに、馬丁を置いて出かけてしまうの」

「一日じゅうでも、いっしょに乗馬をするよ」ルパートが陽気に約束した。「もし彼女が受け入れてくれればだが」

「楽しそうだと思うわ」レオニーは言った。「あなたみたいな《トゥ・コム・ヴ》人に会ったことないもの」

「それを言うなら」ルパートが言う。「きみみたいな女の子には会ったことがない」

フィールド夫人がため息をつき、首を横に振った。

「この子がわたくしの望みどおりになることはないかもしれない。そう思ってしまうわ」悲しげに言う。

「彼女はロンドンの人気者になるよ」ルパートが予言した。「馬小屋へ行かないか、レオニー?」

「外套《がいとう》を取ってくる」レオニーはうなずくと、上階へ跳ねるように走っていった。

家を出るとすぐ、ルパートのそばで興奮して跳びはねていたレオニーは顔を上げ、親しげな笑みを浮かべた。

「わたし、ある計画を考えたの」レオニーは告げた。「突然、思いついたのよ。どうか、わたしと剣で戦ってくれない?」

「何をしろだって?」ルパートが突然立ち止まり、叫ぶように言った。

レオニーはいらついて、足を踏み鳴らした。

「剣で戦うの! フェンシング!」

「まったく、なんてこった。わかったよ、フェンシングをするよ、この腕白め」

「すごく感謝するわ。閣下がわたしに手ほどきしてくれたんだけど、行ってしまわれて」

「アントニー・メリヴェールに教えてくれるよう頼むべきだったんだ。ジャスティンは確かにうまいが、アントニーはもう少しで彼を負かすところだった」

「ふーん。何か謎《なぞ》があるとは思っていたのよ。ねえ、閣下はレディー・ジェニファーと関係を持っていたの？」

「アントニーがいるのに、彼女と駆け落ちしたんだ」

「ほんとう《ヴレマン》？　彼女は気に入らなかったと思うわ」

「もちろん。気に入る女性なんかいるか？」

「わたしは気にしない」レオニーは穏やかに言った。「でも、レディー・メリヴェールは——ああ、彼女にとって話はべつよ。彼女はそのとき結婚していたの？」

「全然。ジャスティンはあまり既婚の女性と関係を持たない。兄は彼女と結婚したかったんだ」

「それはうまくいかなかったでしょうね」レオニーは物知り顔で言った。「彼女は閣下をうんざりさせるだろうから。それで旦那《だんな》さんが助けにやってきたの？」

「ああ。そしてジャスティンと命懸けで戦おうとした。マーリングが止めに入ったんだ。あれは見物だった。ふたりはいまでは口を利かない。ぼくは子どものころからメリヴェールを知っているから、気まずい感じだよ。マーリングもジャスティンをあまり好いていない」

「ええ」レオニーは軽蔑《けいべつ》に満ちていた。「彼は親切な人だけど、退屈ね」

「ああ、だが、ファニーと結婚していれば、男はうわついていられない」

「あなたたち家族はとても変わっていると思う。みんな、ほかのみんなを嫌っている。ああ、違う。レディー・ファニーはときどき閣下が大好きよね」

「まあ、ぼくたちの母親が癇癪《かんしゃく》持ちだったからね」ルパートが説明する。「それに、公爵は聖人じゃない。ぼくたちがいがみ合う犬みたいに育ったのも無理ないよ」

ふたりは馬小屋に到着した。ルパートの馬がそこへ引かれてきていた。彼は馬丁に愛想よく話しかけ、数頭しかいない馬小屋の馬を観察した。家へもどったころには、彼とレオニーは昔からの知り合いのようになっていた。ルパートは兄の被後見人に満足し、メリヴェールの家にしばらく滞在しようとすでに決めていた。少年のように遠慮なくものを言い、彼に求愛を求めない娘は、ルパートにとって珍しい存在だった。一カ月前、彼はジュリア・フォークナー嬢の機嫌を取っていたが、その暇つぶしに疲れきり、女性との付き合いは避けようと決心していたのだった。しかしレオニーは、人なつこくて、変わっていて、楽しい気晴らしになると思えた。それに、若かった。これまでの恋人は年上ばかりだったのだ。彼は、結婚という罠《わな》にかかる恐れのない、数週間の楽しみをひそかに期待した。

翌日、ルパートがふたたび屋敷を訪ねると、応対に出た従僕に、レオニーは絵画が飾られた回廊で待っていると知らされた。そこへ行くと、レオニーが上着にズボンという姿で、彼の祖先たちを眺めていた。

「なんと」ルパートは叫んだ。「この……腕白め！」

レオニーはそっと振り返り、唇に指を当てた。

「夫人はどこ？」

「従姉のハリエットかい？　見てないな。レオニー、きみはいつもその服装でいるべきだ。ほんとうに、よく似合ってる」

「わたしもそう思うの」レオニーはため息をついた。「でも、あなたが夫人に告げ口したら、彼女は動揺して、娘らしくない服装だってきっと言うわ。わたし、剣を持ってきた」

「おお、ぼくたち、フェンシングをするんだっけ、女傑さん？」

「するって言ったじゃない」

「わかった、わかった。ちくしょう、ジュリアが知ったらどんな顔をするか、見てみたいな」いたずらっぽく笑う。

レオニーはうなずいた。フォークナー嬢については、すでに聞いていたのだ。

「彼女はわたしを気に入らないでしょうね」感想を言う。それから片手を伸ばして弧を描き、まわりにあるたくさんの肖像画を示した。「すごい数の家族がいるのね。この絵はすてきだわ。閣下に少し似ている」

「おお、それはヒューゴー・アラステア。すごい放蕩《ほうとう》者だ。みんな、ひどく陰気で、だれもがジャスティンみたいに顔に冷笑を浮かべてる。これを見てみろ。ぼくの父親だ」

レオニーはランドルフ・アラステアの遊び人らしい顔を見上げた。

「彼は全然気に入らない」レオニーが容赦なく言う。

「彼を気に入った人間はひとりもいなかったよ。これは公爵夫人だ。彼女はきみと同じくフランス人だった。まったく、こんな口を見たことがあるか？」

レオニーは最後の絵がかかる場所へ移動した。畏敬《いけい》の念がその目に浮かんだ。

「そしてこれは……閣下ね」

「一年前に描《か》かれた。いい絵だろう?」

はしばみ色の目が、垂れた瞼《まぶた》の下からあざけるように彼らを見下ろしている。

「ええ、いいわね」レオニーは言った。「閣下はいつもこんな笑みを浮かべているわけじゃない。絵を描かれたとき、機嫌がよくなかったんだと思う」

「悪魔みたいだろ? もちろん印象的だけど、なんていまいましい顔なんだ。兄を決して信用するんじゃないぞ。彼は悪魔だ」

レオニーの頬がいっきに赤くなった。

「そんなわけないわ。あなたは、と――途方もなくばかよ!」

「だが、真実だよ。いいか、兄はサタンそのものだ。ぼくはもちろん知ってる」振り返ってレオニーを見ると、一本の剣をつかんだところだった。「おい。何をするつもり――」

それ以上は言わず、恥も外聞もなく椅子の後ろに跳んだ。レオニーが目をぎらぎらさせ、危険な位置に剣を構えて迫っていたからだ。ルパートは椅子を持ち上げて、レオニーと腕一本分の距離を空けるためにそれを持ち続けた。顔には滑稽《こっけい》と言えるほどの狼狽《ろうばい》の表情が浮かんでいる。やがてレオニーが椅子の横から突進してくると、彼は慌てふためいて回廊を逃げた。隅まで追いつめられると、否応《いやおう》なしに立ち止まり、椅子を盾にした。「やめろ、レオニー。やめろったら。もう降参だよ。間違いなく、剣の先革が取れてしまう。まったくどうかしてる。剣を下ろせ、気の荒い女め。下ろせよ」

レオニーの顔から怒りが消えた。彼女は剣先を低くした。

「あなたを殺したかった」レオニーは穏やかに言った。「閣下のことをあんなふうに言ったら、きっとそうするから。出てきなさい。意気地なしね」

「それで結構」ルパートが慎重に椅子を下ろす。「そのいまいましい剣を下ろしたら、そっちへ行くよ」

レオニーはルパートを見て、笑い出した。ルパートが出てきて、乱れた髪を直した。

「とってもおかしな顔をしているわ」レオニーはあえぎながら言った。

ルパートが暗い顔でレオニーを見る。言葉が出なかった。

「あなたの逃げる姿を見るために、もう一度やってみたいな」

ルパートがじりじりと離れた。笑顔が現れ始める。

「頼むからやめてくれ」彼は懇願した。

「やらないわよ」レオニーはしかたなく言った。「でも、あんなことは言わないと——」

「二度と言わない。誓うよ。ジャスティンは聖人だ」

「じゃあ、フェンシングをしましょう。おしゃべりはもうやめ」レオニーは偉そうに言った。「怖がらせてごめんなさい」

「ふん！」ルパートが傲慢《ごうまん》に言う。

レオニーの目がきらめいた。

「あなた、怖がったわよね。見たんだから。とってもおもしろくて——」

「そうだろうよ。ぼくは不意打ちにあったんだ」

「ええ、あんな行動はまずかったわね。でも、わたしが気が短いことを理解して」

「ああ、わかったよ」ルパートは顔をしかめた。

「どうしようもないわよね。でも、ほんとうに後悔しているの」

その瞬間から、彼はレオニーの奴隷になった。

# 16

## サンヴィール伯爵の来訪

日々は素早く過ぎ、それでもエイヴォン公はやってこなかった。ルパートとレオニーは、馬に乗り、フェンシングをし、子どものように喧嘩《けんか》をし、そのようすをメリヴェール夫妻が遠くから温かく見守った。

「ねえ、きみ」夫のほうが言った。「彼女を見ていると、なぜかだれかを思い出すんだが、だれなのかさっぱりわからない」

「わたしは彼女みたいな子は見たことないと思うわ」ジェニファーが答える。「ねえ、いま思ったんだけれど、彼女がルパートと結婚したらすてきよね」

「あり得ないよ」メリヴェールがすぐに言った。「彼女は確かにほんの子どもだが、ルパートには大人すぎる」

「あるいは、じゅうぶん大人じゃないと言うべきかも。女はみんな、夫よりも大人なものよ」

「ぼくは落ち着いた中年の男だ」

ジェニファーが夫の頬に触れた。

「あなたはほんの少年よ。わたしのほうがずっと年上」

メリヴェールは当惑し、少し不安を覚えた。

「それでいいのよ」ジェニファーは言った。

一方エイヴォンでは、レオニーとその奴隷が陽気にはしゃいでいた。ルパートはレオニーに魚釣りを教え、ふたりは川辺で楽しい日々を過ごし、夕方になると疲れて、濡《ぬ》れて、そして信じられないほど汚くなって帰宅した。ルパートはレオニーを男の子として扱い、彼女はそれを気に入った。それから彼は上流社会の話をとめどもなく語り、彼女はそれも気に入った。しかしいちばんのお気に入りは、ルパートが語る、兄の思い出だった。その話なら、レオニーは目を輝かせ、一度に何時間も聞いていた。

「閣下は、気高い貴族《グラン・セニュール》なんです」レオニーは得意げにそう言ったことがあった。

「ああ、どう見てもそうだ。間違いないよ。それに、兄は金を気にしない。それから、ひどく賢くもある」ルパートは物知り顔で首を横に振った。「ときどき、兄には知らないことが何もないんじゃないかと思う。どうやるのかわからないが、物事の本質を見抜く。彼に隠し事はできない。それから兄はいちばん予想してないときに――あるいは望んでないときにやってくる。ああ、ほんとうに狡猾《こうかつ》な男だよ」

「あなたは閣下があまり好きじゃないと思う」レオニーは鋭く指摘した。

「少しも好きじゃない。彼を誇りに思うけど、風変わりな人間だよ」

「閣下がもどってくるといいのに」レオニーはため息をついた。

二日後、メリヴェールはエイヴォン村に行く途中で、野原を疾走するふたりに会った。ふたりはメリヴェールを見つけると、馬の歩調をゆるめ、彼に近づいた。レオニーは顔を紅潮させ、荒い息をしており、ルパートはむっつりしていた。

「ルパートったら、とてもばかなんです」レオニーが言った。

「きょうは彼女に引きずり回されてるんだ」ルパートが不平を言う。

「あなたといっしょにいたくないの」レオニーがいばって言った。

メリヴェールは喧嘩するふたりを見て微笑《ほほえ》んだ。

「うちの奥さんはこの前、ぼくを子どもだと言ったが、きみたちを見ていると、老人のような気持ちになるよ。ごきげんよう、若者たち！」メリヴェールは村へ行き、そこで用事をすませた。エイヴォン・アームズに立ち寄って、喫茶室に入る。戸口で、出てくる紳士とぶつかった。

「すみません」彼はそう言ってから、驚きに目をみはった。

「サンヴィール！　どうして、なんでここに、伯爵？　まったく意外な――」

サンヴィール伯爵は怒りの目を向けたが、すぐにお辞儀をした。声に心はこもっていないものの、少なくとも礼儀正しく振る舞った。

「ごきげんよう、メリヴェール。きみとここで会うとは思わなかった」

「ぼくもだ。よりによって、こんな妙なところで会うとはね。ここにはなんの用で？」

サンヴィール伯爵が一瞬、躊躇《ちゅうちょ》した。

「友人たちに会いに行く途中なのだ」しばらくしてから答えた。「彼らは……ここから北へ一日のところに住んでいる。私のスクーナー船はポーツマスだ」両手を広げる。「途中《アン・ルート》で少し気分が悪くなって、回復のために旅を中断せねばならなかった。友人の家に悪い体調《スフラン》で行きたくないからな」

メリヴェールはその話が変だと思ったし、サンヴィール伯爵の態度はもっと変だと思ったが、育ちのよさから疑問を口にすることができなかった。

「伯爵、これは絶好の機会だ。ぜひメリヴェールへ来て、夕食をともにしてくれないかな。ぜひとも妻を紹介させてくれ」

ふたたび、サンヴィール伯爵が躊躇したように見えた。

「ムッシュー、あす、旅を再開するのだよ」

「なら、今晩、どうかメリヴェールへ来てくれ、伯爵」

伯爵はもう少しで肩をすくめるところだった。

「では《エ・ビヤン》、ご親切に甘えるよ。ありがとう」

彼はその晩、メリヴェール邸に来て、ジェニファーの手を取り、深々とお辞儀をした。

「マダム、これほどの喜びはありません。友人の奥方にお会いしたいと、ずっと思っていたのです。お祝いを言うのは遅すぎるかな、メリヴェール？」

メリヴェールは笑い声をあげた。

「ぼくたちは結婚して四年だよ、メリヴェール」

「男爵夫人の美しさはずいぶんと話題になっていたからな」メリヴェールが言った。

ジェニファーが手を引っこめた。

「お座りください、ムッシュー。夫の友人にお会いするのは、いつでもうれしいものです。どちらへ行かれる予定なのですか？」

サンヴィール伯爵があいまいに片手を振った。

「北です、マダム。友人の……チャルマーに会いに行くのです」

メリヴェールの額にしわが寄った。

「チャルマー？　知らないな」

「彼は隠遁《いんとん》に近い生活を送っているのだ」サンヴィール伯爵が説明し、ふたたびジェニファーのほうを向いた。「マダム、パリでお会いしたことはありませんな？」

「ええ、この国を出たことがないんです。夫はときどき外国へ行きますけれど」

「きみは奥方を連れていくべきだ」サンヴィール伯爵が微笑んだ。「きみにはよく会うがな」

「昔ほどではないよ」メリヴェールは答えた。「妻は街の生活が好みではなくてね」

「ああ、だから近ごろはあまり長く外国にいないのだな、メリヴェール」

食事の用意ができたと告げられ、彼らは隣の部屋へ入った。伯爵がナプキンを広げる。

「あなたはすばらしく魅力的な土地にお住まいですよ、マダム。ここの森は見事だ」

「エイヴォン公爵邸のあたりのほうが、もっといいよ」メリヴェールは言った。「あそこにはすばらしいオークの木がある」

「ああ、エイヴォン！　公爵がいないと聞いて、残念だよ。会いたかったのに……だが、願いはかなえられないようだ」

メリヴェールの頭の奥で、記憶が呼び起こされた。たしか、何年も前に、何か悪いうわさがあったはずだが？

「ああ、エイヴォン公はロンドンにいるようだ。ルパート卿《きょう》がうちに滞在している――いまは公爵邸にいて、フィールド夫人と、公爵の被後見人のマドモワゼル・ド・ボナールと食事をしている」

ワイングラスを持つサンヴィール伯爵の手が、かすかに震えた。

「マドモワゼル・ド……？」

「ボナール。エイヴォン公が養女を取ったのは知っているな？」

「うわさは聞いた」伯爵がゆっくりと言う。「それで、彼女がここに？」

「しばらくのあいだだけだ。間もなく社交界にデビューすると思う」

「ほんとうか？」伯爵がワインを口にする。「きっとこの地で当惑していることだろう」

「彼女は元気にやっているよ」メリヴェールは答えた。「エイヴォンには楽しめることがたくさんある。彼女と腕白ルパートはいま、森でのかくれんぼに夢中だ。まるで子どもがふたりいるようだよ」

「ほう」サンヴィール伯爵は少し頭をかしげた。「そして、公爵はロンドンだと言ったな？」

「断言はできないがね。彼がどこに出没するか、だれにもわからない。レオニーは毎日、彼が来るのを待っていると思うよ」

「会えなくて残念だな」サンヴィール伯爵が機械的に言った。

食後、伯爵とメリヴェールはいっしょにトランプのピケットをやった。しばらくするとルパートがもどってきて、訪問客の姿を目にし、戸口ではたと足を止めた。

「これは――ごきげんよう、伯爵」堅苦しく言うと、ジェニファーが座る場所へそっと近づいた。「あいつはここで何をしているんだ？」彼女の耳もとでうなる。

ジェニファーは唇に指を当てた。

「伯爵は、あなたの――あなたのお兄さんに会えなくて残念だと、言っていたところなのよ」澄んだ声で言う。

「えっ？　ああ。兄もきっと嘆き悲しむことでしょう、伯爵。兄に会いにいらしたんでしょうか？」

伯爵のむっつりした口のわきで、筋肉が震えた。

「いや。私は友人たちを訪ねるところなのだ。旅の途中で公爵に会えるかなと思ってね」

「兄に伝言があれば、どうかぼくに伝えさせてください」ルパートは言った。

「それには及びません《スラ・ヌ・ヴォ・パ・ラ・ペンヌ》、ムッシュー」伯爵が丁重に断る。

サンヴィール伯爵が去るとすぐ、ルパートは家の主人をにらみつけた。

「まったく、トニー、なぜあいつをここに呼んだ？　あいつはイングランドで何をしてるんだ？　ほんとに、あいつと顔を合わせて、礼儀正しくしなければならないとは、迷惑千万だ」

「礼儀正しさには気づかなかったな」メリヴェールが指摘した。「彼とアラステアのあいだで、何かいざこざがあったのか？」

「いざこざ！　あいつはぼくたちの最大の敵だよ。あいつは家名を辱めてくれた。間違いなくね。なんだ、きみは知らないのか？　あいつはぼくらを猛烈に憎んでる。何年も前、ジャスティンを鞭《むち》で打とうとしたんだ」

メリヴェールは思い当たった。

「もちろん、覚えているよ。いったいなぜ、彼はアラステアと会いたいふりをしたんだろう？」

「わたし、あの人は好かないわ」ジェニファーが不安そうに言った。「あの目を見ると、ぞっとする。彼はいい人じゃないと思う」

「不思議なのは」ルパートが言う。「なぜ、あいつがレオニーとそっくりなのかだ」

メリヴェールは立ち上がった。

「そう、それだ！　どこで彼女と会ったのか、思いつかなかった。これは何を意味しているのだろう?」

「あら、でもレオニーは彼に似ていないわ」ジェニファーが抗議する。「赤毛が同じだけじゃない。レオニーは愛らしい顔をしているわよ」

「赤毛と、黒い眉だ」ルパートが言った。「くそっ、この件にはぼくたちが考えている以上のことがあるぞ。謎《なぞ》めいたゲームをするとは、いかにもジャスティンらしい」

メリヴェールはルパートを見て笑った。

「どんなゲームだ、天才くん?」

「わからない。だが、ぼくみたいにジャスティンと長年暮らしていれば、そんなふうに笑ったりしないだろう。兄はあのいさかいを忘れていない。彼が忘れることはない。何かが起こっているよ。間違いない」

# *17*

## 略奪、追跡、そして混乱

「ああ、まったく！《パルブリュ》」レオニーはうんざりして言った。「ルパートったら、いつも遅刻するんだから。あのろくでなし《ヴォリヤン》」

「レオニー」フィールド夫人がレオニーをたしなめる。「その言葉づかい！　若い娘にふさわしくないわ。お願いだから――」

「きょう、わたしは全然レディーじゃないの」レオニーはきっぱりと言った。「閣下に来てほしいの」

「レオニー、そういうことを言うのは――」

「ふん！」レオニーはそう言って、歩き去った。

自分の部屋へ行き、窓辺に悄然《しょうぜん》と腰を下ろす。

閣下が手紙をくれてから、二週間経《た》った。それには、間もなく来ると書いてあったのに。

ほらね《ブワヤン》、約束は守られていない。そしてルパートはまた遅刻。

レオニーの目がきらりと光った。彼女は跳び上がった。

「ルパートをだましてやるわ」

そうするつもりで、レオニーは戸棚から男物の服を取り出し、苦労してスカートを脱いだ。彼女の髪は伸びていたものの、リボンでまとめるにはまだ短かった。いまだに巻き毛のぼさぼさ頭だ。額の髪を後ろに払いのけると、シャツとズボンと上着を身につけて帽子をつかみ、いばった歩きかたで階下へ向かった。運よくフィールド夫人はどこにも見えず、問題なく庭へ出た。レオニーが男物の服で外へ出る冒険をするのはこれがはじめてで、いけないことをするという喜びに、彼女の目はいたずらっ子みたいにきらめいた。ルパートが、自分はだらしないくせに妙にお堅いところがあるのを、彼女は知っていた。

こんな服で外を歩くレオニーを見て、ルパートはきっと衝撃を受けるはずで、まさにそれを望んで、彼女は出発し、街道へと続く森へ向かった。

森へ向かって草地を半分ほど歩いたところで、ルパートを見つけた。帽子をわきに抱え、陽気に口笛を吹きながら、馬小屋から出てきたのだ。レオニーは両手で口を囲んだ。

「おおい、ルパート！」上機嫌に呼ぶ。

ルパートがレオニーを見て一瞬、動きを止め、それから大股で歩いてきた。

「まったく、今度はなんだ？」大声で怒鳴る。「とんでもなくみっともない格好だぞ。家へもどるんだ、おてんば娘」

「いやよ、ルパートの旦那《だんな》！」レオニーは愚弄《ぐろう》し、跳ね回りながら離れた。「わたしをつかまえられないでしょう」

「それはどうかな?」ルパートは言って、帽子を放すと、走り出した。

レオニーはすぐに森に飛びこみ、懸命に逃げた。つかまったら、ルパートに軽々と持ち上げられ、家へ運ばれるとわかっていたからだ。

「つかまえるから、待っていろ」ルパートが脅し、下生えをかき分けて進んでくる。「くそっ、ひだ飾りが破れた。このレースは十五ギニーもするんだぞ。まったく」

レオニーはからかいの叫び声を森に響かせながら走り続けた。ルパートがよたよたと追ってくる。彼をあとに従えて、レオニーは木立に入ったり出たり、低木のあいだを抜けたり、ぐるぐる回ったり、小川を越えたりした。つねにルパートの視界の少し外にいるように努めた。やがて気がつくと街道に来ていた。旅行用の軽装馬車が近くに停《と》まっているのを目にしなかったら、レオニーは向きを変え、来た道をもどっていただろう。彼女はびっくりして、つま先立ちで進み、とげのある低木越しに馬車を覗《のぞ》いた。遠くからルパートの声が聞こえた。半分いらだち、半分笑っている。頭を持ち上げて彼に呼びかけようとしたとき、驚いたことに、森へ延びる小道の一本からサンヴィール伯爵が急ぎ足でやってきた。顔をしかめ、口を尖《とが》らせている。伯爵の顔が上がり、視線がレオニーに落ちると、しかめ面が消えた。彼が急いでこちらに向かってくる。

「おはよう、小姓のレオン」伯爵の言葉は刺すような感じだった。「こんなに早くおまえを見つけられるとは思わなかった。今回、運は私にあるようだ」

レオニーは少し後ずさった。エイヴォン公の警告が思い出される。

「ボンジュール、ムッシュー」レオニーはそう言ってから、エイヴォン公の土地で彼が何をしているのだろうか、そもそもどうしてイングランドにいるのだろうか、と思いを巡らした。

「閣下に会いに来たんですか?」レオニーが額にしわを寄せて質問する。「閣下は留守です」

「まったく残念だ」サンヴィール伯爵が皮肉るように言い、レオニーに向かってまっすぐ歩いてきた。レオニーは身を縮め、説明不可能な恐怖を覚え、ルパートを呼んだ。

「ルパート、ルパート、助けて!」

そう叫んだとき、サンヴィール伯爵の手で口を覆われ、もう一方の腕を腰に回された。必死にもがくレオニーを、彼は抱き上げ、馬車が停まっているところへ駆け足で運んだ。レオニーは口を覆う手をためらうことなく思い切り噛《か》んだ。ののしり言葉がつぶやかれ、手が少しすくんだ。レオニーはもう一度叫ぼうと、顔を動かして、手から逃れた。

「ルパート、ルパート、人さらい《オン・マンボルト》よ! 助けて、助けて、助けて!」

ルパートの声が聞こえてきた。「だれが——なんだって? いったい——?」

レオニーは次の瞬間、馬車に投げ入れられ、猛烈な勢いで跳ね上がったが、手荒に押しもどされた。サンヴィール伯爵が御者に命令するのが聞こえた。それから彼が隣に飛び乗ってきて、馬車ががくんと揺れ、出発した。

ルパートは、興奮し、髪を乱して街道に飛び出た。ちょうど馬車が道を村の方向に曲がって、消えたところだった。

最初、ルパートはレオニーがからかっているだけかもしれないと疑ったが、二度目の叫び声には本物の恐怖が含まれていたし、いま、あたりには彼女の影も形もなかった。持ち前の衝動的な性格から、彼は馬車を追って、道をまっしぐらに進んだ。馬に乗るために馬小屋にもどるほうが賢明だとは、一瞬たりとも考えなかった。無帽で、ひだ飾りは破れ、鬘《かつら》が曲がった姿で、全速力で走った。馬車は見えなくなっていたが、そのまま走り、やがて息が切れた。速度を落とし、歩きにする。呼吸が落ち着くと、ふたたび走り、自分の滑稽《こっけい》な姿を想像してにやりと笑った。だれがレオニーをさらったのか、理由は何か、まったくわからなかったが、あの馬車にレオニーがいることは間違いないと感じていた。ルパートの闘争心が、そして冒険を愛する気持ちが、呼び起こされた。彼は自分の命が犠牲になっても、馬車をつかまえようと決心した。だから、走りと歩きをくり返しながら、ついに五キロ離れた、家の散在する村に到着し、最初の家が見えたところで、疲れ果てた小走りになった。

庭で働いていた鍛冶屋《かじや》が、顔を上げ、よく知るルパートの姿が近づくのを驚きの目で見つめた。

「やあ」ルパートはあえぎながら言った。「馬車が――こっちに来たな？　どこへ行った――それは？」

鍛冶屋が立ち上がり、前髪を引っ張って挨拶《あいさつ》した。

「はい、旦那」

「くそっ！　馬車だよ！」

「はい、旦那、はい」鍛冶屋が当惑して答える。

「その――馬車は――ここを通ったか？」ルパートは大声で言った。

鍛冶屋はひらめいた。

「ええ、そうです、旦那。そしてアームズで停まりました。二十分ほど前に発《た》ちました」

「ちくしょう！　どこへ？」

鍛冶屋が首を横に振る。

「すみません、旦那。見ていなかったもんで」

「ばかめ」ルパートはそう言うと、とぼとぼと歩き出した。

エイヴォン・アームズの主人、ミスター・フレッチャーはもっと話し好きだった。彼は勢いよく迎えに出てきて、ルパートを見ると両手を上げた。

「旦那！　おや、帽子はどうされたんで？　上着を――」

「上着は気にしなくていい」ルパートは言った。「あの馬車はどこへ行った？」

「フランスの紳士の馬車ですかい？」

長椅子に倒れこんでいたルパートは、それを聞いて上体を起こした。

「フランス？　フランス？　じゃあ、そういうことなのか？　ほほう、伯爵さまか！　だが、彼がレオニーにいったいなんの用だ?」

主人は同情するようにルパートを見て、説明を待った。

「エールをくれ!」ルパートはふたたび椅子に沈んだ。「それから馬に、ピストルだ」

主人は困惑の度を増したが、大ジョッキ一杯のエールを持ってきた。ルパートはそれをいっきに飲み干し、大きく息をついた。

「馬車はここで停まったのか?」質問する。「兄の被後見人がなかにいるのを見たか?」

「レオニーさまですか? いいえ。フランスの紳士は降りませんでした。とっても急いでいたようで」

「悪党め!」ルパートは怖い顔をして、こぶしを振った。

ミスター・フレッチャーが一歩下がった。

「おまえじゃないよ、ばかだな」ルパートは言った。「馬車はなんのために停まったんだ?」

「ああ、それは、勘定がまだでしたし、旅行かばんを置いたままだったからです。従僕が馬車から飛び降りると、ここに走ってきて、勘定をすませ、旅行かばんをさっと取って、こちらが息をする暇もないうちに、出ていきました。あいつら、奇妙な連中ですよ。フランス人ってのは。なにしろ、こっちは紳士がきょう出立とは夢にも思っていなかったんですから。それから、ものすごい勢いで馬を走らせてましたし、馬たちは見たこともないほどいい馬でした」

「あいつの邪悪な魂など、腐ってしまえ」ルパートは息巻いた。「やつの魂には、いま、間違いなく悪魔が住んでいる。馬だ、フレッチャー、馬！」

「馬、ですか？」

「くそっ、牛が必要なわけないだろう。馬だ、すぐに！」

「しかし、旦那――」

「しかしもへったくれもない！　馬とピストルを探してこい！」

「しかし、旦那、ここには乗馬用の馬はいません。農夫のジャイルズがコップ種を持っていますが――」

「馬がいない？　なんてことだ！　鍛冶屋がいま蹄鉄《ていてつ》をつけてる馬を持ってこい。早くしろ！」

「しかし、旦那、あれはミスター・マンヴァーズの馬だし――」

「ミスター・マンヴァーズなどくそくらえだ。もういい、ぼくが自分で行く。いや、待て。ピストルだ」

　主人は混乱していた。

「旦那、頭が日射病でおかしくなっていますよ」

「この時期に日射病だって？」ルパートは大いにいらつき、怒鳴り声をあげた。「いいからピストルを見つけてこい！」

「はい、旦那、はい！」フレッチャーがそう言って、慌てて部屋を出た。

ルパートは街道を歩いて鍛冶屋へ行き、仕事をしているコッギンを見つけた。

「コッギン！　コッギン、おい！」

鍛冶屋が手を止めた。

「はい、旦那？」

「その蹄鉄を早くつけろ。その馬が欲しい」

コッギンが目をまん丸くし、口をぽかんと開けた。

「でも――でも、これは公爵さまの馬ではないですが――」

「まったく、公爵がそんな獣を持ってるわけないだろ。ぼくをばかにしてるのか？」

「しかし、これはミスター・マンヴァーズの糟毛《かすげ》です！」

「悪魔の栗毛《くりげ》だろうとかまわない！」ルパートは声を荒らげた。「ぼくがそれを必要としている、それだけだ。蹄鉄をつけ終えるまでに、どのぐらいかかる？」

「ええと、二十分か、もう少しかかるかも」

「早く終えたら、一ギニーやろう」ルパートはポケットをまさぐり、二枚のクラウン貨を出した。「代金はフレッチャーに請求しろ」そうつけ加え、クラウン貨をポケットにもどす。「座って、こっちをじっと見ているんじゃない！　蹄鉄をつけるんだ。さもないと、そのハンマーを取り上げて、おまえの頭に分別をたたきこんでやるぞ。本気だからな」

そう命じられて、鍛冶屋は真剣に仕事を始めた。

「馬丁はフォーリー農場へ行っているんです」やがて鍛冶屋は、思い切って言った。「馬丁がもどってきたら、なんと言えばいいんでしょう？」

「ルパート・アラステアがミスター・マンヴァーズ――そいつはだれなんだ？――によろしくと言っていたと、それから馬を貸してくれて感謝してると、伝えるよう言うんだ」ルパートは馬のまわりを歩き、脚を調べた。「こいつは、馬だよな？　脚の曲がった、骨の袋じゃないか。こんな痩《や》せっぽちを人間が所有する権利はない！　聞いてるのか、コッギン？」

「はい、旦那。もちろんです」

「なら、さっさと蹄鉄をつけろ。そしてアームズにそいつを連れてこい」ルパートはその場を離れ、ふたたび街道を歩いて宿屋へ向かった。フレッチャーが大きなピストルを持って待っていた。

「弾が入っています」フレッチャーが警告する。「ほんとうに、旦那、お加減はいいんですか？」

「大丈夫だ。馬車はどっちへ行った？」

「ポーツマスのほうだと思います。まさか追いかけるつもりじゃないですよね？」

「追いかけるに決まってるだろ、ばか。帽子が必要だ。探してこい」

フレッチャーはあきらめて、指図に従った。

「あたしのよそ行きのビーバー帽でよろしければ――」

「ああ、それでいい。請求書を書いてくれれば、支払いはもどったときにする。くそっ、あのコッギンめ。あいつはひと晩じゅう仕事をする気か？　馬車はすでに一時間近く先行してるのに」

しかしコッギンは間もなく、糟毛を引いてやってきた。ルパートはピストルを鞍《くら》のホルスターにしまい、腹帯を締めて、鞍に跳び乗った。鍛冶屋が最後の哀願をする。

「旦那、ミスター・マンヴァーズは短気なおかたなんです、ほんとうに――」

「ミスター・マンヴァーズなどくそくらえだ。そいつにはうんざりした」ルパートはそう言って、駆け足で走り始めた。

借りた馬は元気のいい馬ではないと、ルパートは間もなく気づいた。その馬は自分に都合のいい速さを保つのを好み、行程の大部分でそれをやってのけて、自分は満足し、ルパートをいらつかせた。こういうわけで、ようやくポーツマスに到着したのは、午後四時近くで、ルパートも馬も疲れ果てていた。

ルパートはすぐに埠頭《ふとう》へ向かい、そこにこの三日間停泊していた個人所有のスクーナー船が、この一時間のあいだに出発したと知った。ルパートはミスター・フレッチャーの帽子を地面に投げつけた。

「ちくしょう。遅すぎた」

港長が慎み深い驚きを表して、ルパートを見つめ、帽子を拾い上げた。

「教えてくれ」ルパートは馬から降りた。「それにはフランス野郎が乗っていたか？」

「ええ、旦那。赤毛の外国の紳士と、その息子でしたよ」

「息子？」ルパートは思わず叫んだ。

「ええ、病気でした。熱があると紳士が言ってました。息子さんは、外套《がいとう》にすっぽり包まれて、死人みたいに紳士に運ばれて乗船しました。あっしはそこにいるジムに言ったんですよ。〝病気の子を乗せるなんて、ひどいことをするじゃねえか〟って」

「薬をのまされてたに違いない！」ルパートは叫んだ。「あいつを殺してやる。フランスへ連れてったんだな。はて、彼女になんの用だろう？　おい、あんた。次のルアーヴル行きの郵便船はいつ発つ？」

「いや、旦那、あなたみたいな人が乗る船は水曜までありませんや」港長が答える。ルパートのひだ飾りは破れ、上着は泥だらけだったが、港長は紳士を見ればそれとわかった。

ルパートは悲しげに自分の体を見下ろした。

「ぼくみたいな人だって？　やれやれ」布の荷を積んだ、ぼろ船を鞭《むち》で指し示す。「あれはどこ行きだ？」

「ルアーヴルでさあ。でも、ごらんのように、あれはただの貿易船ですよ」

「いつ出発だ？」

「今夜です。風が変わるのを待って、もう二日も出航を延ばしてたんですが、潮が満ちて来たらすぐ、六時過ぎに出港です」

「ぼくにはうってつけだな」ルパートは勢いよく言った。「船長はどこだ？」

港長は動揺した。

「あれはただの汚くて古い船ですよ。それに――」

「汚い？　ぼくだって汚いぞ」ルパートは言った。「船長を捜してこい。そしてぼくが今夜フランスへ行きたがっていると伝えるんだ」

そこで港長はその場を離れ、ほどなく、手織りのラシャの服に身を包み、りっぱな黒い髭《ひげ》をたくわえた、がっしりした男ともどってきた。男はルパートを興味なさそうに見て、陶製の長いパイプを口からはずし、低い声で短く言った。

「二十ギニー」

「なんだって？」ルパートは言った。「十以上はびた一文払わないよ、この悪党！」

髭の男は故意に海につばを吐いたが、何も言わなかった。ルパートの目が危険な輝きを見せる。彼は乗馬鞭で男の肩をたたいた。

「おい、ぼくはルパート・アラステアだ。おまえに十ギニーやろう。それ以外はまっぴらごめんだ」

港長が耳をそばだてた。

「旦那、たしか公爵はシルヴァー・クイーン号をサウサンプトン湾に停泊させてると聞きましたよ」

「ジャスティンなどくそくらえだ！」ルパートがひどく怒って叫んだ。「あいつはいつもあの船をあそこに置いてる」

「旦那、サウサンプトンに馬を飛ばせば、きっと――」

に告げた。

「ごめんだね。たぶん塗装中の船が待ってるだけだ。さあ、おまえ、十ギニーだ！」

港長は仲間をわきに呼び、急いで何かささやいた。やがて彼がもどってきて、ルパート
「十五ギニーが適正な値段じゃないかと言ってたんですよ」

「十五ギニーだ！」ルパートは即座に言った。ポケットの二クラウンを思い浮かべながら。

「馬を売ってこなくてはならないようだ」

「六時に出航だ。待ちはしないからな」船長がうなるように言い、立ち去った。

ルパートは町へ行き、幸運にもミスター・マンヴァーズの糟毛を二十ギニーで売ることができた。取引が完了すると、波止場の宿屋へ行き、体を洗い、パンチを一杯飲んでさわやかな気分になった。こうして元気を取りもどすと、船に乗り、とぐろを巻いたロープに腰を下ろした。この冒険を完全に楽しみ、大いに上機嫌だった。

「まったく、こんないかれた追跡ははじめてだ！」

ルパートは空に向かって言った。

「レオニーはサンヴィールに誘拐された。理由はわからないし、それを言うなら、どこへ連れていかれたのかもわからない。そしてぼくは、ポケットに五クラウンを入れ、宿の主人の帽子を頭にのせて、あとを追っている。で、あの娘を見つけたら、どうすればいいんだ？」じっくり考える。「これはひどく奇妙な出来事だ。そうなんだ、きっと背後にジャスティンがいる。それで、ジャスティンはいったいどこだ？」

突然ルパートは頭を後ろにやり、笑い声をあげた。

「くそっ、ぼくとレオニーがいないと気づいたときの、従姉《いとこ》のハリエットの顔をぜひ見てみたい。おい、おい、これはかなり厄介なことになるぞ、必ず。ぼくは自分の居所がわからないし、レオニーの居所も知らないし、彼女もぼくの居所を知らないし、そしてエイヴォンではぼくたちふたりの居所がわかってないなんて！」

# 18

## ミスター・マンヴァーズの憤慨

フィールド夫人は心配していた。なぜなら、夕方の六時になるのに、レオニーもルパートももどっていないからだ。ついにすっかり動揺して、悪がきたちがいるかどうかをききに、使いを出した。三十分後、従僕がメリヴェールとともにもどってきた。メリヴェールはすぐに客間へ行き、彼が入るやいなや、フィールド夫人が跳び上がった。

「ああ、メリヴェール卿《きょう》！　あの子を連れてきてくださったの？　午前十一時以降、それよりあとかもしれないし、前かもしれないし、はっきりとわからないのだけれど、あの子を見ていないから、心配で、心配で。それに、ルパートも見ていないから、たぶんふたりであなたのところにいるかと思って――」

メリヴェールは言葉の洪水に割って入った。

「けさ、ルパートがこちらに行ってから、どちらも見ていませんよ」彼は言った。

夫人が口をぽかんと開けた。扇子を手から落とし、泣き始める。

「ああ、ああ！　ジャスティンにあの子の面倒を見るよう頼まれていたのに。でも、決まっているわ、彼の実の弟のせいよ。ふたりは——ふたりは駆け落ちしたのかしら？」

　メリヴェールは帽子と乗馬鞭《むち》をテーブルに置いた。

「駆け落ち？　ばかな、マダム！　あり得ない！」

「あの子はとんでもない子だし」夫人が泣きながら言う。「ルパートは軽薄このうえないのよ！　ああ、どうしましょう？　わたくしはどうしたらいいの？」

「お願いですから、マダム、泣かないでください。これは駆け落ちみたいな深刻なものではないと請け合いますよ。頼みます、マダム、落ち着いて」

しかし、メリヴェールが愕然《がくぜん》としたことに、夫人は憂鬱《ゆううつ》症の発作に襲われた。彼は従僕のほうを向いた。

「メリヴェールへもどって、妻にここへ来るよう頼んでくれ」そう指示を出し、打ちのめされた夫人を不安げに見た。「それから——それから、夫人の侍女をここに！」そしてひとりつぶやいた。「たぶん子どもらは何かいたずらをしているんだ。マダム、心配しないでください」

　フィールド夫人の侍女が気つけの塩を持って走ってくると、すぐに夫人はいくらか回復して、長椅子に横たわり、自分が最善を尽くしたことを証明してくれと神に頼んだ。メリヴェールの質問には、そんな悪だくみは知らない、ジャスティンになんと言われるか考える勇気がない、と答えるだけだった。レディー・メリヴェールが軽装二輪馬車でやってきて、客間に案内された。

「マダム！　どうして、マダム、これはどういうことです？　アントニー、ふたりは帰っていないの？　まあ、あの子たちったら、わたしたちをびっくりさせようとしているのね。きっとそうに決まっている。心配しないで、マダム。ふたりはすぐにもどってきます」動揺した付き添い婦人のところへ行き、その手をこすり始めた。「ねえ、落ち着いてください。これは大したことではないわ。たぶんふたりは道に迷ったのよ。馬で出かけたんでしょうから」

「愛《いと》しい人、ルパートはこの土地の隅々まで知っているよ」メリヴェールが静かに言った。ふたたび従僕のほうを向く。「馬小屋へ人をやって、ルパート卿とレオニーが馬を出しているか確認させるんだ」

十分後、従僕がもどり、ルパート卿の馬は馬房にいて、一日じゅう出ていないと告げた。それを聞いて夫人が新たな憂鬱症の発作に襲われ、メリヴェールは顔をしかめた。

「わからないな」彼は言った。「もしふたりが駆け落ちしたのなら――」

「ああ、アントニー、ふたりがそんなことをするかしら？」ジェニファーが驚いて声をあげた。「いえ、いえ、ないわ。だって、あの子は公爵以外の人を考えるはずがないし、ルパートは――」

「静かに！」メリヴェールが鋭い声でそう言って、片手を上げた。

馬の蹄《ひづめ》と、砂利をつぶす車輪の音が、外から聞こえた。夫人が顔を上げた。

「ああ、神さま、ふたりがもどってきたわ！」

メリヴェールとジェニファーはふたりそろって、苦悩する夫人を置き去りにし、ホールへ急いだ。玄関のドアが開き、エイヴォン公が入ってきた。縁が金で飾られた上品な紫のベルベットの上着、ケープが何枚もついた大外套《がいとう》、ズボンを無造作に身につけ、磨き上げられたブーツを履いている。戸口で立ち止まった彼は、片眼鏡を持ち上げ、メリヴェール夫妻をざっと見た。

「これはこれは！」けだるげに言う。「思いがけない光栄な出来事だ。奥さま、ごきげんよう」

「これは、閣下！」メリヴェールが言った。どこから見ても、しょげた少年みたいだった。エイヴォン公の唇が震えたが、ジェニファーは顔を真っ赤にした。メリヴェールが前に出る。

「公爵、きみはこれを不当な侵入だと思うに違いない」堅苦しく話し始めた。

「いや、全然」エイヴォン公はお辞儀をした。「うれしさで胸がいっぱいだ」

メリヴェールがお辞儀を返した。

「ぼくはフィールド夫人に力添えするために呼ばれたんだ。そうでなければ、ここにはいなかったはずだ」

エイヴォン公はゆっくりと大外套を脱ぎ、ひだ飾りを袖《そで》から振り出した。

「まあ、客間へ行かないか？」エイヴォン公は提案した。「私の従姉《いとこ》に力添えするために来たと言ったね？」先頭に立って客間へ行き、夫妻をなかへ通した。フィールド夫人がエイヴォン公を見て、悲鳴をあげ、クッションに背中をもどした。

「ああ、神さま、ジャスティンだわ！」叫び声をあげる。

ジェニファーが夫人に歩み寄った。

「静かに、マダム。落ち着いて」

「不思議なことに、苦悩しているようだね、マダム」エイヴォン公は言った。

「ああ、ジャスティン――ああ！　わたくしにはわからないわ。ふたりはとても無邪気に見えたのよ。まさか――」

「無邪気！　もちろんだとも！」メリヴェールが鼻息荒く言った。「その駆け落ちという愚かな考えはよしましょう。たわいのない空想ですよ」

「ああ、アントニー、ほんとうにそう思う？」ジェニファーがうれしそうに言う。

「しつこいと思われたくないが」エイヴォン公は言った。「説明してもらえないかね。私の被後見人がどこにいるのか、教えてくれないか？」

「それこそが、この問題のまさに根本なんだ」

エイヴォン公は身じろぎせずに立っていた。

「なるほど」彼は穏やかに言った。「続けて。マダム、悲嘆の声をあげるのをやめてくれ」

夫人の騒々しいすすり泣きの声が小さくなった。

「ぼくの知っているのはこれだけだ」メリヴェールが言った。「彼女とルパートがけさの十一時からいないということだけ」

「ルパート?」エイヴォン公が言った。

「言っておくべきだったが、ルパートはこの三週間、うちに滞在している」

「これは驚いた」エイヴォン公は言った。目が瑪瑙《めのう》のように冷たく光っている。向きを変えると、嗅《か》ぎ煙草《たばこ》入れをテーブルに置いた。「この謎《なぞ》めいた出来事は解決しそうだな」落ち着いた声で言う。

「公爵!」声をあげたのはジェニファーだった。エイヴォン公は関心なさそうに彼女を見た。「もし――もし、ふたりが駆け落ちしたと考えているのなら、そんなことは――ああ、そんなことは絶対にありません。ふたりとも、駆け落ちなんて思いもしなかったはずよ」

「それで?」エイヴォン公は夫妻をかわるがわる見た。「どうか教えてくれ!」

メリヴェールが首を横に振った。

「それは、ぼくにはできない。だが、ふたりのあいだに恋愛という考えは全然なかったと、この名誉を賭《か》けてもいい。彼らはまったくの子どもで、いまでさえ、ぼくはふたりがいたずらをしているんじゃないかと疑っている。それに……」

「それに?」エイヴォン公は言った。

ジェニファーが話に割りこんだ。

「公爵、あの子がしゃべるのはあなたのことばかりなのよ」勢いよく言葉を吐き出す。

「あなたは彼女の――彼女の愛情をひとり占めしているの!」

「そう思っていた」エイヴォン公は答えた。「だが、人は間違うことがある。たしか、若さは若さを望むということわざがあったと思う」

「それはない」メリヴェールが断言した。「なにしろ彼らはしょっちゅう喧嘩《けんか》をしていたんだ。それに、馬を持っていっていない。たぶんどこかに隠れて、われわれをびっくりさせようと企《たくら》んでいるんだ」

従僕がやってきた。

「なんだ?」エイヴォン公は振り向かずに言った。

「ミスター・マンヴァーズが、ルパート卿と話をしたいとのことです」

「残念なことに、ミスター・マンヴァーズとは知り合いでない」エイヴォン公は言った。「だが、お通ししろ」

ミスター・マンヴァーズは瘦《や》せているが筋骨たくましい小男で、頰は赤く、怒りに目をぎらつかせていた。客間の一同をにらんで、エイヴォン公に目をつけ、わめき声で質問した。

「あんたがルパート・アラステア卿か?」

「いや、違う」エイヴォン公は答えた。

怒った小男はメリヴェールを問いただした。

「あんたか?」

「ぼくはメリヴェールだ」

「なら、ルパート・アラステア卿はどこだ?」ミスター・マンヴァーズは困惑しながらも、激怒した声で言った。

エイヴォン公は嗅ぎ煙草を吸った。

「それこそ、みんなが知りたがっていることだ」彼は言った。

「くそっ、あんた、わしをもてあそんでるのか?」ミスター・マンヴァーズがいきりたつ。

「私は人をもてあそんだことがない」エイヴォン公は言った。

「わしはルパート・アラステア卿を捜しに来たんだ! そいつと話をさせろ。説明してもらいたいんだ」

「ミスター」エイヴォン公は言った。「どうか仲間に加わってくれ。私たちはみんなそれを望んでいるのだ」

「いったい、あんたはだれだ?」憤った小男が叫ぶ。

「ミスター」エイヴォン公はお辞儀をした。「私がそのデヴィル《デヴィル》だと思う。人はそう言っている」

メリヴェールが笑いを押し殺して、体を震わせた。ミスター・マンヴァーズが彼のほうを向く。

「ここは瘋狂院《てんきょういん》か?」彼はきいた。「こいつはだれだ?」

「彼はエイヴォン公だ」メリヴェールが震える声で言った。

ミスター・マンヴァーズがふたたびエイヴォン公に噛《か》みついた。

「ほう！　なら、あんたがルパート卿の兄か」悪意のある声で言う。

「不運なことに」

「わしが知りたいのはこういうことだ」ミスター・マンヴァーズが言った。「わしの糟毛《かすげ》はどこだ？」

「まったくわからない」エイヴォン公は穏やかに言った。「あなたがなんの話をしているのかも、よくわかっていない」

「まったく、ぼくもわからないよ」メリヴェールがおもしろがって言った。

「わしの糟毛の馬だよ。どこにいる？　答えてくれ」

「あなたに許してもらわねばならないな」エイヴォン公は言った。「私はあなたの馬について何も知らない。じっさい、いま、あなたの馬には――糟毛であろうと、なんであろうと――関心がないんだ」

ミスター・マンヴァーズが両手でげんこつを作り、天へ向けて上げた。

「関心がないとは言わせん」興奮してまくし立てる。「わしの馬が盗まれたんだ」

「それは同情申し上げる」エイヴォン公はあくびをした。「しかし、それが私とどんな関《かか》わりがあるのかわからない」

ミスター・マンヴァーズがテーブルをどんとたたいた。

「盗まれたんだ、あんたの弟に、ルパート・アラステア卿に。まさにきょう、この日に」

彼の言葉に、周囲に突然沈黙が落ちた。

「続けて」エイヴォン公は要求した。「あなたはいま私たちにとてつもない関心を持たせた。いつ、どこで、どうやって、そしてなぜ、ルパート卿はあなたの馬を盗んだんだ？」

「村で盗んだんだよ、けさ！　そして言わせてもらうが、これはひどく無礼な行為だと思う。わしはこのような傲慢《ごうまん》な振る舞いに怒りを覚える。わしは穏やかな男だが、生まれもよく、爵位もある男から、あんな伝言を受け取ったら――」

「おお、彼は伝言を残したのか？」メリヴェールが言葉をはさんだ。

「鍛冶屋《かじ》にね！　わしの馬丁は糟毛に乗って村へ行き、馬が蹄鉄《ていてつ》を落としてしまったもんだから、鍛冶屋へ連れていった。しごく当然だ。コッギンが蹄鉄をつけているあいだに、馬丁はわしの用事をすませるためにフォーリーのところへ歩いていった」激しく呼吸をする。「馬丁がもどると、馬はいなくなっていた。鍛冶屋は――ばかなやつめ――こう言った。ルパート卿が馬を――わしの馬を――持っていくと言い張って、わしによろしくとの言葉と、それに――それに馬を貸してくれて感謝するという言葉を残した、と」

「しごく当然だな」エイヴォン公は言った。

ジェニファーが喉を鳴らして笑い声をあげた。

「まあ、なんて子なんでしょう！　彼はあなたの馬で何がしたかったの？」

ミスター・マンヴァーズが彼女をにらみつけた。

「そのとおりだ、マダム。そのとおり。彼はわしの馬で何がしたかったんだ？　やつは狂ってる。根性をたたき直すべきだ。コッギンが言うには、彼は帽子もかぶらず、ばかみたいに走って村にやってきたそうだ。そして、それをぽかんと見ていた連中はだれひとりとして、わしの馬が奪われるのを止める常識も持ってなかった。ばかの集まりだよ」

「そうだろうな」エイヴォン公は言った。「だが、あなたの情報が私たちにどう役立つのかわからない」

ミスター・マンヴァーズは憤慨した。

「公爵、わしはあんたの役に立つためにここに来たのではない」怒りをぶちまける。「わしは自分の馬を返してもらいに来たんだ」

「うちにその馬がいるのなら、返却しよう」エイヴォン公は優しく言った。「だが残念なことに、あなたの馬はルパート卿が持っている」

「ならその返却を要求する」

「心配しなくていい」エイヴォン公は請け合った。「弟は間違いなく返却する。私が知りたいのは、なぜルパート卿があなたの馬を欲しがり、そしてどこへ行ったかだ」

ミスター・マンヴァーズが言った。「宿屋の主人の話が信じられるものなら、彼はポーツマスへ行ったよ」

「明らかに、国を出ようとしているな」エイヴォン公がつぶやいた。「ルパート卿はご婦人といっしょだったか?」

「いや、いっしょではない。ルパート卿は馬車か何かを追って、恥ずべきほどの速度で走っていったんだ」

エイヴォン公の目が大きくなった。「だんだん光が見えてきた。続けて」

メリヴェールが首を横に振る。「ぼくには全然わからない。謎は深まるばかりだ」

「それどころか」エイヴォン公は優しく言った。「謎はほとんど解決された」

「わしにはわからん——あんたたちのどちらも！」ミスター・マンヴァーズが怒りを爆発させる。

「それは期待していない」エイヴォン公は言った。「ルパート卿は馬車を追ってポーツマスへ行った、とあなたは言った。馬車にはだれが乗っていた？」

「フランス人だとか、フレッチャーは言ってた」

メリヴェールがはっとした。ジェニファーもだ。

「フランス人？」メリヴェールがおうむ返しに言う。「だが、ルパートは何を——」

エイヴォン公は残忍な笑みを浮かべていた。

「謎は解決された」彼は言った。「ルパート卿は、ミスター・マンヴァーズ、あなたの馬を借りて、サンヴィール伯爵殿を追ったのだよ」

メリヴェールが息をのんだ。

「では、きみは彼がここにいると知っていたのか？」

「知らなかった」

「じゃあ、いったいどうやって……」

エイヴォン公はふたたび嗅ぎ煙草を吸った。

「そうだな……勘、とでも言っておこうか、親愛なるアントニー」

「だが――だが、なぜルパートはサンヴィールを追ったんだ？　そして――そしてサンヴィールはポーツマスへ行く道で何をしていたんだ？　彼は友人を訪ねるため、北へ行くと言っていたんだぞ」

ジェニファーが口を開いた。「わたしが知りたいのは、レオニーがどこにいるかよ」

「ああ、それが問題だ」メリヴェールがうなずく。

「すまないが」ミスター・マンヴァーズが割りこんだ。「問題は、わしの馬の居場所だ」

彼らは答えを求めてエイヴォン公のほうを向いた。

「レオニーはいまごろ」エイヴォン公は言った。「フランスへ行く途上だろう。サンヴィール伯爵といっしょにね。ルパートは、私が思うに、やはりフランスへ行く途上だろう。なぜなら、途中で彼らをつかまえられなかったようだからだ。ミスター・マンヴァーズの馬は、まず間違いなくポーツマスだ。もちろん、ルパートがフランスへ連れていかなければの話だが」

ミスター・マンヴァーズが近くの椅子にへなへなと座った。

「わしの――わしの馬をフランスへ？　ああ、あんまりだ。あんまりだ」

「頼むから、エイヴォン、もっとはっきりと説明してくれ」メリヴェールが求めた。「なぜサンヴィールはレオニーと逃げたんだ？　伯爵は彼女に会ったこともないんだぞ」

「それどころか、何度も会っている」エイヴォン公は言った。

ジェニファーが立ち上がった。

「まあ、伯爵は彼女に危害を加えないかしら？」

「いや、加えはしない」エイヴォン公はそう答え、目をきらめかせた。「その時間はないからね。彼のすぐ後ろにルパートがいる――そして私も」

「あとを追うの？」

「もちろん追う。私のようにルパートを信じるんだ。どうやら今後は彼に感謝して生きていくことになりそうだ」

「アラステア、いったい全体、これはどういうことなんだ？」メリヴェールが問う。「ルパートは、レオニーがサンヴィールに似ていると気づくやいなや、何か謎があるに違いないと言った」

「ほう、ルパートは気づいたのか。私はルパートの知性を見くびっていたようだ。きみの好奇心を満たしてやろう。いっしょに書斎へ来てくれ、親愛なるメリヴェール」

過去の敵意を忘れ、メリヴェールはドアへ歩いた。

ミスター・マンヴァーズが跳び上がった。「だが、わしの馬はどうなるんだ？」

エイヴォン公は戸口に手をかけて立ち止まり、振り返った。「あなたの馬にはうんざりだ」横柄に言う。「そいつは役目を終え、あなたのところへもどされるはずだよ」

彼はメリヴェールと部屋を出て、ドアを閉めた。「そうだ。ちょっと待ってくれ、アントニー。ジョンソン！」

執事が前に進み出た。「はい、閣下」

「サンダーボルトとブルー・ピーターをすぐに二輪馬車につけて、私の大きな旅行かばんをそれに移し、それからメイドのだれかにレオニー嬢の服を荷造りするよう言うんだ。三十分以内にだ、ジョンソン」

「かしこまりました、閣下」老人はお辞儀をした。

「さて、メリヴェール、こちらに」

「まったく、きみは冷静な人だな」メリヴェールはエイヴォン公のあとから書斎へ向かった。

エイヴォン公は机へ歩み寄り、金作りのピストル一対を取り出した。

「手短に言うと、アントニー、こういうことだ。レオニーはサンヴィールの娘なんだ」

「彼に娘がいるとは知らなかった」

「だれも知らない。息子がいると思っていたんじゃないか？」

「ああ。もちろんそうだ。息子に何度も会ったことがある」

「きみがサンヴィールの息子でないのと同じぐらい、彼も息子ではない」エイヴォン公は片方のピストルの銃尾をかちりと鳴らした。「彼の名はボナールだ」

「なんと、アラステア、きみはサンヴィールに子どもを取り替える大胆不敵さがあったと言っているのか？　アルマンのせいで？」

「きみがこの状況をよく理解していると知って、うれしいよ」エイヴォン公は言った。

「このことは内密に頼む。まだ時機が来ていないから」

「いいだろう。だが、なんと非道な行為なんだ！　彼はきみが知っていると知っているのか？」

「きみに全部話したほうがよさそうだ」エイヴォン公はため息をついた。

ふたりがようやく書斎から出たとき、メリヴェールは複雑な気持ちを顔に表しており、口が利けなくなっているようだった。ジェニファーがホールでふたりを迎えた。

「行くの、公爵？　彼女を――連れて帰ってくる？」

「それは断言できない」エイヴォン公は答えた。「彼女は私といれば安全だよ」

ジェニファーの視線が床に落ちた。「ええ、そうだとわかるわ」

エイヴォン公は彼女を見た。「きみにそう言われるとは意外だ」

ジェニファーはためらいながらも手を差し出した。

「あの子はいろいろ話してくれた。あなたが……親切だと思わないわけにはいかなかったわ」いったん言葉を切る。「公爵……あなたとわたしとのあいだのことは過去のことで、忘れるべきだわ」

エイヴォン公は彼女の手に覆いかぶさるようにお辞儀をした。その唇には笑みが浮かんでいた。

「ジェニー、もし私がきみを忘れたと言ったら、きみは気分を悪くするだろう」

「いいえ」ジェニファーは答え、笑いの混じった声で言った。「わたしはうれしく思うわ」

「親愛なる人、きみを喜ばせる以上にうれしいことはないよ」

ジェニファーが言った。「いまでは、あなたの心のなかで、過去のわたしよりも大きな場所を占めている人がいると思うわ」

「それは間違いだ、ジェニー。私に心はない」

沈黙が落ちた。それを破ったのは従僕だった。

「閣下、二輪馬車の用意ができました」

「どうやって海峡を渡るつもりだ？」メリヴェールが尋ねた。

「シルヴァー・クイーン号で。船はサウサンプトン湾にいる。ルパートが勝手に使っていなければだが。もしそうだったら、船を借りる」

ミスター・マンヴァーズがやってきた。

「公爵、わしはあの憂鬱症の女性といるのはごめんだ。あんたがわしの馬にうんざりするのは結構だが、わしは即座の返却を要求する」

エイヴォン公は大外套を身につけ、帽子と手袋をつかんだ。

「メリヴェール卿が喜んであなたに手を貸してくれるだろう」かすかに笑みを浮かべて言う。その場の全員に深々とお辞儀をすると、エイヴォン公は立ち去った。

# 19

## ルパート卿《きょう》、今度は勝つ

レオニーは目を覚まし、ため息をついた。吐き気を覚え、数分間ぼんやりと横になったまま、目を閉じていた。少しずつ薬の影響を払いのけ、頭に手を当ててなんとか上体を起こした。困惑しながらまわりに目を向け、見覚えのない部屋にひとりでいて、長椅子に座っているのだと気づいた。徐々に記憶がもどり、立ち上がって窓辺へ行った。

「まあ！」外を見て、そう言った。「わたしはどこにいるの？　こんなところ、知らない。海《ティヤン》だわ」当惑して港を見つめた。「あの男に悪いものをのませられたんだ、思い出した。そしてわたしは眠ったんだわ。あの悪い伯爵はどこ？　あいつを思い切り噛《か》んだ気がするし、蹴《け》ってもやった。それからあの宿屋へ行ったんだ——あそこはどこ？　エイヴォンからとっても離れた場所……。そしてあいつがコーヒーを持ってきた」レオニーはくすりと笑った。「そしてわたしはそれをあいつに投げた。あいつ、さんざん悪態をついていたっけ。それからあいつはまたコーヒーを持ってきて、わたしに無理やり飲ませた。へっ！

コーヒーとあいつは呼んだっけ？　あんなの豚の小便だ。それから？　もうっ《ペスト》、それ以上何も思い出せない」窓に背を向け、炉棚の時計を見て顔をしかめた。「まあ《モン・デュー》、なんなの？」時計に近づき、じっと見た。「まさか《ソット》！　どうして正午なの？　あいつにあのいまいましい豚の小便を飲まされたとき、正午だった。あんたは動いていない《テュ・ネ・マルシエ・パ》わね」

規則正しいかちかちという音が、レオニーをうそつきだと責めている。彼女は時計の側面に耳を当てた。

「なんですって《コマン》？　あれ《ヴワヤン》、わけがわからない。もしかして……」目を大きく見開いた。「あしたになっているの？」びっくりする。「あしたなんだ！　昼も夜もずっと寝ていたんだ。ええい《サクレ・ブリュ》、あの男め。あいつを噛んでよかった。あいつは間違いなくわたしを殺す気だ。でも、なんで？　たぶんルパートが助けに来てくれるだろうけど、自分でなんとかして、ルパートを待つのはやめよう。だって、あの伯爵に殺されたくないもの」じっくり考える。「いいえ、たぶんあいつはわたしを殺したいと思っていない。でも、そうだとすると——ああ《グラン・デュ》、あいつがわたしと駆け落ちをするなんてあり得るかしら？　いいえ、ない。だって彼はわたしを男の子だと信じているもの。それに、彼がそんなにわたしを愛しているとは思えない」レオニーの目がいたずらっ子みたいにきらめいた。「よし、逃げよう」

しかしドアはしっかりと閉まっており、窓は通り抜けるには小さすぎた。目のきらめきが消え、小さな唇が反抗的に結ばれた。

「もちろんよ《バルブリュ》、でもひどい《メ・セ・タンファーム》！　わたしを閉じこめたのね、もうっ《アンファン》！　わたし、怒ったわ」

レオニーは唇に指を当てた。「短剣を持っていたら、あいつを殺してやるのに。でも、持っていないから、しかたない《タン・ビ》。これからどうなるの？」ふうっと息をつく。「少し怖いわ」レオニーは認めた。「あの邪悪な男から逃げなくちゃ。たぶん、まだ眠っていたほうがいいかも」

　足音がした。レオニーはすぐさま長椅子にもどり、外套《がいとう》を体にかけて横たわり、目をつむった。鍵《かぎ》が差しこまれる音がし、だれかが入ってきた。サンヴィール伯爵の声がした。

「昼食《デジユネ》をここへ運べ、ヴィクトール。それからだれも入れるな。子どもはまだ眠っている」

「かしこまりました《ビヤン》、ムッシュー」

ヴィクトールって、だれなんだろう？　レオニーは疑問に思った。使用人だわ、きっと。神さま、助けて《デユ・ム・ソーヴ》！

　伯爵がそばにやってきて、レオニーに覆いかぶさるように上体を曲げ、その呼吸に耳を傾けた。レオニーは心臓の激しい鼓動を抑えようと努力した。伯爵が異状なしと判断したらしく、彼女から離れていった。やがて陶器の鳴る音がした。

　お腹《なか》が空《す》いてたまらないのに、この豚野郎が食べるのを聞くのはとてもつらいわ。レオニーは胸の内でつぶやいた。ああ、でもわたし、こいつを大いに後悔させてやる！

「馬はいつ馬車につけましょう？」ヴィクトールが尋ねた。

ああ！　レオニーは思った。じゃあ、もっと旅をするんだわ。

「もう急ぐ必要はない」サンヴィール伯爵が答えた。「あの愚かなアラステアはフランスまで追ってはこないだろう。二時に出発しよう」

レオニーは目をぱっと開けそうになり、努力してこらえた。

残念《ル・ミゼラブル》！　レオニーは胸の奥で強くそう言った。わたしはカレーにいるのかしら？　いえ、ここは絶対にカレーじゃない。たぶんルアーヴルだ。どうしたらいいか、すぐには思いつかないけど、眠ったふりを続けよう。じゃあ、わたしたちはポーツマスへ行ったのね。ルパートは、わたしたちの向かった方向を見たのなら、やってくるだろうけど、彼を待っていたらだめだわ。この男をもう一度噛んでやりたい。うわあ《ディヤーブル》、わたしって、とっても危険だわ。心の奥底にとても冷酷な感情を持っている。閣下が来てくれればいいのに。もちろん、それはばかげている。閣下はわたしに何があったのか、まったく知らないんだから。ああ、もうっ！　こっちが腹ぺこなのに、豚野郎は食事をしている。きっとこいつを大いに後悔させてやるわ。

「その子は眠りすぎです」ヴィクトールが言った。「もう起きていいころです」

「それはないな」サンヴィール伯爵が答えた。「この子は若いし、私は強力な薬をのませた。心配しなくていい。それに、この子がもうしばらく眠っていてくれたほうが、こっちには都合がいい」

やっぱり《サン・ドゥート》！　レオニーは胸の内で言った。そうだったんだ。わたしに毒をのませたんだ。とんでもないやつだわ。もっと空気を吸わなくっちゃ。

時はのろのろとしか進まなかったが、ついに外で動きがあり、ヴィクトールがふたたび部屋に入ってきた。

「馬車が待っています、ムッシュー。その子を運びましょうか？」

「私がする。勘定はすませたか？」

「はい、ムッシュー」

サンヴィール伯爵がレオニーに近づき、彼女を抱き上げた。レオニーは手足をだらんとさせた。

頭を後ろに垂らさなくちゃ。それに、口を少し開くの。こんなふうに。ほらね《ヴワヤン》、わたしって、なんて頭がいいの。でも、これから何が起こるのか、ちっともわからない。この男はどうかしているわ。

レオニーは運び出され、馬車に入れられ、クッションにもたせかけられた。

「ルーアンへ向かえ」サンヴィール伯爵が言った。「進め《アナヴァン》！」

ドアが閉じられ、サンヴィール伯爵がレオニーの横に腰を下ろし、馬車が出発した。

レオニーは頭を回転させた。

どんどんむずかしい状況になっている。何ができるかわからないけど、この男が横にいるあいだ、眠ったふりを続けよう。そのうち停《と》まって馬を替えるわ。だって、状態のいい馬じゃないみたいだもの。たぶん、そのとき、この豚野郎は外に出る。わたしが眠っていると信じていれば、きっとそうする。また食事をしたいだろうから。でも、それでも、どようやって逃げればいいのか、わたしにはわからない。方法を教えてくださるよう、神さま《ボン・デュ》にお祈りをするわ。

馬車はかなりの速度で進み続けた。伯爵はポケットから本を出して読み始め、ときおり、隣のぐったりした体にちらりと目を向けた。一度、レオニーの脈を測り、満足したらしく、隅に背をもどし、読書を再開した。

一時間以上経《た》ったころ、事件が起こった。馬車ががくんと跳ね上がってから、傾き、叫び声と驚いた馬たちの足を踏み鳴らす音がした。それから馬車がゆっくりと溝へ落ちたため、レオニーのわきのドアに生け垣が迫った。彼女は馬車の側面にたたきつけられ、サンヴィール伯爵がその上にのってきた。究極の意志の力で、レオニーは自分を守るために手を突き出すのを思いとどまった。

サンヴィール伯爵がもがきながら起き上がり、右手のドアを開けて、何が起こったのかと大声で尋ねた。ヴィクトールの声が答えた。

「左の後輪です。馬が一頭倒れ、引き革がだめになりました」

サンヴィール伯爵が派手に悪態をつき、それからとらえた娘をちらりと見て、ためらった。もう一度レオニーに覆いかぶさるようにして、彼女の呼吸を確認すると、街道へ飛び降り、ドアを閉めた。サンヴィール伯爵が外の混乱に加わったのを聞きつけると、レオニーは跳び起きた。生け垣に寄りかかっている側のドアを慎重に開け、そっと出て、低くかがんだ。男たちは馬たちの頭のほうにいて、サンヴィール伯爵は後ろ脚を上げて跳んでいる先導馬の陰に隠れている。しゃがむようにしてレオニーは道をもどっていった。溝のわきを進む。やがて高い生け垣の切れ目にやってきた。レオニーはそこを通り抜け、野原に出た。街道からは見えなくなったが、逃げ出したことをいまにもサンヴィール伯爵に気づかれるとわかっていたので、めまいと震えを覚えながら、もと来た方向へ走り、隠れる場所がないかと必死に探した。野原はどちらの側にも広がり、街道がカーブしている場所はまだまだ先で、しかもどこにも人家や好都合な林は見えない。

やがて遠くに、硬い道に馬の蹄《ひづめ》が当たる音が聞こえた。ルアーヴルのほうから全速力で駆けてくる。レオニーは生け垣のあいだから覗《のぞ》いて、助けを求めるべきかどうかと迷った。馬がカーブを曲がってやってきた。見慣れた青く、しかし泥だらけの上着と、破れた飾りひだと、浅黒いハンサムな若者が目に入った。顔は赤く、興奮している。

レオニーは生け垣のあいだを抜けて、道に飛び出し、両手を振った。

「ルパート、ルパート、わたしよ《ジ・スウィ》！」金切り声で叫んだ。

ルパートが手綱を引いて、馬が後ろ脚で立った。彼が歓喜の声をあげる。

「急いで！　ああ、急いで！」レオニーはあえぎ、鐙《あぶみ》のところへ走った。

ルパートがレオニーを引っ張り上げ、自分の前に乗せた。

「あいつはどこだ？　悪党は？」彼が強い調子で尋ねる。「きみはどうやって……？」

「向きを変えて！」レオニーは指示した。「あの男は向こうの馬車よ。ほかに三人いるわ」

レオニーは馬の向きを変えようとしたが、ルパートが手綱を動かさなかった。

「いや、ぼくはあいつの命をもらう。誓ったんだ――」

「ルパート、ほかに三人いるし、あなたは剣を持っていないじゃない。ああ、彼が見たわ。頼むから《ノン・ド・デュ》、進んで《アン・ナヴァン》！」

ルパートが決めかねて、肩越しに見た。サンヴィール伯爵がポケットからピストルを取り出すのを見て、レオニーは馬の腹を思い切り蹴った。馬が前に飛び出す。何かがレオニーの頬をびゅんと通り過ぎ、焼けるような熱い感覚を残した。ルパートがぞっとするような悪態をつき、馬がふたりを乗せて道を猛烈な勢いで進んだ。二度目の銃声がして、ルパートが鞍《くら》の上で傾くのがわかった。彼が素早く息を吸う音が、レオニーの耳に届いた。

「ちくしょう、やられた」ルパートがうめき声をあげた。「走らせろ、おてんば娘！」

「わたしに任せて《レッセ・モワ》」レオニーは叫び、ルパートから手綱を引ったくると、おびえた馬をカーブへ進ませた。「つかまっていて、ルパート。うまくいっているわ」

ルパートはまだ笑うことができた。

「うまく、だって？　まったく――なんて追いかけっこなんだ。気をつけろ、気をつけろ！　ずっと――向こうに――小道が――あるから――そこに入れ。ルアーヴルには――行くな」

レオニーは小さな手に手綱を巻きつけ、勇敢に馬を進めた。

「あいつは馬車の馬に乗ってくるわ」素早く思案を巡らして、レオニーは言った。「そして、ルアーヴルへ向かう。そうよ、そうよ、わたしたちはその小道に曲がるわ。ルパート、かわいそうに《モン・ボーヴル》、怪我《けが》はひどいの？」

「右の肩だ――なんでもない。きっと――村が――あるはずだ。小道があった！　馬を落ち着かせろ。いいぞ。おい、こいつはすごい冒険だな」

ふたりは小道に飛びこんだ。前方に何軒かの田舎屋と農家が見えた。レオニーは一瞬の思いつきから馬を止め、生け垣のほうを見て、馬を野原へ入れた。そして駆け足で野原を横断した。

「何を――しているんだ？」かすれた声でルパートがきく。

「わたしに任せて《レッセ・モワ》！」レオニーはふたたびそう言った。「あの村は街道に近すぎる。あいつがきっと捜すわ。もっと先へ行きましょう」

「勝手に捜させればいい。ぼくがやつの黒い心臓に弾丸を食らわせてやる」

レオニーはその言葉を受け流し、細心の注意を払って避難場所を探しながら先に進んだ。ルパートがどんどん血を失っていて、長いこともたないとわかっていた。右手の遠くに教会の尖塔《せんとう》が見え、心に冷たい恐怖をいだきながら、そちらへ向かった。

「大胆な気持ちを持ち続けて、ルパート。わたしにつかまって。大丈夫だから」

「ああ、ぼくは大丈夫だ」ルパートが弱々しく言った。「大胆な気持ちなどくそくらえだ。逃げたのはぼくじゃないからな。くそっ、やつに空けられた穴を自分の手で押さえられない。そっとだ、そっと。兎《うさぎ》の巣穴に気をつけろ」

一キロほど進むと、村に到着した。教会に穏やかに見守られた、ちょっとした安息の地だ。農作業をしていた男たちが逃げてきたふたりを驚きの目で見つめたが、ふたりは玉石敷きの道へと入り、そのまま進んで、小さな宿屋の前まで行った。ドアに看板がかかり、庭にはいまにも倒れそうな馬小屋がある。

レオニーは手綱を引き、馬が震えながら止まった。馬丁がモップを手に持ったまま、ぽかんとふたりを見た。

「そこのおまえ！」レオニーは横柄に呼びかけた。「こっちへ来て、ムッシューを降ろすのを手伝うんだ。急げ、愚か者。彼は怪我をしたんだ――追いはぎのせいで」

馬丁は不安げに道のほうを見て、恐ろしい追いはぎが見えないと確認すると、レオニーの命令に従うために近づいてきた。そのあと、宿の主人が何事かと急いで出てきた。半《はん》鬘《がつら》を頭にのせ、目にきらめきを宿した大男だ。レオニーは主人に手を差し出した。

「ああ、よかった《ラ・ボン・シャンス》！」レオニーは大声で言った。「手を貸してください、ムッシュー。パリへ行く途中で、追いはぎの一団に襲われて」

「おいおい」ルパートが言った。「ぼくが卑しい追いはぎから逃げると思うか？　頼むから、もっとうまい話を考えてくれ」

宿の主人はルパートの体に手を回し、彼を降ろした。レオニーは地面に滑り降り、身を震わせながら立った。

「なんと、大変《モン・デュ》でしたなあ」主人が言った。「追いはぎたちめ！　おい、エクトル！　ムッシューの脚を持って、客室へ運ぶのを手伝ってくれ」

「まったく、ぼくの脚はほっておいてくれ」ルパートが文句を言った。「自分で――歩ける」

しかし分別のある主人は、ルパートが気を失いかけているのを見て取り、すぐさま彼を運んで階段を上がり、庇《ひさし》の下の小部屋へ向かった。主人と馬丁がルパートをベッドに寝かせると、レオニーはベッドのわきで膝をついた。

「ああ、怪我で死にそう」彼女は叫んだ。「上着を脱がせるのを手伝って」

ルパートが目を開いた。「ばかな！」そう言ってから、気を失った。

「ああ、イングランド人か！」宿の主人が言い、ルパートのぴったりした上着を脱がせようと奮闘した。

「イングランドの紳士です」レオニーはうなずいた。「わたしは彼の小姓」

「おお！　偉大なる紳士《ティヤン》だとわかりますよ。ああ、上等な上着がこんなになってしまって。シャツを破らねばなりませんな」主人はそのとおりにしてから、ルパートを横向きにし、傷をあらわにした。「外科医が必要ですな、言うまでもなく。エクトルをルアーヴルまで行かせましょう。追いはぎどもめ！」

レオニーは止血に忙しかった。

「ええ、外科医を！　ああ、ルアーヴル！　あいつが――あいつらが、そこでわたしたちを捜すでしょう」レオニーはびっくりして主人のほうを向く。「エクトルは、質問されても、わたしたちのことを何も知らないことにして」

宿の主人が当惑した。

「いや、いや、あいつらはそんなことしませんよ。追いはぎの連中は開けた土地にしかいません」

「その……そいつらは……追いはぎじゃないんです」レオニーは顔を赤らめ、打ち明けた。「それに、わたしはルパート卿の小姓じゃありません」

「なんだって《アン》？　どうなっているんです？」主人が強い調子で質問した。

「わたしは――わたしは女です」レオニーは言った。「わたしはイングランドのエイヴォン公爵の被後見人で――そしてルパート卿は公爵の弟です」

主人が交互にふたりの顔を見て、大いに顔をしかめた。

「ああ、わかった。駆け落ちですね。いいですよ、マドモワゼル、決して――」

「違います！」レオニーは言った。「わ――わたしたちを追っている男が、わたしを公爵閣下の家からさらって、フランスまで連れてきて、そしてもう少しでわたし、殺されるところだったんだと思います。でもルパート卿がすぐに追ってきて、わたしの乗った馬車が脱輪して、わたしはそっと抜け出て、走って、走って、走ったの！　やがてルパートが来て、わたしをさらった男が彼を撃って、そして――そしてこれで全部です！」

宿の主人は信じられなかった。「おいおい《ヴワヤン》、いったいなんの話をしているんです？」

「ほんとうの話です」レオニーはため息をついた。「公爵が来られたら、わたしの言っているとおりだとわかるでしょう。ああ、お願いです、助けて！」

主人は嘆願する大きな目に抵抗できなかった。

「ええ、ええ。ここであなたがたは安全ですし、エクトルは口が堅いですよ」

「それで――あの男に――わたしたちを引き渡しませんよね？」

主人が頬をふくらませた。

「あたしはここの主人ですよ。そのあたしが、あなたは安全だと言っているんです。外科医を呼びにエクトルをルアーヴルへ行かせますが、公爵うんぬんについてはね！」

彼は寛大に首を振り、目を見開いているメイドに、リネンを持ってくるよう家内に伝えろと命じた。

夫人はすぐにやってきた。夫と同じぐらい大柄な女性だったが、器量がよかった。彼女はルパートをひと目見ると、鋭い声でいくつか指示を出し、リネンを裂き始めた。ルパートにしっかりと止血の処置をするまで、だれの話も聞こうとしなかった。

「よし、と」夫人が言った。「なんてひどいんだろ！　これでましになったわ」ぽっちゃりした指を唇に当て、大きく揺れながら立っている。「服を脱がさないとね」そう決断した。「ジャン、寝巻きを探してきて」

「マルテ」夫が口をはさんだ。「この少年は女の子だ」

「なんてこと《ケル・オルール》！」そして夫人は穏やかに言った。「ええ、あたしたちでこの気の毒な人の服を脱がすのがいいわね」向きを変え、覗き見をしているメイドとレオニーを追い出し、ドアを閉めた。

　レオニーはふらふらと階下へ行き、庭に出た。エクトルはすでにルアーヴルへ発《た》っていた。あたりにはだれも見えなかったので、レオニーは厨房《ちゅうぼう》の窓のそばにあるベンチに疲れきって腰を下ろし、泣き出した。

「ああ、もうっ！」鋭い口調で自分に言った。「ばか《ベート》！　まぬけ《アンペシール》！　卑怯者《ラーシュ》！」

　しかし涙は止まらなかった。夫人が庭へ出てきて、意気消沈した娘を見つけた。

　夫から奇妙な話を聞いた夫人は、当然のことながら衝撃を受け、激怒していた。両手を腰に当て、激しい口調で言う。

「こんなひどいことってありますか、マドモワゼル！　いいですか、あたしたちは必ずあなたがたを――」言葉を途切れさせ、前に進んだ。「でも、ああ、ああ、お嬢さん。泣くことはありませんよ。泣きやんで《テ・トワ》、おちびさん《モン・シュー》、すべてうまくいきますよ。マルテ母さんを信じなさい」夫人がレオニーを大きな体で包みこみ、しばらくすると、くぐもり、しゃがれた声が言った。

「わたしは泣いていません！」

　夫人が大きな体を揺さぶって笑う。

「泣いていません！」レオニーは体を起こした。「でも、ああ、とても情けなくて、閣下がここにいてくれたらと思うんです。なぜなら、あの男はきっとわたしたちを捜し出すだろうし、ルパートは死人みたいなんですもの」

「じゃあ、公爵という人がいるのはほんとなの？」夫人が尋ねた。

「もちろんほんとうです」レオニーは怒って言った。「うそはつきません」

「じゃあ、イングランドの公爵なの？　ああ、でも、イングランド人ってのは乱暴な連中よね。でもあなたは……フランス人でしょ」

「はい」レオニーは言った。「疲れていて、いまは全部話せません」

「うっかりしていたわ！」夫人が叫んだ。「あなたをベッドに寝かさないと、かわいい人《モナーンジュ》。鶏《とり》の手羽が入ったブイヨンを飲むの。それでいいでしょう？」

「はい、お願いします」レオニーは答えた。「でも、ルパートが死なないか心配で！」

「おばかさん」夫人は叱《しか》った。「いいこと――彼は大丈夫。なんでもないわ。血を少し失って、ひどく弱っている、それだけよ。疲れて死にそうなのは、あなたのほう。さあ、いらっしゃい」

こうして、二日間の恐怖と奮闘で疲れきったレオニーは、ひんやりしたシーツにはさまれ、食事を与えられ、優しい言葉をかけられ、やがてひとりになって眠りに落ちた。

翌朝目を覚ましたときには、窓から陽光が差しこみ、下の通りから活気あふれるざわめきが聞こえてきた。夫人が戸口から微笑《ほほえ》みかけていた。

レオニーは上体を起こし、目をこすった。

「どうして――どうして、朝なの！　そんなに長く眠っていたの？」

「朝の九時ですよ、お寝坊さん。気分はよくなった？」

「ああ、きょうはとてもいい気分です」レオニーはそう言ってから、毛布をさっと跳ね上げた。「でもルパート……お医者さまは？」

「落ち着いて、落ち着いて。なんでもないって言ったでしょう？　お医者さまはあなたが眠《ドウスマン》っているあいだにやってきて、すぐに弾丸が取り出され、ありがたいことに問題はありませんでした。彼はベッドで食事とあなたを求めていますよ」夫人がくすくす笑う。「それで、あたしがブイヨンを持っていったら、彼は髪をさっとはずして、赤い肉が食べたいって言うの。イングランドで食べているようにね。急いで行ってあげて、おちびちゃん《デベシェ・トワ》」

二十分後、レオニーは軽やかな足取りでルパートの部屋へ入っていき、顔は青白いものの、ほかはいつもどおりの怪我をした英雄が、枕《まくら》にもたれているのを見た。彼はうんざりしたようすで夫人のブイヨンを口に運んでいたが、レオニーを見てぱっと顔を明るくした。

「やあ、おてんば娘。いったいぼくらはどこにいるんだ？」

レオニーは首を横に振った。

「わからないわ」正直に言う。「でも、ここの人たちは親切でしょう？」

「べらぼうに親切だ」ルパートは同意し、それから顔をしかめた。「あの太ったおばさん、食べ物を持ってきてくれないんだ。こっちは死ぬほど空腹で、牛一頭でも食えるのに、出されたのはこれだぞ」

「食べなさい！」レオニーは命じた。「それは体にとてもいいものよ。牛は全然よくないわ。ああ、ルパート、あなたが死んでしまわないかと恐ろしかったのよ」

いつのまにやら鼠並《ねずみ》みに弱ってる。なあ、ぼくたちは何に関《かか》わってるんだ？　ぼくたちふたりは？　きみには何が起こったんだ？

そして、妙なのは、なぜサンヴィールがきみを連れて逃げたんだ？」

「わからない。あいつにいまいましい薬をのまされて、わたしは何時間も眠ったの。あいつは豚野郎よ。あいつを噛んでやってよかったわ。それにコーヒーをかけてやった」

「ほんとうか？　そんな娘、見たことがないぞ。この件のお返しに、きっとサンヴィールの命をもらってやる」ルパートが重々しくうなずき、ブイヨンを口に運んだ。「ぼくはポケットにわずかな金も持たず、わきに剣も差さず、しかも宿屋の主人の帽子を頭にのっけて、どこだか知らないここまで、きみを追ってきたんだ。そしてやつらが自分の国で何を考えてるのかは、神のみぞ知るだ。ぼくは知らない」

レオニーはベッドの上で体を丸め、ルパートに足もとに座るのはやめろと要求されて、少し位置を変え、自分の冒険を話した。話を終えると、今度はルパートのほうに何があったのか話してくれるよう求めた。

「そんなこと知るか！」ルパートが言う。「遠い村まで、きみについてききに行き、きみが行った方向を教えてもらった。そして馬を手に入れ、ポーツマスへ向かったんだ。だが、ぼくに運はなかった。きみは一時間前に発ってて、港に残ってたのは、油にまみれたぼろ船だけだった。それからどうしたんだっけな？　よく思い出せないぞ。ああ、そうそう。馬を売りに行ったんだ。たった二十ギニーぽっちでしか売れなかったが、さらに——」

「閣下の馬を売ってしまったの？」レオニーは語気を強めて言った。

「いや、いや、鍛冶屋《かじ》のところで手に入れたやつで、持ち主は――くそっ、なんて名だったかな――マンヴァーズだ！」

「ああ、なるほど」レオニーは安堵《あんど》した。「続けて。あなた、とっても首尾よくやったわ、ルパート」

「そんなに悪くなかっただろ？」ルパートが慎み深く言う。「で、ぼろ船で海を渡り、一時かそこらにルアーヴルに着いた」

「わたしたちはルアーヴルに二時までいたのよ。あいつはあなたが追ってこないと思い、もうじゅうぶん安全だと言っていた」

「安全だって？　いまに見ていろ」ルパートはこぶしを振り回した。「どこまで話したっけ？」

「ルアーヴルに着いたの」レオニーは思い出させた。

「ああ、そうだった。で、船賃を払ったころには、またすっからかんになってて、ダイヤモンドの飾りピンを売りに行った」

「まあ！　すてきな飾りピンだったのに」

「気にするな。そいつを手放すのに、ぼくがどれほど苦労したか、きみは信じられないだろう。いいか、連中、ぼくがそれを盗んだと思ったんだ」

「でも、売ったの？」

「ああ、価値の半分以下でだよ、くそっ。それからきみについて尋ね、何か食べ物を口にするために、宿屋へ飛んでいった。ひどく空腹だったんだ」

「わたしもよ！」レオニーはため息をついた。「それなのに、あの豚野郎ったら、食べてばかり」

「きみのせいで頭がこんがらがる」ルパートがきつい口調で言った。「どこまで話したっけ？　そうそう。で、宿の主人から、サンヴィールが二時に馬車でルーアンへ向かったと聞いたから、ぼくはまたきみを追うため、馬を借りなくてはならなかったんだ。それで全部だ。まったく、楽しい運動をさせてもらったよ。だが、ぼくたちはいまどこにいるんだろう？　それに、何をすべきなんだろう？」

「サンヴィール伯爵は来ると思う？」レオニーは心配した。

「わからない。ぼくがここにいたら、あいつはきみを強奪するのに苦労するだろう。あいつがなんできみを欲しがっているのか、わかったらなあ。これがひどくむずかしいんだよ。なにしろ、ぼくたちのどちらも、自分たちがどんなゲームをしているのか、まったく知らないんだから」ルパートが顔をしかめ、考える。「もちろんサンヴィールはふたたびきみをさらいに来るだろう。彼はまず間違いなくルアーヴルへもどり、ぼくたちがそこにいないとわかったら、田舎をくまなく捜すだろう。ぼくを撃ったと知っているから、近くに隠れていると考えるはずだ」

「わたしたち、どうする？」レオニーは顔を青くして尋ねた。

「怖がってるんじゃないだろうな？　あいつは、ぼくの鼻先から、きみを連れ去ることはできない」

「ああ、できるわよ、ルパート。できる。あなたは弱っていて、わたしを助けられない」

ルパートが立ち上がろうとして、みじめにも失敗した。腹を立てながら横になる。

「くそっ、撃つことはできるぞ」

「でも、銃がないじゃない」レオニーは異議を唱えた。「いまにも彼はやってくるかもしれないし、ここの人たちに彼を押し止めることはできないわ」

「ピストルだ、ピストル。おい、今度は何が言いたいんだ？　もちろん、ピストルがある。きみはぼくをばかだと思ってるのか？　ぼくの上着のポケットを調べてみろ」

レオニーはベッドから飛び下り、椅子からルパートの上着を取った。ミスター・フレッチャーの巨大なピストルをポケットから取り出し、大喜びで振り回す。

「ルパート、あなたって、とても利口だわ。これなら、あの豚野郎を殺せる」

「おい、それを下ろせ」ルパートが不安になって指示した。「きみはピストルについて何も知らないんだから、それをいじくったら事故が起こる。そいつは弾がこめてあって、撃鉄が起きてるんだ！」

「ピストルのことは知っているわ」レオニーは腹を立てた。「ねらいをつけるの、こんなふうに。そしてこれを引く」

「頼むから下ろしてくれ！」ルパートが叫んだ。「ばか、ぼくに向けてるじゃないか。それをわきのテーブルに置いて、財布を見つけてくれ。ズボンのポケットに入ってる」

レオニーはしぶしぶピストルを置き、財布を探した。

「何ギニーある？」ルパートが尋ねる。

レオニーは財布の中身をベッドに空けた。硬貨が三つ、床に転がり、ひとつがルパートのブイヨンにぽちゃんと落ちた。

「まったく、不注意な娘だな」ルパートがそう言って、ブイヨンの硬貨をすくい上げた。

「もうひとつ、転がったぞ。ベッドの下だ」

レオニーは転がるギニー金貨に飛びかかって回収し、それからベッドに座り、数え始めた。

「ひとつ、ふたつ、四つ、六つ、それにルイドール金貨がひとつ――ああ、それにまた一ギニー、とスー銅貨が三枚、と――」

「そういう数えかたじゃない。ほら、ぼくによこせ。くそっ、また一枚、ベッドの下へ行ったぞ」

レオニーは硬貨を捜すためにベッドの下で這《は》いつくばった。と、外で車輪の音がした。

「なんの音だ？」ルパートが鋭く言う。「急げ。窓だ」

レオニーはなんとかベッドの下から出ると、窓へ駆け寄った。「ルパート、あいつだわ！　ああもう、どうしよう？」

「顔が見えるか？」ルパートが問いかける。

「いいえ、でも馬車がいて、馬たちが湯気を立てている。まあ、聞いて、ルパート」

説得する声が下から聞こえた。どうやら夫人が階段を守っているようだ。

「サンヴィールだ、間違いなく」ルパートが言った。「ピストルはどこだ？　ブイヨンなんか、くそくらえ！」椀《わん》を投げ、中身が床に飛び散ると、鬘を整え、ピストルに手を伸ばした。やつれた若い顔にすごみのある表情が浮かぶ。

レオニーは前に突進し、銃をつかんだ。

「あなたには体力がないわ」切迫して言う。「ほら、もう疲れているじゃない。わたしに任せて。わたしがあいつを殺す」

「やめるんだ」ルパートが言い聞かせた。「きみはあいつを木っ端みじんにしてしまう。それをぼくによこせ。いいから、ぼくの言うとおりにするんだ」

階下の騒ぎが少し静まり、階段を上る足音が聞こえた。

「ピストルをぼくによこして、ベッドの反対側へ行け」ルパートが命じる。「くそっ、お楽しみが始まるぞ。こっちへ来るんだ」

窓辺へ後ずさりしたレオニーは、ドアにピストルを向けて立っていた。指が引き金にかかっている。口はきっちり結ばれ、目には炎が宿っている。ルパートはもどかしげに立ち上がろうとした。

「頼むから、それをぼくに渡せ。あいつを殺したくはない」

「殺したいわ」レオニーは言った。「あいつはわたしにひどい薬をのませたのよ」

ドアが開いた。

「部屋に入ってきたら、撃ち殺すわよ」レオニーは明言した。

「おまえは私を見て喜ぶと思っていたよ」穏やかで物憂げな声が言った。「私を撃ち殺さないよう願いたい」大外套を着て、拍車のついた深靴を履き、優雅な鬘の毛の一本も乱れていないエイヴォン公が、片眼鏡を上げ、薄い唇に笑みを浮かべて戸口に立っていた。

ルパートが大笑いしてから、枕へ倒れた。

「まったく、兄さんを見てありがたいと思う日が来ようとは、思ってもみなかったよ」あえぎながら言う。「ああ、びっくりした」

# 20

## エイヴォン公、ゲームの指揮を執る

レオニーの頬に赤みがどっともどってきた。「閣下！」息をのみ、泣き、かつ笑いながらエイヴォン公のもとへ駆け寄った。「ああ、閣下、来てくれたんですね。来てくれたんですね」息を切らしながらエイヴォン公の腕のなかへ飛びこみ、彼にしがみつく。

「なんだ、なんだ」エイヴォン公は優しく言った。「どうした？　私が来ないと思ったのか？」

「彼女からピストルを取り上げろ」ルパートが弱々しく、しかし笑みを浮かべながら忠告した。

ピストルがエイヴォン公の胸に押しつけられていた。彼はそれをレオニーの手から取ると、ポケットにしまった。おもしろそうに巻き毛の頭を見下ろし、やがて撫《な》でた。

「わが娘よ、泣くんじゃない。ほら、間違いなく私だ。何も怖がらなくていい」

「わ――わたし、怖がっていません」レオニーは言った。「とっても喜んでいるんです」

「なら、その喜びをもっとふさわしい態度で表してくれ。そんな服を着て、何をしているのか、尋ねてもいいかな?」

レオニーはエイヴォン公の手にキスをし、涙を拭《ぬぐ》った。

「気に入っているんです、閣下」目をきらめかせて、そう答える。

「そのようだな」エイヴォン公はベッドへ歩き、上体を曲げて、白く冷たい手でルパートの速い脈を診た。「怪我《けが》をしたのか?」

ルパートがなんとか微笑《ほほえ》む。「なんでもない。肩に穴が空いただけだ」

エイヴォン公はポケットから酒瓶を取り出し、ルパートの唇に当てた。ルパートが酒を口に含むと、口もとから青さが消えた。

「おまえに感謝しなければならないようだ」エイヴォン公はそう言って、枕《まくら》をひとつどかした。「よくやってくれた。じつを言えば、驚いたよ。おまえに借りができたな」

「ふん、なんでもないさ。ぼくはほとんど何もしなかった。レオニーのおかげだ。まったく、兄さんに会えて、ほんとにうれしいよ」

「ああ、それはさっき聞いた」エイヴォン公は片眼鏡を上げ、ベッドに散らばる硬貨を見た。「この財産がなんなのか、きいてもいいかな?」

「ああ、それはわたしたちのお金です」レオニーが答えた。「閣下が来たとき、数えていたんです」

「わたしたちのお金だって!」ルパートが出し抜けに言った。「そいつはおもしろい。床にまだいくつかあるはずだぞ」

「それから」エイヴォン公が割れた椀《わん》のほうを向いた。「これはなんだ?」

「ルパートがやったんです」レオニーが言った。「ルパートのブイヨンだけど、閣下が来たのを聞いたとき、彼が床に投げたんです」

「私が来たせいで、おまえたちに妙な影響を与えたようだな」エイヴォン公は言った。

「おまえたちのどちらでもいいが、親愛なる友のサンヴィールがどこにいるか、教えてくれるか?」

ルパートが体を起こすため、片肘をつこうとした。

「まったく、どうしてやつだと知ってるんだ?」

エイヴォン公は弟を枕へ押しもどした。

「いつだって、知るのが私の仕事だ」

「事件の根底に兄さんがいると、ずっと思ってたよ。だが、いったいどうやって、やつがレオニーを奪ったとわかったんだ? 兄さんはどこにいた? ぼくがやつを追ってると、どうして思ったんだ?」

「そう、それに、わたしたちの居場所をどうやって知ったんですか?」レオニーが尋ねた。

「あいつはどうしてわたしを連れ去ったの?」

エイヴォン公は大外套《がいとう》を脱ぎ、下のベルベットの袖《そで》のしわを伸ばした。

「おまえたちには困るな。質問は一度にひとつで頼む」

「だれがレオニーを連れ去ったのか、どうやって知ったんだい?」

エイヴォン公はベッドのわきに腰を下ろし、レオニーに向かって指を鳴らした。彼女はすぐにエイヴォン公の足もとにやってきて、座った。

「とても簡単だった」エイヴォン公は答えた。

「いやはや、簡単、か。じゃあ、頼むからジャスティン、ぼくたちが何をしていたのか話してくれないか。わけがわからないんでね」

エイヴォン公は指輪を回した。

「ああ、そうだろう。レオニーはとても悪いやつにさらわれ、おまえが救ったんだ」

「彼女は自分で自分を救ったんだよ」ルパートがにやりと笑った。

「そうです」レオニーがうなずく。「車輪がはずれたとき、わたしは馬車からそっと出て、道を走りました。そしたらルパートが来たんです」

「ああ、だが、それだけじゃない」ルパートが口をはさんだ。「サンヴィールはなぜレオニーを欲しがったんだ? 兄さんは知ってるのか?」

「知っているよ」

「あれはとても失礼な行為だったと思います」レオニーが言った。「なぜあいつはわたしを欲しがったんです?」

「おまえたち、私が秘密をすべて話すと期待してはいけない」

「でも、閣下、それは公平じゃないです。わたしたちはものすごい目にあって、自分たちでみんななんとかしたのに、それが何を意味するのか少しもわからず、閣下も教えてくれないなんて」

「話してくれてもいいだろう、ジャスティン」ルパートが言った。「ぼくたち、慎重に行動するから」

「いや。おまえたちには勇気があり、臨機の才があると思うが、慎重さには疑問が残る。ところで、おまえはミスター・マンヴァーズの糟毛《かすげ》をどうした？」

ルパートがまじまじと見る。

「まったく、兄さんには知らないことがないのか？　だれがその話をしたんだい？」

「ミスター・マンヴァーズ自身がだ」エイヴォン公は答えた。「私は、おまえたちがエイヴォンを……離れた日に、到着したんだ。ミスター・マンヴァーズが彼の持ち物を取りもどしにやってきた」

「生意気なやつめ」ルパートが言った。「彼に伝言を残したのに。そいつはぼくに馬を預けておけないと思ってるんだろうか？」

「そんな感じだったな」エイヴォン公は言った。「その馬をどうした？」

「じつを言うと、売った」ルパートがにやりと笑う。

エイヴォン公は椅子に背をあずけた。

「となると、われわれが命でも差し出さないと、ミスター・マンヴァーズは満足しないだろうな」ため息をつく。「おまえの行動を非難するつもりはないが、なぜそんなにさっさと彼の糟毛を処分してしまった？」

「何、金がなかったんだ」ルパートが説明する。「飾りピンが売れるのを忘れてた。それに、ほかにどうすればよかった？　あの馬をフランスまで連れてくるのはいやだったし」

エイヴォン公がおもしろそうに弟を見た。

「金もないのに、この冒険を始めたのか？」

「いや、ポケットに二クラウンあったよ」ルパートが答える。

「おまえの話を聞いていると、自分が信じられないほど年寄りだと感じる」エイヴォン公は不満を言った。「わが子よ、おまえのほうは何があったんだ？」

「ああ、わたしはただルパートをからかっていたんです」レオニーが快活に答える。「だからこの服を着ているんです。ルパートを怒らせようと思って。それから彼から逃げて森に入ったら、あの豚野郎がいて——」

「待て。無知で申し訳ないが、その……豚野郎というのがだれなのか、教えてもらえないか」

「あの悪い伯爵に決まってます」レオニーが言った。「あいつは豚野郎です、閣下」

「なるほど。もっとも、おまえのその形容のしかたはほめられたものではないと思うぞ」

「あいつにはお似合いの名前だと思います」レオニーが臆《おく》せず言った。「あいつはわたしをつかまえ、馬車に放《ほう》りこんだ。わたしは血が出るまで、あいつを噛《か》んでやりました」

「おまえの話には、頭が痛くなる。だが、続けてくれ」

「わたしはルパートを大声で呼び、豚野郎を蹴《け》って——」

「サンヴィール伯爵だ」

「はい、その豚野郎の脚を、何回も蹴ってやりました。あいつは気に食わなかったみたいです」

「そう聞いても驚かないよ」エイヴォン公は言った。

「はい。短剣を持っていたら、殺してやったのに。だって、わたし——ほんとうに頭に来たんです。でも、短剣がなかったから、ルパートを呼ぶことしかできませんでした」

「サンヴィール伯爵はありがたく思ったほうがいいな」エイヴォン公はつぶやいた。「彼は私の被後見人の気性をまだよく知らない」

「でも、閣下だって怒るでしょう?」

「非常にな。続けて」

「ああ、残りはわかっているでしょう。あいつはわたしにひどい飲み物を飲ませたんです——豚の小便を。あいつはそれをコーヒーと呼んでいました」

「なら、われわれもコーヒーと呼ぼうじゃないか。〝豚野郎〟は我慢できるが、〝豚の小便〟には耐えられない」

「でも、そうだったんです。わたし、それをあいつに投げてやったら、あいつはののしっていました」

　エイヴォン公は不可解なものを見るようレオニーを見た。

「おまえは楽しい旅の友だったようだな。それから？」

「それから、あいつはまた豚の――コーヒーを持ってきて、わたしに無理やり飲ませました。薬が入っていて、わたしは眠ってしまったんです」

「かわいそうに」エイヴォン公はレオニーの巻き毛を引っ張った。「だが、負けん気の強い娘でもある」

「話はそれぐらいです。翌朝、ルアーヴルの宿屋で目が覚めましたが、眠ったふりをしました。そして馬車が壊れ、逃げ出したんです」

「それで、ルパートはどうしたんだ？」エイヴォン公は弟に微笑みを向けた。

「まったく、ぼくはここへ来るまで、ずっと走りどおしだったと思う」ルパートが言った。

「いまでも息切れしているような感じなんだ」

「ああ、ルパートはとても頭が切れたんですよ」レオニーが割りこんだ。「ダイヤモンドまで売ってわたしを追ったし、汚いぼろ船に乗って、帽子も剣もなしでフランスへ来たんです」

「ばか言うな。フレッチャーがよそ行きのビーバー帽をくれたんだ。きみはおしゃべりすぎるぞ、レオニー。やめろ」

「わたし、おしゃべりじゃありませんよね、閣下？　それに、いま言ったような出来事だったんです。ルパートがいなかったら、わたし、どうなっていたかわかりません」

「そのとおりだ。われわれはルパートに大きな借りができた。私はめったに人を信用しないが、この二日間はそうしたよ」

ルパートが顔を赤らめ、しどろもどろに言った。

「レオニーがみんなやったんだ。彼女がここにぼくを運んでくれた。どこだか知らないが。ここはどこなんだ、ジャスティン？」

「おまえたちはル・デニエルにいる。ルアーヴルから十キロ以上離れている」

「これでようやくひとつ、謎《なぞ》が解けた」ルパートが言った。「レオニーはこちらの頭がこんがらがるほど馬を走らせた。ああ、彼女は見事にサンヴィールをだましたよ」

「でも、あなたが来なかったら、わたしは逃げられなかったわ」レオニーが指摘した。

「それを言うなら」ルパートが言った。「兄さんがぼくたちを見つけなかったら、どうなってたかわからない」

「私の血に飢えた被後見人は、親愛なる伯爵を……そう、殺していただろうな」

「ええ、そのとおりです」レオニーが断言する。「そうすれば、あいつも懲りたでしょうね」

「そのとおりだ」エイヴォン公は同意した。

「わたしのかわりに、あいつを撃ってくれますか、閣下？」

「もちろん撃たない。私は喜んで親愛なる伯爵と会うよ」

ルパートが鋭い目で兄を見た。

「ぼくはあいつの命をもらうと誓ったんだ、ジャスティン」

エイヴォン公は口もとをゆるめた。

「私はおまえより二十年ほど前からそう誓っているが、時節を待っている」

「ああ、そうだと思ってた。どんな計画なんだい？」

「いつか話してやろう。きょうはだめだ」

「まあ、兄さんのかぎ爪があいつをつかんでるとしても、ぼくはあいつをうらやまないね」ルパートが率直に言った。

「ああ、あの男をうらやむ必要はないだろう。彼はもうすぐここへ来る。わが子よ、おまえの部屋にトランクを運ばせた。もう一度、娘らしい服を着て、私を喜ばせてくれ。レディー・ファニーがつめてくれた荷に、小枝模様のものがあると思う。それを着るんだ」

「まあ、閣下、わたしの服を持ってきてくれたんですか？」レオニーが叫んだ。

「ああ、そうだ」

「まったく兄さんは手際がいいなあ」ルパートが言った。「なあ、ジャスティン。そっちのほうの冒険を話してくれ」

「そうです、閣下。お願いします」レオニーが同意した。

「話すことはほとんどない」エイヴォン公はため息をついた。「この追跡における私の担当部分は、情けないほど退屈だ」

「聞かせてくれ」ルパートが要求する。「どうしてそんなに都合よくエイヴォンに来たんだい？　くそっ、兄さんはどこか超人的なんだよな、サタン」

その言葉を耳にして、レオニーが興奮した。

「閣下をその名前で呼んではだめ！」猛烈な勢いで言う。「あなたの具合が悪くて、喧嘩《けんか》ができないから、見逃してあげるんだからね」

「わが子よ、その喧嘩とかいう嘆かわしい話はなんだね？　おまえはルパートとしょっちゅう喧嘩しているわけではないだろう？」

「ああ、閣下、一度しただけです。彼はただ逃げて、椅子の後ろに隠れました。怖がっていたんです」

「無理もないだろ」ルパートが言い返す。「こいつはまるで山猫だよ、ジャスティン。突然襲いかかってくる。こっちがわけもわからないうちにね」

「どうやら私は長く留守にしすぎたようだ」エイヴォン公はきびしい口調で言った。

「そうです、閣下。とっても、とっても長すぎました」レオニーがそう言って、エイヴォン公の手にキスをする。「でも、わたしはいい子でした――ほとんどいつも」

エイヴォン公の唇が引きつった。すぐに、レオニーのえくぼが現れる。

「閣下が本気で怒っているのではないと、わかっていました」彼女は言った。「さあ、閣下が何をしたのか、話してください」

エイヴォン公は指でレオニーの頬を打った。

「私が帰宅すると、わが家にはメリヴェール夫妻が侵入していて、おまえの付き添い婦人は憂鬱《ゆううつ》症で倒れていた」

「ふん、あの人はばかなんです」レオニーがさげすむように言った。「なぜメリヴェールさんがいたんです?」

「それを話そうとしていたのに、おまえが私の従姉《いとこ》を非難したのだよ。メリヴェール夫妻はおまえを捜すのを手伝うために来ていた」

「おお、それは楽しい会合だったろうな」ルパートが我慢できずに割りこんだ。

「おもしろい面がなくもなかった。彼らから、私はおまえたちの失踪《しっそう》を聞かされた」

「ぼくたちが駆け落ちしたと、みんな思ってた?」ルパートが尋ねる。

「そういう解釈も提示された」エイヴォン公は認めた。

「駆け落ち?」レオニーがおうむ返しに言う。「ルパートと? ああ、もう、それなら原っぱの山羊《やぎ》と駆け落ちするほうがましよ」

「それを言うなら、ぼくは雌虎《めすとら》と駆け落ちするほうがましだ」ルパートが言い返した。

「ずっとね」

「ご丁寧な言葉の交換が終わったのなら」エイヴォン公はうんざりしたように言った。「先を続けるぞ。だが、じゃまはしたくない」

「ああ、続けてくれ」ルパートが言った。「それからどうした?」

「それから、ミスター・マンヴァーズが飛びこんできた。ミスター・マンヴァーズはおまえに、あるいは私に、好感をいだいていないようだが、その話はいいだろう。彼から、ルパート、おまえがフランスの紳士を乗せた馬車を追って消えたと聞いたんだ。そのあとは簡単だった。私はその晩、サウサンプトンへ発《た》った——おまえはシルヴァー・クイーン号に乗ろうとは思わなかったのか？」

「頭には浮かんだが、サウサンプトンまで行く時間がもったいない気がしたんだ」

「そのことでは、おまえに感謝するよ。おまえが乗っていたら、フランスへ着いたとたんに、間違いなく売ってしまっただろうからな。私はきのうシルヴァー・クイーン号で海峡を渡り、日没にルアーヴルへ入った。そこでいろいろ尋ね回り、ひと晩過ごしもした。宿の主人から、サンヴィールがレオニーを連れて、午後二時にルーアンへ発ったと聞き、さらにはおまえが、ルパート、三十分かそこらのちに馬を借りたと知った。ところで、その馬はまだ持っているのか、それとも仲間と同じ道をたどったのか？」

「いや、馬はちゃんとここにいる」ルパートがにやりと笑う。

「おまえには驚かされるよ。以上のことを、私は宿の主人から聞いた。おまえたちを捜しに行くにはかなり遅かったし、それにおまえたちがルアーヴルにもどってくると半ば予測していた。おまえたちがもどってこなかったので、ルパート、おまえがわが親愛なる友のサンヴィールをつかまえ損なったのではないかと心配になった。そこでけさ、馬車をルーアンへ走らせると、途中で放棄されたあるものを見つけた」エイヴォン公は嗅《か》ぎ煙草《たばこ》入れを取り出し、ふたを開いた。「わが親愛なる友の紋章がドアに飾られた馬車だよ。わが親愛なる友が馬車をほったらかしにして、私に見つけさせるのは、到底賢明だとは言えないが、もちろん、彼が私の登場を予想していなかった可能性はある」

「あいつはばかです。わたしが眠ったふりをしているのも、わからなかったんですから」

「おまえの話からすると、世の中はばかだらけのようだ。理由はあるのだろう。話をもどそう。状況から、レオニーは逃げた可能性があると思えた。しかも、ルアーヴル方面へ逃げた可能性があると思えた。だが、おまえたちのどちらも港に到着していなかったので、ルアーヴルまでの街道のどこかに隠れていると、私は推測した。そこで、私は街道を引き返し、やがてそこから分かれている小道のところに来た。その小道を進んだ」

「わたしたちは野原を横切ったんです」レオニーが口をはさんだ。

「近道だな。だが、馬車には無理だ。村に着くと、村人たちはおまえたちのことを何も知らなかった。さらに進み、あちこち曲がったすえに、ようやくここに到着した。運に恵まれたようだ。わが親愛なる友も同様に運に恵まれることを望もう。わが子よ、服を替えに行きなさい」

「はい、閣下。わたしたち、これからどうするんです？」

「それはだれにもわからない」エイヴォン公は言った。「行きなさい」

レオニーが去った。エイヴォン公はルパートを見た。

「向こう見ずな弟よ、外科医はおまえの傷を診たのか？」

「ああ、あの野郎は昨晩やってきた」

「なんと言っていた？」

「なんにも。きょう、また来るよ」

「おまえの顔から判断すると、数日間、ベッドにいることになると告げられたんだな」

「十日だよ、くそっ！　だが、ぼくはあすにはじゅうぶん元気になる」

「だが、ここにいるんだ。尊敬すべき外科医から起きる許しを得るまでな。私はハリエットを呼ばなければならない」

「そうなのか？　どうして？」

「被後見人に付き添わせるためだ」エイヴォン公は穏やかに言った。「私の手紙で、新たな憂鬱症の発作を起こさねばいいが。ガストンはすぐにルアーヴルへ発ったほうがいいな」立ち上がる。「ペンとインクと紙がいる。階下で見つけられるだろう。おまえは一時間ほど寝たほうがいい」

「でも、サンヴィールは？」ルパートが尋ねる。

「親愛なる伯爵はおそらくこの地方を捜し回っているだろう。早く顔が見たいよ」

「ああ、だが、どうするつもりだ？」

「私か？　私はまったく何もしない」

「あいつがここで兄さんを見つけたときの顔を見られるなら、一ポニーやってもいい」

「ああ、彼は少なくとも喜ばないだろう」エイヴォン公はそう言って、部屋を出た。

# 21

## サンヴィール伯爵の失敗

ル・デニエルの黒い雄牛亭の主人と女主人は、自分たちの慎《つつ》ましい宿屋でこれほど高貴な人々をもてなしたことがなかった。女主人は使用人を大急ぎで近所のトゥールノワーズ夫人のところへやり、間もなく夫人が娘を連れて手伝いにやってきた。イングランドの公爵が付き人を伴って宿屋に来たと聞いたとき、彼女は驚きで目を丸くしたのだが、銀のレース飾りのついた淡い紫の上着に、銀のチョッキ、レースと指にアメジストという姿でゆっくりと階段を下りてくるエイヴォン公を見て、口をぽかんと開けた。

エイヴォン公は小さな談話室へ行き、筆記用具を求めた。主人が慌ててインク壺《つぼ》を持っていき、何か飲み物はいかがですかと尋ねた。エイヴォン公はカナリー・ワイン一本とグラスを三つ頼み、腰を下ろして従姉《いとこ》に手紙を書き始めた。唇のあたりにかすかな笑みが浮かんでいた。

親愛なる従姉へ

あなたがこの書状を受け取るころには、私が三日前にお会いしたときの悲しむべき体調不良からは回復していることと信じております。あなたにさらにご迷惑をかけねばならないことをほんとうに残念に思うのですが、できるだけ早くここへ来てくださるよう、お頼み申し上げなくてはなりません。この書状を持参したガストンが、あなたをご案内いたします。どうか長期滞在できるよう荷造りしてください。そのうちパリへ向かう心積もりでいるからです。これを聞いて安心なさるでしょうが、私の被後見人はこの美しい村で私とともにおります。ルパートもいっしょです。

あなたの忠実で、卑しく、従順なしもべ
エイヴォン

エイヴォン公は飾り書きで署名をした。まだ笑みを浮かべていた。ドアが開き、レオニーが入ってきた。白い綿モスリンに身を包み、青い腰帯を巻き、髪に青いリボンをつけている。

「閣下、こんなかわいいドレスを送ってくれて、レディー・ファニーは親切ですよね。すてきに見えるでしょう?」

エイヴォン公は片眼鏡を上げた。

「わが子よ、魅力的だ。レディー・ファニーの趣味は申し分ないな」立ち上がり、テーブルから平らなベルベットの箱を取り上げた。「私のつまらぬ愛情のしるしを受け取ってほしい」

レオニーがスキップをしながらエイヴォン公のところへ行った。

「またプレゼントですか、閣下？　閣下はわたしにとても親切だと思います。なんでしょう？」

エイヴォン公は箱を開けた。レオニーの唇が無言で〝おお！〟という形になる。

「閣下！」

エイヴォン公はベルベットの台から真珠を持ち上げ、レオニーの首に留め金で留めた。

「ああ、閣下、ありがとうございます」あえぎながら言って、長い首飾りを指にのせた。「すごくきれいです。気に入りました、とっても。閣下にお辞儀をしたらいいですか、それとも手にキスをしましょうか？」

エイヴォン公はにやりと笑った。「どちらも必要ない」

「両方します」

レオニーがそう言って、かがんだ。スカートが広がり、綿モスリンのひだ飾りからかわいい片足が見えている。エイヴォン公の手にキスをすると立ち上がった。最後にエイヴォン公の服をじっと見た。

「すてきな服だと思います」レオニーが言う。

　エイヴォン公はお辞儀をした。

「気に入りました。閣下、わたし、いまとっても勇ましい気分です。あの豚野郎が来たら、わたしたち、どうするんです?」

「おまえを紹介する栄誉に浴させてもらおう」エイヴォン公は答えた。「彼におまえの最も尊大なお辞儀をしてやれ。われわれはちょっとしたゲームをするんだ」

「そうなんですか?　でも、わたし、あいつにお辞儀なんかしたくありません。あいつに後悔させてやりたいんです」

「彼は大いに後悔することになると保証するが、いまはその時機ではない。いいか、おまえはまだ私の親愛なる友に目を向けていない」

「ふん、それはなんです?」レオニーが尋ねる。「わたしはあいつをよく知っているし、あいつはわたしを知っています」

「少しは想像力を働かせるんだ」エイヴォン公がため息をついた。「親愛なる伯爵は私の小姓のレオンをさらった。おまえは私の被後見人、マドモワゼル・ド・ボナールだ」

「ああ」レオニーが疑わしげに言う。「礼儀正しくしなくちゃいけないってことですよね、つまり?」

「非常に礼儀正しくだ。それから、おまえと私は健康のためにここにいるのだと覚えておけ。われわれは誘拐も、邪悪な飲み物も、それから、その……豚野郎のことも、何も知らない。知らんぷりのゲームを、おまえはできるか？」

「もちろんです。あいつは知らんぷりすると思います？」

「彼が私の指示に従うと思える理由があるのだ」

「どうしてです？」

「なぜなら、彼は秘密を持っていて、それを私も知っているのではないかと疑っているからだ。だが、とても恥ずべき秘密であるため、彼はそういう思いをいだいていることを、私に知られたくない。われわれはフェンシングをしているのだが、私には進むべき道がはっきり見えるのに対し、彼は暗闇《くらやみ》で動いているのだよ」

「ああ、なるほど」レオニーは言った。「あいつは閣下を見たら、びっくりするんですよね」

「そうだろうな」エイヴォン公は同意した。テーブルへ歩み寄り、ふたつのグラスにカナリー・ワインを注《つ》いで、一方をレオニーに渡した。「愛《いと》しい子よ、私はおまえが無事救出されたことに祝杯をあげる」

「ああ、ありがとうございます、閣下。わたしは何を祝いましょう？」レオニーは首をかしげた。「そうそう《ヴワヤン》、わたしは愛しい閣下《モン・シエール・セニユール》のために乾杯します」

「口がうまいな」エイヴォン公は言った。「ガストン？ いいところに来た《ア・ラ・ボンヌ・ウール》。エイヴォンにもどってくれ、ガストン。すぐにだ」

ガストンが悲しげな表情になった。

「かしこまりました、閣下」

「この手紙を私の従姉へ持っていってくれ。彼女はおまえとともにフランスに来る」

ガストンが理解して、明るい表情になった。

「それから、メリヴェール氏のところへ行って、ルパートの服をもらってくるんだ。わかったか?」

「ルパートさまの服すべてでしょうか?」ガストンがびっくりして尋ねる。

「全部だ。それから、弟の従者がそこにいたら、彼も連れてこい。マドモワゼル・レオニーの侍女を忘れるところだった。彼女にマドモワゼルの残りの服を荷造りするよう命じ、彼女を——それから、その荷物もここへ運ぶんだ」

ガストンが目をぱちぱちさせた。

「はい、閣下」なんとかそう答える。

「もちろん、シルヴァー・クイーン号で行ってくれ。そして集めたものを馬車でポーツマスへ運ぶんだ」エイヴォン公はふくらんだ財布をガストンに渡した。「エイヴォンへ行く前に、ポーツマスである糟毛《かすげ》の馬を捜せ」

「なんだって《ボン・デュ》!」ガストンは低く不平を言った。「糟毛の馬ですね、かしこまりました」

「クロスビー・ホールのミスター・マンヴァーズが所有する馬で、ルパートが月曜に売り払ったやつだ。それを買いもどせ」またべつの財布が渡された。「値段はどうでもいい。おまえは馬をクロスビー・ホールへ連れていき、ルパートの挨拶《あいさつ》と、それから——感謝の言葉を伝えてくれ。わかったか?」

「はい、閣下」ガストンが憂鬱《ゆううつ》そうに言う。

「よし。きょうは、たしか、水曜だな。遅くとも月曜までにはもどってくるように。ミーキンを呼んでくれ。おまえは行っていい」

馬丁《ピャン》のミーキンはすぐにやってきた。

「何かご用でしょうか?」

「ああ。一時間以内にパリへ発《た》ってほしい」

「はい、閣下」

「すばらしきウォーカーに私が行くと知らせるのだ。おまえはベルリン型馬車と、もう少し小さな四輪馬車と、ルパート卿《きょう》の荷物をのせる軽装二輪馬車とともにもどってくる。替え馬をルーアンとティニュとポントワーズに用意しておけ。ルーアンのコック・ドールにひと晩、泊まるつもりだ」

「かしこまりました、閣下。宿の主人には、いつ泊まると伝えましょうか?」

「わからない」エイヴォン公は言った。「だが、私が行ったときには、寝室を四つと、特別休憩室と、使用人たちの部屋が用意されているように。理解したか?」

「はい、閣下」

「それで全部だ」

ミーキンがお辞儀をして退出した。

「あのね」レオニーが暖炉のそばの椅子で口を開いた。「閣下がこうしろ、ああしろ、と言うのを聞くのが、ほんとうに楽しいんです。使用人たちが〝はい、閣下〟と短く答えて、命令に従うためにさっさと行くのも好き」

エイヴォン公はにやりと笑った。「いままでにひとりだけ、私の命令に大胆にも疑問を呈する使用人がいた」

「まあ」レオニーは無邪気に顔を上げた。「それはだれなんです、閣下？」

「小姓《ヴワヤン》だ。名前は……レオン」

レオニーは目をきらめかせたが、手を慎み深く組み合わせた。

「まあ！　よくそんな大胆さがありましたね」

「あの小姓《ティヤン》が尻込みするものは何もなかったと思う」

「ほんとうに？　閣下は彼が好きでしたか？」

「おまえは生意気な娘だな」

レオニーは顔を赤らめ、うなずきながら笑い声をあげた。

「これはほめ言葉ではないぞ」エイヴォン公はそう言って、暖炉のそばへ歩き、腰を下ろした。「おまえの付き添い婦人を呼んだと、聞いただろう」

「はい」レオニーが顔をしかめる。「でも、彼女は月曜まで来ませんよね？　どうしてわたしたち、パリへ行くんです？」

「行くのはパリだけではない」エイヴォン公は答えた。「おまえの教育はほぼ完了した。

これからは上流社会へ出ていくんだ」

「わたしが、ですか？　ほんとうに《ヴレマン》？　とっても楽しそう。わたしはヴァソーのところへ行くんですか？」

　エイヴォン公は眉を寄せた。

「いや、行かない。ヴァソーは、おまえが忘れるよう努力しなければならない場所のひとつだ」

　レオニーがこっそりとエイヴォン公を見る。

「それから――メゾン・シュルヴァルは？」

「私はおまえをそこに連れていったか？」エイヴォン公はまだ眉をひそめていた。

「もちろんです。もっとも、控えの間で待たされましたが」

「では、私にはその程度の良識は残っていたのだな。メゾン・シュルヴァルのことは絶対に忘れるのだ。あの場所について覚えていて、おもしろいことがあるか？」

「いいえ、ほとんど。あそこはいい場所ではないと思います」

「そう、そのとおりだ。あそこはいい場所ではないし、おまえをあそこへ連れていった私も、いいとは言えない。あの世界に、おまえは入るべきではない」

「教えてください」レオニーが尋ねた。「わたしは舞踏会へ行くんでしょうか？」

「もちろんだ」

「閣下はわたしと踊ってくれますか？」

「おまえと踊りたがる色男がいっぱいいるはずだ。私など、必要ない」

「閣下が踊ってくれないのなら、わたしは一曲も踊りません」レオニーが告げる。「踊ってくれますよね？」

「たぶん」

「たぶんは好きじゃありません。約束してください」

「おまえはほんとうに要求が多い《エグジジャント》」エイヴォン公は文句を言った。「私はダンスをする年ではない」

「そうですか《エ・ビヤン》」レオニーが顎を上に向けた。「なら、わたしはダンスをするには若すぎます。これで解決《ヌ・ヴワラ》！」

「わが子よ」エイヴォン公はきびしい口調で言った。「おまえはほんとうにわがままだ。どうして私がおまえに我慢しているのか、理解できない」

「まったくです。それで、わたしと踊ってくれますか？」

「手に負えないな」エイヴォン公はつぶやいた。「いいだろう」

馬が通りを走ってきて、宿屋の前で止まった。

「閣下――あいつだと――思いますか？」レオニーが不安げに尋ねる。

「そのようだな。ゲームの始まりだ」

「わたし……だめみたいです、閣下」

エイヴォン公は立ち上がり、優しく言った。

「おまえは自分の名も、私の名も汚すことはない。何も恐れなくていい」

「は――はい、閣下」

宿の主人がやってきた。

「医者が弟さんを診に来ました」

「なんと、がっかりだ」エイヴォン公は言った。「私は行ってくる。おまえはここに残れ。もし私の親愛なる友が来たら、おまえは私の被後見人だということを思い出し、ちゃんと礼儀正しく行動するように」

「はい、閣下」レオニーはためらった。「すぐにもどってきてくれますよね？」

「もちろんだ」エイヴォン公は絹の裾《すそ》をひらめかせて去った。レオニーはふたたび腰を下ろし、つま先をじっと見た。頭上のルパートの部屋から、足音とくぐもった声が聞こえた。この、エイヴォン公が近くにいるという感覚によって、少しは安心できたが、玉石敷きの道を蹄《ひづめ》が踏む音をふたたび耳にしたとき、彼女の頬からほのかな赤みがいくぶん消えた。

今度こそ、あの豚野郎だわ。レオニーは胸の奥でつぶやいた。閣下は来ない――わたしが少しゲームをやるよう望んでいるんだわ。いいわね、レオニー、勇気《エ・ビヤン・クラージュ》を出しなさい！

外から、怒りにより高くなったサンヴィール伯爵の声が聞こえた。そして、素早く重みのある足音がして、ドアがぱっと開き、彼が入り口に立った。靴には泥がこびりつき、上着には泥がはねている。乗馬鞭《むち》と手袋を手に持ち、首巻《クラバット》と髪は乱れている。レオニーは、レディー・ファニーのやりかたをそっくりまねして、高慢そうに彼を見た。一瞬、伯爵は彼女がだれなのかわからないようだった。やがて、顔を怒りでどす黒くして、前に進む。

「私をだましたと思ったのだろう、マダム小姓殿？　私はそんなに簡単にはだまされん。どこでその上等な服を手に入れたのか知らんが、なんの役にも立っていないぞ」

レオニーは立ち上がり、彼に視線をさまよわせた。

「ムッシューは間違っています」彼女は言った。「ここは個人の部屋ですよ」

「うまい演技だ」サンヴィール伯爵があざわらう。「だが私は、そんな外見や態度に気をそらされるようなばかではない。さあ、おまえの外套《がいとう》はどこだ？　時間がもったいない」

レオニーは一歩も動かなかった。

「何を言っているんでしょう、ムッシュー？　これは不法侵入ですよ」レオニーはすらすらと言い、そうできたことに対して、許される範囲で喜んだ。

伯爵がレオニーの腕をつかみ、軽く彼女を揺すった。

「外套だ！　さあ、急げ。でないと、後悔するぞ」

冷酷な上品さのほとんどが、レオニーからかき消えた。

「ふん！　わたしの腕から手を離して」きつい口調で言う。「よくも触ってくれたわね」

伯爵が一方の腕をレオニーの腰に回して、前へ進ませようとした。

「そこまでだ。ゲームは終わりだよ。おとなしく従ったほうが身のためだ。言うとおりにするなら、おまえを傷つけはしない」

ドアのほうから、かすかな衣擦《きぬず》れが聞こえた。冷たく、高慢な声が発せられる。

「あなたは思い違いをしていますよ、ムッシュー。私の被後見人を解放してください」

伯爵が、まるで撃たれたかのように跳び上がり、剣の柄に手を添えて振り向いた。エイヴォン公が片眼鏡を上げ、部屋を入ってすぐのところに立っていた。

「ちくしょうめ！」サンヴィール伯爵が毒づいた。「あんたか！」

エイヴォン公の唇がゆっくりとカーブを描き、異様で不快な笑みが浮かんだ。

「これはこれは」意地悪そうな声で言う。「親愛なる友のサンヴィール！」

サンヴィール伯爵が、喉を絞められたかのように、首巻を引っ張った。

「あんたか！」ほとんど聞き取れないような声で言う。「まったく、あなたはあだ名どおりの人なのかね？　こんなところにも――いるとは！」

エイヴォン公が前に進んだ。かすかな香水のにおいが、その服から漂う。片手にはレースのハンカチを持っていた。

「これは奇遇ですね、伯爵。私の被後見人を紹介させてください。マドモワゼル・ド・ボナールです。彼女はあなたの謝罪を受け入れると思いますよ」

伯爵は顔をどす黒くしたが、レオニーにお辞儀をした。レオニーは堂々としたお辞儀を素早くして、支離滅裂な言葉をつぶやいた。

「彼女をだれかと間違えたようですね」エイヴォン公は丁寧に言った。「以前に彼女と会ったことはないでしょう？」

「ありません。あなたが言うように――見間違えをしました。大変申し訳《ミル・パルドン》ない、マドモワゼル」

　エイヴォン公は嗅《か》ぎ煙草《たばこ》を吸った。

「人違いというのは妙なものですよね。他人の空似というのは、ほんとうに不可解です、伯爵」

　サンヴィール伯爵がぎくりとする。

「他人の空似……？」

「そう思いませんか？」エイヴォン公は、骨が銀でできた薄紫のシルクの扇子をポケットから取り出し、けだるげに揺り動かした。「サンヴィール伯爵はどうしてこんな辺鄙《へんぴ》な田舎にいらしたのでしょう」

「所用ですよ、公爵殿。そちらこそ、どうしてここに？」

「もちろん所用です、伯爵。所用ですよ」エイヴォン公は穏やかに言った。

「私はあるものを取りもどしに来たのです――ルアーヴルで、なくしましてな！」伯爵がいいかげんに言う。

「なんと奇妙な」エイヴォン公は言った。「私も同じ用事なのです。われわれの道は……交わる運命のようだ、伯爵殿」

　サンヴィール伯爵は歯を食いしばった。

「そうなのですか？　同じ……用事？」笑い声を絞り出す。「まことに奇妙だ」

「まったく珍しい！　でも、あなたと違って、私のものは、盗まれたんです。手もとにもどりましたがね」

「そうなのですか」伯爵の口は不快なほど乾き、彼は明らかに答えに窮していた。

「あなたは、それを見つけたんでしょう?」エイヴォン公の口調は柔らかかった。

「まだです」サンヴィール伯爵がのろのろと答える。

エイヴォン公は三杯目のワインを注ぎ、伯爵に差し出した。サンヴィール伯爵が無意識にそれを受け取る。

「私が捜すお手伝いをしましょう」エイヴォン公はそう言って、ワインを口にした。

サンヴィール伯爵がむせた。

「公爵殿?」

「かまいませんとも」エイヴォン公は話を続けた。「村はそれほど広い猟場ではない。ここにあるのは確かなんでしょう?」

「ええ……いや……わからんのです。あなたの手を煩わせるような価値はありません」

「そんなことはない、伯爵!」エイヴォン公は異議を唱えた。「それほどの努力の価値があるのなら」エイヴォン公の目が泥のこびりついた靴をちらりと見る。「あなたがそれほど苦労されているのなら、私が手を貸す価値はあるに決まっています」

伯爵は注意深く言葉を選んでいるようだった。

「なくしたものが、いわゆる傷のある……宝石のひとつだと、思える理由があるのです」

「そうでしょうか?」エイヴォン公は言った。「では、宝石なのですね? 私が盗まれたものは、凶器同然なのです」

「あなたには、それを見つけられる幸運があったようですな」サンヴィール伯爵が苦しげに、しかし見事に自制して言う。

「ええ、そのとおりです。そのとおり。しばしば、私は運に恵まれる。奇妙です。心配しなくて大丈夫。あなたの宝石――と言いましたよね？――宝石をあなたのもとへもどすよう、私が最善を尽くしましょう」

「見つけるのは――無理でしょう」サンヴィール伯爵が怒りを抑えて言った。

「幸運の存在をお忘れですよ、伯爵。私は自分に運があると、強く信じていましてね」

「私のなくしたものは、あなたが興味を惹《ひ》くようなものではないのですよ、公爵殿」

「とんでもない」エイヴォン公はにこやかに言った。「あなたのお手伝いができれば、大変うれしく思いますよ」レオニーのほうをちらりと見る。彼女はテーブルのそばに立ち、困惑して顔をしかめながら、素早い言葉のやりとりに耳を傾けていた。「私には、なくした……〝もの〟を見つける、なんというか、才覚があるんです」

サンヴィール伯爵が顔を紅潮させた。手を震わせて、グラスを口もとへ持っていく。エイヴォン公はわざと心配そうに彼を見た。

「伯爵殿、お加減が悪いのではないですか？」ふたたび視線をサンヴィール伯爵の靴に向ける。「ずいぶん遠くからいらっしゃったようだ」気をつかったように言う。「お疲れでしょう」

伯爵が咳《せ》きこみ、グラスをさっと置いた。

「言われるとおり、あまり……調子はよくありません。ここのところ少し……気分がすぐれなくて、三日ほど部屋にこもっておりました」

「それは驚きだ」エイヴォン公は不思議がった。「私の弟――ご存じですよね？　ええ、その弟がいま階上《うえ》にいて、やはり少し気分がすぐれないんですよ。この土地の空気に、何か健康によくないものが含まれているのではないでしょうかね？　少し蒸すとか？」

「それはない」サンヴィール伯爵がつっけんどんに言った。

「違う？　その厄介な不調は、どんな気候でも襲いかかってくるようですね」

「ルパート卿がわかっておられるでしょう」サンヴィール伯爵がとげとげしく言う。「彼はその……不調のせいで、私の国にうんざりされていないでしょうな」

「その反対ですよ」エイヴォン公は平然と言った。「パリへ行きたがって、うずうずしています。弟も私も、あの古い治療法を信じているのです。つまり、毒をもって毒を制す」

サンヴィール伯爵の額に血管が浮き出た。

「ほんとうに？　弟さんが向こう見ずな行動を取られないよう願っております」

「心配はいりませんよ、伯爵殿。私が弟の後ろに――言うなれば――立っていますし、私はすばらしく冷静な頭の持ち主なのです。人にそう言われます。だが、あなたは……またべつだ。あなたはお体を大切にしなくては。もっと体調がよくなるまで、その捜索とやらをやめてはどうです」

サンヴィール伯爵は手を握りしめた。

「あなたはお優しすぎる。私の健康など、あなたにはどうでもいいことだ」

「そんなことはありませんよ。私は強い関心をいだいていますよ。あなたの……健康に」

「心配ご無用。私の病は、ありがたいことに、それほど深刻ではありません」

「それでも、用心するに越したことはないでしょう？　ちょっとした寒けが肺に達し、ちょっとした不調が、突然、大いなる問題になるかもしれません。ちょっとした寒けが肺に達し、人生の盛りに倒れた人を知っています」エイヴォン公はサンヴィール伯爵に微笑《ほほえ》んだ。伯爵がさっと立ち上がり、椅子が倒れた。

「うるさい。証拠もないくせに」サンヴィール伯爵が叫ぶ。

エイヴォン公は眉を上げた。その目は嘲笑《ちょうしょう》している。

「いや、伯爵、実際に知っているんです」

サンヴィール伯爵はなんとか気を静めた。

「そんなことは起こらないでしょう――私には」だみ声で言う。

「ええ、そう願っています」エイヴォン公は同意した。「だれしも、定めの時刻の前に、倒れることはないと、私は信じています」

伯爵は鞭を探し、それを両手でねじった。

「申し訳ないが、帰らせてもらう。すでにじゅうぶん、時間を無駄にしてしまった。ごきげんよう、マドモワゼル」吐き捨てるように言い、手袋を素早く取り上げると、戸口へ勢いよく向かった。

「こんなに早く?」エイヴォン公は嘆いた。「あなたにパリで会えることを願っています。私の被後見人をあなたの魅力的な奥方に紹介しなくては」

サンヴィール伯爵が取っ手を乱暴にひねって、ドアを開けた。嘲笑を浮かべ、振り向く。

「計画がいろいろおありのようですな。すべて首尾よくいくよう願いましょう」

「もちろんです」エイヴォン公はお辞儀をした。「うまくいくに決まっています」

「ときおりあるものですよ——傷が!」サンヴィール伯爵がぴしゃりと言った。

「あなたの発言には迷わされます」エイヴォン公は言った。「私たちはなくした宝石の話をしているのでしょうか、それとも私の計画の話でしょうか——あるいはその両方? 言っておきますが、伯爵、私は宝石に関してはちょっとした目利きなんですよ」

「ほう?」サンヴィール伯爵の顔がふたたび赤く染まった。「あなたが誤った思いこみに基づいて、いろいろ行動している可能性はなきにしもあらずですぞ、公爵殿。ゲームはまだ終わっていない」

「もちろんです」エイヴォン公は言った。「それで思い出しましたが、あなたのほれぼれするようなご子息のことを尋ねていませんでした。元気にされていますか?」

伯爵が歯を見せた。

「大変元気ですよ。彼のことは何も心配していません。ごきげんよう」ドアがばたんと閉まった。

「伯爵殿も」エイヴォン公はつぶやいた。

「閣下、あいつに何もしなかったじゃないですか！」レオニーが大声をあげた。「こらしめてくれると思ったのに」

「いいか、私が彼をこらしめる日は必ず来る」エイヴォン公はそう答え、扇子を放《ほう》った。声が変化する。「そして、彼にはいかなる情けもかけない」

レオニーが畏怖《いふ》といくばくかの賞賛をこめてエイヴォン公を見た。

「閣下、とっても怒っているように見えます！」

エイヴォン公の視線がレオニーの顔に向けられた。エイヴォン公はレオニーに近づき、手で彼女の顎をつかみ、彼女の目をじっと見た。その目は信頼しきった笑みを浮かべている。エイヴォン公は唐突に彼女を解放した。

「私には理由があるんだ。おまえはきょう、悪党を見たのだよ」

「ええ、豚野郎を」レオニーがうなずく。「二度とあいつがわたしをさらうようなことを許しませんよね、閣下？」

「ああ。彼がおまえを手に入れることは金輪際ない。誓うよ」

レオニーが顔を暗くしてエイヴォン公を見た。

「閣下がいつもと違うように思えます。わたしに腹を立てているんじゃないですよね？」

口もとの険しさを消して、エイヴォン公は微笑んだ。

「それは不可能だろうな。さあ、退屈しているルパートを慰めに行こう」

# 22

## ゲームにもうひとり参加者が現れる

月曜が来て、去っても、ガストンも彼が連れてくる人々も姿を現さなかった。エイヴォン公は顔をしかめたが、レオニーはうれしくて小躍りし、フィールド夫人は動揺のあまり死んでしまったのではないかと言った。

「おまえはそれでかまわないようだな」エイヴォン公は冷淡に言った。

「はい、閣下。わたしたち、あの人がいないほうがとっても幸せだと思います。きょうは何をしましょうか？」

しかしエイヴォン公は喜んでいなかった。ルパートが兄を見上げて、にやりと笑う。

「兄さんがそれほど作法にこだわるとは知らなかったな」

ルパートは冷たい視線を受けて、たちまちまじめになった。

「悪気はないんだ、兄さん、悪気は。どれだけ上品ぶっても、ぼくは気にしない。だが、彼女は違うようだ」

「レオニーは」エイヴォン公はきっぱりと言った。「おまえと同程度かそれに近いぐらいに、頭が空っぽだ」

「いやはや」ルパートが思わず言った。「兄さんにほめられる生活が長く続くとは思っていなかったが、そのとおりだ」

レオニーが傷ついた口ぶりで言った。

「わたしはルパートみたいに頭が空っぽじゃありません。そんなことを言うなんて、閣下はとても冷たいです」

ルパートが感心してレオニーを見た。

「いいぞ、レオニー。兄さんに食ってかかれ。そして思い切り殴ってやれ。ぼくもそこまではしたことがない」

「わたしは閣下を怖がっていないわ」レオニーが小さな鼻をつんと上げた。「あなたはただの臆病《おくびょう》者よ、ルパート」

「わが子よ」エイヴォン公は振り返った。「おまえは身のほどを忘れている。ルパートに恩を受けた立場ではないか」

「やーい、ぼくが上がって、きみが下がった！」ルパートがはやし立てた。「いやはや、シーソーみたいだな」

「閣下、わたしは午前中ずっとルパートに感謝していましたが、もう感謝していません。いらいらしてきました」

「そのようだな。おまえの礼儀作法には遺憾な点が多い」

「閣下も、とてもいらだっているように見えます」レオニーは思い切ってそう言った。

「いいですか、ガストンが来ないからって、何が問題なんです？　彼はばかで、でぶだし、フィールド夫人は雌鶏《めんどり》みたいにうるさいし。あの人たちはいないほうがいい」

「なかなか冷静な観察をしてるぞ！」ルパートが叫んだ。「兄さんはいつも変わらない人だったのに。いったいどうしたんだ？」

レオニーが勝ち誇ってルパートのほうを向いた。

「閣下は前とは違うって言ったでしょう、ルパート。それなのに、あなたは笑うだけだった。こんなに気むずかしい閣下は見たことがないのに」

「まったく、きみは兄さんとの付き合いが短いからわからないのさ」

エイヴォン公は窓から離れた。

「おまえたちはどうしようもないな。レオニー、おまえはもっと私を敬っていたぞ」

レオニーはエイヴォン公の目が笑っているのに気づき、反射的に目をきらめかせた。

「閣下、そのときは小姓でしたから、敬わなければ、わたしは罰せられたでしょう。いま、わたしはレディーです」

「そこまで言っても、私がおまえを罰せないと思うのかね？」

「彼女は不安でたまらなくなるぞ」ルパートがにやりとした。

「もちろん不安になるわよ！」レオニーがぴしゃりと言う。「閣下が眉をひそめるだけだったら、残念に思うわ」

「これはこれは」ルパートが目を閉じた。

「これ以上続けたら」エイヴォン公は言った。「おまえはきょう、起きられなくなるからな」

「ああ！　権力は兄さんの手にある」ルパートはため息をついた。「ぼくは黙るよ」姿勢を変え、一瞬びくっとした。

エイヴォン公は上体をかがめ、枕《まくら》の位置を調整してやった。

「おまえが起きていいものか、私にはわからない。これで少しは楽になったか？」

「ああ……もうほとんど痛みはないんだ」ルパートはうそをついた。「くそっ、これ以上寝てられないよ。こんなんじゃ、いつまで経《た》ってもパリへ行けない」

「われわれはおまえがよくなるのを待つ」エイヴォン公は言った。

「ずいぶん恩着せがましいな」ルパートが微笑《ほほえ》む。

「閣下に失礼なことを言ったら許さないからね、ルパート」レオニーが断固として言った。

「ありがとう、わが子よ。私の落ちつつある威厳を保つには、手助けが必要だ。ルパート、きょう起き上がるつもりなら、いまは休め。レオニー、乗馬をしたければ、付き合うぞ」

レオニーが跳び上がった。

「すぐに乗馬服に着替えてきます。メルシー、閣下」

「ぼくもいっしょに行きたいなあ」レオニーが去ると、ルパートが残念そうに言った。

おもしろがって「我慢するんだ」エイヴォン公は窓のカーテンを閉じた。「医者も私も、おまえをベッドに寝かせているわけではない」

「まったく、兄さんはすばらしく優秀な看護師だ。それは保証する」ルパートは顔をしかめた。恥ずかしそうに兄を見上げる。「申し分ないよ」

「じつを言うと、私もときどき自分でもびっくりする」エイヴォン公はそう言って、部屋を出た。

「ああ、ほんとうにびっくりだ、くそったれ！」ルパートはつぶやいた。「兄さんにいったい何が起きたのか、知りたいもんだ。これほど変化した人間はこれまでにいない」

そして事実、エイヴォン公はこの退屈な日々のあいだ、いつになく優しく、かつてルパートをひるませた噛《か》みつくような皮肉もなくなった。ルパートはこの不可解な変化に当惑し、しばらくのあいだ、謎《なぞ》の答えを見いだせないでいた。しかし、その日の夕方、エイヴォン公の服を身につけ、談話室の長椅子にもたれていたとき、エイヴォン公の視線が一瞬、レオニーのところに止まったのを目にし、ふたりの表情に驚愕《きょうがく》した。ルパートは唇をすぼめ、音を出さずに口笛を吹いた。

「なんとまあ！」ひとりつぶやく。「兄さんはこの娘に恋してる」

火曜日にもガストンはもどってこず、エイヴォン公の顔《ティヤン》はさらにしぶくなった。

「夫人が死んだんだわ」レオニーが意地悪く言う。「まあ、なんて愉快《セ・ビヤン・ドロール》なんだろう」

「おまえはひねくれたユーモアの持ち主だな」エイヴォン公は言った。「いつも言っているとおりだ。ガストンが来ようと来まいと、金曜にパリへ発《た》つ」

しかし水曜の昼過ぎに村の通りが騒がしくなり、談話室の窓のそばに座っていたルパートが、ついにガストンが来たのかと、首を伸ばして外を見た。

玄関前に、賃貸しの大型馬車が停《と》まり、その後ろに、荷物を高く積んだべつの大型馬車が続いていた。その馬車からガストンが飛び降り、一台目の馬車へ駆けていった。従僕のひとりが踏み段を下ろし、ドアが開き、メイドが降りてきた。そのあとから、大きな旅行用外套《がいとう》に身を包んだ小柄な婦人が降りる。ルパートは目を凝らし、突然笑い声をあげた。

「意外や意外、ファニーじゃないか」

レオニーが窓辺へ走った。

「ほんとうだ。まあ《モン・デュ》、なんておもしろい《クセ・アミュザン》の！　閣下、レディー・ファニーですよ」

エイヴォン公は悠然とした足取りでドアへ向かった。

「そのようだな」落ち着き払って言う。「おまえの不幸な付き添い婦人はほんとうに死んだのかもしれない」ドアを開けた。「やあ、ファニー」

レディー・ファニーが元気よく入ってくると、エイヴォン公を抱きしめた。外套が床に落ちた。

「まっ、なんて旅だったのかしら。愛《いと》しい子、あなたはほんとうに無事なの？」レオニーを抱きしめる。「わたし、すごく興味をそそられてしまったの。わたしが送った綿モスリンを着てるのね。すてきに見えるってわかってた。でも、飾り帯をそんなふうに結んじゃだめ。ああ、ルパートがいたわ。かわいそうに、ひどく青ざめた顔をしてるじゃない」

ルパートは彼女の抱擁を寄せつけない。

「やめろ、ファン、遠慮しとく。いったいなんでここへ来たんだ?」

レディー・ファニーは手袋をはずした。

「従姉《いとこ》が憂鬱《ゆううつ》症で死にそうなんだもの、しかたないじゃない」抗議する。「それに、わくわくしちゃって、じっとしてられなかったの」

エイヴォン公は片眼鏡を持ち上げた。

「ごりっぱなエドワードは、おまえがここに来たことを知っているのか、きいてもいいかな?」けだるげに尋ねる。

レディー・ファニーはえくぼを見せた。

「エドワードにはうんざりよ。最近、とっても腹が立つの。わたし、夫を甘やかしてしまったみたい。だって、ジャスティン、あの人ったら、行ってはいけないと言ったのよ」

「これはこれは」エイヴォン公は言った。「しかし、おまえはここにいるようだが」

「エドワードがわたしに好きなように命令できると考えているのなら、とんでもないことよ」レディー・ファニーが叫んだ。「ああ、わたしたち、めったにない騒ぎを起こしたの。彼には手紙を残したわ」無邪気に付け加える。

「それで彼は安心したに違いない」エイヴォン公は儀礼的に言った。

「それはないでしょうね」レディー・ファニーが答える。「ものすごく怒ってると思うわ。

でも、わたし、陽気なことが好きだし、ガストンから聞いたら、兄さんたち、パリへ行くっていうじゃない」

「おまえを連れていくかどうかはわからない」

　レディー・ファニーが口を尖《とが》らせた。

「連れていくわよ。わたしは帰りませんから。わたしがいなくなったら、レオニーの付き添い婦人はどうなるの？　ハリエットは伏せってるし」レオニーのほうを向く。「あなた、とってもよくなったわ。その綿モスリンはほんとうによく似合う。まっ、その真珠はだれにもらったの？」

「閣下がくれたんです」レオニーが答える。「きれいでしょ？」

「それが自分のものになるなら、この目を売ってもいいわ」レディー・ファニーが率直に言い、平然としている兄に好奇の視線をちらりと向けた。それから、スカートを大いにはためかせて、椅子に座りこんだ。「ねえ、何があったのか話してちょうだい。ハリエットは全然役立たずで、憂鬱症にやられちゃったから、ろくに説明できずに、わたしの好奇心をそそっただけなの。もう知りたくてたまらないわ」

「われわれもそうだ」エイヴォン公が言った。「おまえはどこから来たんだ、ファニー？　それに、どうやってハリエットと話をした？」

「話をした？」レディー・ファニーが叫んだ。「ああ、ジャスティン！　彼女は〝わたしの頭が、かわいそうな頭が〟と、〝あの子は手に負えなかった〟ってうめいただけよ。それ以上は聞き出せなかった。もう、彼女を揺すぶってやりたいほどだったわ」

「ちくしょう、ファニー、だらだらしゃべるな」ルパートが大声をあげた。「どうしておまえはエイヴォンに行ったんだよ?」

「エイヴォンですって? わたしは一年近く、あそこには近寄ってないわ。先日、最愛のジェニファーに会いに行こうと思いはしたけど、実現はしなかった。レディー・ファウンテンの夜会があって、それに行かないわけには——」

「レディー・ファウンテンの夜会などどうでもいい! 従姉はどこにいるんだ?」

「うちよ、ルパート。決まってるじゃない」

「なんだって、エドワードといっしょなのか?」

ファニーが力強くうなずいた。

「彼女はエドワードと気が合うだろう」エイヴォン公はつぶやいた。

「そうかしら」ファニーは疑わしげに言った。「エドワードはきっと怒り狂ってるわ。どこまで話したかしら?」

「話していないよ。われわれはおまえが話し始めるのを待っている」

「ひどいわ、ジャスティン。ハリエット! そう、その話よ! 彼女はガストンに連れられて街へやってきて、わたしの腕のなかで死にそうだった。何か泣き言を言いながら、わたしのいちばんいいタフタを濡《ぬ》らして、それからあなたからの手紙を取り出したの。彼女は、何があってもフランスへは行かないって断言した。それから海を見ただけで吐き気を覚えるって、さんざん嘆いたわ。わたしはかなり時間をかけて相手をしてあげたのよ。彼女は誘拐のことと、ルパートの帽子が林の近くで見つかったことと、だれかが馬を捜しに来たことと、ジャスティン、あなたがサウサンプトンへ向かったことをうめくような声で言っただけ。まるでつなぎ合わせるのが不可能な刺繍《ししゅう》の布みたいだった。ガストンの話はさらに内容がなくて——もう、ジャスティン、どうしてあんなばかを従者にしてるの？——ついにわたしは自分で行って、何が起こってるのか突き止めようと決心したのよ。そしたら、驚いたことに、エドワードは行くなと言った。まったく、わたしたちの関係はとんでもないことになったわ。そして彼はホワイツへ——いいえ、ココア・ツリーだったわ——行ってしまい、わたしはレイチェルに荷造りを命じて、ガストンといっしょに出発したの。そしてレオニーならこう言うでしょうけど、ここに来ました《ム・ヴォワシ》」

「まあ《ヴワヤン》！」レオニーの目がきらめいた。「とてもうまくやりましたね、マダム。パリにいっしょに来てくれるんでしょう？　わたし、社交界にデビューして、舞踏会に行くって、閣下に言われているんです。お願いだから、いっしょに来て」

「場合によっては、いっしょに行くわ。ぜひ行きたいって、思ってたんですもの。ロワイヤル通りには、とってもすてきな帽子屋があるのよ。エドワードをこらしめてやる」

「エドワード」エイヴォン公は言った。「彼はおまえを追ってきて、私の命を要求するだろう。われわれは彼が来るのを待たねばならない」

「最愛のエドワード！」レディー・ファニーがため息をついた。「彼が来ることを願ってるわ。でも、きっと来るでしょうよ。さて、あなたたちの話を聞かせてちょうだい。でないと、好奇心で死んでしまう」

そこでレオニーとルパートはふたたび自分たちの冒険を、同情に満ちた聞き手に話した。ファニーは適切な感嘆の声を差しはさみ、ルパートが間一髪で逃れた話をしたときは、彼が抵抗する前に跳び上がって、弟を抱きしめ、話が終わると、エイヴォン公を驚異の目で見つめ、突然笑い出した。

エイヴォン公は妹に笑顔を向けた。

「話を聞いて、中年になった気分がしたんじゃないか？」

「とんでもない！」レディー・ファニーが扇子を使った。「退屈で、百歳になった気分だったけど、この冒険物語――ほんとに、こんなにすごい話は聞いたことがないわ――で、十代にもどされたわよ。ジャスティン、この悪党を剣で切り刻んでやりなさい」

「わたしもそう思っています」レオニーが割りこんだ。「わたし、あの男に後悔させたかったんです。あれはとても無礼な行為でした」

「そう思うのは当然よ。でも、ほんとにコーヒーをかけたのなら、彼はじゅうぶん後悔してるはずよ。もう、なんておてんばな子なの。でも、あなたの勇気がうらやましい。サンヴィールですって？　ええ、彼はよく知ってる。干し草の山を六つぐらい燃やせる髪の毛と、わたしが知ってるなかでいちばん不快な目つきの持ち主よ。彼はあなたに何を望んだの？」

「わかりません」レオニーが答える。「それに閣下は教えてくれないんです」

「まあ、知ってるの、ジャスティン？　気づくべきだったわ。何かとんでもないゲームをするつもりね」レディー・ファニーが扇子をぱちんと閉じる。「ほんとに、わたしが首を突っこまなくちゃだめなようね。あなたの妙な策略で、この子を危険にさらすわけにはいかないわ、ジャスティン。かわいそうなレオニー、あなたに何か起こると考えるだけで体が震える」

「私の被後見人に対するおまえの気づかいはすばらしいが、ファニー、私は自分で彼女を守れると思っている」

「もちろんです」レオニーが言った。「わたしは閣下のものですよね？」エイヴォン公の腕に手を置き、にっこりと彼を見上げる。

レディー・ファニーはじっと見て、目を狭めた。驚いたことに、ルパートの顔には心得たような笑みが浮かんでおり、彼女は突然跳び上がって、荷物の運搬を見てくると言った。

「おい、この宿屋に入れることはできないよ」ルパートがにやりと笑った。「どこに寝るつもりだ、ファン？」

「屋根裏だってかまわないわ」レディー・ファニーが言う。

「それには及ばないだろう」エイヴォン公が言った。「ガストンに私のトランクをルパートの部屋へ移動させる。そうすれば、私の部屋を使えるよ」

「まあ、それはすばらしいわ。レオニー、案内してちょうだい。ほんとに、あなた、日々美しくなるわね」レディー・ファニーはレオニーの腰に手を置き、いっしょに部屋を出た。

「まったく大混乱だな」婦人たちが出ていき、ドアが閉まると、ルパートが言った。「ファンはずいぶん上機嫌だ。彼女はいっしょに来るのかい?」

「それに関しては、エドワードが何か言ってくるだろう」エイヴォン公は答えた。

「なんでファンはあんな退屈な男を選んだんだ? それに兄さんはどうしてファンを後押ししたんだい?」

「後押しをしたのは、あの男が彼女を落ち着かせるほど退屈だったからだ。それに金を持っていた」

「もちろん、それがある。しかし、あいつが微笑みかけると、ミルクも酸っぱくなるほどなんだぞ。兄さんはファンを夫なしで連れていくつもり?」

「そうしようかと考えている。彼女よりいい女主人役は見つけられないからな」

「客をもてなすつもりなのか?」

「大いにそのつもりだ、ルパート。ひどく疲れる役回りだが、レオニーの後見人として、それに耐える義務がある」

ルパートが椅子にきちんと座り、勢いよく言った。

「シーズンのあいだ、ぼくの存在をあてにしてくれていいよ、ジャスティン」

「それはありがたい」エイヴォン公はお辞儀をした。

「ああ、だが――だが、兄さんの仲間に入っていいのか?」

「おまえの存在は慎《つつ》ましいわが家に高い評価を加えてくれる」エイヴォン公はけだるい声で言った。「ああ、仲間になってくれ。ただし、慎重に振る舞い、わが親愛なる友に報復する行為は控えること」

「なんだって、あいつと決闘してはいけないのか？」

「それは稚拙な手だ」エイヴォン公はため息をついた。「おまえは安心してあの男を私の……情け深い慈悲心に委《ゆだ》ねればいい。おまえの肩の穴は、私に対するあの男の負債に加わる。あの男は返すことになる――負債のすべてを」

「かわいそうなやつめ」ルパートが感情むき出しに言った。兄の目を覗《のぞ》きこみ、微笑むのをやめる。「いやはや、ジャスティン、兄さんはそんなに彼を憎んでるのか？」

「ふん！」エイヴォン公は言った。「わが娘の言葉を借りれば、そんなところだ。人は蛇を憎むか？　毒があって、忌まわしいから、人はそれを踏みつぶす。私も同じように、伯爵を踏みつぶすだろう」

「二十年前の出来事のせいか――兄さんに降りかかった？」ルパートは思い切って尋ねた。

「いや、違う。そうではない。そのことも、あるにはあるがな」

「じゃあ、あの男がレオニーにしたことのせい？」

「あの男がわが子にしたことのせい」エイヴォン公は穏やかにくり返した。「そのとおりだ」

「これには、目に見えるもの以上の何かがある」ルパートが確信して言った。

「ずっと多くの何かがな」エイヴォン公は同意した。いつにない残酷さが顔から消え、いつもの謎めいた表情になった。「忘れるな、私はおまえにダイヤモンドの飾りピンの借りがある。それは、独特な美しさのある、石がひとつのやつか？」

「ああ、兄さんが何年も前にくれたんだ」

「私は何を考えていたのだろうな」エイヴォン公は言った。「きっとおまえは、私の賞賛を浴びていたに違いない」

# 23

## ミスター・マーリング、説き伏せられる

　翌朝、レディー・ファニーがベッドで朝食をとり、ホット・チョコレートを飲んでいると、レオニーがドアを小さくたたいた。

「入って」レディー・ファニーは両手で金の巻き毛を軽くたたいてから言った。「まあ、あなただったの？　こんな早くから乗馬に出かけるの？」

　レオニーは乗馬用ドレスに、ぴかぴかのブーツ、飾り房のついた革手袋といういでたちで、大きな黒のビーバー帽からは、長い羽根飾りが肩に垂れていた。

「はい、マダム。でも、あなたがわたしに用がなければなんです。閣下に、きいてこいと言われました」

　レディー・ファニーは甘いビスケットをかじり、寝台の支柱を興味深げに見た。

「いいえ、ないわ。どうしてわたしがあなたを必要とするの？　まあ、なんてきれいな薔薇《ば》色《ら》なのかしら。あなたの顔色が手に入るなら、いちばんいいネックレスと交換してもい

いわ。確かに、わたしもかつてはそんな色をしてたのよ。行きなさい。ジャスティンを待たせちゃだめ。ルパートは起きてる？」

「従者に服を着させてもらってます」

「談話室で彼の話し相手になるわ」レディー・ファニーはそう言って、カップと受け皿をどけた。「さあ、行きなさい。待って。悪いけど、レイチェルをここによこして」

レオニーがいそいそと立ち去った。三十分後、あれこれ大騒ぎをしたのち、レディー・ファニーは花模様の綿モスリンを着て、軽快な足取りで談話室に入った。金色の髪に髪粉はかけておらず、よく似合う帽子をかぶっている。彼女が入っていくと、ルパートはあくびをしながら読んでいた本を置いた。

「おう、早起きだな、ファン」

「あなたの話し相手になってあげようと思って」ささやき声で言い、窓辺の、弟の隣に座った。

「世の中から不思議はなくならないもんだな」ルパートが言った。姉の優しさがただで得られるものではないと感じていた。「けさは二十歳に見えるよ、ファン。ほんとうに」気前よく言う。

「まあ、ルパート！　ほんとにそう思う？」

「ああ――だが、もうじゅうぶんだろ。レオニーは兄さんと乗馬に行った」

「ルパート」ファニーが言った。

「ああ、何？」

ファニーが顔を上げる。

「わたし、ジャスティンとあの子を結婚させようと決めたの」

ルパートは落ち着いていた。

「兄さんがすると思う？」

「いいこと、彼はあの子に首ったけよ！」

「わかってる――ぼくには目がふたつついてるんだ、ファン。だが、兄さんはこれまでにも恋をしたことがある」

「ほんとに腹が立つわね、ルパート。それがどうしたと言うのよ？」

「兄さんはそのだれとも結婚しなかった」

ファニーは衝撃を受けたふりをした。

「ルパート！」

「上品ぶるなよ、ファニー。それはエドワードのまねだろ」

「ルパート、わたしのエドワードに思いやりのない言葉を向けるつもりなら――」

「エドワードなんかくそくらえだ！」ルパートが陽気に言った。

ファニーは一瞬、無言で弟を見て、それから突然微笑《ほほえ》んだ。

「わたしはあなたと喧嘩《けんか》しに来たんじゃないわ。ジャスティンはレオニーを愛人にはしないでしょう」

「ああ、そのとおりだと思う。ファンはよく知らないだろうが、兄さんはとても厳格になった。だが、結婚！　あの人はそんなに簡単に罠《わな》にはかからない」

「罠ですって？」レディー・ファニーは叫んだ。「そんなんじゃないわ。あの子は彼との結婚なんて考えてもいない。それに、だからこそ彼は彼女を妻として望むはずよ」

「かもしれない」ルパートは疑わしげに言った。「だが――おい、ファニー、兄さんは四十を超えてるし、彼女はねんねだぞ」

「彼女は二十か、それに近いわ。楽しいことになるわよ。あの子は彼をすばらしい人物だと思ってるし、彼の品行など気にしない。あの子だって、行いが正しいわけじゃないから。それに彼は――ああ、彼は街でいちばんの厳格で、喜びに満ちた夫になるでしょう。彼女はいつだって彼の子であり、彼は〝閣下〟であり続けるわ、きっと。わたしは彼を彼女と結婚させるって決めたの。何か文句ある？」

「ぼくに？　ぼくはじゅうぶん満足だが……おい、ファニー、ぼくたちは彼女がだれなのか知らないんだぞ。ボナール？　そんな名前は知らないし、中産階級っぽい名じゃないか。そしてジャスティンは……言うまでもなく、彼はエイヴォン公アラステアで、名もない人間と結婚するのはまずいよ」

「ばか言わないで。あの子が庶民の出じゃないことに、わたしの評判を賭《か》けてもいいわ。何か謎《なぞ》があるのよ、ルパート」

「だれだってそれぐらいわかる」ルパートは率直に言った。「それに、言わせてもらえば、ファン、彼女はサンヴィールと関連があるね」椅子にゆったりともたれ、驚きの表情を求めて姉の顔を見た。そんな表情は現れなかった。

「わたしがそれに気づかなかったら、頭がどこについてるって言うの？」ファニーが強い口調で言った。「サンヴィールがあの子をさらったって聞いた瞬間、レオニーが彼の私生児だろうって思った」

ルパートが早口で言う。

「おい、ジャスティンをそんな人間と結婚させるのか？」

「わたしは全然気にしないわ」

「兄さんはそんなことしない」ルパートが自信たっぷりに言った。「ジャスティンは放蕩《ほうとう》者だが、何が家族のためになるか知ってる。それは確かだ」

「ふん！」レディー・ファニーは指を鳴らした。「彼があの子を愛していれば、家族のことなんかで頭を悩ませないわ。だって、エドワードと結婚したとき、わたしは家族のことなんか気にしなかったもの」

「落ち着け、落ち着け。マーリングには欠点がないとは言わない。だが、彼の家系に悪い血は入っていないし、さかのぼれば――」

「ばかね。その気になれば、わたしがフォンテロイを手に入れなかったとでも？　ブラックウォーター卿《きょう》や、カミング公爵を？　でも、わたしはエドワードを選んだ。彼らに比べれば、無名の人をね」

「いいか、彼は私生児じゃない」

「たとえそうでも、わたしはきっと気にしなかったわ」

ルパートが首を横に振る。

「それはだらしがないよ、ファニー。まったくだらしがない。ぼくは気に入らない」

レディー・ファニーは弟に向かっていやな顔をした。

「ええ、ジャスティンに気に入らないと言えばいい。どうぞ――」

「ぼくはジャスティンの恋愛にどうこう言ってるんじゃない。兄さんは好きにすればいいんだ。だが、彼が私生児と結婚しないことは、賭けてもいい」

「もういいわ！」レディー・ファニーは言った。「そうだ、ルパート。わたし、先週、大きなエメラルドをなくしちゃったの。さんざん泣いてたら、エドワードったら、いい教訓になったろうって言うのよ」

「じつにエドワードらしい」ルパートがうなずく。「そういう男だって、わかってたよ」

「いいえ、わかってないわ、おばかさん。彼はべつのエメラルドを買ってくれるわよ」ぱちぱちと目をまたたかせる。「ほんとに、彼はわたしにとっても優しいの。ここへ来てくれるかしら？　来てくれなかったら、ひどく悲しい気分になるわ」

ルパートの視線は通りに向けられていた。

「まあ、来たな。それも、とんでもなくいいタイミング《アプロポ》で」

「なんですって？　ほんとに彼なの、ルパート？　からかってるんじゃないわよね？」

「からかってない。間違いなく彼だ。しかも、表情からすると、怒り狂ってる」

レディー・ファニーはうっとりとため息をついた。

「愛するエドワード！　彼はわたしにとっても腹を立ててるでしょうね」

マーリングが素早く入ってきた。旅で服が汚れ、睡眠不足で瞼《まぶた》が重そうだ。口はきつく結ばれている。

「最後のひとりが来たな」ルパートが陽気に言う。「これで家族がそろったわけだ。ありがたや。おはよう、エドワード」

レディー・ファニーは立ち上がり、手を差し出した。

「エドワード、ばかな人ね、あなたって」

彼は差し出された手を無視した。

「きょう、いっしょに帰るんだ、ファニー。文句は言わせない」

「うわあ！」ルパートが小声で言った。「ほら、攻撃開始だ」

レディー・ファニーはくすくす笑った。

「ああ、あなた、なんてみっともない。鏡で自分を見てちょうだい。泥だらけで、乱れた格好で、わたしのところへ来ている。わたしは隙《すき》のない完璧《かんぺき》な男性が大好きなのに」

「ぼくの外見はほっといてくれないか。きみの気まぐれにはうんざりだよ、ファニー。いっしょにイングランドへ帰るんだ」

「あなた、ほんとにわたしがそうすると思う？」レディー・ファニーの目がきらめいた。

「きみはぼくの妻だよ」

「でも、あなたの奴隷じゃないわ。お願いだから、そんなむずかしい顔をしないで」

ルパートが口をはさんだ。「どうやってぼくの従姉《いとこ》を置いてきたんだい、マーリング？」

「そうよ。どうしてかわいそうなハリエットを置いてきたの？　ほめられた行動じゃないわ、エドワード」

「ファニー、きみの行動はどうなんだ？　いいか、ぼくはこういうごまかしに付き合っている気分じゃない」

「おい、気をつけろ、ファニー。注意するんだ」ルパートが大いに楽しみながら、茶々を入れる。「きっと離縁されるぞ」

マーリングがルパートのほうへくるりと向きを変える。

「きみのひやかしは、時をわきまえていないぞ、アラステア。きみがいなくなってくれれば、ぼくたちはもっとうまくやれると思う」

「よくそんなことが言えるわね、エドワード。かわいそうな弟は床を上げたばかりで、肩には、かろうじて肺からはずれた傷があるのよ！」

「ルパートの傷など、ぼくは気にしていない」マーリングが辛辣《しんらつ》に言う。「彼はぼくの同情がなくても元気になるだろう」

「ああ、だが、あんたの陰気な顔をこれ以上見てると、痛みがぶり返しそうだ」ルパートが言い返す。「頼むから笑ってくれ」

「そうよ、エドワード、笑って」レディー・ファニーが頼んだ。「あなたのそんな渋面を見てると、頭痛がする」

「ファニー、五分間、ふたりで話をさせてくれ」

「いやよ、お断り。こんな雰囲気でわたしと話をするなんて、あなたって意地悪だわ」

「いいか、マーリング」ルパートが言った。「何か朝食を注文してくるんだ。そうしたほうが絶対いい。空腹だから、そんなひがみっぽくなるんだよ。その気持ちはよく知ってる。ハムとパイでもコーヒーで流しこめば、あんたは別人になれるって」

レディー・ファニーがくすくす笑う。マーリングの顔つきはさらに暗くなり、目はきつくなった。

「きみは後悔することになるよ、奥さん。ぼくをあまりにも何度も軽んじてくれた」

「あら、あなた、わたしはそんな大げさな言葉に付き合ってる気分じゃないの。そういう言葉はハリエットにとっておいて。彼女は間違いなくそういうのが好きだから」

「ジャスティンに試してみるといいよ」ルパートが提案した。「ほら、彼が来た。レオニーといっしょだ。なんて楽しい顔ぶれなんだろう」

「最後にもう一度言う、ファニー。これが最後だ。数分間、じゃまを入れないで話をさせてくれないか？」

「じゃまを入れないで？」ルパートがおうむ返しに言った。「ああ、もちろん、ファニーはそうさせてくれるだろう。好きなだけ、そうすればいい。じゃまなしに、ひとりでどうぞ。ひとりっきりで、分厚いハムでも――」

「親愛なるマーリング、元気だといいのだが？」エイヴォン公が静かに入ってきていた。

マーリングが帽子を持ち上げた。

「ぼくはすばらしく元気だ、ありがとう、エイヴォン」

「だが、彼の心は！」ルパートが言った。「ああ、神よ」

「じつを言うと」マーリングが冷静に言った。「ぼくの心は少し……傷ついている」

「そんな！」ルパートが驚いたふりをする。「船がひどく揺れて、内臓がひっくり返ったんだよ、エドワード」

エイヴォン公が向きを変えた。

「おまえの会話はいつでもためになる、ルパート。だが、なくてもすむものだ」

ルパートががっくりと椅子に沈みこむ。レディー・ファニーは頭を上げた。エイヴォン公はサイドテーブルへ歩み寄り、赤ワインをグラスに注《つ》いで、マーリングに差し出した。マーリングは手を振って、それを拒絶した。

「ぼくは妻を連れ帰りに来たんだ、公爵。彼女がいっしょに帰るのを断ったから、これ以上言うことはない。失礼させてもらうよ」

エイヴォン公は片眼鏡を上げ、それを通して妹を見た。

「ええ、ジャスティン、そうよ。わたしは兄さんとパリへ行くわ」

「うれしいよ、もちろん」エイヴォン公は言った。「だが、おまえは夫と行きなさい」

「ありがとう！」マーリングが耳障りな笑い声をあげる。「ぼくはあなたの命令で彼女が来るなら、遠慮しておく。彼女はぼくの命令で来なければならないんだ」

「わ……わたしは、だれの命令にも従わないわ」レディー・ファニーの顔が、泣こうとする子どもみたいに、しわだらけになった。「あなたって、とっても冷たいのね」

マーリングは何も言わなかった。レディー・ファニーが目を押さえる。

「あなたは――いばり散らし――威圧するために――ここへ来た。いっしょには帰らない。あなたなんて嫌いよ、エドワード！」

「そう言われるのを待っていたんだ」マーリングはそう言うと、ドアのほうを向いた。

レディー・ファニーが部屋を素早く横切る衣擦《きぬず》れの音がした。

「ああ、エドワード、本気で言ったんじゃないの。わかってるでしょ、違うの」

彼は妻を抱きしめなかった。

「ぼくと帰るか？」

レディー・ファニーはためらい、それから顔を上げて、夫の顔を見た。彼女の頰を、ふた粒の涙が流れ落ちる。マーリングは妻の手を取り、それを握りしめた。

「じつを言うと」優しく言う。「きみが泣く姿を見るのは耐えられないんだ。ジャスティンといっしょに行け」

それを聞いて、レディー・ファニーは夫の腕のなかに身を投じ、泣きじゃくった。

「ああ、エドワード、いっしょに帰るわ！　ほんとよ。許してちょうだい」

「愛しい人！」マーリングが妻を引き寄せる。

「どうやら私はじゃま者のようだ」エイヴォン公はそう言い、ワインのおかわりを注いだ。

「帰るわ、エドワード。でも……わたし、パリへほんとに行きたいの」

「なら行けばいいよ。きみの喜びをぼくは否定しない」

「でも……わたし、あなたと離れていることに耐えられない」ファニーが涙にむせぶ。

「私に提案させてもらえないかな？」エイヴォン公がゆっくりと歩を前に進めた。「こんなふうに不満を言い合うことはない。問題はじつに単純だ」マーリングにさっと近づく。

「私とパリへ来てくれ、親愛なるエドワード」

「ありがとう、だが――」

「ああ、わかっている」エイヴォン公は物憂げに言った。「私の家の神聖でない玄関に入るのがためらわれるのだろう」

マーリングが顔を赤らめる。

「そんなことは――」

「遠慮しなくていい。ファニーが必要でなかったら、こんな不快な計画を提案しない」

「なぜあなたが妻を必要としているのかわからないよ、エイヴォン」

エイヴォン公は疑わしげだった。

「エドワード、礼儀作法にきびしいきみなら、理由は簡単にわかると思っていたよ」

「レオニーか！　忘れていた」マーリングは決断できずに立っていた。「付き添い婦人にほかの女性を見つけられないのか？」

「間違いなく、いくらでも見つけられるが、女主人役も必要なのでね」

「なら、ファニーはあなたと行けばいい。ぼくはイングランドに帰る」

ファニーがため息をついた。

「エドワード、あなたがパリに来ないなら、わたしもいっしょに帰らなくてはならないわ。でも、ぜひともあなたに来てほしいの」

そのときレオニーが姿を現し、マーリングを見て、手をたたいた。

「まあ、マーリングさんじゃない。ボンジュール、ムッシュー」

マーリングが微笑み、彼女の手にキスをした。

「元気でやっているかい？　そのいい顔色を見れば、聞かずともわかるよ」

「わが娘は彼のきびしい目にも認められているのだな」エイヴォン公はつぶやいた。「わが子よ、ミスター・マーリングに拙宅へお越しくださるよう説得しているところなのだ。おまえも頼んでくれ」

「はい」レオニーはふたりを交互に見た。「どうか来てくれませんか、ムッシュー？　公爵に、ミスター・ダヴェナントも招待するよう頼みますから」

エイヴォン公は思わず微笑んだ。

「それはいい考えだ」

「いや、レオニー、ぼくが行く必要はないと思う」マーリングが言った。「うちの奥さんを連れていって、ぼくは帰国させてくれ」

「ああ、もうっ」レオニーが言った。「閣下が嫌いだからなんですね？」

「わが娘はじつに率直だ」エイヴォン公は言った。「つまり、そういうことなんだよ」

「閣下をあまり尊敬できないと思っているんですね。でも、いまはとっても尊敬できる人なんです。うそじゃありません《ジュ・ヴ・アシュール》」

ルパートが抑えた声を出した。レディー・ファニーの肩は揺れ、マーリングはこらえきれずに笑い出した。レオニーは身もだえしている三人をむっとして見つめ、エイヴォン公のほうを向いた。

「この人たち、どうしたんですか、閣下？　なんで笑っているんです？」

「さっぱりわからないな」エイヴォン公は重々しく答えた。

「この人たちはばかなんだと思います。とってもばかです」

しかし笑い声が緊張を取り除いた。マーリングがエイヴォン公を見て、とまどいながら言う。

「じつを言うと、あなたを……尊敬できないことが、なかなか口に出せなかったんだ」

「そうだろうね」エイヴォン公は言った。「だが、きみはダヴェナントという味方を得られる。彼は喜んで、私の道徳の欠如を、いっしょに嘆いてくれるだろう」

「それはとても楽しそうだ」マーリングが言った。不安げに妻を見て言う。「だが、ぼくはこの冒険にうまく対応できるとは思えない」

「親愛なるエドワード、私がうまく対応しているか？」エイヴォン公は傷つけられたように言った。「この一行に厳粛さを加えるのに、きみが手を貸してくれるよう願っている」

マーリングがエイヴォン公の臙脂《えんじ》色の上着をいぶかしげに見つめる。

「ぼくは厳粛さを加えられるかもしれない。でも、あなたのほうは？　あなたは豪華さを加えているんじゃないか？」

「これはうれしいことを」エイヴォン公はお辞儀をした。「われわれに加わってくれると理解してよいのだな？」

「そうよね、エドワード。お願い」

「そうです、とっても楽しいですよ、ムッシュー。来なくちゃだめです」

ルパートが思い切って声をあげた。

「そうだ、いっしょに来い、マーリング。数が多ければ、楽しさも増す」

「こんなに温かな依頼を受けて、なんと言えばいいんだ？」マーリングが妻の手を取った。

「ありがとう、エイヴォン。いっしょに行くよ」

「なら、ガストンをまたロンドンへやり、きみの荷物を取ってこさせたほうがいいな」エイヴォン公は言った。

レオニーはくすくす笑った。

「彼は死んでしまいます、閣下。きっとです」

「見てわかるとおり」エイヴォン公はマーリングに言った。「死と災難は、わが娘の絶えることない楽しみの源泉なのだよ」

マーリングはレオニーの頭に手を置いた。

「この子は悪たれだよな、エイヴォン。だが、かわいい悪たれだ」

レオニーが目を大きく開いた。

「ほんとうに？　わたし、かわいいですか、閣下？　そう思いますか？」

「まずまずだよ。まずまず」

レオニーが下を向く。

「わたし、閣下がそう思っていないんじゃないかと不安でした」

エイヴォン公はレオニーの顎をつまんだ。

「わが娘よ、私はおまえを美人《ヴレマン》さんと呼んでいないか？」

レオニーはエイヴォン公の手をつかみ、キスをした。

「メルシー、閣下！　閣下はわたしをとても幸せな気分にしてくれます」

マーリングは突然、妻を見た。彼女はにっこり笑い、視線を落とした。マーリングはルパートのほうを向いた。

「きみのすばらしい――しかしタイミングが悪かった――忠告に従おうと思う」

ルパートがにやりと笑った。

「何、ハムかい？　ああ、あれは悪くない忠告だったよな。だが、あんたを怒らせるために言ったことを否定はしないよ」

「目的は果たしただろう、腕白小僧くん？　エイヴォン、ガストンをイングランドにやることはない。ぼくがもどって、来週、パリであなたたちと落ち合うよ」

「親愛なるエドワード、ガストンは体を動かしたほうがいいんだ。あいつは太って、ものぐさになっている。彼がパリで私たちと合流することになる」

「あなたはとても親切だな」マーリングがお辞儀をした。

「そういう評判は立っていないが」エイヴォン公はそう言って、呼び鈴を鳴らした。


翌日、一行はパリへ発《た》った。レディー・ファニーはどぎまぎし、マーリングはおもしろがり、ルパートはうわつき、レオニーは興奮し、エイヴォン公はいつものように悠然としていた。ル・デニエルの住人全員がこの一行を見ようと外に出て、荷物が高く積まれた軽装二輪馬車や、エイヴォン公の紋章がドアについた大きなベルリン型馬車や、それに続く、少し小さな四輪馬車二台に驚嘆した。

マーリング夫妻はそのうちの一台に乗り、エイヴォン公とレオニーとルパートはベルリン型馬車に乗った。ルパートは揺れによる不快感を軽減するため、クッションにもたれ、レオニーとカード遊びをしてのんびり過ごした。エイヴォン公は隅に背中をあずけ、おもしろそうにふたりを眺めていた。

# 24

## ヒュー・ダヴェナント、うれしい驚きを味わう

一行はルーアンで週末を過ごし、火曜にパリに到着した。ウォーカーがエイヴォン邸のホールで彼らを迎え、瞼《まぶた》のほんのわずかな動きだけが、レオニーに気づいたことを暴露していた。エイヴォン公を迎える準備はすっかり整っていて、レディー・ファニーはすぐに家政の主導権を握った。自分の荷物の荷ほどきを見て、さまざまな指示を出すと、書斎にいるエイヴォン公のところへ行った。そのころレオニーは、メイド長のデュボワ夫人に会いに行っていた。

「さて、ジャスティン、何をしたらいいの？」机の反対側に腰を下ろしながら、レディー・ファニーは尋ねた。「何か騒ぎを起こす予定？」

「もちろんだ、ファニー。できるだけ大きな騒ぎを。おまえの提案を聞きたい」

「舞踏会ね」レディー・ファニーはきびきびと言った。「最初はそれでいいでしょう」指先を噛《か》みながら考える。「まずあの子とわたしのドレスが必要だわ。服があまりないんだ

もの。レオニーには白のブロケードか、緑がかったものかな。あの燃えるような髪の毛には――」

「彼女には髪粉をかけたい」

「お望みどおりにするわ、ジャスティン。ええ、とってもきれいに見えるでしょうね。楽しみだわ。言わせてもらうけど、兄さんにはそう希望する理由があるのよね。招待状を送らないと……いまから二週間後だわね。確かにじゅうぶんな期間はないけど、出席者はいるはず。兄さんとわたしの名前があれば――」目がきらめいた。「そうよ、パリじゅうの人が来るに決まってる！　そのあとは？」

「そのあとはヴェルサイユだ、ファニー」

レディー・ファニーがうなずく。

「とってもいいわ。彼女といっしょに、ちょっとした騒ぎを引き起こすのね？」

「そのつもりだ。招待状を送ってくれ」

「費用は？」レディー・ファニーは頭を一方にかしげた。

「それは考えなくていい。若きコンデ公と、パンティエーヴルが来るだろう。それからリシュリュー公もだ」

「彼らは兄さんに任せるわ。デファン夫人ももちろん来るでしょうし、ラ・ローク公爵夫人も来るわ」レディー・ファニーは目を閉じた。「ジャスティン、ひとかどの人物で舞踏会に来ない人はいないわよ。保証する。でも、まっ、することがたくさんあるわ。みんな、好奇心から来るに決まってるし」ドアへ急ぐ。「あの子の衣装は、ジャスティン？」

「私がおまえの好みに反対したことがあったか、ファニー？」

「楽しくなるわよ。まるで娘を持ったみたいだわ。ありがたいことに、わたしに娘はいないけど。豪華な衣装を着せる？」

「私の被後見人としてふさわしい服をだ、ファニー。だが、若い娘らしい服を」

「心配しないで。兄さんは満足するでしょうよ。まったく、若いころ、兄さんにヴェルサイユへ連れていってもらって以来、こんなに興奮したことないわ。屋敷全体を開け放たないと。ほこりが山みたいに積もってる部屋もあるはずよ。何もかもちゃんとするには軍隊が必要でしょうね。舞踏会はわたしの活動の始まりにすぎないわ、きっと」楽しげに笑い声をあげる。「あとには、夜の集まりや、カード・パーティーや、大夜会が続くだろうし——ああ、わたしたち、すごい騒ぎを引き起こすわよ」やる気満々で、彼女は部屋を出た。

エイヴォン公はヒュー・ダヴェナントに手紙を書いた。

その後、エイヴォン邸は活気に満ちた。帽子屋や仕立屋が来ては去り、ダンス教師や美容師も訪れた。使用人たちはすべての部屋に入り、開け放ち、掃除をし、飾り付けをした。エイヴォン公はほとんど家にいなかった。わざわざ外出して、帰還したことを広めた。ルパートはいつものごとく好奇心をかき立てられていたので、体力がもどるとすぐ、賭博場《とばく》へ行ったり、旧友の家を訪れたりし、いかにも彼らしく、兄の最新の気まぐれを吹聴して回った。彼の説明によって、レオニーの美しさが減少することはなかった。彼女にまつわン公は期待しているのだと、みなに言った。パリじゅうがざわざわし出し、ファニーは招待を承諾する手紙に囲まれて、私室に座っていた。

「ああ、わたしたち、うまくやってのけるわ！」彼女は大声をあげた。「パリじゅうの人が来るって言ったでしょ」

しかしレオニーは、ダンス教師や仕立屋たちから逃れたのと同様に、部屋を抜け出て、書斎へそっと行った。エイヴォン公がたいていそこにいるのだ。彼女は戸口に立って、エイヴォン公をうっとりと見た。エイヴォン公が顔を上げ、鵞《が》ペンを置いて、レオニーに手を差し出した。

「なんだね？」

レオニーはエイヴォン公に駆け寄り、彼の椅子の横にひざまずいた。

「閣下、怖いんです」

エイヴォン公がレオニーのあざやかな巻き毛をそっと撫《な》でる。

「何が怖いんだ？」

レオニーはまわりを指し示すしぐさをした。

「この――すべてがです。偉そうな人たちがたくさん出入りしていて、みんなとても忙しそうで。私自身も閣下と話をする時間がありません」

「気に入らないのか？」

　レオニーは鼻にしわを寄せた。

「ああ、それはどうかと言えば《カンタ・ア・サ》――！　わくわくします。それに、ええ、とっても気に入っています。でも、まるでヴェルサイユみたいで。わたしが閣下を見失ったこと、覚えていますよね。あそこはとても広くて、きらびやかでした」

「わが子よ」エイヴォン公はレオニーの目を見つめた。「私はいつでもここにいる」うっすらと笑う。「思うに、おまえが社交界にデビューしたら、私がおまえを見失う危険にさらされるのではないかな。おまえはもう私といっしょにいるのを望まなくなるだろう」

　レオニーは激しく首を振った。

「いつだって望みます。こうなんです《ヴァヨン》、閣下。わたしはこの陽気な騒ぎのなかをぐるぐる回り、しばらくはそれを気に入っています。でも、いつだって閣下のところへ逃げこみたいんです。そうすればわたしは安全で、それに――それに、いろいろなことに当惑させられずにすみます。わかります？」

「完璧《かんぺき》に」エイヴォン公は言った。「私はおまえを失望させないようにしよう」

「お願いします、閣下」レオニーはエイヴォン公の手のなかに手を置き、小さくため息をついた。「なぜこんなことをわたしのためにしてくれるんです？」

「理由はたくさんある。おまえはそんなことで頭を悩ませなくていい」

「はい、閣下」レオニーは従順に言った。「ずいぶん遠い昔になってしまいました。ジャンとシャーロットといたときが」

「それについては忘れてもらいたい。悪い夢だったんだ――それ以上のものではない」

「わかりました、閣下《ビヤン》」レオニーはエイヴォン公の腕に頭をもたせかけ、長いあいだそのままでいた。

　まさにその日の晩、ダヴェナントが到着し、エイヴォン公は食事中だと知らされた。外套《がいとう》と帽子を従僕に渡すと、手を振って彼を下がらせ、騒々しい話し声のする食堂へひとりで行った。

　細長い部屋は、テーブルで金色のかたまりとなっている蝋燭《ろうそく》に照らされていた。銀器やグラスがきらめき、柔らかな明かりを周囲に散らしている。テーブルの端にはレディー・ファニーが座り、右隣にはマーリングがいて、ふたりで向かいのルパートと何か言い争っている。マーリングの横にはレオニーがいて、つやのない黄色のシルクとくすんだレースの服を着ていた。彼女はテーブルの上座についたエイヴォン公に何か話しかけていたが、ダヴェナントがドアを開けた音に気づいて顔を上げ、出し抜けに手をたたいた。

「まあ、ムッシュー《ティヤン》・ダヴェナント！　彼が来ましたよ。ほら、閣下」

　エイヴォン公は立ち上がり、ナプキンを置いた。

「親愛なるヒュー！　ちょうどいいときに来た。ジャック、ムッシューの席を用意しろ」

　ダヴェナントは一瞬、彼の手を握ってから、まずルパートに、そしてマーリングにうなずいた。

「きみの招待に逆らえなかった――それともあれは命令だったのかな？」そう言って、ファニーに深々とお辞儀をした。「ごきげんよう」

レディー・ファニーは上機嫌で彼に手を差し出した。

「あなたに会えて、とってもうれしいわ、ヒュー。大変お久しぶりね」

「相変わらず、お美しい」ダヴェナントはそう言うと、彼女の手にキスをした。しかし視線はレオニーに向けられていた。

「あら！」ファニーが口を尖《とが》らす。「わたしの影は薄いのね、ヒュー。ええ、そうよね、わたしの影は薄くなってるわ——この子のせいで。くやしいったら、ありゃしない」レオニーに微笑《ほほえ》みかけ、彼女を手招きした。

レオニーができるだけ行儀よく前に進み、膝を曲げてお辞儀をした。口のまわりに、いたずらっぽい笑みを浮かべていた。ダヴェナントに、大きく無邪気な目を向ける。

「あり得るのだろうか？」彼はレオニーの手を取って、お辞儀をした。

「目がくらんだか？」エイヴォン公がやってきて、後見する娘の横に立った。

「完全に！　こんなことが可能だとは、夢にも思わなかった。きみは運のいい人間だ、アラステア」

「まあ、私もそう思う」エイヴォン公は言った。

レオニーが優雅に頭を下げるお辞儀をした。

「ときどき、まだレオンなんです」

「ああ、レオンだ」ダヴェナントが頬をゆるめる。「レオニーでいることは好きかい？」

「最初は全然気に入りませんでした」レオニーが答える。「でも、いまはとても心地いいように思えます。女の子だと、きれいなものを持てるし、舞踏会に行けるし。ここで来週、舞踏会があるんですすよ」

「そう聞いている。だれが来るんだい？」

彼らはふたたび席に座った。ダヴェナントはレオニーの向かいだ。質問に答えたのはファニーだった。

「みんな来るわ、ヒュー。ほんとよ。まったく、この舞踏会でわたしは大忙しだったの」

「ああ、そしてこの家を蜂《はち》の巣並みに騒がしくした」ルパートが文句を言う。「元気かい、ヒュー？」

「相変わらずだ、ルパート。きみのほうは？」

「元気だよ。見てのとおり、ぼくたちはみな改心した。こんなに家族が結束したことはなかったし、みんな互いに愛想がいいんだ。どのぐらい続くかはわからないけどね」

ダヴェナントは笑い声をあげ、テーブルの向こうのマーリングを見た。

「この評判の悪い住人たちのなかで、ぼくはきみと組むことになると聞いたぞ」

「ぼくたちは落ち着きを添えるために招待されたんだ」マーリングが言った。「レオニーの考えだ。きみはお兄さんをどうやってかわしてきたんだ？」

「きみがお兄さんを置いてきてくれるかぎり、ぼくは満足だよ」ルパートが顔をしかめた。「ああ、そうそう」エイヴォン公が言った。「不幸なフレデリック！　彼は元気か？」

「ああ、コールハッチぐらい退屈な男はいなかったわ」レディー・ファニーが大声で言った。「いいこと、ヒュー、彼はかつてわたしを愛してたのよ。偉大なるコールハッチ卿《きょう》が。まっ、名誉に思わなくてはね」

「兄は相変わらず不幸なようだ」ダヴェナントは答えた。「ぼくがまたこの家を訪問するつもりだと聞いて、不満そうだったよ」

「おい、あいつが姉さんに求婚したのか、ファン?」ルパートが叫ぶ。「まあ、愚かな男だとつねづね思っていたよ」

「ありがとう、ルパート」ダヴェナントは彼にわざとらしいお辞儀をした。「ここの人たちはみんな、ぼくのりっぱな兄を惜しみなく賞賛してくれる」

「ああ、それにわたしをね」レディー・ファニーが言った。「まったく、コールハッチがわたしと結婚したがっていたこと、覚えてる、ジャスティン?」

「おまえの求婚者たちを区別しようとするとき、私の記憶力はじつに頼りない。そいつは、私の頭にピストルを向けるような殺気をみなぎらせて、おまえを要求した男か? いや、あれはたしかフォンテロイだったな。コールハッチは、礼儀にかなった申しこみの手紙を私に書いていて、それはまだ大事にとってあると思う。それにはこうあった。おまえの軽率さや無節制といった、ささいな欠点には喜んで目をつぶる、とな」

「ファニー、兄にかわって謝る」ダヴェナントは笑い声をあげた。

マーリングが自分で桃を取った。

「なんと熱心な求婚者なんだ！」彼は言った。「ぼくがきみの欠点に目をつぶると言わなかったことを願うよ」

「愛するエドワード、あなたはわたしのつま先から頭のてっぺんの巻き毛まで大好きだと言ったのよ」レディー・ファニーはため息をついた。「ああ、なんてすてきな日々だったの。カミングは、ジョン・ドルーがわたしの眉毛をけなしたという理由で彼と戦い、ヴェインは――ヴェインを覚えてる、ジャスティン？――わたしと逃げたがったわ」

レオニーは大いに興味を持った。

「それで、そうしたんですか？」彼女は尋ねた。

「まっ、次には何をきく気？　彼は気の毒に、一文無しだったし、そのうえ頭がおかしかったわ」

「わたしを巡って人が戦ってくれたらいいな」レオニーが言った。「剣を使ってね」

ダヴェナントがおもしろがった。

「そうなのか、レオン――レオニー？」

「もちろんです。とってもわくわくするでしょ。求婚者たちが戦うのを見たことはあるんですか、マダム？」

「まあ、あるわけないじゃない。もちろん見たことないわ。そんな人はいないわよ」

「まあ！」レオニーが残念がる。「見たんだと思いました」

ダヴェナントがエイヴォン公を見た。

「このレディーは血がお好みのようだ」

「血を求める情熱は本物だよ。それ以上に彼女を満足させるものはない」エイヴォン公は言った。

「この子をその気にさせないで、ジャスティン！」レディー・ファニーが言った。「外聞がよくないでしょ」

レオニーが楽しげに顔を輝かせた。

「閣下に教えてくれるよう頼んだことで、とても血を好むものがあるんです。わからないでしょう」

「なんなの、それ？」

「ふふ、言いませんよ」レオニーが抜け目なく首を横に振る。「きっとレディーらしくないって言うでしょうから」

「ああ、ジャスティン、何を教えたの？　きっと何かおてんばなことね」

「教えてくれ」マーリングが言った。「知りたくてたまらなくなった。教えてくれないと、みんなで当て推量を始めるぞ」

「もしかすると――」ルパートが口を開いた。

レオニーが慌てて手を振る。

「だめよ、だめ、まぬけ《アンベシール》！　しゃべるな《テ・トワ》！」口をきゅっと結ぶ。「ムッシュー・マーリングは衝撃を受けるだろうし、マダムはみっともないって言うわ。閣下は何も言わない」

「何か恥ずべき秘密のように思われるぞ」エイヴォン公は言った。「たしか、ルパートをまぬけと呼ばないよう何度か頼んだはずだが、おちびさん」

「でも、彼はまぬけなんですもの」レオニーは抗議した。「閣下も知っているでしょう」

「間違いなく。だが、私は世間にそう言ったりはしない」

「だったら、なんと呼べばいいかわかりません。彼はわたしを癇癪《かんしゃく》持ちとか、短気者って呼んでいるんです」

「そして彼女は確かにそうだ！」ルパートが叫ぶ。

「違うわ、ルパート。わたしはレディーよ。閣下がそう言っているもの」

「その主張は明らかに間違っている」エイヴォン公は言った。「だが、そもそも私はその種のことを言った覚えがない」

　レオニーがいたずらっぽく、まつげの下からエイヴォン公をちらりと見た。それは、彼女の魅惑的なくせのひとつだ。

「でも、閣下、ほんのいましがた、記憶力はあまりよくないと言ったじゃありませんか」

　みながどっと笑った。レオニーの言葉に、エイヴォン公の目は輝いた。彼は扇子を取り上げ、レオニーの指関節を軽くたたいた。彼女はくすくす笑い、うれしそうにほかの人々のほうを向いた。

「ほらほら《ヴワヤン》、みんな笑った。わたしはわざとみんなを笑わせたの。わたしは機転が利く人なのよ、つまり《アンファン》」

ダヴェナントが不思議そうな顔でエイヴォン公を見た。友人の目が優しく楽しそうに被後見人に向けられているのを見て、彼はそれがあのエイヴォン公だとは信じられなかった。

「ああ、なんて子なの！」レディー・ファニーが目を拭《ぬぐ》いながら言った。「わたしはあなたの年齢のころ、ジャスティンにそんな口を利けなかったわ」

「ぼくもだ」ルパートが言った。「だが、彼女には怖いものなんてないんだよ」ダヴェナントのほうを向く。「こんな娘はいままでいなかったよ、ヒュー。彼女が誘拐まで経験したと知ってるか？」

「誘拐？」ダヴェナントは半信半疑で人々を見回した。「それはなんだい？」

「ああ、あの豚野郎！」レオニーがさげすんで言う。

「あなた！」レディー・ファニーが跳び上がった。「いま、なんて言ったの？」

「あの、でも、マダム、閣下は豚野郎と呼ぶことを許してくれました。いいんですよね、閣下？」

「わが子よ、それは美しい表現ではないし、私は決してその言葉に魅了されないが、確かに口にしてもいいと言った。おまえが豚の……小便と言わないかぎりはな」

「そのとおりです」レオニーが勝ち誇って言う。

「だが、どういう意味だい？」ダヴェナントが尋ねた。「だれがレオニーを誘拐したんだ？　ほんとうの話かい？」

マーリングがテーブルの向こうから彼にうなずいた。

「聞いたこともないほど卑劣な行為だ」

「だが、だれが？　その……豚野郎というのは？」

「サンヴィール悪伯爵よ！」レオニーが言った。「あいつはわたしに邪悪な飲み物を飲ませ、フランスへ連れてきたの。そしてルパートが救ってくれた」

ダヴェナントは目をみはり、それからエイヴォン公をまじまじと見た。

「サンヴィール！」何度も何度も、声をひそめて言う。「サンヴィール」

「そうだ、ヒュー、そのとおり。あの親愛なる伯爵だ」

ダヴェナントは何か言おうと口を開いたが、ふたたび閉じた。

「そうなんだよ」エイヴォン公は言った。

「だが、エイヴォン」言ったのはマーリングだった。「ファニーから聞いた話では、舞踏会の招待状はサンヴィール伯爵夫妻に送られている。なぜそんなことを？」

「理由はあったはずだ」エイヴォン公は考えた。「いつか、思い出すだろう」

「あいつが来たら、ぼくは自分を抑えられない」ルパートが言った。

「彼が来るとは思えないな。ヒュー、食事が終わったのなら、書斎へ行こう。ファニーがひっくり返していない部屋はそこだけだ」

「舞踏会の晩に開放するから、心配無用よ。あそこにカード・テーブルを置こうと思うの」

「だめ」レオニーが断固として言った。「そこは閣下とわたしの部屋なんです。閣下、マダムを入れてはいけません」指先をエイヴォン公の曲げられた肘に置き、いっしょに部屋を出る準備をした。ダヴェナントは焦ったささやき声を耳にした。「閣下、あの部屋はだめです。わたしたち、いつもあそこにいるんですから。閣下は、あの最初の晩にわたしをあそこへ連れていってくれたんですよ」

エイヴォン公は振り向いた。

「聞こえたか、ファニー?」

「くだらない!」レディー・ファニーはうんざりしたようすで言った。「使ったからって、何が悪いの、レオニー? どんな理由があるのよ?」

「マダム、ぴったりの言葉が思いつきません。マダムが理由を尋ねると、閣下が言う言葉なんですが」

ルパートがドアを開けた。「ああ、わかったぞ。気まぐれ、だ」

「それよ、それ《セ・スラ》!」レオニーが小さくスキップした。「ルパート、今夜はとても賢いようね」

女性たちは早めに寝室に下がり、ルパートは気が進まないマーリングをヴァソーの賭博《とばく》場へ引っ張っていき、エイヴォン公とダヴェナントが静かな書斎に残った。ダヴェナントがうっすらと笑みを浮かべて周囲を見た。

「まったく、昔みたいだな、ジャスティン」

「正確には、三カ月前だ」エイヴォン公は言った。「私はちょっとした家長になりつつあるよ」

「そうなのか?」ダヴェナントがそう言って、ひとり微笑んだ。「きみの被後見人に賛辞を送ろうかな」

「そうしてくれ。レオニーはきみの趣味に合ったかな?」

「非常に。パリは魅了されるだろう。彼女は斬新《ざんしん》だ」

「腕白というやつだ」エイヴォン公は認めた。

「ジャスティン、サンヴィールと彼女はどういう関係なんだ?」

エイヴォン公の細い眉が上がった。「たしか、きみの惜しいところは、その好奇心だと言ったことがあると思う」

「それは覚えているよ――まさにこの部屋で、きみはそう言った。レオニーは、きみがサンヴィールを打ち負かすための道具なのか?」

エイヴォン公はあくびをした。

「きみには疲れるよ、ヒュー。ゲームはひとりでやるのが私の好みだと、きみは知っているかな?」

ダヴェナントはなんのことかさっぱり理解できず、追及をあきらめた。やがてマーリングがもどってきて、ルパートは朝まで帰りそうにないと言った。

「ヴァソーのところには、だれがいた?」エイヴォン公は尋ねた。

「混《こ》んでいたが、知っている顔はあまりなかった」マーリングが言った。「ぼくが帰ったとき、ルパートはラヴエールという人物とさいころをやっていたよ。あなたの弟は救いがたいよ、エイヴォン公。そのうち、博打で魂を失ってしまうぞ」

「ああ、それはない」エイヴォン公は言った。「あいつは負けていただろう?」

「負けていた」マーリングが答える。「ぼくの知ったことではないが、あなたは彼のギャンブル熱を抑えるようにしたほうがいいと思う」

「そのとおりだ」ダヴェナントが同意した。「彼は考えがなさすぎる」

エイヴォン公は悠然とドアへ歩いた。

「きみたちの倫理観はきみたちに任せておくよ」穏やかにそう言うと、部屋を出た。

ダヴェナントは笑い声をあげたが、マーリングは顔をしかめた。

「どうしようもないサタンだな」ダヴェナントが言った。

「彼はルパートの幸福のことで悩んだりしないようだ」マーリングが重々しく言った。

「少しは彼を抑えるべきなのに」

「いや、マーリング、エイヴォンが指一本上げれば、ルパートは服従するよ」

「それは結構だが、ヒュー、ぼくは彼が指を上げるのをまだ見たことがない」

「ぼくは見た」ダヴェナントが言った。椅子を火のそばに寄せる。「さらには、われらがサタンの大きな変化も見ている」

「ああ」マーリングが認めた。「あの娘の影響だ。うちの奥さんは、ふたりの結婚を夢見ているよ」

「そうなるといいのだが」ダヴェナントが脚を組んだ。

「ぼくは彼を信用していない」

「ぼくは、今度ばかりは信じているよ」ダヴェナントは小さく笑った。「最後にレオニーを見たとき――そのころはレオンだったが――は、〝はい、閣下〟か〝いいえ、閣下〟というような感じだったんだ。だがいまでは〝閣下、こうしないとだめです〟とか、〝閣下、そうしてほしいんです〟だ。レオニーはエイヴォンを思いのままに扱い、そしてなんと、彼はそれを気に入っている」

「ああ、だが、その態度に恋人みたいなところはまったくないぞ、ヒュー。彼がレオニーを叱《しか》ったり、たしなめたりするのを、きみは聞いているはずだ」

「ああ、彼の声から聞き取ることができたよ――優しさを。この求婚は普通のようにはいかないだろうが、結婚は遠くない」

「レオニーは彼より二十歳年下だぞ」

「それが重要だと思うかい？　ぼくはジャスティンに同年齢の女性は勧めない。彼には、大事にされ、守られるべき、あの子どもが合っているよ。そして、彼はきっと彼女をしっかり守る」

「かもしれない。わからないよ。レオニーは公爵を仰ぎ見ている。崇拝しているんだ」

「それで彼の魂も救われるだろう」ダヴェナントは言った。

# 25

## レオニー、上流社会へ出る

レディー・ファニーは後ろに下がり、みずからの作品をもっとよく見ようとした。「迷うわね」彼女は言った。「あなたの髪にリボンをつけるか、それとも——いいえ、思いついた——白薔薇《ばら》を飾るのよ！」わきのテーブルから一本手に取る。「コサージュから一本なくなっても、どうってことないわ。ジャスティンからもらった留め金はどこ？」

鏡の前に座っていたレオニーが、真珠とダイヤモンドの装身具を差し出した。レディー・ファニーはそれで薔薇をレオニーの左耳の上に留め、まるで髪飾りのように巧みに整えられた、髪粉をかけた巻き毛のなかに収まるようにした。美容師は驚くべき手際を見せていた。巻き毛は女王のような小さな頭に集められ、一本の束だけが肩に垂れているのだ。「これでばっちりよ」レディー・ファニーは言った。「化粧刷毛《はけ》をちょうだい」侍女に向かって言う。

レオニーの侍女がそれをレディー・ファニーに渡し、いろいろな壺《つぼ》を手に持って待ち構える。

「赤を少しがいいわね」ファニーは言った。「ほんの少し——ほら！　口紅をちょうだい。じっとしててね。つけすぎるとまずいから。これでよし。おしろいを」レオニーの顔の上を化粧刷毛が舞う。レディー・ファニーは出来ばえをじっくり見た。「いいわ。今度はつけぼくろ。ふたつ、かな。ほら、身をくねらせないで」つけぼくろを、ひとつはえくぼの下に、もうひとつは頬骨の上方に貼《は》りつける。「すばらしい！」レディー・ファニーは叫んだ。「まあ、もう時間が。レオニー、立って。それからおまえはドレスを用意して」

レースのアンダードレスを身につけたレオニーが立ち上がった。張り骨の上に重ねられた飾りひだが足首まで続いている。レディー・ファニーはしなやかな白のブロケードを広げ、髪型が崩れないように、レオニーの頭上に持っていき、張り骨にかぶせ、引っ張って形を整えると、紐《ひも》を結ぶよう侍女に命じた。レースのペティコートの下から、レオニーの足が覗《のぞ》いている。白いサテンの靴は、踵《かかと》に小さなダイヤモンド。留め金がきらめきを放っている——これもエイヴォン公の贈り物だ。レオニーはつま先を立て、そのきらめきをじっと見た。

ファニーはレオニーに近づき、レースの肩掛けをかけた。レースから出た肩はなめらかに隆起し、とても白い。ファニーはひだ飾りが出るよう肩掛けを振り、前に結び目を作って、そこに真珠の飾りピンでべつの薔薇を二本留めた。

「まあ、マダム、これは？」レオニーが慌てて尋ねた。「わたしのじゃありません」

ファニーはレオニーに軽くキスをした。

「ああ、大したものじゃないわ。あなたにあげようって、前から思ってたの。気にしないでちょうだい」

レオニーが顔を赤くする。

「マダム、なんて親切なかたなの。ありがとう」

ドアのところで音がした。侍女がドアを開けに行き、小さな銀のトレイを持ってもどってきた。包みがふたつと、銀のホルダーに入った白い薔薇がのっていた。

「マドモワゼルにです」侍女が微笑《ほほえ》む。

レオニーが駆け寄った。

「わたしに？　だれから？」カードを読もうとトレイを覗きこむ。「ルパート——ムッシュー・マーリング——ムッシュー・ダヴェナント！　なんて親切なの。どうしてみんな、わたしにプレゼントをくれるんです、マダム？」

「それはね、あなたのデビューだからよ。ヒューはなんの花を贈ったらいいか、ジャスティンにきいたんじゃないかしら」彼女は花束を取った。「まあ、見事な細工のホルダーだこと。カードにはなんて書いてある？」

レオニーがカードを指でつまむ。

「〈レオンに、ヒュー・ダヴェナントより〉まあ、今夜《ヴワヤン》、わたしはレオンじゃなくて、マドモワゼル・ド・ボナールなのに。これはなんだろう？　ムッシュー・マーリングから……わあ、かわいい指輪。マダム、見て」もうひとつの包みを開けると、象牙《ぞうげ》の骨に彩色された鶏革が張られた扇子が現れた。「まあ、ルパートったら、気が利くじゃない。マダム、わたしが扇子を欲しがっているって、ルパートはどうやって知ったのかしら？」

ファニーは意味ありげに首を横に振った。

「まっ、きかないでちょうだい。部屋でスキップするのはやめなさい、おばかさん。ジャスティンの真珠はどこ？」

「ああ、真珠！」レオニーは化粧台へ走り、そこにあった箱から長い乳白色のネックレスを取り出した。

ファニーがそれをレオニーの首に二重に巻き、ふたたび時計にちらりと目を向けてから、ハンカチとレオニーに香水を吹きかけ、ブロケードのドレスを最後にもう一度引っ張ってから、ドアへと急いだ。

「マダムがとても遅くなってしまいます」レオニーは叫んだ。「わたしにドレスを着せていたから。わたし、マダムを待っています」

「ええ、お願い。その場に居合わせたいもの。ジャス——みんながあなたを目にするときに。わたしが支度をするあいだ、いっしょに座っていてちょうだい」

しかしレオニーはじっと座っている気分ではなかった。鏡の前へ進み、自分に向かってお辞儀をし、扇子をひらひらさせ、薔薇のにおいを嗅《か》いだ。

今夜はレイチェルがてきぱきと働いたので、間もなくレディー・ファニーは立ち上がった。薔薇色のシルクのドレスで、ペティコートは銀色のレース。レオニーが見たこともないほどスカートが大きくふくらんでいた。レディー・ファニーはふたたび化粧刷毛で顔をはたき、ブレスレットに腕を通し、見事な髪に垂れた羽根飾りをつけた。

「ああ、マダム、とってもすてきだと思います」レオニーが、部屋を行ったり来たりする途中で立ち止まり、そう言った。

レディー・ファニーは自分の姿を見て、顔をしかめた。

「わたしが今夜どう見えようと関係ないわ。レオニー、この銀のレース、気に入った？靴は？」スカートを持ち上げて、かわいい足首を見せる。

「はい、気に入りました——」

「すぐに行くわ。レイチェル、わたしの扇子と手袋を！　レオニー、花束は反対の手に持って、扇子のリボンを手首にかけなさい。そう、それでいいわ。さあ、用意ができた」

「わくわくしすぎて、爆発しそうな気分です」レオニーが言った。

「あなた！　いいこと、口には気をつけなさい。今夜、あなたの口から〝爆発〟とか〝豚野郎〟とかいう言葉は聞きたくないわ」

「はい、マダム、気をつけます。それから〝ズボン〟も！」

「もちろんよ」ファニーはくすくす笑い、階段へ向かった。階段の上でいったん立ち止まり、わきへ寄る。「あなた、先に下りなさい。ゆっくりよ、ゆっくり。ああ、きっと殿方が夢中になるわ」最後の言葉は、ひとり言だった。

レオニーは広い階段を落ち着いて下りた。今夜は壁のニッチに枝付き燭台《しょくだい》が置かれ、とても明るい。階下のホールでは、暖炉の近くに紳士たちが集まっていた。エイヴォン公は紫のサテンの上着に勲章をきらめかせ、ルパート卿《きょう》はレース飾りがふんだんについた淡い青の上着に、花模様の優雅なベストという格好、マーリングは暗褐色の服、ダヴェナントは栗《くり》色の服だ。レオニーは階段の途中で立ち止まり、扇子を広げた。

「ねえ、わたしを見て」とがめるように言う。

レオニーの声を聞いて、紳士たちは振り向き、両側の蝋燭《ろうそく》に照らされた小柄な娘を目にした。整った巻き毛から宝石がちりばめられた踵まで、全身白ずくめだ。白のブロケードは肩のところで大きく開き、ペティコートは白いレース、胸と手に白薔薇がある。例外は、濃い、きらきらした青い目と、さくらんぼのような開いた唇と、ほんのり赤い頬だけだ。

「美しい」ルパートが息をのんだ。「とてもきれいだぞ」

エイヴォン公は階段の昇り口へ進み、両手を差し出した。

「おいで、美人さん」

レオニーはエイヴォン公のもとへ駆け寄った。彼女の手を押しいただくようにエイヴォン公が低くお辞儀をしたので、顔を赤らめ、小さくお辞儀を返した。

「わたし、すてきに見えますよね、閣下？　全部、レディー・ファニーがしてくれたんです。それに、ほら、この飾りピンもくれました。それからルパートは花――違う、扇子をくれました。ムッシュー・ダヴェナントはこの花束を、ムッシュー・マーリングは指輪を！」ぽかんと彼女を見つめる彼らのほうへ、踊るように近づく。「みんな、ほんとうにありがとう。ルパート、今夜はとてもすてきよ。はじめて見たわ——こんなにきちんとして、すごくりっぱ《トゥ・タ・フェ・ボゥ》なあなたを」

レディー・ファニーが階段を下りてきた。

「どう、ジャスティン？　うまくやったでしょ？」

「すばらしい腕前だ」エイヴォン公は妹の姿に視線を走らせた。「おまえの衣装も申し分ない」

「あら」肩をすくめる。「わたしは今夜、どうでもいいの」

「おまえはとても気品がある《トレ・グラン・ダーム》よ」

「そうでしょうね」レディー・ファニーはうなずいた。「それをねらったんだもの」

ルパートが片眼鏡を持ち上げた。

「姉さんはいつだってきれいだよ、ファン。それは請け合う」

玄関の従僕たちが突然気をつけの姿勢をとった。

「まっ、もうお客が来るの？」レディー・ファニーが大声をあげた。「いらっしゃい、レオニー」屋敷の端から端まで広がる巨大な舞踏室へ、彼女は先頭に立って向かった。レオニーは楽しそうにまわりを見た。

「まあ《ヴワヤン》、すてき」そう言うと、大きな花籠《はなかご》のひとつに近づき、可憐《かれん》な花を見た。「どれもとても豪華です。この家も。閣下、ルパートはハンサムですよね？」

エイヴォン公は背の高い、粋《いき》な弟をじっくりと見た。

「こういうのをハンサムと呼ぶのか？」けだるい声で言う。

「うるさい、ジャスティン！」ルパートが文句を言った。

広い戸口で従僕が大声で名前を呼び始めた。ルパートが目立たない位置に下がり、レディー・ファニーが前に出た。

一時間後、屋敷全体が華やかに着飾った紳士淑女だらけになったように、レオニーには思えた。彼女は数えきれないぐらいお辞儀をし、それでもレディー・ファニーがこう言う声がまだ聞こえた。「マドモワゼル・ド・ボナールを紹介させてくださいさい、マダム。兄の被後見人です」

まだ夜も早いうちに、エイヴォン公が若い男を伴ってレオニーのところへやってきていた。流行の最先端の服を着て、胸にはいくつもの勲章をつけ、頭にはりっぱな鬘《かつら》をかぶっている。エイヴォン公が言った。

「わが娘です、親王。レオニー、コンデ公に紹介を頼まれた」

レオニーは膝を曲げ、深々とお辞儀をした。コンデ公が彼女の手にかぶさるようにお辞儀をする。

「ほう、マドモワゼルはとてもお美しい《ラヴィサーント》」コンデ公がつぶやく。

レオニーは身を起こし、恥ずかしそうに微笑んだ。コンデ公が自分の胸に手を置く。

「マドモワゼルは最初のダンスをぼくと踊ってくださいますか？」

レオニーは彼をたんに魅力的な若者だと思っただけだった。彼の腕に手を置き、にこやかな笑みを向けた。

「はい、喜んで、ムッシュー。これ、わたしのための舞踏会なんです。わくわくするでしょう?」

退屈だと相場が決まっているデビューの娘に慣れていたコンデ公は、この率直な喜びの表現に魅了された。バイオリン奏者たちが演奏を始め、彼とレオニーの背後にカップルたちが集まった。

「わたしが最初に行かないといけないんですか?」レオニーはそっと尋ねた。

「もちろんです、マドモワゼル」コンデ公がにっこりする。「あなたのための舞踏会なのだから、あなたが先導しなくては」

ドアのそばに立っていたレディー・ファニーが、ルパートの腕に触れた。

「あの子はだれをダンスの相手に選んだの? 少なくとも名家の出の人でないと。あれはだれ?」

「若きコンデ公だ」ルパートが答えた。「姉さんは知らないだろうな。彼はまだ二十歳かそこらだ」

「まっ、ジャスティンはどうやって彼をこんなに早い時間に呼べたのかしら?」レディー・ファニーは息をのんだ。「彼がレオニーを導いていく! レオニーは一生安泰だわ。ほら、親王が笑ってる。まあ、レオニーは彼の心をつかんだんだわ」振り向くと、エイヴォン公が後ろにいた。「ジャスティン、どうやってコンデ公をこんなに早くにここへ来させたの？　兄さんは魔法使いね」

「ああ、うまく考えただろう？」エイヴォン公は言った。「おまえは次に彼女をド・ブリオンヌに紹介しろ。いま到着したばかりだ。ドレスに銀の薔薇をつけているあの娘はだれだ？」

「あら、わからないわ。見たことのない顔がいっぱいで、だれがどこの人なのか、とても覚えきれないわよ。ジャスティン、コンデ公は魅了されてるわ。あんなにうっとりした親王を見たら、ここの殿方はみんな、レオニーのそばへ駆け寄ってくるでしょうね。あら、マダム！」遅くやってきた客を迎えるため、レディー・ファニーが去っていく。

「ぼくはカード・ルームを取りしきってこよう」ルパートが無邪気に言って、その場を離れようとした。

「その必要はない」エイヴォン公は弟の行く手をさえぎった。「ヒューがうまくやっている。おまえはマドモワゼル・ド・ヴォヴァロンをダンスに誘うんだ」

「ああ、そんな！」ルパートはうめいたが、それでもマドモワゼルが座っているところへ歩いていった。

　手の空いたファニーが次にレオニーを見たとき、彼女はアルコーブの長椅子に座り、ダンスの相手とニーガスを飲んでいた。ふたりは大いに楽しんでいるようだった。ファニーは満足して見守り、やがて、紹介を望んでいる若者たちの一団を避けて、ド・ブリオンヌ伯爵を紹介するためにアルコーブへ連れていった。コンデ公が立ち上がり、お辞儀をする。

「ああ、マドモワゼル、あとでぼくに少し時間を割いてくださらねばいけません。いつにしましょう?」

「どこかで落ち合いましょう」レオニーは言った。「そうだ! 向こうの大きな椰子《やし》の下で、ええと——十一時十分過ぎに」顔を輝かせる。「冒険みたいだわ」

「マドモワゼル、待っていますよ」コンデ公が笑いながら約束した。

ファニーが前に進む。

「兄の被後見人です、ムッシュー。ムッシュー・ド・ブリオンヌよ、レオニー」

レオニーはグラスを置いて立ち上がり、お辞儀をした。額にしわが寄っていた。ファニーは無情にもコンデ公を連れ去った。

「マドモワゼルは心配そうな顔をしていらっしゃいますか?」ド・ブリオンヌが彼女にふたたびグラスを持たせた。

レオニーは振り向き、魅力的な笑みを浮かべた。

「ムッシュー、わたし、とてもばかなんです。あなたがどなたなのか、思い出せません」

ド・ブリオンヌは一瞬、面食らった。若い娘たちは普通、ルイ・ド・ロレーヌの息子にこんなふうに話しかけないのだ。しかし彼はレオニーの魅力的な目に抵抗できなかった。そのうえ、コンデ公が好感を持ったのに、ド・ブリオンヌが感情を害するわけにはいかない。彼は笑みを返した。

「パリへいらしたばかりですか、マドモワゼル？」

レオニーはうなずいた。

「はい、ムッシュー。ええと、考えさせてください。わかった。アルマニャック伯爵の息子さんですね――ムッシュー・ル・グラン！」

伯爵は非常に楽しくなった。彼の家系に関してこれほど無邪気に思案するレディーには、これまで会ったことがないように思えた。彼は腰を下ろして愉快に過ごし、気がつくと、レオニーの知識を高めるのに役立つ人々の名を挙げていた。

「まあ、ムッシュー、あなたはだれでも知っているんですね」やがてレオニーが言った。「ムッシュー《ヴワヤン》はとっても助けになります。じゃあ、閣下といま踊っているのがだれなのか、教えてください」

「閣下？」

「ええ、公爵――わたしの後見人です」

「ああ！　あれはデュ・ドファン夫人ですよ」

「ほんとう？」レオニーが夫人をじっと見る。「彼女は公爵を楽しませているみたい」

「彼女はとても楽しい婦人ですよ」ド・ブリオンヌは重々しい口調できいた。「コンデ公は名士たちをあなたにお教えしましたか？」

「いえ――いえ」レオニーがえくぼを作った。「ほかに話すことがたくさんあったんです。彼は決闘のことや、王族であることがどんなものなのか、話してくれました」

ド・ブリオンヌは笑い出した。

「あなたが尋ねたんですか？」

「ええ、ムッシュー」レオニーが無邪気に答える。

戸口では、ファニーが到着したばかりのパンティエーヴル公爵に深々とお辞儀をしていた。パンティエーヴルはファニーの手に慇懃《いんぎん》にキスをした。

「これは、これは、レディー・ファニー。こんなに魅力的なレディー・ファニーがもどってこられたと知って、大いに感激《ヴルヴェルセ》しておりますよ」

「ああ、ムッシュー！」彼女は微笑み、扇子を広げた。

エイヴォン公がデュ・ドファン夫人を伴ってやってきた。

「親愛なるパンティエーヴル、会えてうれしいよ」

「親愛なる公爵《モン・シエール・デュック》！　マダム、ごきげんよう《ヴォートル・セルヴィトール》！」彼はお辞儀をした。「さて、アラステア、うわさの被後見人はどこだね？」

「被後見人……どこかな。先ほどはド・ブリオンヌといっしょにいたのだが。ああ、いまは私の弟と踊っている。白いドレスで、髪に薔薇をつけているよ」

パンティエーヴルが部屋の向こうを見ると、レオニーがルパートのまわりを優雅に回っていた。ふたりの手は高く上がり、彼女はつま先で立って、笑い声をあげている。

「おお！」パンティエーヴルが言った。「あの若者たち、髪の毛がちぎれてしまうぞ」

屋敷はさらに混雑していた。しばらく経《た》ってから、レディー・ファニーは食堂に行こうとして、ホールで夫に会い、にこやかに言った。

「あなた、大成功よ。あの子を見た？　パンティエーヴルが彼女と踊ったわ。コンデ公も。ジャスティンはどこ？」

「小さい客間へ行った。満足したかい？」

「大満足よ。この先、何週間も、パリはこの舞踏会とレオニーの話で持ちきりになるわ。わたしはみんなにうわさ話を続けさせる。きっとよ」急いで食堂へ行くと、そこも人だらけで、レオニーが楽しげで、うっとりしている一団の中心にいた。ファニーは見捨てられた娘をひとり保護し、彼女のパートナーを探しに出かけた。

カード・ルームでは、エイヴォン公の最新の気まぐれが話題になっていた。

「まったく《モン・デュ》、ダヴェナント、なんて美人なんだ。なんという色合い。なんとすばらしい瞳！」ラヴエールが叫んだ。「彼女はだれなんだ？」

ダヴェナントが返事をする前に、勲爵士のダンヴォーが割りこんだ。

「ああ、サタンは彼女を誇らしく思っているよ。見ればわかる」

「理由があるのさ」マリニャールがさい筒《ダイス・ボックス》をいじりながら言った。「彼女は美しいだけでなく、茶目っけ《エスピエグレリ》がある。ぼくは彼女の手に触れた幸運なひとりとなった。コンデ公はもう夢中《エプリ》だ」

ダンヴォーがダヴェナントを見た。

「彼女はだれかに似ている。だが、だれなのか、思い浮かばない」

「ああ、そのとおりだ」ラヴエールがうなずく。「彼女の目を見たとき、会ったことがあるとすぐに思った。それはあり得ると思うか、ダヴェナント？」

「不可能だね」ダヴェナントが熱をこめて言った。「彼女はイングランドから来たばかりだ」

隣のテーブルでランスクネーをしていたマルゲリ女伯爵が、顔を上げた。

「でも、あの子はフランス人でしょう、たしか？　両親はだれなの？」

「知らないんですよ、マダム」ダヴェナントは真実を言った。「ご存じのとおり、ジャスティンは話し好きじゃありませんからね」

「そのとおり」夫人は大声で言った。「彼は謎《なぞ》を作るのが大好きだわ。わたしたちみんなの好奇心をそそろうとするの。純真で無邪気なことで、彼女は成功が保証されているわね。わたしの娘たちにもそんなところがあったらよかったのに」

一方レディー・ファニーは、レオニーを食堂から救出すべく、ルパートを送りこんだ。レオニーはルパートの腕にもたれ、うれしそうに笑いながらもどってきた。

「マダム、親王ったら、わたしの目は星みたいだって言うの。それにべつの人は、わたしの視線に参ったそうよ。それに――」

「こらこら」レディー・ファニーは言った。「ここで全部言うのはやめてちょうだい。あなたをラ・ローク夫人に紹介したいの。いらっしゃい」

しかし夜中が近づくと、レオニーは舞踏室を抜け出し、ホールへ歩いていった。客間のひとつから出てきたコンデ公が、そこでレオニーと会った。

「かわいい蝶々《ちょうちょう》さん。きみを捜しに行ったんですよ。でも見つけられなかった」

レオニーは笑みを向けた。

「ねえ、閣下を見ませんでした？」

「閣下は何人もいますよ、蝶々さん。どの閣下をお望みで？」

「わたしの閣下です」レオニーは言った。「エイヴォン公です、言うまでもなく」

「ああ、彼はいちばん遠くの客間にいましたよ。でも、ぼくでもいいでしょう？」

レオニーは首を横に振った。

「だめです、ムッシュー。彼を捜しているんです」

コンデ公は彼女の手を取り、微笑んだ。

「あなたはつれないな、妖精《ようせい》のプリンセス。ほんの少しぐらい、ぼくに好意があると思っていたのに」

「ええ、好きですよ。とっても好きです」レオニーは請け合った。「でも、いまは閣下に用があるんです」

「それなら、いますぐ連れてきてあげましょう」コンデ公が優しく言う。

「いいえ、だめ。わたしが閣下のところへ行くんです。連れていって！」

コンデ公はすぐに腕を差し出した。

「少しはぼくに優しくなってくれましたね、マドモワゼル。あの閣下はあなたをヴェルサイユへ連れていくのでしょうか？」

「ええ、そう思います。あなたも行くの？　ぜひそうして、ムッシュー」

「もちろん行きますよ。それから、ロンシャン夫人の夜会でも、きっと会えますよね？」

「わからないんです」レオニーは行った。「わたし、とてもたくさんの夜会に行くと思うけど、閣下がどこの夜会なのかまだ教えてくれません。ああ、閣下がいる！」コンデ公の腕にかけた手を離し、エイヴォン公が立っているところへ駆け寄った。「閣下、ずっと捜していたんです。親王が連れてきてくれました。ありがとう、ムッシュー」友好的な手を差し出す。「じゃあ、もう行って、ダンスをしてきたら――ええと、だれかと！」

コンデ公が小さな手にキスをする。

「彼女を宮廷に連れてくるでしょう、公爵？」

「来週の接見会に」エイヴォン公は言った。

「それはよかった」コンデ公はそう言うと、お辞儀をし、その場を去った。

エイヴォン公はおもしろそうに被後見人を見下ろした。

「おまえは王族をじつにあっさりと下がらせるんだな」

「ああ、閣下、親王は若すぎて、ルパートそっくりなんですもの。彼は気にしないと思いますよね？」

「気にしていないようだった」エイヴォン公は言った。「私になんの用だね？」

「なんにも。でも、閣下を見つけようと思ったんです」

「おまえは疲れているんだ」レオニーを長椅子へ導く。「しばらくのあいだ、いっしょにおとなしく座っていよう」

「はい、お願いします、閣下。とてもすてきな舞踏会ですよね。わたし、たくさんの偉い人と踊りました。みんな、ほんとうに親切でした」

「それを聞いてうれしいよ」エイヴォン公は重々しく言った。「親王をどう思う？」

「ああ、彼はとってもおもしろい《フォール・アミュザン》んです。宮廷に関するいろんなことを話してくれましたし、だれがだれなのかも――違った。あれはムッシュー・ド・ブリオンヌでした。わたし、親王にふんって言っちゃったんですが、彼は気に入ったみたいで、笑ってくれました。それからルパートと踊って――いいえ、ムッシュー・ダンヴォーとだった。彼は間違いなくわたしと前に会ったと言っていました」レオニーの目がきらきら光る。「わたし、〝そうですよ、ムッシュー。ある晩、ヴァソーであなたにワインを持っていきました〟って言いたかったんです」

「もちろん言わなかっただろうね？」

「ええ、言いません。わたし、とっても慎重にしました。〝まあ《ティヤン》！　わたしは会っていないと思います〟って言ったんです。全然ほんとうじゃないですよね」

「気にすることはない。とても適切な返答だ。さて、おまえと話したがっている私の旧友を紹介しよう。来い」

「だれです《キ・エス》？」レオニーは尋ねた。

エイヴォン公は彼女を伴って客間からホールへゆっくりと歩いた。

「ムッシュー・ド・リシュリューだ。礼儀正しくするんだぞ」

「はい、閣下」レオニーは素直に言い、彼女に微笑みかけ、視線をとらえようとしていた若い伊達男《だて》にうなずいた。「わたし、今夜はみんなにとても礼儀正しくしています。もちろん、ルパートはべつですけど」

「それは聞かずともわかっている」エイヴォン公はそう言って、レオニーを舞踏室へふたたび連れていった。

中年の伊達男が部屋の端にある暖炉の前に立ち、ふくよかな美人と活発に会話をしていた。そのレディーのまわりにほかの男たちが集まるのを待ってから、エイヴォン公は前に進んだ。

リシュリューが彼を見て、やってきた。

「ああ、ジャスティン。約束の紹介だね。きみの美しい被後見人か」

レオニーがエイヴォン公の腕から手を抜いて、お辞儀をした。リシュリューが頭を下げ、それから彼女の手を取って、軽くたたいた。

「娘さん、ジャスティンがうらやましいですよ。ジャスティン、あっちへ行け。きみがいなくとも、彼女の面倒は私がちゃんと見る」

「そう信じているよ」エイヴォン公はそう言うと、レディー・ファニーを捜しに行った。

アルマン・ド・サンヴィールが、ホールを横切るエイヴォン公をつかまえた。

「やあ、あの娘はどこの子だ？」彼が質問する。「ぼくは紹介してほしいと切に望んだ。レディー・ファニーが親切にも紹介してくれたよ。ぼくはあの妖精と話をし——まったく、なんてかわいいんだ《ケ・レ・ジヨリ》！——そのあいだずっと、自問していた。この子はどこの子なんだ？この子はどこの子なんだ？」

「それで、自問して答えは得られたのか？」エイヴォン公は尋ねた。

「いや、ジャスティン、だめだった。だからきみにきく。あの子はどこの子だ？」

「彼女はぼくの被後見人だよ、親愛なるアルマン」エイヴォン公は微笑み、マドモワゼル・ド・ラ・ヴォーグがやってくると、その場を離れた。

　ファニーは食堂にいた。ダヴェナントもいっしょだった。エイヴォン公が入ってくると、彼女は手を振った。

「ちょっとだけ休憩する時間ができたの」陽気に言う。「まったく、ジャスティン、わたしったら二十人ほどの若い人たちを引き合わせてあげたんだけど、そのだれの名前も聞いてないの。レオニーはどこ？」

「リシュリューといる」エイヴォン公は答えた。「いや、ファニー、心配しなくていい。彼は礼儀正しくすると誓っている。ヒュー、きみは今夜、天から私に贈られたものだったよ」

　レディー・ファニーが扇子であおぎ始めた。

「みんな、かなり働いたわ。かわいそうなエドワードは未亡人たちといて、トランプでオンバーをやってるし、ルパートはほとんどカード・ルームに入らなかった」

「ぼくたちのなかで、きみがいちばん働いたよ」ダヴェナントが言った。

「あら、でも、わたし、とっても楽しかった。ジャスティン、何人の若者たちがレオニーに言い寄ったのかわからないわ。コンデ公は心を奪われたって、わたしに言った。わたしって、大した付き添い婦人じゃない？　レオニーを紹介するときは、五十になった気がするけど――ええ、ほんとよ、ヒュー――ラウル・ド・フォンターンジュに会ってると、十代にもどった気がするの」ファニーは視線を上に向けた。

やがて人々が帰り始め、最終的に彼らだけがホールに残った。疲れていたが、勝利に酔っていた。

ルパートが大きなあくびをした。

「なんて晩だったんだ！　バーガンディーは、ヒュー？」いくつかのグラスにワインを注ぐ。「ファン、レースが破れてるよ」

ファニーは椅子にぐったりと座った。

「もう、ぼろぼろだって気にしないわ。レオニー、あなた、疲れきった顔をしてるわ。ああ、かわいそうなエドワード、あなたは未亡人たちを相手にりっぱだった」

「ああ、そのとおりだ」エイヴォン公が言った。「感謝しなければな、エドワード。きみは疲れ知らずだ。レオニー、目をまだ開けていられるか？」

「はい、閣下。ああ、マダム、親王がわたしのドレスがとってもきれいだって言ったの」

「まったく」ルパートがレオニーに向かって首を横に振った。「きみが今夜何をしてたか、ぜひ聞かせてもらいたいよ。リシュリューはきみに言い寄ったのか？」

「あら、まさか」レオニーは驚いた。「彼はとっても年を取っているじゃない」

「ああ、気の毒に」エイヴォン公が言った。「頼むから、彼にそう言うんじゃないぞ」

「ほかの人にもね」レディー・ファニーが言った。「パリじゅうのうわさになるわ。ジャスティンが悲しむわよ」

「で、だれに言い寄られた？」ルパートが尋ねた。「コンデ公のほかに？」

「彼は言い寄ってないわよ、ルパート。だれにも言い寄られなかった」レオニーが無邪気にまわりを見る。「彼はわたしを妖精のプリンセスだと言っただけ。ええ、それに、目についても言ったわ」

「もしそれが言い寄――」ルパートは兄の視線に気づいて、言葉を切った。「ああ、ぼくは何も言わないよ。大丈夫」

「閣下」レオニーが言った。「わたし、これは夢だってずっと思っていたんです。もしわたしが小姓だったとあの人たちが知ったら、あんなに優しくしてくれなかったと思います。わたしを丁重に扱う必要はないと、きっと考えたはずです！」

# 26

## レオニーのお披露目

舞踏会のあと、すぐに何通かの招待状がエイヴォン邸に届いた。複数の夫人たちが、急な知らせを詫《わ》びながら、これこれの晩の舞踏会や、夜会や、カード・パーティーにレディー・ファニーが出席してくれるようにと依頼していた。ファニーは小さなカードの山に慎重に目を通し、上機嫌になった。

「ジャスティン！」彼女が叫ぶ。「わたしたち、三晩以上続けて家にいることはなくなるわよ、きっと。このカードはマダム・デュ・ドファンからで、来月の……夕べの集い。これはムイイ伯爵夫人の舞踏会。そしてこれは、フォルマルタン夫人から、土曜よ。それから――」

「もういいよ、ファニー」エイヴォン公が言った。「承諾するのも断るのも、好きにやってくれ。だが、ずらずら読み上げるのはやめてくれ。レオニー、何を持っているんだ？」

レオニーが花束を持って、小躍りしながら部屋に来ていた。花束にはカードがついていた。

「閣下、きれいでしょう？　コンデ公からの贈り物です。彼、わたしにとっても親切だと思います」

　ファニーは兄を見た。

「こうして始まるのね」彼女は言った。「どこで終わればいいのかしら」

「ぼくは債務者の監獄で終わるよ」ルパートが、肘掛け椅子にゆったり座りながら言った。「昨夜《ゆうべ》はぴったり二百ギニーすったし――」

「ルパート、なんて向こう見ずなんだ」マーリングが非難する。「なぜそんなに高額を賭《か》ける？」

　ルパートは答えなかった。軽蔑《けいべつ》にも値しない質問だと思ったからだ。ダヴェナントがかわりに答えた。

「家系なんだと思うよ。ルパートは、言うまでもなく、どうしようもない男だ」

「いいえ、違います」レオニーが言った。「彼はとてもばかだけど、どうしようもない男じゃありません。閣下、あした、ヴェルサイユに着ていく服を教えてください。マダムは青だと言うけど、わたしはまた白のドレスを着たいんです」

「だめだ。同じドレスを二回続けて着ると、うわさになりかねない。おまえは金色と鈍い黄色、それに私が前にやったサファイアを身につけるんだ。それから髪粉はかけない」

「あら？」レディー・ファニーが言った。「どうして、ジャスティン？」

ダヴェナントが暖炉へ歩いた。

「赤褐色の髪は、きみの心を支配している情熱のひとつなんじゃなかったか?」

「そのとおり」エイヴォン公はお辞儀をした。「きみはすばらしい記憶力の持ち主だな」

「わからないわ」ファニーが文句を言う。「どういう意味よ?」

「私にはよくわからない」エイヴォン公は言った。「ヒューにきくといい。彼はなんでも知っている」

「もう、兄さんは頭にくる」ファニーが唇を尖《とが》らせた。「鈍い黄色――ええ、いいわね。レオニー、スリーズに金の編み目のペティコートを注文しないと。いま、とても流行《はや》ってるって聞いたわ」彼女はすっかり流行の服に惹《ひ》きつけられていた。

レディー・ファニーとエイヴォン公はレオニーを伴ってヴェルサイユへ行った。マーリングもダヴェナントも宮廷が嫌いだったので、ふたりは一行には加わらず、ピケットをしながら静かな晩を過ごし、その日ロンドンから届いた最新の『アドヴェンチャラー』を読むほうを好んだ。

そこでレオニーと彼女の付き添いたちはふたりを望みどおりに屋敷に置いて、ヴェルサイユへ軽装備の四輪馬車で向かった。その旅は、レオニーを懐古的な気分にした。スカートを大きくふくらませてレディー・ファニーの隣に座った彼女は、向かいのエイヴォン公に呼びかけた。

「閣下、このサファイアのチェーンをわたしにくれたときのこと、覚えていますか?」レオニーは白い胸に飾られたチェーンに触れた。

「覚えているとも。それに、帰り道、おまえが眠ってしまい、起きようとしなかったことも覚えている」

「ええ、そのとおりです」レオニーはうなずいた。「またこんなふうに宮廷へ行くなんて、とても妙な感じがします」ペティコートを示し、扇子を広げた。「親王が昨夜、カシュロン夫人のパーティーに来ていたんですよ、閣下」

「そう聞いている」出席しなかったエイヴォン公が言った。

「そしてこの子と二度も踊ったのよ」レディー・ファニーが口をはさんだ。「とても不適切だったわ」

「ああ、そうだった」ルパートが同意する。「言わせてもらえば、彼はレオニーに会うためだけに来たんだよ」

「そうよ」レオニーが率直に言った。「彼がそう言ったもの。わたし、あの人が好き」

ルパートが彼女をきびしい目で見た。

「いいか、何を話してたのか知らないが、きみはあんなふうにいっしょに座るべきじゃない」高圧的に言う。「ぼくはきみをダンスに誘いたかったのに、どこにもいなかった」

レオニーは彼にしかめ面をした。

「そう言っているのは、あなたがとっておきの服を着ていたからでしょう。あの服を着ていると、偉くて地位のある人物になった気分になるって、知っているんだから」

ルパートがどっと笑った。

「それはおもしろい。だが、これがすごく上質な上着だってことは、否定しないよ」華麗な赤紫色の袖《そで》を愛情たっぷりに見つめる。

「それはそんなに――そんなに上品《ディスタンゲ》じゃないわ。閣下の灰色とピンクに比べると」レオニーは言った。「閣下、今夜はだれに会うことになりますか？」

「まあ、あなたは十人以上と約束をしてると思ったけど」レディー・ファニーが言った。

「ええ、マダム。でも、はじめて会う人のことを言ったんです」

「おお、こいつは満足というものを知らない」ルパートがつぶやく。「今月が終わる前に、彼女は男たちのすばらしいコレクションを自慢するようになるだろうね」

「おまえは王に会うだろう。それに女王にも。もちろん、王太子にもだ」エイヴォン公が言った。

「それからポンパドール夫人にも。わたし、会ってみたいんです。とってもきれいだって聞いたから」

「とてもな」エイヴォン公が言った。「彼女のお気に入りの、スタンヴィルや、王の弟や、ユー伯爵にも会えるだろう」

「まあ！《ティヤン》」レオニーは言った。

ヴェルサイユに到着すると、やがて彼女はレディー・ファニーのあとから大理石の階段を上がって、鏡の回廊《ガルリ・デ・グラス》へ行き、まわりを見て、ふうっと息を吐いた。

「よく覚えているわ」彼女は言った。

「お願いだから、それを言わないで」ファニーが頼んだ。「あなたはここへ来たことがないの。あなたの思い出をこれ以上聞かせないでちょうだい」

「はい、マダム」レオニーは決まり悪そうに言った。「ああ、ムッシュー・ド・ラ・ヴァライエがいる」

ラ・ヴァライエが話をしに彼らのほうに来て、レオニーの髪粉のかかっていない頭に興味深げな視線を向けた。ルパートは人々の輪からそっと抜け出し、気の合う仲間を捜しに行き、しばらく姿を消した。

　多くの人々が振り向いてレオニーを見た。

「おいおい《ディ・ドンク》」スタンヴィルが言った。「あのかわいらしい赤毛はだれだ？　見たことがない」

　彼の友人のサリーが嗅《か》ぎ煙草《たばこ》を嗅いだ。

「知らないのか？」サリーが言う。「彼女はいまいちばんうわさされている美人だ。エイヴォン公の被後見人だよ」

「ほほう。ああ、聞いたことがある」スタンヴィルがうなずいた。「公爵の新しいおもちゃだろ？」

「いや、いや、違う」サリーが首を激しく横に振る。「公爵の新しい崇拝の対象さ」

　レオニーはラ・ロック公爵夫人にお辞儀をしていた。スタンヴィルがレディー・ファニーを見つけた。

「では、アラステアは魅力的な妹を連れてきたわけだ。マダム、ごきげんよう《ヴォートル・セルヴィトール》」

ファニーは振り向いた。

「まっ、あなただったの、ムッシュー」手を差し出す。「お久しぶりね」

「マダム、あなたを見ると、年月が飛んでもどってきますよ」スタンヴィルがそう言って、ファニーの手にキスをした。「だが、昔はムッシューなどという冷たい呼びかたではなく、エティエンヌと呼んでくれたはずだ」

レディー・ファニーは扇子で顔を隠した。

「そんなこと、覚えていませんわ。わたし、とても愚かだったの――遠い昔は」

スタンヴィルは彼女をわきへ連れていき、ふたりは過ぎ去った日々について語り始めた。エイヴォン公は妹がほかに気を配る余裕がないと見て取ると、大きくなりつつある崇拝者の輪からレオニーを救い出し、回廊を歩いてきたユー伯爵に挨拶《あいさつ》させた。やがてスタンヴィルから離れたファニーが、エイヴォン公の隣に来た。伯爵が彼女にお辞儀をする。

「マダム、あなたが付き添われる娘さんはすばらしいですな」宝石をつけた手をレオニーのほうへ振った。レオニーは、先日の舞踏会に来ていた内気な娘に話しかけている。

ファニーはうなずいた。

「気に入ってくださいました、ムッシュー?」

「気に入らずにはいられませんよ、マダム。彼女はまばゆいばかりだ《エクラタント》。あの髪、あの瞳。

とても人気者《スユクセ・エノルム》になりますぞ」ユー伯爵はお辞儀をすると、友人の腕を取って離れていった。

レオニーがエイヴォン公のもとに来た。

「閣下、若い男ってばかだと思います」きっぱりと言う。

「それは議論の余地がないな。おまえの機嫌を損ねた不幸な男はだれだね？」

「ムッシュー・ド・タンクヴィルです。わたしのことを、残酷だって言うんですよ。そんなことありませんよね？」

「もちろん残酷だわよ」レディー・ファニーが言った。「すべての若いレディーは残酷でなくてはだめ。絶対そうじゃないと」

「もう、ふん！」レオニーは言った。「閣下、王さまはどこですか？」

「暖炉のところだ。ファニー、彼女を王のところへ連れていってくれ」

レディー・ファニーは扇子をたたんだ。

「お膳立《ぜんだ》てはできてるの？」

「もちろんだ。予定に入っている」

そこでファニーはレオニーを連れ、部屋を歩いていき、王に深々とお辞儀をした。王が愛想のいい言葉をかける。王の背後には、王の弟やほかのひとりかふたりとともに、コンデ公が立っていた。レオニーは彼と視線が合い、茶目っけのあるえくぼを浮かべた。王はレディー・ファニーに、マドモワゼル・ド・ボナールに関するほめ言葉を言った。王妃はとても美しいと賛辞をつぶやいた。レディー・ファニーは次の拝謁者のために、その場を去った。

「よし！」レオニーは言った。「これでわたしは王さまと話をしたわ」目をきらきらさせ、エイヴォン公《ボン》のほうを向く。「閣下、わたしの言ったとおりでした。王さまは硬貨そっくりでしたよ」

コンデ公がレオニーのほうにやってきたので、レディー・ファニーは気を利かせ、そこから離れた。

「おお、妖精《ようせい》のプリンセス、あなたは今夜、われわれを燃え上がらせる」

レオニーは自分の巻き毛に触れた。

「わたしの赤毛の話をするなんて、優しくないわ」

「赤？」コンデ公が声をあげた。「それは銅色《あかがね》ですよ、プリンセス。それに瞳は、胸につけている菫《すみれ》のようだ。白薔薇《ばら》がぼくを魅了したように、いまあなたは金の薔薇になって、魅力を増している」

「ムッシュー」レオニーはきつく言った。「それはムッシュー・ド・タンクヴィルが言った言葉よ。わたしは全然気に入らない」

「マドモワゼル、あなたの言うとおりです。あなたにふたたび気に入られるために、ぼくは何をしたらいいでしょう？」

レオニーは考えこんで彼を見た。コンデ公が笑い声をあげる。

「おお、では、騎士道精神を発揮せねばならないような、むずかしいことなのですね」

レオニーの目が光った。

「たんに、わたしはとても喉が渇いているだけなの、ムッシュー」悲しげに言う。

彼らのそばに立っていた紳士が、レオニーを驚きの目で見て、友人のほうを向いた。

「なんと、聞いたか、ルイ？　この美人はだれだ？　コンデ公《モン・デュ》に飲み物を取りに行かせるなんて」

「おい、知らないのか？」友人が声をあげる。「マドモワゼル・ド・ボナールだ、イングランドの公爵が後見する。彼女は斬新《ざんしん》で、コンデ公は彼女の変わった態度に心を奪われている」

コンデ公はレオニーに腕を差し出した。ふたりは隣のサロンへ行き、そこで彼がレオニーに果実酒を渡した。十五分後、レディー・ファニーはそのサロンで、元気いっぱいのふたりを見つけた。コンデ公が片眼鏡を剣に見立て、レオニーのためにフェンシングの技を説明しようとしていた。

「まあ、レオニー、何をしてるの？」レディー・ファニーが強い口調で言う。それからコンデ公に深くお辞儀をした。「ムッシュー、ご迷惑をおかけしました」

「あら、でも、わたし、迷惑なんかかけていないわ、マダム。ほんとうよ」レオニーが言った。「彼も喉が渇いていたの。ああ、ルパートが来た」

ルパートが勲爵士のダンヴォーとやってきた。勲爵士はレオニーを見て、額にしわを寄せた。

「だれ？　だれ？　ムッシュー、お呼びがかかっていますよ《オン・ヴー・ドマンド》」

コンデ公は手を振って、彼を黙らせた。

「マドモワゼル、約束の報酬は？」

レオニーは胸の菫を彼に与え、微笑《ほほえ》んだ。コンデ公は彼女の手と花にキスをし、上着にその花をつけて鏡の回廊へもどった。

「なんと」ルパートが言った。「びっくりだな」

「来て、ルパート」レオニーは言った。「ポンパドール夫人のところへわたしを連れていって」

「いや、できない」ルパートがきっぱりと断る。「やっとダンヴォーと逃げてきたんだ。こんなところ、うんざりだよ」

「レオニー、こっちへ来て」ファニーがそう言って、自分はエイヴォン公といっしょに鏡の回廊へもどり、親友のヴァヴァロン夫人のところへ彼女を残して、エイヴォン公を捜しに行った。

　ようやく見つけたとき、エイヴォン公は牡牛の目《ウイユ・ド・ブフ》のサロンでリシュリューやノアイユ公爵といっしょにいた。すぐにエイヴォン公がファニーのところへ来た。

「ファニー、私の子はどこだ？」

「クロティルド・ド・ヴァヴァロンといっしょよ」ファニーは答えた。「ジャスティン、あの子ったら、コンデ公に菫をあげちゃって、彼はそれを身につけてるのよ。これって、どうなってしまうかしら？」

「どうにもならないよ」エイヴォン公が落ち着いて言った。

「でも、ジャスティン、あんなふうに王族を誘惑するのはよくないわ。すごく好かれるのは、見向きもされないのと同じぐらい、悲惨な結果をもたらすのよ」

「そんなに悩むな。コンデ公はあの子に恋をしていないし、あの子も彼に恋をしていない」

「恋！　そんなことになったら大変。でも、あの思わせぶりな態度は――」

「ファニー、おまえはときどき、どうしようもないほど見る目がなくなるな。コンデ公はおもしろがっている、それだけだ」

「ああ、それは結構なことだわ」ファニーは肩をすくめた。「今度は何？」

エイヴォン公が片眼鏡で部屋を見回していた。

「今度は、レオニーをサンヴィール伯爵夫人のところへ連れていき、紹介してほしい」

「どうして？」ファニーはエイヴォン公を見つめた。

「夫人が興味を持つだろうと思ってね」エイヴォン公はそう言って、笑みを浮かべた。

レディー・ファニーがレオニーを伴い、サンヴィール伯爵夫人のところへ行くと、扇子をつかんでいた夫人の手が握りしめられ、その向こうの顔が白くなった。

「マダム！」レディー・ファニーは握りしめられた手に視線を向け、はっと息をのむ声を耳にした。「お久しぶりですね。お元気ですか？」

「とても元気よ、マダム。あなたは……お兄さんと……パリにいるの？」夫人は苦労しながら言葉を発した。

「ええ、わたしはこの子の付き添い婦人なんです」ファニーは答えた。「おかしいでしょう？　兄の被後見人を紹介していいですか？　マドモワゼル・ド・ボナールです、サンヴィール伯爵夫人」彼女は一歩下がった。

夫人の手が無意識に止まった。

「まあ……」夫人が声を震わせて言った。「しばらく、わたくしと座ってちょうだい」ファニーのほうを向く。「マダム、わたくしがこの子を預かりますわ。わたくし――わたくし、この子と話をしたいの」

「もちろん、どうぞ」ファニーは言って、すぐに立ち去った。

残されたレオニーは、夫人の顔を見つめた。夫人が彼女の手を取って、軽くたたき、撫《な》でた。

「こっちへいらっしゃい」夫人はためらった。「壁際に長椅子があるわ。少し――ほんの少し、いっしょにいてくれる？」

「はい、マダム」レオニーは礼儀正しく言いながら、この容色の衰えた夫人がなぜこんなに動揺しているのだろうかと思った。サンヴィール伯爵の妻とともに残されたことを大いに不満に思っていたが、いっしょに長椅子へ行き、夫人の隣に腰を下ろした。

夫人は途方に暮れているようだった。レオニーの手を取ったまま、じっと動かず、彼女をなめるように見ている。

「教えてちょうだい」ついに夫人が口を開いた。「あなた――あなた、幸せ？」

レオニーは驚いた。

「もちろんです、マダム。もちろん、幸せです」

「あの男……」夫人がハンカチを唇に当てる。「彼は、あなたによくしてくれる？」

「閣下のことを、わたしの後見人のことを言っているんですか、マダム？」レオニーはこわばった声で言った。

「ええ、そうよ。彼のこと」夫人の手が震えた。

「もちろん《ナチュレルマン》よくしてくれます」レオニーは答えた。

「ああ、あなた、気を悪くしたのね。でも、ほんとうに、ほんとうに……。あなた、とっても若いのね。わたくしは――わたくしは、あなたの母親と言っていい年よ」夫人がかなり興奮した笑い声をあげる。「だから、わたくしが何を言っても気にしないわよね？　彼は――あなたの後見人は……いい人じゃないし、あなたは――あなたは……」

「マダム」レオニーは手を引っこめた。「あなたに失礼なことはもちろん言いたくないんです。でも、閣下のことをこんなふうに言わせておくわけにはいきません」

「そんなに彼が好きなの？」

「はい、マダム。心の奥底から《デュ・トゥ・モン・クール》愛しています」

「あら、まあ」夫人がささやいた。「それで彼は――彼はあなたを愛しているの？」

「まさか」レオニーは言った。「少なくとも、わたしは知りません。彼はわたしにとても優しいだけです」

夫人がレオニーの顔をじろじろ見る。

「よかったわ」彼女はため息をついた。「ねえ、あなた、どのぐらい彼といっしょに暮らしているの？」

「それは――それは、とっても前から《ドビュイ・ロンタン》」レオニーはあいまいに言った。

「あら、じらさないで。秘密は守るから。公爵はどこであなたを見つけたのかしら？」

「すみません、マダム。忘れました」

「忘れるように彼に言われたのね」夫人が素早く言った。「そうなんでしょう？」

だれかが長椅子にやってきた。夫人は少しびくりとし、口を閉じた。

「これはこれは、マドモワゼル」サンヴィール伯爵が言った。「お元気そうですな」

レオニーの顎が上向いた。

「ムッシュー？」レオニーは無表情で言った。「ああ、思い出しました《ジュ・ム・スヴィアン》。ムッシュー・ド・サンヴィールですね」夫人のほうを向く。「ムッシューにお会いしたんですよ、ええと――もう《ベスト》、なんだっけ。ああ、そうそう――ル・デニエルでです。ルアーヴルの近くの」

サンヴィール伯爵の顔が陰気になった。

「よく覚えておいでだ、マドモワゼル」

レオニーは伯爵をじっと見た。

「ええ、ムッシュー。わたし、人の顔は忘れないんです――決して」

　十歩離れたところで、アルマン・ド・サンヴィールが、根が生えたように立っていた。

「なんてこった、なんてこった、なんてこった」あえぎながら言う。

「それは」彼の背後で物柔らかな声がした。「感心しない表現だな。なんというか――力がない」

　アルマンがさっと向きを変え、エイヴォン公と顔を合わせた。

「おい、あのマドモワゼル・ド・ボナールが何者なのか、きょうこそ教えてくれ」

「さあね」エイヴォン公はそう言って、嗅ぎ煙草をひとつまみ取った。

「でも、彼女を見てみろ」アルマンがしつこく迫る。「あれはアンリだ。ふたり並んでいるところを見ると、アンリの生き写しだよ」

「そう思うか？」エイヴォン公はきいた。「私には、彼女は親愛なる伯爵よりも美しいし、洗練されていると思えるが」

　アルマンがエイヴォン公の腕を振る。

「彼女は――だれ――なんだ？」

「親愛なるアルマン。きみに話すつもりはほんの少しもないから、私の腕をそんなにきつくつかまないでくれ」エイヴォン公はアルマンの手を袖からどかし、サテンを撫でた。

「これでいい。私の被後見人に関して、何も見ず、何も話さなければ、きみはうまくやっていける」

「はあ?」アルマンが怪訝《けげん》そうにエイヴォン公を見る。「きみがなんのゲームをしているのか、知りたいな。彼女は兄の娘だろ、ジャスティン。そうに決まっている」

「そういうことはやめたほうが、ずっとうまくいく」エイヴォン公は言った。「このゲームを最後まで私にやらせてくれ。そのとき、きみが失望することはない」

「だが、理解できないんだ。きみが何をするつもりなのか、想像もできない」

「なら、想像しようとするな、アルマン。言ったように、きみが失望することはない」

「何も話すなって? だが、すぐにパリじゅうのうわさになるぞ」

「そうだろうな」エイヴォン公は同意した。

「アンリは気に入らないだろう」アルマンが考えを述べる。「だが、兄に害が及ぶとも思えない。だから、どうしてきみが——」

「このゲームは、きみが考えているよりも複雑なんだ。きみは関《かか》わらないほうがいい」

「わかったよ」アルマンは指を噛《か》んだ。「きみがアンリに対処できると信じよう。なにしろ、ぼくと同じぐらい彼を愛しているからな」

「それほどではない」エイヴォン公はそう言うと、レオニーの座る座椅子にゆっくりと近づいた。サンヴィール伯爵夫人にお辞儀をする。「ごきげんよう、マダム。またしても、このひどく隙間《すきま》風の入るサロンで顔を合わせることになりました。これは、これは伯爵」サンヴィール伯爵に向かってお辞儀をする。「私の被後見人と旧交を温めておられるのですかね?」

「ごらんのとおりだ、公爵」

レオニーは立ち上がっていて、いまはエイヴォン公の隣に立っていた。エイヴォン公は彼女の手を取り、あざけるような視線を伯爵夫人に向けた。

「ほんの一カ月前、親愛なる伯爵とまったく意外な場所でお会いするという幸運に恵まれたのですよ。ふたりともたしか、捜していたんです、その……なくしものを。とても珍しい偶然ですよね。この愉快な国には、残念ながら悪党がいるようだ」エイヴォン公は嗅ぎ煙草入れを出し、それから赤面した伯爵を見た。

そのとき、ヴァルメ子爵が、大きな手であくびを隠しながらやってきた。

「魅力的なご子息が来られた」エイヴォン公は満足そうに言った。

夫人が急いで立ち上がり、落ち着かない指の下で、扇子の骨の一本がぽきんと折れた。彼女の唇が声を出すことなく動く。彼女は夫と視線を合わせ、無言で立っていた。

子爵はエイヴォン公にお辞儀をすると、うっとりとレオニーを見た。

「ごきげんよう、公爵」伯爵のほうを向いて言う。「ぼくを紹介してくれませんか？」

「私の息子です、マドモワゼル・ド・ボナール」サンヴィール伯爵が無愛想に言う。

レオニーはお辞儀をし、まじまじと子爵を見た。

「いつものように退屈しておられるのかな、子爵？」エイヴォン公は嗅ぎ煙草入れをしまった。「田舎が――農場が恋しいのでしょう？」

子爵が口もとをほころばせる。

「ああ、ぼくのばかげた望みを話さないでください。両親が嘆き悲しみますから」

「だが、間違いなく賞賛に値する大望ではないかな？」エイヴォン公はけだるげに言った。

「いつの日か、あなたがその望みをかなえることを願っていますよ」頭を傾け、腕をレオニーに差し出すと、彼女を伴い、長い回廊を歩き出した。

レオニーの指がエイヴォン公の袖をぎゅっと握る。

「閣下、思い出しました！　ひらめいたんです」

「何をひらめいたんだ？」

「あの若い人のことです。わたしが小姓だったときに彼と会っていますけど、だれに似ているのか思いつきませんでした。でも、いまひらめいたんです。彼はジャンにそっくりです。ばかげているでしょう？」

「非常にばかげているよ。その話はだれにもしてほしくない」

「ええ、閣下、もちろんしません。わたしは近ごろ、とっても用心深いんですから」

エイヴォン公は、遠くのコンデ公が上着に菫を留めているのを見て、小さく微笑んだ。

「それは知らなかったし、おまえに用心深さのかけらも見たことがないが、まあいいとしよう。さて、ファニーはどこだろう？」

「ムッシュー・ド・パンティエーヴルと話をしています。ムッシューは彼女が好きなんだと思います。とっても。彼女が来ます。すごく満足そうな顔。きっと、ムッシューに、十九歳のころと同じぐらいきれいだと言われたんですよ」

エイヴォン公は片眼鏡を上げた。

「娘よ、おまえはすばらしい洞察力の持ち主になりつつあるな。私の妹をそんなによく知っているのか？」

「わたしはマダムが大好きなんです、閣下」レオニーが急いで付け加えた。

「それはわかっている」エイヴォン公はファニーのほうを見た。彼女は立ち止まって、ラウル・ド・フォンターンジュと話をしていた。「とは言っても、相当な驚きだがな」

「でも、マダムはわたしにとても親切なんです。もちろん、ときどきとてもば――」レオニーは言葉を途切れさせ、不安そうにエイヴォン公をちらりと見た。

「おまえに全面的に同意するよ。とてもばかだ」エイヴォン公は穏やかに言った。「さて、ファニー、そろそろ帰れるかな？」

「それこそ、わたしがきこうとしてたことよ」ファニーが言う。「なんて人混《ひとご》みなの。ああ、ジャスティン、パンティエーヴルったら、わたしにすてきなことを言ってくれてたのよ。恥ずかしいったら、ありゃしない。あら、何を笑ってるの？　レオニー、サンヴィール伯爵夫人はなんてあなたに言った？」

「彼女は頭がおかしいです」レオニーが断言した。「いまにも叫び出しそうな顔をするんです。わたし、いやでたまらなかった。ああ、ルパートが来た。あなた、ずっとどこにいたの？」

ルパートがにやりと笑う。

「向こうの小さなサロンで眠ってた。なんだ、やっと帰るのか？ ありがたい」

「眠っていた？ ああ、ルパート！」レオニーは声をあげた。「とっても楽しかった《フォール・アミュザン》のに。閣下、向こうにいる美しい人はだれですか？」

「まっ、あれはポンパドール夫人よ」ファニーがささやいた。「彼女にこの子を紹介する、ジャスティン？」

「いや、ファニー、やめておく」エイヴォン公は静かに言った。

「こりゃまた高慢だな」ルパートが言った。「頼むから、若いやつらがまたレオニーを取り囲む前に、ここから出よう」

「でも、ジャスティン、都合が悪いんじゃない？」レディー・ファニーが尋ねる。「彼女、たぶん機嫌を損ねるわ」

「私はフランス人の取り巻きではない」エイヴォン公は言った。「だから、自分の被後見人を王の愛人に紹介したりはしない。レオニーは夫人の微笑みや渋面なしでもやっていける」

「でも、閣下、わたしはぜひとも――」

「娘よ、おまえは私に口答えしないはずだ」

「ああ、しないさ」ルパートがこっそりと言った。

「はい、閣下。でも、わたし――」

「黙れ」エイヴォン公はレオニーをドアへ連れていった。「王族たちに紹介されたことで満足するんだ。彼らはポンパドール夫人ほど影響力はないかもしれないが、生まれはずっといい」

「やめて、ジャスティン！」レディー・ファニーが息をのんだ。「人に聞かれるわ」

「ぼくたちのことを考えてくれ」ルパートが懇願する。「用心してくれないと、ぼくたちは投獄されるか、国から追い出されてしまう」

エイヴォン公は振り向いた。

「おまえを投獄できる可能性が少しでもあると思ったら、この混雑した部屋に向かって、私の考えを大声で叫ぶだろうよ」

「閣下はずいぶん機嫌が悪いと思います」レオニーが非難がましく言った。「どうしてポンパドール夫人に紹介してくれないんですか？」

「なぜなら」エイヴォン公は答えた。「彼女は……あまり尊敬すべき人ではないからだ」

# 27

## ヴェルシュルー夫人の手

そしてパリはうわさし始めた。始めはささやき声で、それからしだいにもっと大きく、もっとあからさまになった。パリの人々は古い、古いスキャンダルを覚えていて、イングランドの公爵が過去に負った傷の復讐《ふくしゅう》のために、サンヴィール伯爵の庶出の娘を養子にしたのだと言った。自分の子どもが大敵の手中にあると知って、サンヴィール伯爵はひどくいらだっているに違いない、と人々は思った。やがて彼らは、イングランドの公爵がマドモワゼル・ド・ボナールをどうするつもりなのかと考えたが、答えは見つからなかった。人々は首を振り、エイヴォン公の行いは不可解で、おそらくひどく残虐なものなのだと思った。

そのあいだ、レディー・ファニーは街のいたるところへレオニーを連れていき、このシーズンの彼女の社交活動が簡単には忘れられないようにした。レオニーはたいそう楽しみ、パリはそれ以上に楽しんだ。毎朝、レオニーはエイヴォン公と乗馬に出かけ、やがて彼女を崇拝する男たちは二派に分かれた。一方は、神々しいほど美しいレオニーは馬に乗っているときがいちばんだと主張し、もう一方は、舞踏室の彼女がほかと比較にならないほどすてきだと言い張った。

若者たちはレオニーに言い寄ろうとし、それに対してレオニーは腹を立て、彼らの情熱を冷たくはねつけた。彼女はその気になれば堂々とした態度をとれ、崇拝者たちはすぐに当惑した。レディー・ファニーはある晩、レオニーの着付けを手伝っているとき、彼らの困惑について知り、感嘆の声をあげた。

「まあ、うまくあしらったわね。きっとすばらしい公爵夫人になるわよ、あなた」

「公爵夫人、ですか？」レオニーが言った。「どうしてわたしが？」

レディー・ファニーは彼女を見て、次に視線をテーブルの新しいブレスレットに向けた。

「知らないなんて言わないでね」

レオニーは震えていた。「マダム――！」

「ああ、レオニー、彼はあなたに首ったけよ。だれでも知ってるわ。わたしは彼があなたを好きになっていくのを見てた。そして……わたしはほかでもないあなたに、わたしの年下の姉になってもらいたいの」

「マダム――それはきっと誤解です」

「誤解？　わたしが？　わたしの見る目は確かよ。長年ジャスティンを知ってるし、いまみたいな彼を見たことがないわ。ばかな子ね、どうして兄があなたにこんなに宝石を与えると思ってるの?」

「わたしが……閣下の被後見人だから」

「ばかばかしい」レディー・ファニーは指を鳴らした。「そうだわ。なぜ彼があなたを被後見人にしたのか言ってごらんなさい」

「さあ……わかりません。考えたことがないんです」

レディー・ファニーはレオニーにキスをした。

「あなたは年内に公爵夫人になってるわ、きっと」

レオニーは夫人を押しのけた。

「うそです。そんなこと、言わないでください」

「どうして? 好きでしょうに。いままでに、あなたには〝閣下〟ほど好きになった人がいた?」

「マダム」レオニーは両手を握り合わせた。「わたしは無知です。でもわかっています。公爵みたいな人が……家柄のよくない女と結婚すると、みんなになんて言われるか聞いたことがあります。わたしは宿屋の主人の妹にすぎません。閣下はわたしとは結婚できないんです。わたし――考えたこともありませんでした」

「そんなふうに思わせたなんて、わたしがばかだったわ」ファニーが後悔して言った。

「マダム、お願いですから、このことはだれにも言わないでください」

「わたしは言わない。でも、あなたがエイヴォン公を魅了したって、みんな知ってるわ」

「していません。そんなふうに言うマダムは嫌いです」

「あらあら、女同士じゃない。何が問題なの？　ジャスティンはどんな犠牲を払うかなんて、考慮しないわ。あなたは低い身分の生まれかもしれないけど、ひとたびあなたの目を覗《のぞ》きこんだら、彼は気にするかしら？」

レオニーはかたくなに首を振った。

「わかっています。わたしはばかじゃありません、マダム。閣下がわたしと結婚したら、不名誉なことになります。生まれが大切なんです」

「ばかばかしい。パリが問題なくあなたを受け入れるのなら、エイヴォンだって受け入れないわけがないでしょう？」

「マダム、閣下は低い身分の者が嫌いです。何度も何度も、わたしは閣下がそう言うのを聞いています」

「そんな考えは捨てなさい」レディー・ファニーは感情に駆られてしゃべらなければよかったと思った。「さあ、リボンを結ばせてちょうだい」レオニーのまわりでせかせかと動き、やがて彼女の耳にささやいた。「ねえ、彼を愛してないの？」

「ああ、マダム、わたしはいつだって閣下を愛してきました。でも、考えたことはなかったんです――マダムに言われるまで……」

「ほらほら。お願いだから、泣かないで。目が赤くなってしまうわ」

「目なんかどうでもいいです」レオニーはそう言ったが、目を拭《ふ》き、レディー・ファニーにふたたびおしろいをはたいてもらった。

ふたりがいっしょに階下へ行くと、エイヴォン公がホールに立っていた。エイヴォン公を見て、レオニーの頬が赤くなる。エイヴォン公はレオニーをじっと見た。

「どうかしたのか？」

「なんでもありません」

エイヴォン公はレオニーの顎を優しくつまんだ。

「王族の崇拝者のことを考えて、顔を赤くしたのか？」

それを聞いて、レオニーはいつもの調子にもどった。「ふん、だ」軽蔑《けいべつ》するように言う。

その晩のヴォヴァロン夫人の夜会にコンデ公は出席しなかったが、レオニーを見ようと、多くの客が来ており、そのなかの少なくない者たちが、レオニーからダンスの約束を勝ち取るために早めに来ていた。エイヴォン公はいつものように遅く到着し、結婚適齢期の娘を持たないヴォヴァロン夫人は、笑い声と絶望のしぐさで彼を迎えた。

「公爵、二十人ほどの若者が、その子に紹介すると約束してくれって、うるさくてしかたないの。ファニー、マルシェランがもどってきているわ。レオニーの相手を見つけるのは――あらまあ、選ぶと言うべきね――わたしに任せて。どんな騒ぎが起こったか、あとで教えてあげるから。あなた、いらっしゃい」彼女はレオニーの手を取ると、部屋のなかへ連れていった。「あなたはパリじゅうに衝撃を走らせたのよ。わたしの娘たちがもっと大きかったら、わたし、あなたに嫉妬《しっと》するでしょうね。さあ、どの殿方にお相手してもらう？」

レオニーは部屋を見回した。

「だれでもいいです、マダム。わたし――ああ、まあ！」夫人の手を離して、前へ駆けていった。「メリヴェールさん、メリヴェールさん！」うれしそうに叫ぶ。

メリヴェールがさっと振り返った。

「レオニー！　おお、元気でやっているかい？」彼女の手にキスをする。レオニーは顔を輝かせていた。「ここできみに会えるんじゃないかと思っていたんだ」

ヴォヴァロン夫人が近づいてきた。

「もう、なんて振る舞いなの」優しく言う。「彼があなたの望むお相手？　いいでしょう。どうやら紹介はいらないようね」ふたりに微笑《ほほえ》むと、ファニーのほうへもどっていった。

レオニーはメリヴェールの手をつかんだ。

「ムッシュー、お会いできてうれしいです。奥さまもここにいるんですか？」

「いや。ぼくは定期的な訪問で来ている。ひとりで。ロンドンのわれわれにまでうわさが届いたから、ここへ引き寄せられたという事実は否定しないよ」

レオニーは首をかしげた。「うわさって？」

メリヴェールの笑みが大きくなる。「大成功《スユクセ・フ》のうわさだよ。だれかさんの――」

「わたしね！」レオニーは声をあげ、両手を組み合わせた。「わたしは最先端《デルニエ・クリ》の人なんです。ほんとうに《ヴレマン》。レディー・ファニーがそう言っています。ばかみたいでしょ？」エイヴォン公が近づいてくるのを見て、少し横柄に手招きする。「閣下、だれを見つけたと思います?」

「メリヴェール」エイヴォン公はお辞儀をした。「どうして?」

「ロンドンでうわさを聞いてね」メリヴェールが言った。「来ずにはいられなかったよ」

「まあ、来てくれて、わたしたち、大喜びです」レオニーが熱をこめて言った。

エイヴォン公はメリヴェールに嗅《か》ぎ煙草《たばこ》を差し出した。

「わが娘は全員を代表して言っているらしい」

「おい、きみか、トニー? それともぼくは飲みすぎか?」陽気な声が言った。ルパートがやってきて、メリヴェールの手を握る。「どこに泊まっているんだ? いつ来たんだ?」

「きのうの晩だ。シャトレのところにいる。それから……」ひとりひとりに目をやって言う。「きみたちがどうなったのか、聞きたくてうずうずしているんだ」

「ああ、きみもぼくたちの冒険に加わっていたんだよな?」ルパートが言った。「まったく、すごい追跡だったよ。ぼくの友人はどうしている? 名前はなんだったっけ——マンヴァーズ、そう、そいつだ! 彼はどうしている?」

メリヴェールが片手をさっと伸ばした。

「頼むから、その名をぼくに聞かせないでくれ。きみたち三人は国から逃げて、まったく幸運だったよ」

「もっと小さな部屋へ移ろう」エイヴォン公はそう言って、彼らをそこへ案内した。「きみはミスター・マンヴァーズを満足させることに成功したのだろう？」

　メリヴェールが首を横に振る。

「あれでは、きみたちのだれかがやっても同じだったろう。きみたちに起きたことをすべて話してくれ」

「英語でな」エイヴォン公はけだるげに言った。「それに、軽くだ」

　そこでふたたび、レオニーを確保し、救出した話が語られた。やがてヴォヴァロン夫人がレオニーを捜しにやってきて、熱心な若者とダンスをさせるために連れ去った。ルパートはぶらぶらとカード・ルームへ歩いていった。

　メリヴェールがエイヴォン公を見る。

「それで、サンヴィールはレオニーの大人気になんと言っている？」

「ほとんど何も」エイヴォン公は答えた。「だが、喜んではいないようだ」

「彼女は知らないのか？」

「知らない」

「しかしあんなに似ているんだぞ。パリの人たちはなんと言っている？」

「パリはひそひそ声で話している。したがって、わが親愛なる友人のサンヴィールは、発覚を恐れて暮らしているだろう」

「きみはいつ攻撃を仕掛けるつもりだ？」

　エイヴォン公は脚を組み、靴のダイヤモンドの留め金をじっと見た。

「それは、親愛なるメリヴェール、神の手に委《ゆだ》ねられている。サンヴィール自身が私の物語に証拠を提供しなければならない」

「それはまずい、大変まずい」メリヴェールが言う。「きみには全然証拠がないのか?」

「ひとつもない」

メリヴェールが声をあげて笑った。

「それなのに、心配していないようだな」

「ああ」エイヴォン公はため息をついた。「心配していない。伯爵には、彼の魅力的な奥方を通して、罠《わな》をかけられると思う。私は待ちの戦術を取っているんだよ」

「自分がサンヴィールでなくてよかったよ。きみの戦術は彼を苦しめるに違いない」

「ああ、私もそう思う」エイヴォン公が愛想よく同意した。「私は彼の苦悩を終わりにすることを切望していない」

「きみはじつに執念深いな」

一瞬、沈黙が落ちた。それからエイヴォン公は口を開いた。

「きみはわが友の極悪さをじゅうぶん理解しているのかな。考えてもみてくれ。わが娘が送ったような人生をじつの娘に強いる男に、どんな情けをかけろと言うのだ?」

メリヴェールが居住まいを正した。「ぼくは彼女の人生を何も知らない。そんなにひどかったのかい?」

「ああ、ほんとうにひどかった。十二歳まで、彼女は――サンヴィール家の一員は、農民として育てられた。その後は、パリの下層民に交じって暮らしていた。想像してみてくれ、薄汚い通りの宿屋を。主人はごろつき、女主人はがみがみ女、そしてわが娘の目の前には、あらゆる下劣な形をした悪徳があるんだ」

「それは――地獄だ」メリヴェールが言った。

「そのとおり」エイヴォン公はお辞儀をした。「最悪の地獄だったよ」

「不思議なのは、彼女がそれを無傷で切り抜けたことだ」

はしばみ色の目が上げられた。「完全に無傷ではないよ、親愛なるアントニー。歳月は傷跡を残した」

「それは避けられなかっただろう。だが、正直に言うと、ぼくはその傷跡を見ていない」

「たぶんそうだろう。きみは、いたずらっぽさや、不屈の精神を見ている」

「それで、きみのほうは？」メリヴェールが興味深げにエイヴォン公を見つめる。

「ああ、私は奥底を見ている。まあ、私はご婦人がたをよく知っているからね」

「それで……何が見える？」

「彼女が送った生活による、皮肉な考えかた。奇妙な分別。陽気さの背後にある悲嘆。ときたまの恐怖。そしてほとんどいつも見えるのが、心に傷をつけている孤独の記憶」

メリヴェールは嗅ぎ煙草入れを見下ろし、その模様を指でなぞり始めた。「知っているかい？」おもむろに口を開く。「ぼくはきみが成長したと思うんだが？」

エイヴォン公は立ち上がった。「かなり改心した人間になっているだろう」

「レオニーの前では、悪いことはできないな」

「ああ、おもしろいだろう?」エイヴォン公は微笑んだが、その微笑みに辛辣《しんらつ》さが混じっていることに、メリヴェールは気づいた。

その後、ふたりは舞踏室にもどり、しばらく前にレオニーがルパートとともに消え、それから姿を見せていないことを、レディー・ファニーから聞かされた。

レオニーはほんとうにルパートと小さなサロンへ行っていた。ルパートが彼女に飲み物を与えた。やがてふたりのほうに、ヴェルシュルー夫人という美人で口うるさい女性が近づいてきた。レオニーがエイヴォン公に出会ったころ、彼に気に入られていた女性だ。夫人は憎しみのこもった目でレオニーを見て、彼女が座る長椅子のそばで立ち止まった。

ルパートが立ち上がり、お辞儀をした。夫人が膝を曲げてお辞儀をする。

「あなた……マドモワゼル・ド・ボナール?」夫人がきいた。

「はい、マダム」レオニーは立ち上がり、やはりお辞儀をした。「わたし、とてもばかなので、マダムの名前をすぐに思い出せません」

ルパートは夫人をファニーの友だちだろうと考え、舞踏室へぶらぶらともどった。残されたレオニーは、エイヴォン公の軽視された愛人を見上げていた。

「お祝いを言わせてちょうだい、マドモワゼル」夫人が皮肉をこめて言う。「あなたはわたしよりも幸運なようだから」

「マダム?」レオニーの目からきらめきが消えた。「わたし、マダムとお会いしたことがあるのでしょうか？」

「わたしはアンリエット・ド・ヴェルシュルーよ。あなたはわたしを知らないわ」

「すみません、マダム。でも、わたし、知っています――とてもよく」レオニーは素早く言った。夫人はこれまであからさまな醜聞を避けてこられたが、いささか悪い評判が立っていた。レオニーは、エイヴォン公が彼女のところへ通っていたころを知っていた。

　夫人が腹立たしそうに顔を赤らめる。

「そうなの？　マドモワゼル・ド・ボナールのほうも、知られているわよ――とてもよく。あなたはおそらく《サン・ドウト》とても如才ないのでしょうけれど、エイヴォン公を知っている者たちは、厳格な付き添い婦人なんてお粗末なごまかしだとわかっているわ」

　レオニーは眉を上げた。

「わたしが成功した部分でマダムは失敗したと思いこんでいる、ということでしょうか？」

「失礼な」夫人の手が扇子を握りしめる。

「マダム？」

　夫人が娘をにらみつけ、嫉妬の痛みを感じた。

「厚かましいこと」甲高い声で言う。「あなたは光栄な結婚を望んでいるでしょうけれど、おばかさん、わたしの忠告を聞きなさい。彼から離れるのね。なぜなら、エイヴォンは卑しい素性の娘とは結婚しないからよ」

レオニーは瞼《まぶた》を震わせたが、何も言わなかった。夫人は戦術を変え、手を差し出した。

「あなたを気の毒に思うわ。あなたは若くて、わたしたちの世界のしきたりを知らないの。エイヴォン公はあなたみたいな素性の娘と結婚するほど、ばかじゃないわよ。もし結婚したら、彼はきっと破滅する」彼女はひそかにレオニーを見ながら、笑い声をあげた。「あなたみたいな人と結婚したら、たとえイングランドの公爵でも受け入れてもらえないわ」

「まあ《ティヤン》、わたしってそんなに卑しい身分ですか?」レオニーは興味深そうに言った。「マダムがわたしの両親を知っていたとは思えないんですけど」

夫人が鋭い視線をレオニーに向ける。

「あなたが知らないなんて、あり得るの?」夫人はそうきくと、顔を上に向け、ふたたび笑い声をあげた。「うわさを知らないの? パリじゅうがあなたを見守り、不思議に思っていることを?」

「もちろん、自分がとても人気者だとは知っています」

「かわいそうに、それしか知らないの? まあ、あなたの鏡はどこにあるの? 目はどこにあるの? あなたは自分の燃えるような髪を見たことがないし、黒い眉とまつげがどこから来たのか尋ねたことはないの? パリじゅうが知っていて、あなたが知らないなんて!」

「そのとおり《エ・ビヤン》です」心臓の鼓動が速くなったが、レオニーは表面上は落ち着きを保った。

「教えてください。パリの人たちは何を知っているんです?」

「あなたがサンヴィールの私生児だということよ。そしてわたしたち――ほかの者たち《ヌ・ソートル》は、エイヴォンが何も知らずに敵の娘を囲っているのを、笑いながら見ているの」

レオニーの顔がひだ飾りと同じぐらい蒼白《そうはく》になった。

「うそよ！」

夫人が嘲笑《ちょうしょう》の声をあげる。

「うそだと言うなら、あなたのすてきなお父さんにきくのね」スカートのひだを引き寄せ、さげすみのしぐさをした。「エイヴォンはやがて知るでしょうね。そのとき、あなたはどうなるかしら？　自分で選択できるいまのうちに、彼から離れたほうが身のためよ、おばかさん」そう言って、夫人が立ち去った。レオニーはひとりサロンに残され、顔をこわばらせ、手をきつく組み合わせて立っていた。

やがてしだいに張りつめた筋肉を弛緩《しかん》させ、震えながら長椅子に腰を下ろした。エイヴォン公のもとに逃げこみたかったが、我慢して、その場所に留《とど》まった。最初はヴェルシュルー夫人の発言を信じられなかったものの、その話が真実である可能性が少しずつ見えてきた。サンヴィール伯爵に誘拐された理由がこれで説明できるし、伯爵がつねに彼女に興味を持っている理由も説明できる。むかつくような嫌悪感がレオニーの体内に湧《わ》いてきた。「神さま《ボン・デュ》、わたしはなんて父親を持ってしまったの？」悪意をこめて言う。「豚野郎だなんて！　ふん！」

嫌悪感は、恐怖とおびえに取ってかわられた。もしヴェルシュルー夫人が言ったことが真実だとしたら、かつての孤独が前方でレオニーを待ち受けている。なぜなら、エイヴォン公のような人物が、彼女みたいな生まれの娘を妻にするはずがないし、養女にしておくことさえ考えられないからだ。エイヴォン公は高貴な生まれだ。レオニーは自分が雑種のように感じた。彼が厳格でないとしても、レオニーと結婚すれば、背負った由緒ある名を汚すことになる。エイヴォン公を知る者たちは、彼は犠牲を払うことを考慮しないと言ったが、レオニーはエイヴォン公のために犠牲を考慮するし、彼を愛しているから、彼が自分の主人だから、世間の注目のなかで彼の評判を落とすぐらいなら、すべてを放棄したほうがましだった。

レオニーは唇をきつく噛《か》んだ。農民の血筋だと考えるほうが、サンヴィール伯爵の私生児だと考えるよりもずっとましだった。レオニーの世界がまわりで崩れ落ち出していたが、彼女は立ち上がり、舞踏室にもどった。

エイヴォン公がすぐにやってきて、レオニーに腕を差し出した。

「疲れているだろう。レディー・ファニーを見つけよう」

「閣下、帰りましょう。レディー・ファニーとルパートは置いて」

「いいだろう」エイヴォン公は部屋の向こうのルパートを手招きし、彼が来ると、けだるげに言った。「私はこの子を屋敷へ連れて帰る。おまえはファニーを連れて帰るために待っていてくれ」

「ぼくがレオニーを連れていくよ」ルパートがすぐさま申し出た。「ファニーは何時間も帰らないから」

「だから彼女のことはおまえに任せて、帰るのだよ」エイヴォン公は言った。「行こう、レオニー」

エイヴォン公はレオニーを軽装二輪馬車に乗せて屋敷へ向かった。短い道中、レオニーはわざと明るくおしゃべりをし、今夜の夜会や、会った人物や、さまざまな事柄を話題にした。エイヴォン邸に到着すると、彼女はすぐに書斎へ行った。エイヴォン公があとに着いていく。

「さて、今度はなんだ？」

「今度は昔と同じです」レオニーは懐かしげに言って、エイヴォン公の椅子のそばの低いスツールに腰を下ろした。

エイヴォン公がグラスにワインを注ぎ、問うように眉を上げて、レオニーを見下ろす。レオニーは膝のあたりで両手を組み合わせ、暖炉の火をじっと見た。

「閣下、今夜、パンティエーヴル公爵が夜会にいました」

「私も見たよ」

「彼が気に障りませんか、閣下？」

「全然。なぜだ？」

「それは、閣下、彼は――彼は生まれがよくないでしょう？」

「とんでもない。彼の父親は王族の庶子だし、彼の母親はノアイユ家の出だ」

「わたしが言いたいのはそれです。父親が庶子だということは問題じゃないんですか？」

「娘よ、トゥールーズ伯爵の父親は王だから、まったく問題にならないんだ」

「彼の父親が王さまでなかったら、問題なんですか？　それはとても変だと思います」

「それが世の中というものだ。われわれは王のささいな過ちを許すが、一般人の過ちには非難の目を向ける」

「閣下でも、ですね。それで――それで、閣下は庶子は好きじゃないんですね」

「好きではないよ。世間に軽率さを見せびらかすという、最近の傾向は嘆かわしい」

　レオニーはうなずいた。

「そうですね」しばらくのあいだ黙っている。「今夜はムッシュー・ド・サンヴィールも来ていました」

「彼はまたおまえをさらおうとはしなかっただろう？」エイヴォン公が皮肉っぽく言った。

「はい、閣下。あの男は先日、どうしてそうしたんでしょう？」

「おまえの美しい目《ボー・ウィユ》のせいに決まっているだろう」

「ふん、それはばかげています！　ほんとうの理由はなんですか？」

「娘よ、私がなんでも知っていると思うのは、大きな間違いだ。私とヒュー・ダヴェナントを混同するな」

　レオニーは目をしばたたいた。

「それは、知らないという意味ですか？」

「そんなところだ」

レオニーは頭を上げ、エイヴォン公をまっすぐ見た。

「あの男が閣下を嫌いだからそうしたと思いますか?」

「可能性はあるな。彼の動機に思い悩む必要はない。では、今度は私から質問していいかな?」

「なんでしょう?」

「今夜の夜会に、ヴェルシュルーというレディーがいた。おまえは彼女と話をしたか?」

レオニーはふたたび火を見つめていた。

「ヴェルシュルー?」考えながら言う。「していないと思いますけど……」

「大変結構」エイヴォン公が言った。

そのとき、ヒュー・ダヴェナントが書斎に入ってきたため、彼に目を向けたエイヴォン公は、レオニーの頬に本心を明かす赤みが差したことに気づかなかった。

# 28

## サンヴィール伯爵、切り札を持っていると気づく

上流社会でレオニーが好奇心の的だという、うわさ話は、サンヴィール伯爵夫人をひどく不安にさせた。彼女の心は乱れに乱れた。夫人は毎夜、枕《まくら》を無益でつらい涙で濡《ぬ》らし、恐怖と圧倒的な後悔の念で苦しめられた。夫人の目の前には日夜、レオニーの面影があり、畏縮《いしゅく》した心は娘を切望し、腕は彼女を抱きたくてうずいた。サンヴィール伯爵は妻の赤い目と青ざめた顔を見ると、荒々しく言った。

「悲嘆に暮れるのはよせ、マリー。おまえは出産した日から娘を見ていないのだから、彼女に愛情をいだいているわけがない」

「彼女はわたくしのものよ」夫人が唇を震わせながら言った。「わたくしの娘よ。あなたにはわからないわ、アンリ。あなたにはわからない」

「おまえのばかげた気ふさぎを、私が理解できるわけがないだろう。おまえはそのため息と涙で私を破滅させる。発覚すればどうなるか、考えたことがあるのか?」

夫人は両手をもみ合わせた。ふたたび気弱な目に涙が満ちる。

「ああ、アンリ、わかっている、わかっているわ。破滅よ。わたくしは――わたくしはあなたを裏切らない。でも、自分の罪を忘れることはできないの。デュプレ神父に告白することを、許してくだされぱいいのに」

サンヴィール伯爵はいらだたしげに舌打ちをした。

「おまえはどうかしておる！　私は許さない。わかったな？」

夫人はハンカチを取り出した。

「あなたはきびしすぎるわ」涙を流す。「うわさを知っているの？　彼女が――あの子が――あなたの庶子だという？　わたくしのかわいい、かわいい娘が」

「もちろん知っておる。それが逃げ道なのだが、いまのところ、それをどう利用していいのかわからん。いいか、マリー、いまは後悔の時ではなく、行動の時だ。おまえはわれらの破滅を見たいのか？　しかも、完全な破滅なんだぞ」

夫人は夫の言葉にひるんだ。

「ええ、アンリ、そうよ。わかっているし――恐れているわ。わたくし、外出する勇気もないわ。毎晩、すべてが発覚する夢を見るの。気がおかしくなってしまいそう」

「落ち着くんだ。エイヴォンは私をいらだたせ、告白させるために、この待ちの戦術を取っているのだろう。証拠を持っていれば、あいつはすでに攻撃しているはずだ」

「あの男！　残酷で恐ろしい男！」夫人は身を震わせた。「彼はあなたをつぶす手段を持っていて、きっと襲いかかってくるわ」

「証拠がなければ、それはできまい。ボナールか、あるいは妻が告白した可能性はある。ふたりとも死んでいるに違いない。生きていれば、ボナールがあえて娘を手放すはずがない。くそっ《ボン・デュ》、あのふたりがシャンパーニュを出たとき、なぜ私は行き先を尋ねなかったのだろう」

「それは――それは、知らないほうがいいと思ったからよ」夫人はためらった。「でも、あの男はどこで娘を見つけたんでしょう？　どうやって知ったの……？」

「あいつは悪魔だ。なんでも知っているんだろう。だが、私があいつから娘を奪い取れれば、あいつは何もできない。あいつがなんの証拠も持っていないのは、間違いない」

夫人は手を握りしめながら、部屋のなかを行ったり来たりし始めた。

「あの子があの男の思いのままだなんて、考えるのもいや！」声を大にして言う。「あの男が娘に何をするか、わかったものじゃないわ。あの子は若くて、美しくて――」

「彼女はじゅうぶんエイヴォンを好いている」サンヴィール伯爵はそう言って、短く笑った。「そして自分の面倒はちゃんと見られるよ、あの子狐《こぎつね》め！」

夫人が立ち止まり、顔に希望のきざしを見せる。

「アンリ、もしエイヴォンに証拠がないのなら、レオニーがわたくしの子だとどうしてわかるの？　もしかしたら、彼女を――世間のうわさどおりの子だと思っているかもしれない。その可能性はあるわよね？」

「可能性はある」サンヴィール伯爵は認めた。「だが、あいつが私に言ったことからすると、あいつはきっと察している」

「それにアルマンがいるわ！」夫人が叫んだ。「彼も察するんじゃない？　まったく《モン・デュ》、もう、どうしたらいいの？　あんなことをする価値があったのかしら、アンリ？　アルマンを困らせたいがために、あんなことをする価値があったの？」

「私は後悔していない！」サンヴィール伯爵はぴしゃりと言った。「やってしまったことはやってしまったことだ。おまえは頼むから外出するようにしてくれ。エイヴォンにこれ以上、疑念をいだかせるような根拠を与えたくない」

「でも、あの男はどうするつもりかしら？」夫人が尋ねる。「どうして彼はこんなふうに待っているの？　何を考えているの？」

「おいおい、知っていたら、私がこんなふうにぼうっと立っていると思うか？」

「あの子は――あの子は知っていると思う？」

「いや、彼女が知らないことに、私の面目を賭《か》けてもいい」

夫人が耳障りな笑い声をあげる。

「あなたの面目！　あらまあ《グラン・デュ》、面目の話なんてできるの？」

伯爵は怒りをこめて、一歩夫人に近づいた。夫人の手はドアの取っ手にかかっている。

「あなたの面目なんて、あなたがわたくしに娘を捨てさせたときになくなったわ！」夫人は声をあげた。「あなたの名は地に落ちる。わたくしの名も。ああ、打つ手はないの？」

「黙るんだ」伯爵は怒って言った。「従僕たちに聞かれたいのか?」

夫人はぎくりとして、周囲をこっそり、素早く見回し、部屋を出た。

サンヴィール伯爵は椅子にどさりと腰を下ろした。やがて従僕がやってきた。

「旦那《だんな》さま、レディーが旦那さまと話をしたいと言っております」

「レディー?」サンヴィール伯爵は驚いた。「だれだ?」

「わかりません。小さい客間で待っていて、旦那さまは会うはずだと言っています」

「どんなレディーだ?」

「ベールをかぶっているんです」

「そいつはおもしろい」サンヴィール伯爵は立ち上がった。「小さいほうの客間か?」

「はい、旦那さま」

サンヴィール伯爵は部屋を出て、ホールを横切り、小さい客間へ向かった。女は窓辺に立ち、身を外套《がいとう》で包み、顔にベールをかけていた。サンヴィール伯爵が入ると、彼女は振り向き、小さな手で決然とベールを後ろへやった。サンヴィール伯爵はじつの娘の青い目を覗《のぞ》いた。

「ほほう」穏やかに言って、ドアの鍵《かぎ》を探す。

「持っているわ」レオニーが落ち着いて言った。「それに、言っておくけど、通りで侍女がわたしを待っているわ。三十分以内にもどらなかったら、侍女がただちに閣下のところへ行って、わたしがここにいると伝えることになっているの」

「なかなか賢明だ。なんの用だ？　私の手に落ちるのが怖くないのか？」

「ふん！」レオニーはそう言うと、小さな黄金作りの拳銃《けんじゅう》を見せた。

サンヴィール伯爵がさらに部屋のなかへ入る。

「かわいいおもちゃだ」あざわらった。「だが、私はそんな遊び道具を持った女がどんなことをするのか、わかっている」

レオニーはきっぱりと言った。「それに関《カ》し《ン》て言《タ》えば《サ》、わたしはとってもあなたを殺したいと思っている。なぜなら、あなたはわたしに悪いものをのませたからよ。でも、わたしに触れなければ、殺しはしない」

「おお、ありがとう、マドモワゼル。この訪問の用向きはなんでしょうかな？」

レオニーは伯爵の顔に視線を据えた。

「あなたがわたしの父親だというのはほんとうかどうか、聞かせてちょうだい」

サンヴィール伯爵は何も言わず、じっと立ったまま、待っていた。

「話しなさい！」レオニーは激しい口調で言った。「わたしの父親なの？」

「お嬢さん――」サンヴィール伯爵は穏やかに言った。「なぜそんなことをきく？」

「なぜなら、わたしがあなたの庶出の娘だと、みんなが言っているから。話しなさい。ほんとうなの？」レオニーは伯爵に向かって足を踏み下ろした。

「かわいそうな娘よ！」サンヴィール伯爵は近づいたが、拳銃の銃口と向き合うことになった。「怖がる必要はないよ、おまえ《プチット》。きみに危害を加えるつもりはない」

「豚野郎！」レオニーは言った。「わたしは何も怖がっていないけど、あなたに近寄られると、吐き気がするのよ。みんなが言っていることはほんとうなの？」

「そうだよ」伯爵はそう言って、息を吐き出した。

「あなたなんか、大嫌い！」レオニーは力強く言った。

「座ったらどうだ？　きみから嫌っていると言われると悲しくなるが、きみの気持ちは理解できる。大変申し訳なく思っているよ、おまえ《プチット》」

「わたしは座らない」レオニーはきっぱりと言った。「それに、あなたにおまえ《プチット》と呼ばれ、申し訳なく思っていると言われると、さらに気分が悪くなるわ。ますますあなたを殺したくなった」

サンヴィール伯爵がかなり衝撃を受ける。「私はおまえの父親だぞ」

「そんなこと、全然気にしない」レオニーは答えた。「あなたは悪人で、わたしがあなたの娘だというのがほんとうなら、あなたは思っていた以上に悪人よ」

「きみは世の中のことを理解していない」伯爵はため息をついた。「若さゆえの無分別だな。きみは私をあまりきびしく見てはいけない。私はできるかぎりきみに必要なものを与えるつもりだし、きみの幸福にはほんとうに心を砕いておるのだ。きみはかつて私が使っていた善良な者たちの保護を受けていると思っていた。きみがエイヴォン公の掌中にあると知ったときの、私の気持ちを考えてみてほしい」レオニーの表情を見て、サンヴィール伯爵は少したじろいだ。

「閣下の悪口をひと言でも言ったら、撃ち殺すわよ」レオニーは静かに言った。

「彼の悪口は言わないよ。言うわけがないだろう？　彼はわれわれ同様、悪い人間ではないが、きみが彼に魅せられているのを見ると、悲しくなるのだよ。私はきみに興味を持たざるを得ないし、私の娘だとみんなに知られたときのきみが心配なのだ」

レオニーは何も言わなかった。すぐに伯爵があとを続けた。

「われわれの世界では、公然たる醜聞を嫌う。だから、このあいだ、私はきみをエイヴォン公から救おうとした。あのとき、きみを連れ去る理由を言いたかったのだが、不快な事実は知らせないほうがいいと思った」

「とっても親切なのね」レオニーは感嘆した。「サンヴィール伯爵の娘だというのは、ほんとうにすばらしいことだわ！」

伯爵が顔を赤くする。「きみが私を残酷だと思っているのは承知しているが、私は善意で行動したのだ。きみに裏をかかれて、出生について話しておいたほうがよかったとわかったよ。秘密を守っていくことはできない。なにしろ、きみは私にとてもよく似ているからな。いまやわれわれは世間のうわさになりつつあり、われわれは傷つくことになる」

「ほとんどみんなが、わたしがだれなのか知っているようね」レオニーは言った。「でも、わたしはちゃんと受け入れられているわよ」

「いまのところはな。だが、私が公然と認めたら……そのときはどうかな？」

「あらあら《ティヤン》！」

レオニーは伯爵をじっと見た。

「どうしてあなたがそんなことをするの？」

「私にはきみの――後見人を好く理由がない」

サンヴィール伯爵はそう言って、拳銃を用心深く見た。

「それに、私の庶出の子を引き取ったと世間に知られたら、彼は喜ばないと思う。彼の自尊心は傷つくだろう」

「閣下がすでに知っていたら？」レオニーはきいた。「ほかの人たちが知っているのなら、閣下も知っているに違いないわ」

「知っていると思うか？」サンヴィール伯爵が言った。

レオニーは答えなかった。

「あの男は疑っているだろう」伯爵が続ける。「知っている可能性もなくはない。だが、知っていたら、きみをパリに連れてこなかったのではないかな。彼は上流社会に笑われるのを好かないだろうが、きみがだれなのか知ったとき、上流社会はあざわらうだろうからね。この件で、私は彼に大きな打撃を与えることができる」

「どうやって打撃を与えるのよ――豚野郎のあなたが？」

サンヴィール伯爵が微笑《ほほえ》む。

「きみは彼の小姓だったろう？　アラステアの家で、若い娘が少年に変装するのは、適当ではない。私がそれを話したら、どんなうわさが広がるだろうな。間違いなく、私はパリの人々が公爵殿に関してさんざん非難するように仕向けられる。彼の素行はよく知られているし、パリは彼の、あるいはきみの身の潔白を信じないだろうからな」

レオニーの唇がゆがんだ。

「あら、わたしはばかなのかしら？　パリの人たちは、閣下が庶出の子を愛人にしたって、気にしないでしょうに」

「ああ、そのとおりだが、エイヴォンが大胆にも素性の卑しい愛人を上流社会に披露したのなら、パリは気にしないだろうか？　きみは女王のように振る舞い、聞いた話では、コンデ公《ヴワヤン》でさえきみに魅了された。その事実によって、パリはさらに冷たい目を向けてくるだろう。きみは成功しすぎている。きみは変装をしたし、エイヴォンはきみを使って、上流社会に一杯食わせた。上流社会がそれを許すと思うか？　われわれはもう二度とフランスで公爵殿を見ることはないだろう」

「わたし、あなたをいま殺したほうがいいのかしら？」レオニーはゆっくりと言った。

「閣下に打撃を与えるようなことはさせないわ、豚野郎。それは誓う」

「私は何がなんでも彼に打撃を与えたいわけではない」サンヴィール伯爵が冷淡に言う。

「だが、自分の子どもが彼の世話になっているのを黙視することはできん。私に父親らしい感情があることを、きみは許してくれるだろう。きみを私の保護下に置ければ、エイヴォンも私を恐れる必要がなくなる。私の願いは、きみが安全に暮らすことだけだ。きみが上流社会から姿を消せば、悪いうわさが広まる心配はないが、きみがエイヴォンの保護を受け続けるのなら、うわさは必ず広まる。そしてどうせこの件に関係しているのなら、私は先頭を切ってうわさを広めるほうを取る」

「わたしがいなくなれば、あなたは何も言わないの？」

「ひと言も。なぜ話す必要がある？　きみのために、私に用意をさせてくれ。きみには家を見つけてあげよう。金も送る。それから、たぶん――」

「わたしは豚野郎《ビアン・アンタンデユ》の世話にはならないわ」レオニーははねつけるように言った。「わたしは消えるわ、もちろん。でも、わたしを好いてくれる人のところへよ。あなたみたいな、疑問の余地なく、悪い人のところへではなく」ごくりとつばをのみこみ、拳銃を持つ手に力を入れる。「消えると約束してあげる」

サンヴィール伯爵が片手を差し出した。

「かわいそうに、きみにとって、きょうは悲しい日となったな。私には、申し訳ないとしか言えない。きみが考えているとおり、そうするのがいちばんいい。どこへ行くのだ？」

レオニーは頭を高く上げた。

「あなたにも、だれにも、それは言わない。ひとつだけ、神さまにお願いするわ。二度と、あなたを見ないですむように、と」彼女は声をつまらせた。そして、嫌悪を身振りで示すと、ドアへ向かった。そこで振り返る。「忘れていた。閣下に打撃を与えることは何も言わないと誓ってちょうだい。聖書に手を置いて、誓って！」

「誓うよ。だが、その必要はない。きみが行ってしまえば、私が話す機会はないだろう。

私もうわさはごめんだからな」

「いい《ボン》わ！　誓いは信じないけど、あなたは腰抜けだから、悪いうわさは好まないはず。いつの日か、あなたが罰せられるよう願っているわ」レオニーはドアの鍵を床に投げつけると、素早く部屋を出た。

サンヴィール伯爵は額をハンカチで拭《ぬぐ》った。

「なんとまあ《モン・デュ》」小さな声で言う。「あの娘は私に切り札の出しかたを教えてくれた。さて、サタン、これでどちらが勝つかわかるだろう！」

# 29

## レオニーの失踪《しっそう》

ルパートは大きなあくびをして、椅子のなかで体を起こした。

「今夜の予定はなんだい？」彼は尋ねた。「まったく、生まれてこのかた、これほど舞踏会に出たことはないよ。疲れきってるのも無理ないな」

「あら、ルパート、わたしなんて、疲れてほとんど死んでるわ！」ファニーが叫んだ。

「少なくとも、今夜だけはみんな、静かに過ごせるわ。あすはデファン夫人の集まりがあるから」レオニーにうなずく。「楽しいわよ、絶対に。詩がいくつか朗読され、議論がされ、パリじゅうの才人が集まって――ああ、すごく楽しい晩になるに決まってる」

「なんだ、じゃあ、きょうは休めるのか？」ルパートは言った。「となると、どこへ出かけようかな？」

「疲れきっていると、きみは言ったような気がしたが？」マーリングが指摘する。

「そうだけど、ひと晩じゅう家で座ってるわけにもいかないよ。そちらの予定は？」

「ヒューとぼくは、メリヴェールに会いに、シャトレのところへ行くつもりだ。いっしょに来るかい？」

ルパートはちょっと考えた。

「いや、ぼくはうわさの新しい賭博《とばく》場へ行くとしよう」

エイヴォン公が片眼鏡を上げた。

「ほう？　それはどこにあって、何が目新しいんだ？」

「シャンベリー通りだ。うわさがほんとうなら、ヴァソーのところはつぶれるな。兄さんが聞いてないとは驚きだ」

「聞いてはいたが、そんなところとは知らなかった」エイヴォン公は言った。「私も今夜、いっしょに行こう。そこを知らないとパリの人々に思われるのは、よくないだろうから」

「何、みんな出かけるの？」ファニーがきいた。「わたしもジュリーと食事をするって、約束しちゃったのよ。レオニー、あなたがいっしょに来れば、ジュリーはきっと喜ぶわ」

「ああ、マダム、わたし、とっても疲れているんです」レオニーは不服を言った。「今夜は早く寝たいんです」

ルパートが長い脚を前に伸ばした。「ついに疲れたか！　まったく、きみは疲れを知らないんじゃないかと思ってたよ」

「レオニー、使用人たちに言って、トレイを部屋へ持っていかせるわ」ファニーが言った。

「あす、疲れてるとまずいわ。だって、デファン夫人の集まりにあなたを行かせるって、決めてしまったんだもの。コンデ公も絶対来るわよ」

レオニーは弱々しく微笑《ほほえ》み、エイヴォン公の問うような視線に出会った。

「娘よ、何か問題でもあるのか?」エイヴォン公は尋ねた。

レオニーは目を大きく開いた。

「なんでもありません、閣下。ただ、ちょっと頭が痛いだけです」

「それも無理ないわよね」レディー・ファニーが思慮深げに首を振った。「今週は毎晩、出かけてたんですもの。そんな予定を立てたわたしが悪かったわ」

「ああ、でも、マダム、とっても楽しい毎日《フォール・アミュザン》でした」レオニーは言った。「わたしもすごく楽しく過ごしました」

「ああ、ぼくも楽しんだよ」ルパートが同意する。「無茶苦茶な二カ月で、わけがわからないほどさ。もう出かけるのか、ヒュー?」

「四時にシャトレと食事をするんだ」ダヴェナントが説明する。「おやすみを言っておくよ、レオニー。ぼくがもどるころには寝ているだろうから」

レオニーは片手を差し出した。視線は下を向いていた。ダヴェナントとマーリングがほっそりした指にキスをする。ダヴェナントがルパートに何か冗談を言ってから、ふたりは出かけた。

「あなたは家で夕食をとるの、ジャスティン?」レディー・ファニーが尋ねる。「わたしは着替えをしなくちゃならないし、軽装馬車を準備させなきゃならないの」

「私はこの子と夕食をとるよ」エイヴォン公は言った。「その後、彼女はベッドへ行くことになる。ルパートは？」

「いや、ぼくはすぐに出かける。ダンヴォーと話があるんだ。行こう、ファン！」

ふたりはいっしょに部屋を出た。エイヴォン公はレオニーの座る長椅子へ歩き、彼女の巻き毛を引っ張った。

「妙に静かだな」

「考え事をしていたんです」レオニーはむっつりと言った。

「何をだ？」

「ああ、教えてあげません、閣下」レオニーはそう言って、微笑んだ。「いっしょに——いっしょにピケット・ゲームをしましょうよ。夕食の時間まで」

そこでふたりはピケットを始めた。しばらくするとレディー・ファニーがおやすみを言いに部屋にやってきて、夕食後は絶対すぐ寝るようにとレオニーに命じた。ファニーはレオニーにキスをし、彼女にさっと抱きしめられて驚いた。ルパートはファニーといっしょに出かけ、レオニーはエイヴォン公とふたりきりで残された。

「行ってしまいました」レオニーが奇妙な声で言った。

「ああ。それがどうした？」エイヴォン公は慣れた手つきでカードを配った。

「なんでもありません。わたし、今夜はばかなんです」

ふたりは夕食までゲームをし、テーブルについて給仕を受けた。エイヴォン公がすぐに従僕たちを去らせると、レオニーは安堵《あんど》のため息をついた。

「これがいいです」彼女は言った。「またふたりきりになれてうれしいです。ルパートは今夜、たくさんお金をするでしょうか？」

「そうならないよう願おう。あす、彼の顔を見ればわかる」

レオニーは返事をせず、砂糖菓子を食べ始め、エイヴォン公に目を向けなかった。

「おまえは砂糖菓子を食べすぎる。だんだん顔が青くなっているのも無理はない」

「閣下がわたしをジャンから買ってくれるまで、わたしは砂糖菓子をひとつも食べたことがなかったんですよ」レオニーは言い訳をした。

「わかっているよ」

「だからいまはたくさん食べるんです」レオニーは付け加えた。「閣下、わたし……今夜、こんなふうにふたりきりになれて、とてもうれしいです」

「お世辞がうまいな」エイヴォン公がお辞儀をする。

「いいえ。パリにもどってから、ほとんどふたりきりになる機会がなくて、閣下にとても親切にしてもらったことをずっと感謝したいと思っていたんです――何度も、何度も」

エイヴォン公が割っていた胡桃《くるみ》を見ながら、顔をしかめる。

「私は自分を満足させただけだ。前に言ったと思うが、私は英雄ではない」

「わたしの後見人になったことは、満足でしたか？」

「当然だ。でなければ、そんなことはしなかった」

「わたしはとっても幸せでした」

「そうなら、大変結構なことだ」

レオニーは立ち上がり、ナプキンを置いた。

「わたし、ますます疲れてきました。今夜、ルパートが勝つことを願っています。それに閣下も」

「私はいつも勝つよ」エイヴォン公がレオニーのためにドアを開け、階段の昇り口まで歩いた。「ぐっすりお休み」

レオニーは突然ひざまずき、エイヴォン公の手に唇を押しつけ、しばらくそのままでいた。

「メルシー、閣下。おやすみなさい《ボン・ニュイ》！」かすれた声で言うと、立ち上がり、階段を駆け上って部屋へ向かった。

部屋には侍女がいて、ひどく興奮していた。レオニーはそっとドアを閉めると、侍女の前を通り過ぎ、ベッドに身を投げて、胸が張り裂けるほど泣き叫んだ。侍女がレオニーのそばに寄って、なだめたり、優しく撫《な》でたりした。

「ああ、お嬢さま、なぜこんなふうに逃げるんです？　ほんとうに今夜、行かなければならないんですか？」

階下で玄関のドアが閉まった。レオニーは目の上で手を握りしめた。

「行ってしまった！　ああ、閣下、閣下！」横になったまま、涙を抑えようと悪戦苦闘し、やがて静かにきっぱりと立ち上がり、侍女のほうを向いた。「馬車は、マリー？」

「はい、けさ頼んで、一時間後に通りの角で待ってるはずです。でも、六百フランのほとんどを使わなくてはならなかったし、御者はこんなに遅く出発するのをいやがってました。今夜はシャルトレまでしか行けないと言ってます」

「かまわないわ。ほかの費用を払うのにじゅうぶんなお金が残っているから。紙とインクを持ってきてちょうだい。ほんとうに――ほんとうに、あなたはわたしと来たいの？」

「もちろんです、お嬢さま」侍女が断言する。「お嬢さまをひとりで行かせたら、公爵さまに猛烈に怒られます」

レオニーは暗い顔で侍女を見た。

「言っておくと、わたしたちが閣下を見ることは、二度とないわ」

マリーは疑わしそうに首を振った。やがて彼女が紙とインクを取ってきたので、レオニーは座って、別れの手紙を書いた。


レディー・ファニーは帰ってくると、レオニーの部屋を覗《のぞ》いた。蝋燭《ろうそく》を掲げ、明かりをベッドに落とすと、ベッドは空だった。上掛けの上に、何か白いものがある。レディー・ファニーは駆け寄って、封印された二通の手紙を震える手で持ち上げ、明かりで照らした。一通は彼女自身宛《あて》、もう一通はエイヴォン公宛だった。

レディー・ファニーは突然気が遠くなり、椅子に座りこんで、たたまれた手紙を呆然《ぼうぜん》と見つめた。やがて蝋燭をテーブルに置き、自分宛の手紙を開いた。

「親愛なるマダム」彼女は声に出して読んだ。「これを書いているのは、さようならを言うため、そしてご親切に感謝したいからです。行かなければならない理由は、閣下に伝えてあります。あなたはわたしに大変親切にしてくださいました。わたしはあなたが大好きです。そして、手紙で書くしかないのを、ほんとうに、ほんとうに申し訳なく思っています。あなたのことは決して忘れません。レオニー」


レディー・ファニーは椅子から立ち上がった。

「ああ、神さま！」叫び声をあげる。「レオニー！　ジャスティン！　ルパート！　ああ、だれもいないの？　もう、どうしましょう？」階段を駆け下り、戸口で従僕を見つけて、彼に走り寄る。「マドモワゼルはどこ？　いつ出かけたの？　答えなさい、まぬけ！」

「マダム？　マドモワゼルはお休みです」

「ばか！　低能！　彼女の侍女はどこ？」

「ああ、マダム、彼女は六時前に出かけました。いっしょだったのは――レイチェルだと思います」

「レイチェルはわたしの部屋にいるわ！」レディー・ファニーはぴしゃりと言った。「ああ、いったいどうしたらいいの？　兄はもどった？」

「いいえ、まだです」

「もどりしだい、書斎のわたしのところへ来させて」そう命じると、書斎へ行き、レオニーの手紙をふたたび読んだ。

二十分後、エイヴォン公が入ってきた。

「ファニー? なんだ?」

「ああ、ジャスティン!」ファニーがすすり泣きながら叫んだ。「わたしたち、どうして彼女を置いていってしまったの? 彼女がいなくなったの。いなくなったのよ!」

エイヴォン公は大股で部屋に入った。

「レオニーか?」鋭い声で言う。

「決まってるじゃない」レディー・ファニーがきつい声で答えた。「かわいそうな、かわいそうな子。彼女はわたしにこれを、そして兄さんにこれを残していったわ。受け取りなさい!」

エイヴォン公は手紙の封を切り、薄い紙を開いた。レディー・ファニーに見守られながら、唇をきっと結んで黙読する。

「なんですって?」ファニーが尋ねた。「レオニーは兄さんになんて書き残したの? 教えてちょうだい!」

エイヴォン公は手紙を彼女に渡し、暖炉に歩み寄ると、火をじっと見下ろした。

閣下へ

　わたしは自分が閣下が思っているような人間でないとわかったので、出ていきます。先日の晩、ヴェルシュルー夫人に話しかけられていないと、うそを言ってしまいました。彼女は、わたしがサンヴィール伯爵の庶出の娘であることをみんなが知っていると言ったんです。それは事実です。なぜなら、水曜日に、わたしは侍女とこっそり抜け出し、彼の家へ行って、ほんとうなのか尋ねたからです。わたしが閣下といっしょにいるのは、適切ではありません。わたしが閣下に悪いうわさをもたらすなんて耐えられないし、いっしょにいたらそうなってしまうとわかっています。なぜなら、ムッシュー・ド・サンヴィールが、わたしが彼の庶子で、閣下の愛人だと公表するからです。わたしは行きたくないけど、行くのがいちばんいいんです。今夜、閣下に感謝の言葉を言おうとしましたが、閣下が言わせてくれませんでした。お願いですから、わたしのことは心配しないでください。最初は自殺したいと思ったんですが、それは臆《おく》病《びょう》な行為だと気づきました。わたしはまったく安全ですし、親切にしてくれるはずの人がいる、遠いところへ行きます。わたしのものは全部置いていきます。閣下がくださったお金は、旅費を払うために持っていきますし、小姓だったときに閣下からもらったサファイアのチェーンも持っていきますが。あれを持っていっても、閣下は気にしないでくれると思います。あれは、閣下からもらったもので、ただひとつ、ずっと持っていたものだから。マリーはわたしといっしょに来ます。それから、どうかわたしを行かせた従僕たちを怒らないでください。彼らはわたしをレイチェルだと思いこんだんです。ルパートと、ミスター・ダヴェナントと、ミスター・マーリングと、メリヴェール卿《きょう》にわたしの大きな愛を残していきます。それから閣下にも。言葉では言い尽くせません。今夜、ふたりだけになれたことを、うれしく思っています。

さようなら
娘より

レディー・ファニーの顔が少しゆがんだ。彼女はハンカチを取り出し、顔に当てて、口紅やおしろいが取れるのもかまわずに泣いた。エイヴォン公は手紙を取り上げ、ふたたび読んだ。

「かわいそうに」静かな声で言う。

「ああ、ジャスティン、彼女を見つけなくては！」レディー・ファニーが鼻をすすった。「見つかるよ」エイヴォン公は答えた。「どこへ行ったのか、見当はついている」

「どこ？　追いかけられる？　彼女はあんな子どもだし、ばかな侍女がいるだけなのよ」

「彼女が向かったのはきっと……アンジューだ」エイヴォン公は手紙をたたみ、ポケットに入れた。「彼女が出ていった理由が、私の評判を危うくするのを恐れてとは。皮肉だと思わないか？」

レディー・ファニーが派手に鼻をかみ、それからもう一度、鼻をすすった。

「彼女はあなたを愛してるのよ、ジャスティン」

エイヴォン公は無言だった。

「ああ、ジャスティン、どうでもいいの？　兄さんだって彼女を愛してるって、ちゃんとわかってるんだから！」

「愛しているよ——愛しすぎていて、結婚できないほどだ」エイヴォン公は言った。

「どうして？」レディー・ファニーがハンカチを顔からどけた。

「いくつも理由がある」エイヴォン公はため息をついた。「私は彼女の相手としては年寄りすぎる」

「そんなばかな！」レディー・ファニーが言った。「兄さんが難癖をつけてるのは、あの子の生まれだとばかり思ってた」

「彼女の生まれは、おまえと同じぐらいいい。彼女はサンヴィールの嫡出の娘だ」

レディー・ファニーがぽかんとエイヴォン公を見る。

「彼女がいるべき地位に、あの男はおまえがヴァルメ子爵として知っている田舎者を置いた。彼の名はボナールだ。私は長く待ちすぎたが、これから打って出る」エイヴォン公は呼び鈴を持ち上げ、鳴らした。やってきた従僕に、こう言った。「ただちにシャトレ邸へ行って、ミスター・マーリングとミスター・ダヴェナントにすぐにもどるよう頼んでくれ。

それから、メリヴェール卿にも同行を要請するんだ。下がっていい」ふたたび妹のほうを向く。「おまえの手紙にはなんとあった？」

「たんなる別れの挨拶《あいさつ》よ」レディー・ファニーは唇を噛《か》んだ。「あの子が今夜、なんであんなに優しくキスしてきたのか不思議に思ったの。ああ、もう！」

「彼女は私の手にキスをした」エイヴォン公は言った。「われわれはみな、きょうは愚か者だったのだ。自分を責めるんじゃない、ファニー。私は必ず彼女を連れ帰る。そしてもどってくるときは、マドモワゼル・ド・サンヴィールとしてもどってくる」

「でも、どうやって――ああ、ルパートが来たわ。ええ、ルパート、わたしは泣いてたの。かまいはしないわ。話してあげて、ジャスティン」

エイヴォン公は弟にレオニーの手紙を見せた。ルパートはそれを読み、ときおり声をあげた。最後まで読むと、頭の鬘《かつら》をつかんで、床に投げ、踏みつけた。声を殺して、さまざまな悪態をついたので、レディー・ファニーは手で耳を覆った。

「この件で兄さんがあいつの命をもらわないのなら、ぼくがもらう！」ルパートはやがてそう言うと、鬘を拾い、ふたたび頭にのせた。「あいつめ、みずからの悪行のために地獄で腐るといい。彼女はあいつの庶子なのか？」

「違う」エイヴォン公は答えた。「彼女は伯爵の嫡出の娘だ。ヒューとマーリングにもどってくるよう人をやった。そろそろおまえたち全員が私の子の物語を知る頃合《ころあ》いだ」

「レオニーめ、ぼくに愛をくれたんだぞ」ルパートが声をつまらせる。「彼女はどこなんだ？　みんなですぐに出かけるのか？　命じてくれればいい、ジャスティン。ぼくはいつでも大丈夫だ」

「それは見ればわかるが、きょうは出かけない。彼女の行き先はわかっているつもりだ。きっと無事だろう。連れ帰る前に、世間に対して、彼女の名誉を回復しておくのだ」

ルパートが手のなかの手紙を見下ろす。

「〝わたしが閣下に悪いうわさをもたらすなんて耐えられない〟」声に出して読んだ。「くそっ、兄さんには、生まれてこのかた、悪いうわさがずっとついて回ってるのに。それなのに彼女は――ちくしょう、女々しく泣いてしまいそうだ」エイヴォン公に手紙を返す。

「彼女はいまいましいことに、兄さんを偶像視した。兄さんには、彼女のかわいい足にキスをする資格もないのに」

エイヴォン公はルパートを見た。

「それは承知している。私の役目は、彼女をパリに連れ帰ったときに終わる。それがいいんだ」

「じゃあ、兄さんは彼女を愛してるんだな」ルパートが姉にうなずいてみせる。

「私はずっと彼女を愛していた。おまえもだろう？」

「いや、いや、ぼくは彼女を異性として求めてはいないよ。彼女は大好きだけど、妻にとは思わない。彼女が求めているのは兄さんで、彼女が手に入れるのは兄さんだ、絶対に」

「私は〝閣下〟だ」エイヴォン公はゆがんだ笑みを見せた。「私には魅力がついて回るが、彼女の相手としては年を取りすぎている」

そのとき、好奇心たっぷりの者たちが部屋に入ってきた。

「どうしたんだ、ジャスティン？」ダヴェナントが尋ねた。「家で人が死んだか？」

「いや。死人は出ていない」

レディー・ファニーがぱっと立ち上がった。

「ジャスティン！　彼女――彼女、自殺をあきらめて、そして――それを手紙に書いたのは、兄さんに意図を知られないためじゃないかしら？　ああ、エドワード、エドワード、わたし、とっても悲しい」

「彼女？」マーリングがファニーに腕を回した。「彼女って……レオニーのことかい？」

「彼女は自殺していないよ、ファニー。侍女を連れていったのを、おまえは忘れている」

エイヴォン公は安心させるように言った。

ダヴェナントがエイヴォン公の腕を揺すった。

「頼むから、説明してくれ！　あの子に何があった？」

「家から出ていったんだ」エイヴォン公はそう言って、レオニーの手紙を彼に渡した。

メリヴェールとマーリングが同時にやってきて、ダヴェナントの肩越しに手紙を見た。

「なんてことだ！」メリヴェールが怒りを爆発させ、読みながら、剣の柄に手を置いた。

「ああ、なんという悪党なんだ。ジャスティン、あいつをやっつけるんだ。ぼくも最後まで付き合おう」

「でも……」マーリングが額にしわを寄せて、顔を上げた。「かわいそうに、これはほんとうなのか？」

ダヴェナントが読み終え、かすれた声で言った。

「かわいいレオン！　なんて痛ましいんだ」

そのとき、ルパートが、嗅《か》ぎ煙草《たばこ》入れを向かいの壁に投げ、気を静めた。

「ぼくたちであいつを地獄へ送ってやろう。きっとだ！」大声で叫ぶ。「人でなしめ！　卑劣な人でなしめ！　ファン、バーガンディーを持ってきてくれ。ぼくは怒り狂ってるぞ。悪党に剣を使うのは、もったいなさすぎる！」

「上等すぎるな」エイヴォン公は同意した。

「剣！」メリヴェールが叫んだ。「あれは速すぎる。きみやぼくなら、三分以内に彼を殺せるぞ」

「速すぎるし、あまりにもあか抜けていない。私が行う復讐《ふくしゅう》には、もっと詩情がある」

ダヴェナントが顔を上げた。

「説明してくれないか？」彼は頼んだ。「あの子はどこだ？　きみはなんの話をしているんだ？　借りをすっかり返す方法を見つけたんだろうが、どうやって見つけたんだ？」

「おもしろいことに、私は昔の喧嘩《けんか》を忘れていたんだ」エイヴォン公は言った。「きみはちょうどいいときに思い出させてくれるな。天秤《てんびん》はムッシュー・ド・サンヴィールに不利なほうへ傾いている。ちょっと私の話を聞いてくれれば、レオニーの物語がわかるだろう」手短に、彼は真実を話した。ほかの者たちは、驚愕《きようがく》して聞き入り、エイヴォン公の話が終わっても、言うべき言葉を見つけられなかった。静寂を破ったのはマーリングだった。

「それがほんとうだとしたら、絞首刑にされるべき、とんでもない悪党だ。確かなのか、エイヴォン？」

「完全にね」ルパートがこぶしを振り、陰気な声でつぶやいた。

「ぼくたちは暗黒時代に生きているのか？」ダヴェナントが叫んだ。「とても信じられない！」

「でも、証拠が！」ファニーが割りこんだ。「あなたに何ができるの、ジャスティン？」

「私は最後の勝負にすべてを賭《か》けられる、ファニー。そうするつもりだ。そして――ああ、勝つと心の底から思っている」エイヴォン公は不気味な笑みを浮かべた。「いまのところ、私の娘は安全だし、私はその気になれば彼女を見つけられると信じている」

「兄さんは何をするつもりなんだ？」ルパートが声を張り上げた。

「ああ、そうよ、ジャスティン、わたしたちに話して」レディー・ファニーが懇願した。

「何も知らないのは、とても恐ろしいわ。ぼんやりと座っていなくちゃならないなんて」

「わかっているよ、ファニー。だが、ここにいるみんなにもう一度頼むが、我慢強くなってくれ。私のゲームはひとりでやるのがいちばんなんだ。ひとつだけ、きみたちに約束しよう。きみたちは、結末をその目で見られる」

「だが、それはいつなんだ？」ルパートはバーガンディーのおかわりを注いだ。「兄さんは、悪魔みたいに狡猾《こうかつ》に見える。ぼくはこの件で手を貸したいんだ」

「いや」ダヴェナントが首を横に振る。「エイヴォンに彼のゲームを最後までさせよう。彼に加わりたい者はここにたくさんいるが、ことわざにあるとおり、〝料理人が多すぎると、スープがまずくなる〟だ。ぼくはいつもは血に飢えているわけじゃないが、サンヴィールのスープがまずくなるのは望まないな」

「ぼくはあいつがこてんぱんにやられるのを見てみたい」メリヴェールが言った。

「見られるよ、アントニー。だが、いまのところは、みんな、いつもどおりに行動するんだ。レオニーについてきかれたら、気分がすぐれないことにしてくれ。ファニー、デファン夫人があす、夕べの集いを開くと言っていたな？」

「ええ、でも、行く気になれないわ」レディー・ファニーがため息をついた。「とても華やかなものになるはずで、レオニーを連れていきたかったのに！」

「それでも、おまえは行くんだ。私たちみんなとな。落ち着け、ルパート。おまえはおまえの役割をじゅうぶん果たしている。ルアーヴルで。今度は私の番だ。ファニー、おまえは疲れている。もう眠れ。きょうのところは、それでは何もできない」

「ぼくはシャトレ邸へ帰らないと」メリヴェールが言った。エイヴォン公の手を握る。「きみの名にふさわしい行動をするんだな、サタン！　ぼくらはみんな味方だ」

「ぼくでさえもね」マーリングが微笑んだ。「きみは好きなだけ、悪魔のようになるといい。なぜなら、サンヴィールは、これまで出会ったなかで、いちばんたちの悪い悪人だからだ」

聞いていたルパートが、三杯目のバーガンディーを飲むところで、喉をつまらせた。

「くそっ、あいつのことを考えると、はらわたが煮えくり返る」乱暴な口調で言う。「レオニーはやつを豚野郎と言ったが、それどころじゃない。あいつは――」

ファニーは慌てて部屋を出た。

# 30

## エイヴォン公、伯爵の切り札を取る

マーリング夫妻は早くにデファン家に到着し、それからすぐ、メリヴェールとヒュー・ダヴェナントが着いた。デファン夫人はレオニーがどうしたのか知りたがり、気分がすぐれず、家に残っているのだと知らされた。やがてルパートが、ダンヴォーとラヴエールといっしょに到着し、こんな集まりに顔を見せたことで、デファン夫人を初めとする何人かにからかわれた。

「きっと、恋愛歌《マドリーガル》かロンドー体の詩を読んでくれるのね」デファン夫人がひやかす。「ぜひ教えてちょうだい《フェト・ヴワール》！」

「ぼくが？　まさか！」ルパートは言った。「ぼくは生まれてこのかた、詩を書いたことがない。聞きに来たんですよ、マダム」

夫人が笑い声をあげる。

「あなた、とっても退屈するわよ。我慢することね」夫人は新しく到着した人を迎えるために去った。

部屋の片側で演奏されるヴァイオリンの物悲しい音のなかで、メリヴェールがダヴェナントに話しかけた。

「エイヴォンはどこだ？」

ダヴェナントは肩をすくめた。

「きょう一日、あまり見なかった。この集まりのあとすぐ、彼はアンジェニーへ行く」

「では、今夜、打って出るつもりだな」メリヴェールはまわりを見た。「アルマン・サンヴィールはさっき見た。伯爵は来ているか？」

「まだだと思う。でも、奥さんと来るということだ。ジャスティンはたくさんの聴衆に聞いてもらえるな」

部屋にはぞくぞくと人が集まっていた。やがてメリヴェールは、コンデ公の到着を知らせる従僕の声を聞いた。コンデ公の後ろから、サンヴィール伯爵夫妻、マルシェラン夫妻、そしてラ・ローク公爵夫妻が入ってきた。ひとりの若い伊達《だて》男がファニーに近づき、マドモワゼル・ド・ボナールについて尋ねた。きょうは来ないと告げられると、若者は非常に落胆した顔になり、レオニーの瞳に捧《ささ》げるマドリーガルを書いてきて、今夜、読むつもりだったと悲しげに打ち明けた。レディー・ファニーは若者に同情の言葉を言い、向きを変えると、すぐそばにコンデ公がいた。

「マダム！」コンデ公がお辞儀をする。「あの子《ラ・プチット》はどこです？」

ファニーはレオニーが来ないことをふたたび説明し、気品のある伝言を頼まれた。やがてコンデ公が題韻詩のゲームに参加するために去った。ヴァイオリンの物悲しい音が消えてゆく。

デファン夫人がムッシュー・ド・ラ・ドゥワイエに最新の詩を読むよう求めたとき、戸口の付近でちょっとした動きがあり、エイヴォン公が入ってきた。ヴェルサイユのときと同じ服を着ていて、蝋燭《ろうそく》の灯に、金色の服がちらちら光っている。喉もとのレースのところで、大きなエメラルドが不気味に光り、指ではべつのエメラルドが光を放っている。わきには軽い礼装用佩刀《はかせ》、片方の手には、香水をつけたハンカチと、小さなエメラルドがはめこまれた嗅《か》ぎ煙草《たばこ》入れ。そしてもう片方の手首から、金の骨に彩色された鶏革が張られた扇子が下がっている。

ドアのそばにいた者たちが、彼を通すために後ろに下がり、一瞬、背の高い、堂々とした姿が、まわりのフランス人を小さく見せながら、ひとりぽつんと立った。完全にくつろいでいて、少し尊大にさえ見える。エイヴォン公は片眼鏡を持ち上げ、部屋をさっと見回した。

「まったく、兄さんはじつに高貴な悪魔だな」ルパートがメリヴェールに言った。「あんなにりっぱな姿を見たことがない」

「すてきな装いだわ」ファニーが夫の耳にささやいた。「兄がとっても美男子だってこと、否定できないでしょ、エドワード？」

「存在感があるな」エドワードがしぶしぶ認めた。

エイヴォン公は部屋を進んでいき、女主人の手にかぶさるようにお辞儀をした。

「相変わらず遅いわよ」デファン夫人が小言を言う。「ああ、まだ扇子を持っているのね。気取り屋《ボズール》さん。ちょうどドゥワイエが詩を読むところに間に合ったわよ」

「私はいつもついているのです、マダム」エイヴォン公はそう言って、若い詩人に向かってうなずいた。「〝彼女の髪の花〟に向けた詩を読んでくれるよう、ムッシューにお願いしてもいいかな？」

ラ・ドゥワイエが喜びに顔を赤らめ、お辞儀をした。

「ごくささいなことをまだ覚えていてくださり、光栄に思います」彼はそう言うと、巻いた紙を持って暖炉の前に立った。

エイヴォン公はゆっくりとラ・ローク公爵夫人の長椅子に近づき、彼女の隣に腰を下ろした。メリヴェールの顔をちらりと見て、それからドアのほうへ視線を移す。メリヴェールはそっとダヴェナントの腕を取って、ドアの横のソファーへいっしょに移動した。

「エイヴォンを見ていると、神経が過敏になってくる」ダヴェナントがつぶやいた。「印象的な登場、目をみはる服装、そして背筋をぞっとさせるような態度。きみは感じるかい？」

「感じる。彼は今夜、注目の的となるつもりだ」メリヴェールはさらに小さな声で言った。ラ・ドゥワイエが流れるような声で詩を読み始めたからだ。「ここに座るよう、彼に指示された。ルパートの視線をつかまえられたら、もう一方のドアへ行くよう合図を送ってくれ」脚を組み、ラ・ドゥワイエに意識を集中させた。

拍手喝采《かっさい》の嵐《あらし》が、彼の詩を迎えた。ダヴェナントはサンヴィール伯爵の居場所を確認しようと首を伸ばし、窓辺にいる伯爵をちらりと見た。サンヴィール伯爵夫人は夫から少し離れた場所にいて、何度か、不安そうな視線を伯爵に向けた。

「レオニーがここにいないことをサンヴィールが気づいたら、彼も同じように背筋の冷たさを感じるだろう」メリヴェールが言った。「エイヴォンが何をするつもりなのか、知っていたらなあ。ファニーを見てみろ！　まったく、われわれのなかで落ち着いているのはエイヴォンだけだ」

ラ・ドゥワイエがふたたび朗読を始めた。そして賞賛の声と優雅な討論が続いた。エイヴォン公は詩人をほめると、題韻詩のゲームがまだ行われている隣の部屋へ移動した。戸口でルパートと会った。メリヴェールが見ていると、エイヴォン公はちょっと足を止め、弟に何か言った。ルパートがうなずき、メイン会場のドアのそばで座るふたりのほうへぶらぶらとやってきた。ソファーの背にもたれ、楽しそうに含み笑いをする。

「謎《なぞ》めいた悪魔だよな、うちの兄貴は」ルパートが言った。「もう一方のドアを見張るよう命じられた。興奮でわくわくしてるよ。トニー、この最後の勝負、ジャスティンが勝つほうに五百ポンド賭《か》ける」

メリヴェールは首を横に振った。

「ぼくは本命でないほうには賭けないよ、ルパート。彼が来るまで、疑念でいっぱいだったが、彼の姿を見たとたん、それは消えた。彼という人物が持つ純然たる力が、勝利をもたらすはずだ。ぼくでさえ、なんとなく落ち着かない。自分の罪を知っているサンヴィールは、この千倍も落ち着かないはずだ。ルパート、公爵が何をするつもりか、少しは知らないのかい？」

「まったくわからない」ルパートが陽気に答えた。声を低くして、言う。「でも、これだけは言える。ぼくは二度と夕べの集いには参加しないよ。詩を読んでいるあの声が聞こえるか？」首を激しく振る。「あんなの、許されるべきではない。あんな、ちびでつまらない人間など！」

「それでも彼が大した詩人であることには同意するだろ？」ダヴェナントが微笑《ほほえ》んだ。

「詩人なんか、くそくらえ」ルパートが言った。「やつは手に薔薇《ばら》を持って歩いてる。薔薇だぞ、トニー！」腹立たしげに鼻を鳴らし、目を向けると、恐ろしいことに、恰幅《かっぷく》のいい紳士が愛についての小論を読もうとしていた。「おいおい、あの蕪《かぶ》の若葉みたいな髪型のじいさんはだれなんだ？」ルパートが冷笑を浮かべてきいた。

「静かに！」近くに立つラヴエールがささやいた。「偉大なるムッシュー・ド・フォケマルだよ」

ムッシュー・ド・フォケマルが堂々とした文章を読み始めた。ルパートはおどけた当惑の表情を浮かべて、壁際をじりじりと進み、隣の部屋へ向かった。勲爵士のダンヴォーが

　彼の行く手をさえぎるふりをした。

「なんだ、ルパート？」ダンヴォーの肩が揺れている。「どこへ行くんだ？」

「このなかだ、通してくれ！」ルパートは小声で言った。「こんなの、我慢できないよ。さっきのは薔薇をくんくん嗅ぎ続けるし、今度のじじいは、ぼくが好かない胸くそ悪い目つきをしてる。もうたくさんだ！」部屋の中央で、二、三人の婦人たちと固まって座り、情熱的な目でムッシュー・ド・フォケマルを見ているファニーに、露骨にウインクをした。

　隣の部屋では、活気に満ちた一団が暖炉を囲んでいた。コンデ公が、笑いと、わざとらしい喝采のなかで、四行詩を読んでいた。ひとりの婦人がルパートを手招きする。

「こっちへ来て、仲間に加わりなさいよ。ああ、わたしが読む番？」彼女は紙を手に取り、詩を読んだ。「公爵さまの詩のあとでは、どうもだめね。行ってしまわれるの、公爵？」

　エイヴォン公は彼女の手にキスをした。

「ひらめきがなくなってしまいましたよ。デファン夫人と話があったはずなので」

　ルパートは元気のいいブルネットの隣に席を見つけた。

「忠告しとくよ、ジャスティン。向こうの部屋には近づくな。気色の悪いじじいさんが愛についての小論だかなんだかを読んでる」

「フォケマルだということに、一ポニー賭けよう！」コンデ公が叫び、ドアの向こうを覗《のぞ》きに行った。「受けて立つ気はあるか、公爵？」

　ムッシュー・ド・フォケマルがついに結論部分に達した。デファン夫人が真っ先にほめ、それから山のような賛辞が続いた。マルシェランがフォケマルの意見について討論を始めた。やがて中休みとなり、従僕たちが飲み物を運んできた。見識のある議論が、漫然としたおしゃべりに取ってかわられる。婦人たちはニーガス酒や果実酒を口にしながら、化粧や新しい髪型について話し、ドアの近くで番をしていたルパートは、さい筒《ダイス・ボックス》を取り出し、親しい友人たちとさいころ賭博《とばく》をこっそり始めた。エイヴォン公は、メリヴェールがいる場所へぶらぶらと歩いていった。

「指示が増えたのかい？」メリヴェールが尋ねる。「ファニーはサンヴィール伯爵夫人を会話に引きこんでいるようだ」

エイヴォン公は扇子を物憂げに動かした。

「ひとつだけ」ため息をつく。「われらが友をあの奥方に近づけさせないようにしてくれ」

ヴォヴァロン夫人と話をするため、彼はその場を離れ、やがて人混《ひとこ》みのなかに消えた。

レディー・ファニーはサンヴィール伯爵夫人のドレスをほめていた。

「その色合いの青は、とても美しいですわ。わたしも、最近、そんなタフタが欲しくて、街で探したんですよ。まっ、暗褐色のドレスのレディーがまたいるわ。あの人はどなたですの？」

「あれは――たしかマドモワゼル・ド・クルーエです」夫人は答えた。ヴァルメ子爵がやってきた。「アンリ、お父さまを見た？」

「ええ、シャトレともうひとりの人といっしょです。ほら、あそこ」彼はファニーにお辞儀をした。「メリヴェール卿《きょう》だと思います。マダム、果実酒をお持ちしましょうか？」

「いいえ、ありがとう」ファニーは答えた。「マダム、わたしの夫が来ましたわ」

夫人はマーリングに手を差し出した。デファン夫人が近づいてきた。

「さて、あなたのお兄さまはどこかしら、レディー・ファニー？　いつものとってもおもしろい詩でわたしたちを楽しませてって頼んだら、べつの形の余興を用意してあるって言われたのよ」彼女はエイヴォン公を捜しに、衣擦《きぬず》れの音をさせて去った。

「エイヴォン公が詩を読んでくれるのか？」近くのだれかが尋ねた。「彼はいつもとても気が利いてる。去年、マルシェラン夫人のところで読んだ詩を覚えているか？」

「いや、きょうは詩じゃないよ。デギヨンから聞いたところじゃ、ある種の物語らしい」

「ほう！　今度は何をするつもりかな？」

息子のほうのシャントレーユが、ボクール嬢と腕を組んでやってきた。

「エイヴォンが何を聞かせてくれるって？　おとぎ話をやるつもりかい？」

「寓話《ティヤン》らしいぞ」ダンヴォーが言った。「もっとも、近ごろ寓話《ぐうわ》は流行じゃないが」

ラ・ローク夫人が彼にワイングラスを渡して、片づけてくれるよう頼んだ。「物語を聞かせてくれるなんて妙ね。話し手がエイヴォン公でなければ、みんな去ってしまうのでしょうけど、彼だから、みんな好奇心満々でその場に留《とど》まっている。ああ、公爵が来たわ」

エイヴォン公はデファン夫人とともに部屋を横切った。人々は席に座り始め、椅子を見つけられない男たちは、壁際に並ぶか、ドアのそばに数人で固まって立った。窓辺の小さなアルコーブで座っているサンヴィール伯爵を、レディー・ファニーは目の隅で確認した。彼のそばのテーブルの端に、メリヴェールが腰かけている。サンヴィール伯爵夫人が夫のもとへ行こうとするかのように、動きかけた。ファニーは彼女の腕を親しみをこめてつかんだ。

「奥さま、わたしといっしょに座って！　さて、どこにしましょう？」エイヴォン公がそばに現れた。

「椅子がないのか、ファニー？　マダム、ごきげんよう」エイヴォン公は片眼鏡を上げ、従僕に合図した。「ご婦人がたに椅子を二脚だ」

「その必要はありませんわ。きっと夫が――」

「まあ、いけません、マダム。そんなふうにわたしをひとりで残さないで！」ファニーは陽気に言った。「ああ、椅子が来ましたわ。わたしたち、部屋でいちばんいい場所を確保しましたよ」従僕が持ってきた脚の細長い椅子に夫人を座らせる。そこは暖炉の一方の側で、部屋を見渡せ、ほとんどだれからも見える場所だった。同じ側の、少し引っこんだアルコーブには彼女の夫がいて、彼には夫人の横顔だけが見える。夫人は顔を横に向けて、すがるように夫を見た。伯爵は警告の視線を妻に送ると、歯を食いしばった。メリヴェールが優雅に脚を組み、部屋の向こうの、戸口の側柱に寄りかかっているダヴェナントに微笑んだ。

デファン夫人は小さなテーブルのそばに腰かけ、エイヴォン公を見上げて笑った。

「さて、あなたのおとぎ話を聞かせてちょうだい。わくわくするような話だといいのだけれど？」

「それについて、判断はお任せしましょう」エイヴォン公は答えた。暖炉の前に立つと、嗅ぎ煙草入れを開け、嗅ぎ煙草をひとつまみ、そっとつまんだ。暖炉の火と蝋燭の明かりがエイヴォン公の上で揺らめく。彼の顔は謎めいていたが、目にはあざけりの輝きがあった。

「何かが起こるぞ、きっと」ダンヴォーがそばの人間に言った。「われらが友のあの表情、気に入らないな」

エイヴォン公は嗅ぎ煙草入れを閉じ、片方の袖口《そでぐち》についた粉を払った。

「私の話は、マダム、どのよい物語とも同じように始まります」静かな声だったが、部屋じゅうに届いた。「昔々――あるところにふたりの兄弟が住んでいた。ふたりの名前は忘れてしまったが、互いに嫌っていたので、こう呼ぶことにする。カインと、そう……アベルだ。もともとのアベルがもともとのカインを嫌っていたかどうかは知らないが、どうか私に教えようとしないでほしい。私は、嫌っていたと思いたい。この兄弟間の嫌悪がどこから始まったのかということに関しては、それぞれの頭のなかにあったのだろうとしか言えない。ふたりとも燃えるような髪をしていたから、その火が脳みそに入ったのかもしれない」エイヴォン公は扇子を広げ、好奇心が芽生え出しているアルマン・ド・サンヴィールの顔を穏やかに見下ろした。「そうなのです。嫌悪はだんだん大きくなり、ついには互いに相手を困らせることしかしない状態になった。カインにとって、それは本物の強迫観念となり、その狂気は最も悲惨な形で彼に跳ね返った。これから、それをみなさんにお話しします。その話に教訓がなくはないと聞けば、みなさんは気が楽になるでしょう」

「これはいったいどういうことなんだ？」ラヴエールが友人にささやく。「おとぎ話なのか、それとも背後に何かあるのか？」

「わからん。公爵はどうやって聴衆をこんなに静かにさせておけるんだろうな？」

エイヴォン公は話を続けた。とてもゆっくり、穏やかに話していた。

「カインは、兄なので、当然のことながら、父親であった亡き伯爵の跡を継いだ。彼とアベルのあいだの敵意が収まったとみなさんが思っているとしたら、申し訳ないが、そのありきたりな考えを頭から払いのけさせてもらいましょう。カインの相続は敵意の火に油を注いだだけで、われらが友のアベルは兄の地位を得ようという願望に心を奪われ、カインは弟をその地位に近づけまいという、似たような願望に心を奪われていた。おわかりのとおり、さまざまな可能性に満ちた状況だったのです」いったん言葉を切り、聴衆を見回した。彼らは当惑半分、好奇心半分でエイヴォン公を見守っている。「この生涯にわたる野望を胸にいだきつつ、われらが一心不乱の友はやがて妻を娶《めと》り、おそらくこれで一生安泰だと思った。だが運命は、気まぐれな悍馬《かんば》は、どうやら彼を嫌っていたらしい。なぜなら何年経《た》っても、カインを喜ばせる息子は生まれなかったからだ。カインの無念を、みなさんは想像できましょうか？　しかしアベルのほうは、どんどん上機嫌になっていき、おそらくは、兄の不運をためらうことなくあざわらうようになっていった。それはたぶん賢いことではなかった」エイヴォン公はサンヴィール伯爵夫人をちらりと見た。彼女はレディー・ファニーの隣で、じっと座っている。彼はそれから扇子をリズミカルに動かし始めた。「カインの妻は、一度、死産の経験があるのだろうと、私は思います。カインの野望の実現は不可能に見え始めたが、アベルの期待に反して、伯爵夫人はもう一度、夫に希望を持たせた。今回、カインは間違いがあってはならないと決心した。たぶん、自分の運を信用しないことを学んだのでしょう。出産時期が近づくと、彼は妻を自分の地所に連れていき、そこで夫人は産み落とした――女の子を」ふたたびエイヴォン公は言葉を切り、部屋の向こうのサンヴィール伯爵を見た。伯爵がドアのほうへこっそり目をやり、そこでぶらぶらしているルパートを見て、怒りに顔を赤らめた。エイヴォン公はにんまりし、飾り紐《ひも》の先の片眼鏡が揺れた。「女の子を。さて、カインの狡猾《こうかつ》さに目を向けましょう。彼の地所には、たぶん使用人の農夫がいた。彼の妻は、次男を産んだばかりだったらしい。こうして運命は彼に罠《わな》を仕掛け、彼はそのなかへ歩いていった。カインは農夫の元気な息子と自分の娘を交換しようと、農夫に金を渡した」

「まあ、なんて恥ずべきことを！」ヴォヴァロン夫人が満足そうに声をあげた。「ぞっとするわ、公爵」

「我慢してください、マダム。何事にも教訓があります。その交換は、それぞれの子の親たちと、当然ながら伯爵夫人の世話をした産婆を除けば、だれにも知られずに行われた。

産婆がどうなったのか、私は知りません」

「まったく《モン・デュ》、なんて話なの！」デファン夫人が言った。「わたしはそんな悪人は大嫌いよ」

「続けろ、ジャスティン！」アルマンが鋭い声で言った。「おもしろいじゃないか！」

「ああ、そのはずだ」エイヴォン公は悲しげにうなずいた。

「どうなったんだ――カインの娘は？」

「我慢するんだ、アルマン。まずはカインとその偽の息子を片づけてしまおう。カインはやがて家族をパリへ連れ帰った――この物語の舞台がフランスだと言ったかな？――娘の育ての父親には、その地所を離れ、伯爵を初めとしてだれにもわからない、遠い場所へ行くようにと指示を残して。私がカインの立場だったら、娘の足取りをすっかり見失うことを、それほど熱心に望まなかっただろうが、明らかにカインは自分がいちばん賢明だと思ったとおりに行動した」

「公爵」ラ・ロック夫人が口をはさんだ。「母親がそんなとんでもない計画に同意するとは信じられないわ」

サンヴィール伯爵夫人が震える手でハンカチを口もとへ持っていく。

「ほとんど信じられません」エイヴォン公は穏やかに言った。「たぶん伯爵夫人は夫を恐れていたのでしょう。彼ほどひどい人間はいません。信じてください」

「それは問題なく信じられるわ」ラ・ロック夫人がにっこり笑った。「最悪の人間ね」

エイヴォン公は、サンヴィール伯爵が首巻《クラバット》を引っ張るのを、重たげな瞼《まぶた》の下から見守った。視線をメリヴェールの熱心な顔へ移動し、うっすらと微笑む。

「カインと妻と偽の息子は、言ったようにパリへもどり、気の毒なアベルをひどく動揺させた。アベルは甥《おい》が、顔にも性格にも家族の特徴のかけらも示さずに成長するのを見て、ますます立腹したが、それを不思議に思ったにしても、真実を思いつくことはなかった。思いつくわけがない」エイヴォン公は袖のひだ飾りを振り出した。「ここでちょっとカインのことは置いておき、娘のほうへ話をもどしましょう。十二年間、彼女は育ての親たちとともに相当な田舎にいて、彼らの子として育てられた。しかしついに運命はふたたび、カインの行いに注意を向け、彼の娘の住むあたりに疫病を蔓延《まんえん》させた。疫病は育ての父親と母親を死にいたらしめたものの、わが女主人公と、あとで説明する彼女の乳兄弟は難を逃れた。彼女は村の主任司祭のところへ送られ、主任司祭は彼女に住処《すみか》を与え、世話をした。主任司祭のことは忘れないでください。私の話のなかで、彼は小さいものの重要な役割を果たします」

「これはうまくいくのか？」ダヴェナントがつぶやいた。

「サンヴィールを見てみろ」マーリングが答えた。「主任司祭という言葉に刺激を受けたらしい。彼は完全に不意を衝《つ》かれたようだ」

「主任司祭のことは忘れないよ」アルマンがすごみのある声で言った。「彼はいつその役割を果たすんだ？」

「いまからだ、アルマン。なぜなら、わが女主人公の養母が、死ぬ前に彼に残したからだ

――紙に書いた――告白を」

「おお、すると、彼女は、その農民の女は字を書けるのか？」眉を寄せて聞いていたコンデ公が言った。

「彼女は、どこかのレディーの侍女をしていたことがあるのでしょう。間違いなく、字が書けたのですから」サンヴィール伯爵夫人が膝の上で手をぎゅっと握り合わせるのを見て、エイヴォン公は満足した。「告白の手紙は長年、主任司祭の家の引き出しに、鍵《かぎ》をかけてしまわれていた」

「でも、彼は公表すべきだったわ」ヴォヴァロン夫人が素早く言った。

「私もそう思いますが、マダム、主任司祭は非常に良心的な人物で、告白の秘密を守り続けたのです」

「娘はどうなった？」アルマンが尋ねる。

エイヴォン公は指輪をねじった。

「彼女は、何歳も年上の兄によって、パリへ連れてこられたんだ、アルマン。兄はジャンという名前で、この街の最も粗末で最も不快な通りにある宿屋を買った。そしてわが女主人公のような妙齢の娘を手もとに置いておくのは不都合だったので、彼女に男の子の格好をさせた」優しい声がきびしくなる。「男の子の。そんな格好をした彼女の人生をみなさんに語って、お心を乱すようなことはしません」

嗚咽《おえつ》のような声がサンヴィール伯爵夫人から漏れた。

「ああ、なんてこと《モン・デュ》！」

エイヴォン公の唇が冷笑の形になった。

「ぞっとするような話ですよね、マダム」彼は満足げに言った。

サンヴィール伯爵が椅子から立ち上がりかけ、ふたたび腰を下ろした。人々が不審そうに顔を見合わせる。

「さらには」エイヴォン公は続けた。「彼はあばずれ女と結婚し、その女の関心事はあらゆる方法でわが女主人公を虐待することにあった。この女によって、彼女は七年という長きにわたって苦しんだ」エイヴォン公の視線が部屋をさまよう。「十九歳になるまでです。その長年のあいだに、彼女は悪を知ることを、恐怖を、そして飢えという醜い言葉の意味を学んだ。彼女がどうやって生き延びたのか、私は知りません」

「公爵、身の毛もよだつような話だな」コンデ公が言った。「それからどうなった？」

「それから、運命がふたたび割りこんできて、われらが友のカインを好ましく思ったことがない男の行く手に、わが女主人公を投げ入れたのです。この男の人生に、わが女主人公が入ってきた。男は彼女がカインによく似ていることに驚き、衝動的に彼女を兄から買い上げた。男は長年、カインに対する借りをすっかり返す機会を待っていた。この男の子のなかに、それを実行できそうな方法を見いだした。なぜなら彼も、カインの偽の息子の、貴族らしくない態度と外見に気づいていたからです。運は男に味方し、彼はわが女主人公をカインに見せびらかし、そのときのカインの狼狽《ろうばい》ぶりを見て、ゆっくりと物語をまとめていった。カインは敵だと認識している男から娘を買おうと、使者を送った。こうして、このゲームへの新たな参加者の、心にいだいていた疑念は確信に変化した」

「なんてことだ、ダンヴォー」サリーがつぶやいた。「これはもしかして……？」

「静かに！」ダンヴォーが言った。「聞いていろ！　こいつは非常におもしろくなってきたぞ」

エイヴォン公は話を続けた。「ジャンの話から、カインの敵はわが女主人公の昔の家と、そこに住む主任司祭のことを知った。主任司祭については、みなさん、忘れておられないでしょうね？」

全員の視線がエイヴォン公に向けられていた。ひとりかふたりが理解し始めた。コンデ公がもどかしげにうなずく。

「覚えているよ。頼むから、続けてくれ」

エイヴォン公の指のエメラルドが不気味に輝いた。

「そう聞いて、安堵《あんど》しました。男は遠い村まで足を運び、主任司祭にいろいろ尋ねた。パリにもどったとき、彼は持ち帰った――これを」エイヴォン公はポケットから汚れてくしゃくしゃになった紙を取り出した。あざわらうようにサンヴィール伯爵を見る。伯爵は石像みたいに、体をこわばらせていた。「これを」エイヴォン公はくり返し、その紙を背後の炉棚に置いた。

張りつめた空気は、感じ取れるほどだった。ダヴェナントが深呼吸をした。

「一瞬――あれが告白書だと信じそうになったよ」ささやき声で言う。「みんな、感づいてきたな、マーリング」

　エイヴォン公は扇子の絵をじっと見ていた。

「みなさんはおそらく不思議にお思いでしょう。なぜ彼がすぐにカインの秘密をばらさなかったのか、と。しかし彼は、カインの娘が地獄で送った年月のことを覚えていて、カインも地獄を知るべきだと思ったのです――ほんの少しでも」エイヴォン公の声がきびしくなる。彼の唇から笑みが消えた。デファン夫人は恐怖を顔に浮かべて、エイヴォン公を見ていた。「そこで彼は打って出るのを我慢し、待ちの戦術を取ったのです。それが、彼の処罰の方法だった」ふたたびエイヴォン公は部屋をざっと見た。聴衆は無言で、期待に満ちていて、彼の個性に圧倒されている。その静けさのなかに、彼の言葉がゆっくり、非常に穏やかに注がれた。「彼は感じていたのだと思います。毎日、彼はいつ衝撃がやってくるかわからずにいた。恐れながら生きていた。希望と恐怖のあいだで迷っていた。敵がなんの証拠も持たないと信じこんで、安全だと考えた時期もあった」エイヴォン公は声を出さずに笑い、サンヴィール伯爵がびくりとするのを見た。「しかし、以前の疑念がもどってきた。彼は証拠がないという確信を持てなかったのです。こうして、不確かさのなかで苦しんでいた」扇子を閉じる。「わが女主人公は、後見人によってイングランドへ連れていかれ、少女にもどることを教えられた。後見人の親類に預けられ、彼の地所に残された。やがて少しずつ、彼女は少女であることを好きになり、過去の恐怖を部分的に忘れていった。やがて、カインがイングランドに来たのです」エイヴォン公は嗅ぎ煙草を吸った。「泥棒のように」穏やかに言う。「彼はわが女主人公を盗み、彼女に薬をのませて、ポーツマスに待たせていた船へ連れていった」

「まあ、ひどい」ヴォヴァロン夫人が息をのんだ。

「公爵は失敗するぞ」ダヴェナントが突然ささやいた。「サンヴィールがうまく自制している」

「奥方のほうを見てみろ」マーリングが言い返した。

エイヴォン公は金色の袖から、また煙草の粉をはじき飛ばした。

「わが女主人公の脱出の話で、みなさんを退屈させるつもりはありません。ゲームにもうひとりの男が参加し、彼は救出のために大急ぎで彼女を追った。彼女は彼と逃げようとしたが、そのとき、カインが彼の肩に銃弾を撃ちこんだ。その銃弾がねらったのが、彼なのか彼女なのか、私は知りません」

サンヴィール伯爵の体がさっと動き、それからまたおとなしくなった。

「そんな悪党が世にはびこっているんだ！」シャトレがうめいた。

「傷は浅くなく、逃げるふたりはルアーヴルにほど近い小さな宿屋に泊まらざるを得なかった。幸運にも、わが女主人公の後見人がそこにいる彼女を見つけた。あきらめの悪いカインが到着する二時間ほど前でした」

「じゃあ、彼はやってきたのか？」サリーが言った。

「来るに決まっているでしょう?」エイヴォン公は微笑んだ。「彼はもちろんやってきて、ふたたび運命にしてやられたことを知った。そのとき彼は、ゲームはまだ終わっていないと言ったのです。それから彼は……退却した」

「極悪人《セレラ》め!」コンデ公が鋭い口調で言い、椅子のなかで小さくなっているように見えるサンヴィール伯爵夫人をちらりと見て、それから視線をエイヴォン公にもどした。

「そのとおりです」エイヴォン公は穏やかに言った。「さて、話をパリにもどしましょう。パリで、彼女の後見人は彼女を上流社会に披露した。静かに、アルマン。話は佳境に入っている。彼女はかなり評判となった。なぜなら、ふつうの若い娘とは違っていたから。ときとして、彼女はたんなるうぶな娘だったが、それにもかかわらず、とても賢明で、とてもすばらしい気性の持ち主だった。彼女について何時間話してもいいのですが、こう言うだけにしておきましょう。かなりのやんちゃ娘で、遠慮なくものを言い、茶目っけたっぷりで、とても美しかった、と」

「それに誠実だ!」コンデ公が素早く口をはさんだ。

「それに誠実でした。話をもどします。パリの人々はやがて、彼女がカインに似ていることを指摘し始めた。彼はずっと不安だったに違いありません。しかし、ある日、彼女がカインの庶出の娘だという世間のうわさが彼女の耳に届いた」エイヴォン公は言葉を切り、ハンカチを唇へ持っていった。「みなさん、彼女は後見人である男を愛していました」非常に穏やかに言う。「彼の評判はどうしようもないほど悪かったのに、彼女の目には、彼は悪いことなどできない人間として映っていた。彼女は彼を、閣下と呼んでいました」

サンヴィール伯爵は下唇を噛《か》んでいたが、身じろぎひとつせず、一見、あまり関心がなさそうに耳を傾けていた。多くの衝撃を受けた視線が彼に向けられたが、気づいたようすは見せていなかった。戸口では、ルパートが剣を愛《いと》おしそうにいじっていた。

エイヴォン公は話を続けた。「世間のうわさを耳にすると、彼女はカインの家へ行き、自分がほんとうに彼の庶出の娘なのか彼に尋ねた」

「そうなのか？ 続けて！」コンデ公が大声で言う。

「カインはついに自分に運が向いてきたと考えた。彼は娘に、そのとおりだと言った」アルマンが跳び上がると、エイヴォン公は片手を上げた。「そして彼女が自分の庶子だということを――それに男の愛人だということを、世間に暴露すると脅した。そうすれば、庶子であり愛人である娘を上流社会に無謀にも披露した彼女の後見人が、社会的に滅びるであろうと言った」

サンヴィール伯爵夫人はいま、背をまっすぐに伸ばし、手で腕をつかんで座っていた。声を出さずに、唇が動いている。彼女は我慢の限界寸前だったし、話のこの部分が初耳であることは歴然としていた。

「ああ、なんてひどい男だ！」ラヴエールが叫んだ。

「待ってくれ、ラヴエール。彼は親切にも娘に代案を示した。娘が入ったばかりの世界から消えれば、秘密を守ると言ったんだ」エイヴォン公の視線がさらにきびしいものになり、声が氷のように冷たくなった。「すでにみなさんに言ったように、彼女は後見人を愛していた。彼から離れることは、かつてのみじめな生活にもどらねばならないことは、娘には死よりもつらかった。彼女は幸福を味わったばかりだった」

部屋のほとんどの人間がこの話を理解していた。多くの顔に恐怖が浮かんでいる。部屋は静まり返っている。コンデ公は険しい、不安な顔つきで、椅子に座ったまま、身を乗り出した。

「続けてくれ！」ざらついた声で言う。「彼女は――もどったんだな？」

「いいえ、殿下」エイヴォン公は答えた。

「では、どうしたんだ？」コンデ公は立ち上がっていた。

「殿下、絶望した者、望まれていない者、失意の者には、つねに打開策があるのです」

デファン夫人が身を震わせ、片手で目を覆った。

「つまり？」

エイヴォン公は窓を指さした。

「外の、さほど遠くないところに、川が流れています。その川には、多くの秘密、多くの悲劇が隠されている。娘は、その流れのなかで結末を迎えた、もうひとつの悲劇にすぎません」

苦しげな叫び声が響き渡った。サンヴィール伯爵夫人が強要されたかのように立ち上がり、取り乱した人間さながらに前によろけた。

「ああ、そんな、そんな！」夫人があえぐ。「そんなことはないわ。そんなことは。わたくしの、かわいい、かわいい子が。神さま、情けはないのですか？　あの子は死んでいない！」声が高くなり、喉でつまった。片腕を上げ、エイヴォン公の足もとに倒れ、そのままむせび泣く。

レディー・ファニーが跳び上がった。

「ああ、お気の毒に。違いますよ、マダム、彼女は生きてます。だれか手を貸して！　マダム、マダム、落ち着いて」

突然、大騒ぎになった。ダヴェナントは額の汗を拭《ぬぐ》った。

「なんてことだ！」うわずった声で言う。「なんという手並みだ。まったく抜け目ない悪魔だな」

混乱のなかで、女性の当惑した声があがった。「わかりませんわ。どうして……何が……それが話の結末ですの？」

エイヴォン公は声のほうに顔を向けなかった。

「いや、マドモワゼル。私はまだ結末を待っています」

アルコーブでの突然の取っ組み合いで、人々の注目がサンヴィール伯爵夫人から伯爵へ移った。夫人が自制心を失ったときに、彼は秘密が明らかになってしまったと知り、立ち上がっていた。いまは片手を腰のところに置き、メリヴェールを相手に死に物狂いでもがいている。数人が駆け寄ったとき、彼は身をよじって自由の身となり、紅潮した顔で息を切らしていた。彼の手に小型拳銃《けんじゅう》があった。

コンデ公が急にエイヴォン公の前に出て、拳銃と向き合った。

ことは数秒で終わった。人々は、サンヴィール伯爵の声が狂気じみた響きを伴って発せられるのを聞いた。

「悪魔！　悪魔！」

そして耳をつんざくような銃声がし、女性が悲鳴をあげた。ルパートが前に出て、サンヴィール伯爵の損なわれた頭にハンカチをかけた。伯爵の体を覆うようにかがんだ彼とメリヴェールのそばに、エイヴォン公はゆっくりと近づき、一瞬、サンヴィール伯爵の亡骸《なきがら》を見下ろした。部屋の遠くで、ひとりの女性が狂乱状態になっている。エイヴォン公はダヴェナントと視線を合わせた。

「詩情のあるものになると言っただろう、ヒュー？」エイヴォン公はそう言うと、暖炉のところへもどった。「マドモワゼル――」話の結末について尋ねた、おびえている娘に向かってお辞儀をする。「ムッシュー・ド・サンヴィールが話の結末をつけてくれました」炉棚に置いた汚れた紙を手に取り、火に投げこむと、彼は笑い声をあげた。

## 31

### エイヴォン公、すべてを得る

エイヴォン公はバサンクールの村に、貸し馬に乗ってふたたび入った。黄褐色のズボンに、金モールのついた、くすんだ紫色の上着という服装だ。拍車のついた長靴はほこりまみれで、片手に手袋と長い乗馬鞭《むち》を持っている。ソーミュール街道から市場に入り、でこぼこした玉石の舗装になると、彼は馬の歩調をゆるめた。村人たちと、市場にいた農民の妻たちは、以前と同じようにロをぽかんと開けてエイヴォン公を見て、互いにささやき合った。

馬が主任司祭の家へ向かい、家の前で止まった。エイヴォン公はあたりを見回し、近くにいた男の子を見つけると、手招きし、鞍《くら》から軽々と降りた。

男の子は走ってきた。

「馬を宿屋へ連れていき、水をもらって、休ませてくれないかな」エイヴォン公はそう言うと、男の子にルイドール金貨を放《ほう》った。「宿の主人に、勘定はあとで払うと伝えるんだ」

「はい、旦那《だんな》さま。ありがとう、旦那さま」男の子はそう言って、金貨を握りしめた。

エイヴォン公は主任司祭の庭に通じる小さな門を開け、小道を歩いて玄関に向かった。前と同じく、薔薇《ばら》色の頬をしたメイドが彼を家に入れた。彼女はエイヴォン公だと気づいて、お辞儀をした。

「ボンジュール、ムッシュー！　神父さまはお部屋です」

「ありがとう」エイヴォン公は言った。メイドのあとから通路を歩いて、ド・ボープレ神父の書斎へ行き、先端の尖《とが》った帽子を手に持って、入り口で立ち止まった。

主任司祭が礼儀正しく立ち上がった。

「どなたかな？」エイヴォン公が微笑《ほほえ》むと、彼は前に進み出た。「あなたでしたか！」

エイヴォン公は主任司祭の手を取った。「わが娘は、神父さま？」

主任司祭が顔を輝かせる。

「かわいそうな子よ。ええ、彼女はちゃんと預かっております」

エイヴォン公がため息をついたように見えた。「ほっとしました。私の心では耐えきれないほどの重荷が、取り除かれました」

主任司祭が微笑む。「彼女との約束を破って、あなたに連絡すべきだったと、一瞬、思ってしまいましたよ。彼女は苦しんでいます――ああ、とても苦しんでいる。それで、その悪党――サンヴィールは？」

「死にました。みずからの手で」

ド・ボープレ神父が十字を切った。

「みずからの手、とおっしゃいましたな?」

「それに、私の計略によって」エイヴォン公はお辞儀をした。「連れもどしに来ました――マドモワゼル・ド・サンヴィールを」

「ほんとうですか?」ド・ボープレ神父が不安げに尋ねる。「確かなんですね?」

「確かです。パリじゅうが知っています。私がそのように取り計らいました」

ド・ボープレ神父が両手を合わせ、ぎゅっと握った。

「では、あなたはあの子に幸せを運んでこられたわけだ。あなたの彼女に対する優しさによって、神はあなたを許すでしょう。彼女が話してくれましたよ」慈悲深く微笑む。「私にはサタンと……組んだことを後悔する理由はないようだ。あなたは彼女に人生を与え、それ以上のものを与えた」

「神父さま、私についてのあの子の意見を、すべては信用しないよう、ご忠告申し上げます」エイヴォン公は冷淡に言った。「彼女は私をあがめたてまつるべきだと考えている。私はその立場が居心地が悪くてしかたないのです」

ド・ボープレ神父が書斎のドアを開けた。

「いや、彼女は〝閣下〟の人生がどんなものだったのか、知っていますよ。さあ、彼女のところへ行きましょう」家の奥にある、日当たりのよい居間へ案内し、ドアを開けて、上機嫌と言っていい口調で告げる。「お客さんを連れてきたよ」そう言うと、エイヴォン公が入れるように後ろに下がり、そっと部屋を出て、そっとドアを閉めた。

レオニーは窓辺に座り、膝の上に本を開いていた。泣いていたので、すぐには顔を向けなかった。軽やかでしっかりした足音が聞こえ、それから懐かしい声がした。

「娘よ、これはどういうことだ？」

レオニーは椅子からぱっと立ち上がり、喜びと驚きの声をあげた。

「閣下！」彼女は笑い、そして泣きながら、エイヴォン公の足もとへ行き、彼の手に唇を押しつけた。「来てくださったんですね！　来てくださったんですね！」

エイヴォン公は上体を曲げ、レオニーの巻き毛をつまんだ。

「簡単にはおまえを失わないと言わなかったかな？　私を信じればよかったんだ」

レオニーが立ち上がり、ごくりとつばをのんだ。

「閣下、わたし――知っているんです！　わたし――わかりません。不可能です。ああ、閣下、閣下、どうしていらしたんです？」

「おまえを連れ帰るためだ。決まっているだろう」

レオニーが首を横に振る。

「だめです、絶対！　で――できません。よくわかっています――」

「座るんだ。おまえに話さねばならないことが山ほどある。泣いているな」エイヴォン公はレオニーの手を唇へ持っていった。彼の声はとても優しかった。「もう思い悩むことは何もないよ、お嬢さん《ミニョンヌ》」レオニーを長椅子に座らせ、彼女の手を持ったまま、自分も隣に座る。「わが子よ、おまえは庶子ではないし、農民の生まれでさえない。おまえは、私が最初から知っていたとおり、レオニー・ド・サンヴィールだ。伯爵と彼の妻マリー・ド・レスピナスの娘だ」

レオニーがまばたきをして彼を見た。

「閣――下？」息をのむ。

「そうだ、そういうことだ」エイヴォン公は彼女の出生について手短に話した。レオニーは目を丸くしてエイヴォン公を見つめ、話が終わると、長いこと言うべき言葉を見つけられなかった。

「じゃあ――じゃあ、わたしは――貴族の生まれなのね！」ようやく言った。「わたし――ああ、閣下、ほんとうですか？　ほんとうにほんとう？」

「そうでなければ、おまえに話さなかっただろうよ、ミニョンヌ」

レオニーがぱっと立ち上がった。顔を赤くし、興奮している。

「わたしはいい生まれなんですね。わたしは――わたしは、マドモワゼル・ド・サンヴィール！　わたしは――わたしは、パリへ帰れる！　閣下、わたし、泣きそうです」

「頼むから、やめてくれ。涙は、いまから知らせることにとっておくんだ」

レオニーは小躍りしている途中で動きを止め、不安げにエイヴォン公を見た。

「知らせなくてはならないが、おまえの父親は死んだ」

レオニーの頬に赤みがもどった。

「ほんとうに？」熱のこもった声でいう。「閣下が殺したんですか？」

「大変残念《ヴレマン》なのだが、実際に殺したのは私ではない。私は彼が自殺するよう仕向けた」

レオニーが長椅子にもどり、ふたたび腰を下ろした。

「話してください！　早く教えてください。いつ、あの男は自殺したんです？」

「火曜日《ティヤン》に、デファン夫人の集いでだ」

「まあ！」レオニーは落ち着き払っていた。「どうして？」

「思うに、この世が長く彼をかくまいすぎたのだろう」

「閣下がしたんですね。そうだとわかっています」レオニーが勝ち誇ったように言う。

「閣下はその晩、あいつを死なせるつもりだった！」

「そのとおりだ」

「ルパートはそこにいましたか？　レディー・ファニーは？　ルパートはきっと喜んだでしょうね」

「口の利きかたは穏やかに。ルパートは、おまえが感じているような不謹慎な喜びを表には出さなかった」

レオニーはエイヴォン公の手のなかに自分の手を入れ、信頼するような笑みを彼に向けた。

「閣下、あの男は豚野郎でした。さあ、どうしてそうなったのか話してください。そこにはだれがいたんですか？」

「みんないたよ。ミスター・マーリングとメリヴェール卿《きょう》までいた。ほかには、コンデ公、ラ・ローク一族、デギヨン一族、アルマンも含めたサンヴィール一族、ラヴエール、ダンヴォー——要するに、世の中の人々全員がいた」

「レディー・ファニーやほかの人たちは、閣下が豚野郎を殺すと知っていたんですか？」

「頼むから、私が彼を殺したと、世間に言いふらすのではないぞ」

「はい、閣下。でも、彼らは知っていたんですか？」

「あの晩、私が打って出るつもりだとは知っていた。みんな、とても血に飢えていた」

「ほんとうに《ヴレマン》？　ミスター・マーリングでさえも？」

「彼でさえも」エイヴォン公はうなずいた。「みんな、おまえを愛しているのだよ」

レオニーは赤くなった。

「まあ……！」

「ルパートとヒューは戸口のわきに立った。メリヴェールはサンヴィールを心地よい会話に引きこんだ。レディー・ファニーはおまえの母の相手だ。私はみなに、おまえの話をした。それで全部だ」

「そんな《ヴァヨン》！」レオニーが非難する。「短すぎます。閣下が話をして、何が起こったんですか？」

「おまえの母が倒れた。おまえが身投げしたように、私はみなに思わせたんだ。そして彼女は泣きわめき、サンヴィールは、こうして秘密が暴かれてしまい、拳銃《けんじゅう》で自殺した」

「とても刺激的だったでしょうね」レオニーが言った。「わたしもそこにいたかった。サンヴィール伯爵夫人のことは、少し気の毒に思いますけど、豚野郎が死んでうれしいです。子爵はどうするんでしょう？　彼にとって、とても悲しい出来事ですよね」

「彼は悲しまないと思う」エイヴォン公は答えた。「おまえの叔父が、きっと、彼のいいように取り計らうだろう」

　レオニーの目が輝いた。

「まあ、わたしには家族がいるみたいですね。叔父さんは何人いるんでしょう？」

「よくは知らない。父方には、叔父がひとりと、結婚している叔母がいる。母方には、叔父が数人いるだろうし、叔母やいとこはたくさんいるはずだ」

　レオニーは首を横に振った。

「この件を全部理解するのは、とてもむずかしそうです。閣下は知っていたんですか？　どうやって知ったんです？　どうしてわたしに言ってくれなかったんです？」

　エイヴォン公は嗅《か》ぎ煙草《たばこ》入れを見下ろした。

「おまえをりっぱなジャンから買ったのは、おまえがサンヴィールに似ていると思ったからだ」間を置く。「私はおまえを……彼を罰する武器として使えると思ったんだ。彼にかつてあることをされたのでね」

「だから……だからわたしを小姓にして、いろいろなものをたくさんくれたんですか？」小さな声でレオニーが尋ねる。

エイヴォン公は立ち上がり、窓辺へ行って、外を眺めた。

「必ずしもそうじゃない」エイヴォン公はけだるげな話しかたを忘れて言った。

レオニーが期待をこめて彼を見た。

「わたしを気に入ったからという理由も少しはありますか？」

「のちにはな。おまえを知るようになってからは」

レオニーはハンカチをねじった。

「閣下は――これからも――わたしを小姓として置いてくれますか？」

エイヴォン公はすぐには答えなかった。

「もう、おまえには母がいる。それに叔父も。彼がおまえの面倒を見るだろう」

「そうなんですか？」

エイヴォン公の横顔は険しかった。

「彼らはおまえにとてもよくしてくれるだろう」彼は穏やかに言った。「身内がいるのだから――おまえはもうわたしの小姓ではいられない」

「わ――わたしは、その人たちの身内にならなくちゃいけないんですか？」悲しみによって、レオニーは言葉をつまらせた。

エイヴォン公は笑みを浮かべなかった。

「残念ながら、そうだ。彼らはおまえを欲しがっている」

「ほんとうに？」レオニーも立ち上がった。目の輝きは消えていた。「彼らはわたしを知りません」

「彼らはおまえの家族だよ」

「家族なんていりません」

その言葉に、エイヴォン公は振り返り、レオニーのそばへ歩いていき、彼女の両手を取った。

「彼らのところへ行くのが、おまえにとっていちばんいいのだよ。いつか、おまえは私より若く、おまえを幸せにする男に出会うだろう」

レオニーの目に、ふた粒の大きな涙がこみ上げ、その目が悲しげにエイヴォン公の目を見つめた。

「閣下――お願いです――わたしに結婚の話はしないでください」小さな声で言った。

「レオニー」レオニーの手をつかんだエイヴォン公の手に力がこもった。「私を忘れろ。私はおまえにふさわしい男ではない。私のことを考えるようなばかなまねはよすんだ」

「閣下、わたしは閣下との結婚なんて考えたことありません」レオニーがあっさりと言う。

「でも――もし、閣下がわたしを望むなら――わたしを手もとに置いてくれるのじゃないかと思って――わたしに愛想を尽かすまで」

一瞬の沈黙があった。エイヴォン公が口を開いたとき、そのきびしい口調に、レオニーはびっくりした。

「そんなふうに話すのはやめるんだ。わかったな?」

「ご――ごめんなさい」レオニーは言葉をつまらせた。「わたし――閣下を怒らせるつもりはなかったんです」

「怒ってはいないよ」エイヴォン公は答えた。「もしおまえを手もとに置けるとしても、愛人として置く気はない。私はおまえをそんなふうに見ていない」

「わたしを好きじゃないんですか？」レオニーが子どものようにきいた。

「とても好きだからこそ――おまえと結婚しない」エイヴォン公はそう言って、レオニーの手を放した。「できないのだよ」

レオニーはじっと立ったまま、エイヴォン公の指によって手首についた跡を、弱々しく微笑みながら見下ろしていた。

「わたしを、よく知らないその母と叔父のところに連れていくんですね？」

「そうだ」エイヴォン公はそっけなく言った。

「閣下、それぐらいならここにいたいです。閣下がわたしを望まないのなら、わたしは帰りません。それでおしまい《セ・フィニ》、以上です」レオニーの喉に熱いものがこみ上げてきた。「閣下はわたしを買ったんですから、わたしは死ぬまで閣下のものです。前にわたし――そう言いました。覚えていませんか？」

「おまえが言ったことはひと言たりとも忘れていない」

「閣下、わたし――閣下の重荷にはなりたくありません。閣下がわたしに――小姓を持つことに――飽きたのなら、わたしは閣下をうんざりさせるより、閣下のもとを離れます。

でも、パリには帰れません。絶対に。ここで……ド・ボープレ神父と幸せに暮らすことはできます。でも、閣下と暮らした世界にひとりでもどることは――耐えられません」

エイヴォン公はレオニーを見た。レオニーはエイヴォン公の手が嗅ぎ煙草入れをぎゅっと握るのを見た。

「おまえは私を知らない。おまえは私の仮の姿のなかに、架空の存在を創《つく》り上げ、神としてあがめた。それは私ではない。何度も何度も、私は英雄ではないと言ったが、おまえは信じなかったようだ。いま言おう。私はおまえの相手としてふさわしくないのだよ。私たちのあいだには二十年という年月があり、その年月を私は有意義に使わなかった。私の評判はどうしようもないほど傷ついているのだ。人々が私をなんと呼んでいるか知っているか？　私はそのあだ名にふさわしい行いをしたのだ。これまで、それを誇りにさえ思っていた。どの女性に対しても、私は誠実でなかった。私の背後には、卑しむべき醜聞が山をなしている。私に富はあるが、若いころにひと財産を浪費し、いまの富は博打《ばくち》で得たものだ。おまえはおそらく、私のいちばんいい部分を見てきたのだ。いちばん悪い部分をまだ見ていない。レオニー、おまえにはもっといい夫がふさわしい。私はおまえに、清らかな心を持った若者を見つけてやろう。生まれたときから悪にまみれていた男ではなく」

レオニーのまつげの先で、ひと粒の大きな涙が光った。

「ああ、そんな話をする必要はありません。知っています――ずっと知っていました。それでも、閣下が好きなんです。若者などいりません。わたしが欲しいのは――閣下だけ」

「レオニー、よく考えたほうがいい。おまえは私の人生において、最初の女ではない」

涙を浮かべた目で、レオニーは微笑んだ。

「閣下、わたし、最初の女より、最後の女になるほうがずっといいです」

「レオニー、どうかしているぞ！」

レオニーはエイヴォン公に近寄り、彼の腕に手を置いた。

「閣下、わたし、閣下なしに生きていけると思えません。わたしが軽率なことをしたとき、閣下に面倒を見てもらいたい、愛してもらいたい、叱《しか》ってもらいたい」

無意識に、エイヴォン公の手がレオニーの手をつかんだ。

「ルパートのほうが花婿としてもっとふさわしいだろう」エイヴォン公は苦しげに言った。

レオニーの目がぎらりと光った。

「ふん、だ！」彼女はせせら笑った。「ルパートはばかな若者です。コンデ公と同じ。閣下が結婚してくれないなら、わたしはだれとも結婚しません」

「それはもったいないな」エイヴォン公は言った。「ミニョンヌ、本気で――本気で言っているのか？」

レオニーがうなずく。唇が震えながら笑みを形作った。

「ああ、閣下、あなたにそんなに見る目がないとは思っていませんでした」

エイヴォン公はレオニーの目をじっと見ると、片膝をつき、彼女の手を唇へ持っていった。

「おちびさん」とても低い声で彼は言った。「きみがもったいなくも私と結婚してくれるのなら、将来、決して後悔させないと約束する」

彼の肩を執拗《しつよう》に引っ張る手があった。エイヴォン公は立ち上がり、腕を大きく広げた。レオニーがそこへ飛びこむと、その腕が彼女を包み、彼女の唇と彼の唇が触れ合った。

ド・ボープレ神父はそっと部屋に入り、その場面を目にして、急いで立ち去ろうとした。しかしドアが開く音を聞いたふたりは、抱擁を解いた。

主任司祭がにっこり微笑む。

「それで《エ・ビヤン》、どういうことに？」

エイヴォン公はレオニーの手を取り、前に進み出た。

「神父さま《モン・ペール》」彼は言った。「私たちを夫婦にしてください」

「もちろんいいとも」ド・ボープレ神父は穏やかに言い、レオニーの頬を撫《な》でた。「こうなることを待っていたのだよ」

# 32

## エイヴォン公、最後にみんなを仰天させる

「親愛なる伯爵」ファニーが辛抱強い声で言った。「あの恐ろしい晩以来、ジャスティンには会ってませんわ」

アルマンが両手をさっと広げた。

「だが、一週間以上も前のことじゃないか」大声で言う。「彼はどこなんだ？　あの子は？」

レディー・ファニーは天を仰いだ。質問にはダヴェナントが答えた。

「知っていたら、ぼくたちはもっと気が楽になっているよ、アルマン。ぼくたちが最後にエイヴォン公を見たのは、デファン夫人のところでだ」

「あの男はどこへ行ったんだ？」アルマンが口調を険しくする。

マーリングが首を横に振り、言った。

「彼は消えてしまった。夕べの集いのあと、レオニーを捜しに、アンジューへ向かう予定

だったのはわかっているが、くわしい場所は聞かされていない。彼の従者がいっしょで、軽装馬車を持っていっている。ぼくたちにわかっているのは、それだけだ」

　アルマンが弱々しく腰を下ろした。

「だが――彼は夜会服で発《た》ったんだろ？　着替えに、まずここにもどっているはずだ」

「もどってないわ」ファニーがきっぱりと答えた。「あの金色の服は部屋にない。わたしたち、探したの」

「なんてことだ《フィ・ドンク》！」アルマンが大声をあげる。「あの服でフランスを駆け回っているのか？」

「それはないと思うね」ダヴェナントはおもしろがった。「彼はあの晩、どこかに泊まっただろうし、荷物なしで出かけてはいないだろう」

　アルマンが困惑してまわりを見た。

「そしてきみたちのだれも、彼からくわしいことを聞かされていない。これは大事になってきたぞ。ぼくは三度、ここへ来て――」

「四度ですわ」レディー・ファニーがうんざりして言った。

「そうでしたかな？　なら、四度、ここへ来て、彼について、そしてわが姪《めい》について、情報がないか知ろうとした。何があったんだと思う？」

　ダヴェナントが伯爵を見た。

「ぼくたちは考えないようにしているんだ、アルマン。いいか、ぼくたちだって、きみと同じようにすごく心配している。レオニーが生きているかどうかも知らないんだから」

レディー・ファニーが鼻をかみ、咳払《せきばら》いをした。

「そして何もできないでいるの。ただぼんやりと座って、待ってるしかないのよ」

マーリングが妻の手を優しくたたいた。

「少なくともきみはぼんやりと座っていなかったよ」

「そのとおりだ」アルマンがファニーのほうを向いた。「マダム、ぼくの不幸な義姉《あね》に対するあなたのご親切は感動ものです。言葉もありません。彼女をここに連れてきて、泊めてくれたとは。マダム、どう感謝したら――」

「ああ、とんでもない」ファニーが元気を取りもどした。「そうするしかなかったのよ。彼女をひとりにしておくわけにはいかなかったもの。お気の毒に、一時は、理性を失ったために死んでしまうのではないかと思ったわ。神父さまに会って、告白書を書いてからは、気持ちが楽になったみたい。まったく、ジャスティンは連絡をくれればいいのに。わたし、あの子に何があったのか考えて、眠れない夜を過ごしてるのよ」

ダヴェナントが火をかき立て、燃え上がらせた。

「実際のところ、彼女の安全がわかるまで、ぼくたちに安らぎは訪れない」彼の笑みがゆがんだ。「あの子がいなくなってから、この家は墓のようだ」

だれも彼に返事をしなかった。ルパートが、気詰まりな沈黙の漂う部屋に入ってきた。

「やあ、またためそやってるのかい?」陽気に言う。「なんだ、アルマン、また来てるのか？　ここでぼくたちといっしょに住めばいいんじゃないか」

「どうしてあなたは笑う元気を見つけられるのか、理解できないわ、ルパート」レディー・ファニーが言った。

「簡単じゃないか」繊細さのないルパートが、火のそばに寄りながら、言った。「ジャスティンはレオニーの行き先を知ってると言ったんだから、彼がいま、しくじってるわけないだろ。週末までにレオニーを無事に連れて帰ることに、五百ポンド賭《か》けるよ」

「彼女を見つけられたらな」マーリングが静かに言った。「もう一週間以上経《た》つんだ」

「それはそのとおりだ」ルパートが言い返した。「だが、明るい面を見ろよ。これほど陰気な人間には会ったことがないな。ジャスティンがどれほど遠くへ行かなければならなかったか、ぼくたちは知らないじゃないか」

「でも、彼はなんの連絡もしてこないのよ、ルパート」ファニーが不安そうに言った。

「この静けさが、わたしは怖いの」

ルパートは少し驚いて彼女を見た。

「なあ、ジャスティンがどういうことをするつもりか、連絡してきたことがあったか？」強い口調で言った。「彼はひとりでゲームをする。だれかに打ち明けたりする人間じゃないし、助けを必要としない」喉の奥で笑う。「この前の火曜に、ぼくたちはこの目でそれを見たじゃないか。兄さんはぼくたちに知らせずにいるのが好きなんだ。それだけだよ」

従僕がメリヴェール卿《きょう》の到着を告げ、アントニーが入ってきた。

「知らせはない？」ファニーの手に頭を下げて、彼はきいた。

「ないのよ！」

「それでファンは落ちこんでる」ルパートは言った。「ぼくがもっと兄さんを信用するよう、言って聞かせてたところだ」ファニーに向かって指を振る。「彼はゲームにおけるすべての計略で勝ってきたんだ、ファン。最後に負けるようじゃ、ジャスティンじゃない」

「確かに、ルパートの言うとおりだと思うよ」メリヴェールが同意した。「ぼくは近ごろ急速に、エイヴォンに不可能はないと考えるようになってきた」

マーリングが重々しく言う。「あの夕べの集いでの出来事を忘れるには、長いことかかるだろうな」

ルパートは反感を覚えた。

「なあ、エドワード、きみは場の空気が読めないやつだな」

ファニーが身を震わせた。

「ああ、お願いだから、その話はしないで。あれはものすごく恐ろしかった」

「死人を悪く言いたくないが」ダヴェナントが言った。「あれは――当然の報いだ」

「ああ、ジャスティンは見事にやったよ」ルパートが言った。「あそこに立つジャスティンがいまも目に浮かぶ。まるで――まるで死刑執行人みたいだった。まったく、残忍そのものだった。ぼくは兄さんにほれたね」

ドアが開いた。

「奥さま《マダム》、食事の用意ができました《エ・セルヴィ》」

ファニーが立ち上がった。

「いっしょにお召し上がりになります、伯爵？　それからあなたは、アントニー？」

「あなたのおもてなしに甘えさせてもらいます」アルマンがきっぱりと言った。

「違うよ」ルパートが指摘する。「きみが甘えるのは、エイヴォン公のもてなしであり、ぼくたちの忍耐だ」

ファニーは笑い声をあげた。

「口の減らない子ね！　伯爵、腕を貸してくださる？　わたし、みなさんのような殿方に囲まれると、恥ずかしがり屋になるの」

「マダムはどうする？」妻が前を通ったとき、マーリングが尋ねた。

「彼女は部屋で食事をとるわ」ファニーは答えた。「まだ、わたしたちといっしょに食べましょうとは勧められないし、じつのところ、彼女はひとりのほうがいいみたい」

こうして彼らは食事室へ行き、長いテーブルのまわりに座った。ファニーが一方の端、マーリングがもう一方の端だ。

「ぼくは最近、めったに外出しないようになったよ」ルパートがナプキンを振って広げながら言った。「どこへ行っても、みんながよってたかって情報を求めてくるから」

「ああ、ぼくたちがみんなと同じように何も知らないとは、信じてもらえないようだからな」ダヴェナントが言った。

「それに、レオニーの消息を知りたがって、家に押しかけてくる人たちもいる」レディー・ファニーが言った。「きょうだって、コンデ公に、リシュリューに、ラ・ローク夫妻が来た。あの子はとても歓迎されるでしょうね。もし――もし、もどってきたら」

「もしなんて言うな、ファン」ルパートが言った。「クラレットを飲むか、トニー？」

「バーガンディーにするよ、ありがとう」

「わたしは手紙に返事を書くのをやめたわ」ファニーが言った。「みんなとても親切な手紙をくれたけど、正直なところ、全員に返事を書く気にはなれない」

「親切？」ルパートが鼻を鳴らす。「知りたがりなだけさ」

「アルマン、ヴァルメ子爵――つまり、ボナールはどうしてる？」

アルマンはフォークを置いた。

「驚いたことに、あの子は喜んでいたと言っていい。あの晩の、デファン夫人のところの出来事を少しも理解していなかったが、ぼくが説明したら……なんと言ったと思う？」

「さあ」ルパートが言った。「ぼくたちにはすでに謎《なぞ》がいっぱいあるから、きみにもうひとつ新しいのを付け加えてもらわなくてもじゅうぶんだよ」

「ルパート」レディー・ファニーが顔をしかめた。「失礼でしょ！」

「彼はこう言ったんだ」アルマンが話を続けた。「〝これでやっと、農場を持っていいんだね？〟」強調するようにまわりを見る。「こんな話、聞いたことがあるか？」

「ないな」ダヴェナントが重々しい口ぶりで言った。「それで？」

「農場を買ってやるつもりだよ、もちろん。それに金も渡す。パリに残りたければ、面倒は見ると提案したが、断られた。彼は街の暮らしが大嫌いなんだ」

「どうかしてる」ルパートが断言した。

メリヴェールがびくりと動いた。

「静かに！」鋭い声で言う。

だれかが到着したかのように、外のホールが騒がしくなった。食事室にいた人々がぱっと立ち上がり、少し恥ずかしそうに互いを見た。

「お、お客さまよ」ファニーが言った。「たんに――」

ドアが開け放たれ、戸口にエイヴォン公が立った。拍車付きの長靴を履き、大外套《がいとう》を着ている。隣には、エイヴォン公に手をつながれて、赤く、晴れやかな顔をしたレオニーがいた。

叫び声があがり、ファニーが支離滅裂な言葉を発しながら、駆け出した。ルパートが頭の上でナプキンを振る。

「言っただろ?」ルパートは大声で言った。「マドモワゼル・ド・サンヴィール！」

エイヴォン公が白い手を上げて、人々を制した。妙に誇らしげな笑みが、口もとに浮かぶ。

「違うよ、ルパート」そう言って、わずかに頭を下げる。「謹んで紹介いたします――わが公爵夫人を」

「なんてこった！」ルパートが息をのみ、駆け出した。

ファニーが先にレオニーのところに行き着いた。

「まあ、あなたったら！　とてもうれしいわ——信じられない。どこでこの子を見つけたの、ジャスティン？　ばかね、ばかな子ね！　わたしたち、ずっと気をもんでたのよ。もう一度、わたしにキスをしてちょうだい！」

ルパートが姉をわきにどけた。

「やあ、おてんばさん！」そう言って、レオニーにしっかりキスをする。「ジャスティン、なんて義姉《あね》をぼくにもたらしてくれたんだ！　兄さんが彼女を見つけるって、わかってたよ。だが、もう結婚したとは。びっくり仰天だ」

メリヴェールが彼をわきにどけた。

「わが愛《いと》しのレオニー！　ジャスティン、お祝いを言わせてくれ」

それからマーリングとダヴェナントが次々に前に出てきた。アルマンがエイヴォン公の手を握った。

「それで、ぼくの許可は？」わざと偉そうに言う。

エイヴォン公は指をぱちんと鳴らした。

「きみの許可など、この程度のものだ、親愛なるアルマン」そう言うと、やかましい家族に囲まれたレオニーを見た。

「彼女はどこにいたんだ？」アルマンがエイヴォン公の袖《そで》を引っ張った。

エイヴォン公はなおもレオニーを見ている。

「どこにいたかって？　いるだろうと思ったところにだ。アンジューに、前に話した主任司祭といた。さて、ファニー？　おまえは賛成してくれるか？」

ファニーがエイヴォン公を抱きしめる。

「兄さん、これはわたしが何カ月も計画してたことよ。でも、こっそり結婚するなんて。それは豪華な結婚式を夢見てたのに。ああ、レオニー！　うれしくて泣きそうよ」

急に部屋がしんとした。戸口にサンヴィール伯爵夫人がためらいがちに立ち、レオニーをじっと見ていた。一瞬の気まずい沈黙があった。やがてレオニーが進み出て、おずおずと手を差し出す。

「わたしの《マ》――お母さん《メール》？」

夫人がわっと泣き出し、娘にしがみついた。レオニーは母親の腰に腕を回し、そっと部屋の外へ導いた。

ファニーがハンカチを取り出した。

「まあ、なんて優しい子なの」しゃがれ声で言う。

ダヴェナントがエイヴォン公の手を取って、ぎゅっと握った。

「ジャスティン、ぼくがどれほど喜んでいるか、言葉では言い表せないよ」

「親愛なるヒュー、これは思いも寄らぬ言葉を」エイヴォン公がけだるげに言った。「失望して首を横に振られると確信していたのだが」

ダヴェナントが笑い声をあげた。

「いや、いや、今回は違う。きみは自分自身よりもほかの人間を愛するほうがいいとついに学んだ。きっと公爵夫人にとっていい夫となるだろう」

「そうするつもりだ」エイヴォン公は外套を苦労して脱いだ。血色がよくなっていたが、かつてのように片眼鏡を持ち上げ、部屋を見回した。「わが家にはかなりの人がいるようだ」感想を言う。「私たちが帰ってくるのを待っていたのかな？」

「待っていた？」ルパートがおうむ返しに言った。「そりゃあ、おもしろい表現だ。ぼくたちはこの十日間、兄さんを待つことしかしてなかったんだぞ。兄さんはアンジューへ行って満足だっただろうが、ぼくたちはかなりおもしろくない日々を過ごした。アルマンは出たり入ったりしてるし、階上の夫人はすっかり気を滅入《めい》らせてるし、パリの半分は秘密を探り出そうと押しかけてくるしで、この家はまるで蟻《あり》の巣だよ。メリヴェールは朝食時には顔を見ないから、ありがたいことに、まだシャトレ家に泊まってるんだろう」

「ぼくが知りたいのはね」ルパートの発言を無視して、メリヴェールが言った。「きみはアンジューまでずっとあの途方もない金色の服で旅をしたのか、だ」

「いや、まさか」エイヴォン公はため息をついた。「最初に立ち寄ったところで、もっと地味な服に替えたよ。アルマン、すべてうまくいっているか？」

「完璧《かんぺき》にな、ジャスティン。義姉は、落ち着いたらすぐに告白を書き記したし、かつての甥《おい》は農場を持って、社交界から去ることになっている。きみには、返せそうにない恩義を受けた」

エイヴォン公はグラスにバーガンディーを注《つ》いだ。

「支払いはしてもらったよ。きみの姪という人物で」笑みを浮かべる。

そのときレオニーがもどってきて、すぐにエイヴォン公の隣へ行った。

「母はひとりでいたいみたいです」重々しく言う。ふたたび、彼女の目にきらめきがもどった。「ああ、みんなにまた会えて、とってもうれしいです」

ルパートがダヴェナントをつついた。

「ジャスティンの顔を見てみろ」ささやき声で言う。「あんなに満足そうな彼を見たことがあるか？　レオニー、ぼくはひどく腹が減ってる。きみの許しをもらえたら、鶏《とり》料理にもどりたいんだが」

「わたしもとってもお腹《なか》が空《す》いているわ」レオニーはうなずいた。「マダム、結婚したレディーだってことがどんなにすてきか、マダムにはわからないでしょう」

「あら、そうなの？」レディー・ファニーが声をあげた。「どう答えたらいいのかしら」

レオニーを自分が座っていたテーブルの端へ連れていく。「さあ、座ってちょうだい」

「マダム、ここはあなたの席です！」レオニーは言った。

「わたしはもう、あなたの家の招待客よ」ファニーがそう言って、お辞儀をする。

レオニーは問うようにエイヴォン公を見た。

「そのとおりだ。座りなさい」

「まあ《ヴワヤン》、わたし、偉くなったような気がします」レオニーは背もたれの高い椅子に腰を下ろした。「ルパートにはわたしの隣に座ってもらって、そして――そして」じっくりと考える。「ムッシュー・ド・サン――つまり、叔父さまには、その向かいに座ってもらうわ」

「よくできてるわよ」レディー・ファニーはうなずくと、エイヴォン公の右手の席へ行った。

「それから、わたしは公爵夫人なのだから」レオニーは目を輝かせて言った。「ルパートはわたしに敬意を払わなければならないわ。そうですよね《ネスパ》、閣下?」

エイヴォン公はテーブルの向こう側で微笑《ほほえ》んだ。

「きみが命じるだけで、ミニョンヌ、ルパートを追い払うことができるよ」

「敬意なんてくそくらえだ」ルパートが言った。「いいか、きみはいまやぼくの義姉なんだぞ! まったく、ぼくの正気はどこへ行ったんだ?」ワイングラスを持って、さっと立ち上がる。「みんなで乾杯だ! エイヴォン公爵夫人に!」

一同は立ち上がった。

「公爵夫人に!」ダヴェナントがお辞儀をする。

「最愛の義姉に!」ファニーが大声をあげる。

「わが妻に」エイヴォン公が優しく言う。

レオニーは顔を赤らめながら立ち上がり、ルパートの手を借りて、椅子に跳び乗った。

「みなさん、ありがとう。わたしに乾杯の音頭を取らせてもらえますか?」

「ああ、どうぞ」ルパートが言った。

「閣下に！」レオニーは言って、エイヴォン公に奇妙なお辞儀をした。「ああ、わたしのグラスはどこ？　ルパート、さっさとそれを取って！」

エイヴォン公の健康を願っての乾杯がとどこおりなく行われた。

「今度は」レオニーが言った。「ルパートに乾杯します。なぜなら彼は、とても親切で、わたしの役に立ったからです」

「きみに乾杯だ、勇敢なおてんばさん」ルパートが重々しく言った。「今度はなんだい？」

まだ椅子に立ったまま、レオニーは上機嫌に言った。

「わたし、どんどん高く上がっていっています！」

「そんなふうに跳んでたら、椅子から落ちるぞ、ばか娘！」ルパートが警告する。

「うるさいわね」レオニーは非難するように言った。「わたしは話をしているの」

「まったく、今度はなんだよ？」ルパートが負けずに言う。

「黙れ、ばか者！　最初、わたしは農民でした。そして、小姓になり、閣下の被後見人になり、いまは公爵夫人です。わたし、とてもりっぱになっていますよね？」

エイヴォン公がレオニーのわきに来て、彼女の体を持ち上げ、椅子から下ろした。

「レオニー、公爵夫人は椅子の上でダンスをしないし、兄弟をばか者と呼ばない」

「わたしはべつです」レオニーが断固として言う。

ルパートは彼女に向かって首を振った。

「ジャスティンの言うとおりだよ。きみは行いをあらためなくちゃだめだ。威厳だ！　それが大事だ。髪も伸ばさなくちゃだめだし、ぼくに礼儀正しく話さなくちゃだめだ。友だちの前で年下の義姉にばか者呼ばわりされたら、ぼくは立つ瀬がない。礼儀正しさと、夫が持つ傲慢《ごうまん》さを少し。それがきみには必要だよ。そうだよな、ファン？」

「ふん、だ！」エイヴォン公爵夫人は言った。

# 訳者あとがき

ジョージェット・ヘイヤー（一九〇二～一九七四）の『愛の陰影』をお届けします。ヘイヤーはヒストリカル・ロマンスの始祖とも呼ばれる人で、摂政時代を舞台にした作品でとくに有名ですが、一九二〇年代から一九七〇年代まで五十年以上にわたり、ロマンスのみならず、歴史小説、推理小説など、六十作近い小説を書いてきました。デビュー作は、なんと十七歳のときに病弱な弟を楽しませるために筋書きを考えた『The Black Moth』という歴史冒険小説で、そこには名前は違うものの、本書の主人公であるエイヴォン公やメリヴェール卿《きょう》を思わせる人物が登場し、本書の前編的な作品になっているようです。第六作目にあたる『愛の陰影』は一九二六年に出版された彼女の出世作で、当時十九万部売れたそうです。

冷酷で、陰でサタンとも呼ばれるエイヴォン公ジャスティン・アラステアが、愛人の家からの帰り道、パリの裏町を歩いているとき、意地悪な兄から逃げるレオンと出会う。ジャスティンはふとした思いつきからレオンを兄から買い、自分の小姓にする。やがてレオンはじつは女の子で、しかもジャスティンの宿敵の娘だということが明らかになる。ジャスティンは彼女を使って復讐《ふくしゅう》の機をねらううちに、自分を神のごとく崇拝する彼女に惹《ひ》かれてゆき……。

冒頭から読者の心をつかんで放さない本書は、前半は冒険小説、後半は復讐の物語の様相が濃く、全体にジョージ王朝時代の貴族のきらびやかさがちりばめられ、底流にはロマンスがある、なんとも贅沢《ぜいたく》な小説となっています。そしてイギリスの作家らしく、会話がウィットに富んでいて、読みながらくすりと笑ってしまう場面が多々あります。八十年も前の作品ではありますが、その魅力はまったく色あせていません。

また本書には当時の風俗が詳細に書かれています。これは大学の教師だった父親から受けた教育の影響が大きいようです。エイヴォン公がよく吸っている嗅《か》ぎ煙草《たばこ》は、十八世紀に全盛期を迎えていますが、これは愛煙家だったヘイヤー自身の影響かもしれません。しかし残念ながら、ヘイヤーは肺がんで亡くなってしまいました。

本書には、ジャスティンとレオンあらためレオニーの息子が主人公となる『Devil's Cub』という続編があり、こちらもMIRA文庫にて紹介される予定です。アラステア一族の物語を、ヘイヤーの世界を、思う存分味わってください。

二〇〇九年十一月

後藤《ごとう》美香

**訳者　後藤美香**

東京都生まれ。獨協大学外国語学部英語学科卒。外資系生命保険会社勤務を経て、翻訳の世界へ。主な訳書に、エレイン・コフマン『赤い髪の淑女』（ＭＩＲＡ文庫）がある。

愛の陰影

2009年11月15日発行　第1刷

著　　者／ジョージェット・ヘイヤー

訳　　者／後藤美香（ごとう　みか）

発 行 人／立山昭彦

発 行 所／株式会社 ハーレクイン
東京都千代田区内神田 1-14-6
電話／03-3292-8091（営業）
03-5309-8260（読者サービス係）

印刷・製本／凸版印刷株式会社

装 幀 者／岩崎恵美


ISBN978-4-596-91388-3

## 素晴らしきソフィー

ジョージェット・ヘイヤー
細郷妙子 訳

19世紀摂政時代、外国育ちの令嬢がロンドン社交界に愛と笑いのドラマを巻き起こす！ ヒストリカル・ロマンスの祖といわれる伝説的作家の初邦訳作品。

## 気高き心は海を越えて

キャット・マーティン
岡 聖子 訳

流れ着いたバイキングの末裔と、伯爵家の令嬢。相容れない宿命を背負う二人は結ばれぬ恋に身を焦がすが…。19世紀英国に生まれた美しく輝くロマンス。

## 熱き心は迷宮を照らし

キャット・マーティン
岡 聖子 訳

姉の死に不審を抱いた子爵令嬢は身分を偽り、社交界に浮き名を流す伯爵に近づくが、いつしか彼に心奪われてしまい…。『気高き心は海を越えて』続編。

## 清き心は愛をつらぬき

キャット・マーティン
岡 聖子 訳

新聞社で働く男爵令嬢とバイキングの末裔の相性は最悪。しかし、連続殺人事件を追ううちにリンゼイは身分の違う彼に惹かれていき…。シリーズ最終話。

## 花嫁の首飾り

キャット・マーティン
岡 聖子 訳

義父の毒牙が迫るなか家宝を手に逃避行に出た令嬢姉妹。身分を隠し伯爵家の召使いとなった二人に、伝説の首飾りが運ぶのは悲劇か、幸福か——

## 海風の追憶

キャット・マーティン
岡 聖子 訳

出生の秘密を知ったグレースは実父の脱獄に荷担。身を隠そうと船旅にでるがセクシーな海賊に拉致され、心まで囚われて…。『花嫁の首飾り』続編。

**永遠の旋律**
キャット・マーティン
岡　聖子　訳

一八〇六年、結婚を控えた公爵ラファエルの前に、彼を裏切った元婚約者が現れて…。大好評〈伝説のネックレス〉三部作の最後を飾る最高傑作。

ド・ウォーレン一族の系譜
**仮面舞踏会はあさき夢**
ブレンダ・ジョイス
立石ゆかり　訳

叶わぬ恋と知りながら次期伯爵を一途に想い続けるリジーを数奇な運命が襲う。アイルランド貴族の気高き愛と名誉の物語〈ド・ウォーレン一族の系譜〉第1弾。

ド・ウォーレン一族の系譜
**夢に想うは愛しき君**
ブレンダ・ジョイス
立石ゆかり　訳

エレノアとショーンは血のつながらない兄妹。禁断の愛ゆえに二人は激情の嵐にのみ込まれ、一族をも大波瀾に巻き込んでいく…。シリーズ第2弾。

ド・ウォーレン一族の系譜
**光に舞うは美しき薔薇**
ブレンダ・ジョイス
立石ゆかり　訳

ジャマイカ島からロンドンへの航海は数週間。その間に、一族きっての放蕩者クリフが海賊の娘を淑女に育て上げることになって…。シリーズ第3弾。

背徳の貴公子Ⅰ
**黒の伯爵とワルツを**
サブリナ・ジェフリーズ
富永佐知子　訳

貧窮する伯爵家を継いだアレクは、裕福な女性との結婚を目論むが…。摂政皇太子の隠し子3人が織りなす、華麗なるリージェンシー・トリロジー第1弾。

**オペラハウスの貴婦人**
キャンディス・キャンプ
島野めぐみ　訳

天才作曲家の夫の死で、再び彼の叔父と会うことになったエレノア。1年前同様、蔑まれることを覚悟していたが、夫の死の謎が二人の距離を近づけて…。

ロスト・プリンセス・トリロジーⅠ
**幸せを売る王女**
クリスティーナ・ドット
平江まゆみ 訳

祖国を離れ英国で身を隠すことになった3人の王女。第二王女クラリスは王家秘伝の美顔クリームを売るため、ある伯爵の土地を訪れて…。シリーズ第1弾。

**異国の子爵と月の令嬢**
クリスティーナ・ドット
細郷妙子 訳

19世紀、貴族の令嬢三人が家庭教師の斡旋所を作った。初依頼を受けた教師は冷静沈着なシャーロット。砂漠育ちの子爵一家も難なく指導できそうに思えたが…。

**霧の宮殿と真珠の約束**
クリスティーナ・ドット
細郷妙子 訳

家庭教師斡旋所を訪れた、不遜な伯爵。彼の依頼を受けた絶世の美女が厚化粧と野暮な服装で醜く変装した理由とは？ 大物作家の話題シリーズ第2弾！

**憂鬱の城と麗しの花**
クリスティーナ・ドット
細郷妙子 訳

ヴィクトリア女王が後援する家庭教師斡旋所の院長ハナ。ある伯爵との再会で彼女の秘められた過去が明らかになる！ 大物作家の話題シリーズ第3弾。

結婚の砦1
**不作法な誘惑**
ステファニー・ローレンス
琴葉かいら 訳

一八一五年、突然社交界の花婿候補のトップに躍り出た元スパイたちは理想の花嫁を探すため秘密の紳士クラブを作った。〈結婚の砦〉シリーズ第1弾。

結婚の砦2
**悩ましき求愛**
ステファニー・ローレンス
琴葉かいら 訳

やむなく社交界で未亡人を称するアリシアが子爵に想いを寄せられて…。英国摂政時代、清貧の令嬢に訪れたシンデレラストーリー。シリーズ第2弾。

シャーブルックの花嫁
キャサリン・コールター
富永佐知子　訳
19世紀初頭、伯爵家の当主ダグラスは任務で英国を離れている間に公爵令嬢が輿入れを済ませているよう手配した。しかし、帰国した彼を待っていたのは…。

南の島の花嫁
キャサリン・コールター
富永佐知子　訳
南の島の領地を視察に来た伯爵家の次男ライダーは、英国で評判の放蕩者。そんな彼に好敵手ともいえる美女が勝負を挑み…。『シャーブルックの花嫁』続編。

湖畔の城の花嫁
キャサリン・コールター
富永佐知子　訳
伯爵令嬢シンジャンが一目惚れした相手は、見目麗しき貧乏貴族コリン。裕福な花嫁を探していると知った彼女は…。〈シャーブルック・シリーズ〉第3話。

エデンの丘の花嫁
キャサリン・コールター
富永佐知子　訳
シャーブルック家の人間とは思えないほど堅物で敬虔なタイセン。爵位を相続して領地に赴いた彼は不遇な美しい娘と出会い…。人気シリーズ第4話。

独身貴族同盟
迷えるウォートン子爵の選択
ヴィクトリア・アレクサンダー
皆川孝子　訳
誰が一番長く独身でいられるか、という賭をした4人の独身貴族。勝者に最も近い子爵は愛人にするはずの未亡人に恋してしまい…。〈独身貴族同盟〉第1弾。

独身貴族同盟
放蕩貴族ナイジェルの窮地
ヴィクトリア・アレクサンダー
皆川孝子　訳
結婚――それは放蕩者にとって身の破滅を意味する。口にするのもいまわしい結婚に迫られぬよう、彼は慎重に未婚令嬢を避けていたが…。シリーズ第2弾。

## 危険な駆け引き
リンダ・ハワード
皆川孝子 訳

犯罪組織のボスをおびき出すため、その娘サニーに近づいたチャンス・マッケンジー。任務を遂行しようとする理性とは裏腹に、心は彼女に惹かれ…。

## シーズン・オブ・ラブ——恋人たちのクリスマス
リンダ・ハワード
ノーラ・ロバーツ
扇田モナ、中川礼子 訳

マッケンジー家の一人娘メアリスが恋に落ちて…!? リンダ・ハワードの傑作シリーズ『マッケンジーの娘』とノーラ・ロバーツ『クリスマスの帰郷』を収録。

## 太陽の谷
エリザベス・ローウェル
平井みき 訳

涸れた牧場に水を引きたいホープの前に、ハンサムな流れ者の水質学者リオが現れた。水源が見つかれば彼は去ると知りつつ、ホープは愛に身を投じるが…。

## 悲しみをつつむ夜に
シャロン・サラ
竹内 栞 訳

死んだはずの男が生きている…。キャットは仇敵を追って旅に出た——心配してくれる恋人には何も告げずに。『孤独な夜の向こうに』に続く感動のドラマ。

## デザートより甘く
キャンディス・キャンプ
高木しま子 訳

料理研究家のマレッサは風変わりな芸術家一家を束ねるしっかり者。弟の婚約者の父で実業家のリンを空港に出迎えた彼女は一瞬にして恋に落ちるが…。

## プラムローズは落とせない
スーザン・アンダーセン
平江まゆみ 訳

トーリが弟の捜索を依頼した探偵は、なんと6年前に束の間の関係を持った相手だった。再び燃えあがる情熱に気づかないふりをしようとするトーリだったが…。